D1927128

BASTEI
LÜBBE

MICHAEL CLYNES
im BASTEI-LÜBBE-Programm:

13 470 Im Zeichen der weißen Rose

MICHAEL CLYNES

DAS MYSTERIUM DES VERGIFTETEN KELCHES

Roman

Ins Deutsche übertragen
von Hans Freundl

BASTEI
LÜBBE

BASTEI-LÜBBE-TASCHENBUCH
Band 13 515

Erste Auflage:
Februar 1994

© Copyright 1992
by Michael Clynes
All rights reserved
Deutsche Lizenzausgabe 1994
by Bastei-Verlag Gustav H. Lübbe
GmbH & Co., Bergisch Gladbach
Originaltitel: The Poisoned Chalice
Lektorat: René Strien
Titelillustration: Richard Jones
Umschlaggestaltung:
Quadro Grafik, Bensberg
Satz: KCS GmbH,
Buchholz/Hamburg
Druck und Verarbeitung:
Brodard & Taupin, La Flèche,
Frankreich
Printed in France

ISBN 3-404-13515-6

Der Preis dieses Bandes
versteht sich einschließlich der
gesetzlichen Mehrwertsteuer.

Gewidmet meinem ältesten Sohn,
Hugh Francis,
und dem Vergnügen,
das Shallot uns bereitet hat.

Historische Persönlichkeiten, die im Buch erwähnt werden

Richard III.: der letzte König aus dem Hause York, auch genannt ›der Usurpator‹. Er wurde von Heinrich Tudor im August 1485 in der Schlacht bei dem Flecken Bosworth geschlagen. Er war der Träger der Weißen Rose, sein persönliches Wappen war *Le Blanc Sanglier* – der Weiße Eber.
Heinrich Tudor: Der Waliser. Der Große Geizhals, Sieger von Bosworth, Begründer der Tudor-Dynastie und Vater von Heinrich VIII. sowie von Margarete von Schottland. Er starb 1509.
Arthur: Heinrich Tudors Erstgeborener. Er starb als Kind, daher fiel die Krone an seinen Bruder Heinrich.
Heinrich VIII.: Bluff King Hal oder der Große Mörder, das Wilde Tier, der Feiste Heinrich. Ein König, der sechs Ehefrauen und eine große Schar von Mätressen hatte. Er gilt als der ›Maulwurf‹ oder der ›Große Dunkle‹, von dem der Zauberer Merlin in seiner Prophezeiung sprach.
Katharina von Aragon: eine spanische Prinzessin, erste Gemahlin von Heinrich VIII. und Mutter von Maria Tudor.
Anne Boleyn: Tochter von Sir Thomas Boleyn. Zweite Ehefrau von Heinrich VIII. und Mutter von Elisabeth Tudor.
Bessie Blount: eine der eindrucksvolleren Mätressen von Heinrich VIII.
Maria Tudor: Tochter von Katharina von Aragon und Heinrich VIII. Wegen ihrer Protestantenverfolgungen bekam sie den Beinamen ›die Blutrünstige‹.

Elisabeth I.: Königin von England, Tochter von Heinrich VIII. und Anne Boleyn. Man nannte sie ›die jungfräuliche Königin‹, doch Shallot behauptet, einen Sohn von ihr zu haben.
Katharina Howard: die vierte Ehefrau von Heinrich VIII. Sie wurde wegen ihrer Seitensprünge hingerichtet.
Franz I.: König von Frankreich. Brillant, blendend und verrückt nach Sex.
Will Shakespeare: englischer Dramatiker.
Chris Marlowe: englischer Dramatiker und Spion. Er wurde bei einer Wirtshausrauferei getötet.
Thomas Wolsey: Sohn eines Schlachters aus Ipswich. Er ging nach Oxford und machte später eine glänzende Karriere, wurde Kardinal, Erzbischof und Lordkanzler von Heinrich VIII.
Suleiman der Prächtige: türkischer Sultan.
Maria, Königin der Schotten: Enkelin von Margarete Tudor und Mutter von Jakob I. von England und Schottland.
Thomas More: Humanist und Gelehrter, Lordkanzler von Heinrich VIII. Er wurde hingerichtet, weil er sich gegen die Scheidung Heinrichs VIII. von Katharina von Aragon stellte.
Eduard VI.: Sohn von Heinrich VIII. und Jane Seymour, ein kränklicher Knabe, der früh starb.
Katharina von Medici: italienische Prinzessin. Sie heiratete Heinrich II., den Sohn von König Franz I., und herrschte nach dem Tode ihres Gemahls über Frankreich. Sie war eine geschickte Intrigantin und erhielt daher auch den Beinamen ›die Schlange‹.
Claude: die häßliche, schwerfällige, aber stets umgängliche Gemahlin von Franz I.
Karl VIII.: gegen Ende des Fünfzehnten Jhs. König von Frankreich. Ehemann der Anna von Bretagne, deren Für-

stentum er annektierte. Ein häßlicher kleiner Mann, der angeblich bei einem tödlichen Unfall ums Leben kam, als er sich mit dem Kopf an einem Schrank stieß.
Ludwig XII.: Nachfolger von Karl VIII. Er soll an Erschöpfung gestorben sein, nachdem er Prinzessin Maria, die Schwester Heinrichs VIII., geehelicht hatte.
Michael Nostradamus: ein Seher und Geisterbeschwörer; wurde häufig von Katharina von Medici herangezogen.

Prolog

Wenn der Mord des Satans Erstgeborener ist, dann ist Gift, die Königin der Nacht, seine Lieblingstochter. Weshalb spreche ich davon? Nun, ich habe geträumt von ihr, letzte Nacht, als in meinem Herrenhaus Ruhe eingekehrt war und die mit Stabwerk versehenen Fenster wie blicklose Augen auf die dunklen, saftigen Wiesen meines Anwesens hinausstarrten. Ich erhob mich von meiner Liegestatt, ließ Margot, die Waschfrau, und ihre Schwester Phoebe (die nachts zu meiner Linken und zu meiner Rechten schlafen, um mich warmzuhalten) weiterschnarchen und begab mich hinunter in meine geheime Kammer, die hinter dem erhöhten Tisch in der Großen Halle liegt. Nur ich allein weiß, an welchem hölzernen Knauf man drehen muß, damit der Riegel aufschnappt und die Türe den Weg freigibt in mein Allerheiligstes, in dem ich die Andenken aus meiner Vergangenheit aufbewahre. Hier habe ich alles gesammelt. Manchmal entzünde ich einfach nur die Kerzen, kauere mich auf den Boden und durchwühle irgendeine der Truhen. Vergangene Nacht nun wählte ich mit Bedacht eine ganz bestimmte Truhe. Ich öffnete die drei Schnappverschlüsse und nahm einige verwelkte Blumenblüten heraus, die in geöltes Leder eingewickelt waren, sowie all die Briefe und Dokumente aus dem schicksalsträchtigen Sommer des Jahres 1520. Ich las sie zum wiederholten Male, und ich begann zu weinen, als die Erinnerung mich übermannte und ich durch den langen, dunklen Korridor der vergangenen fünfundsiebzig Jahre zurückglitt in jene Zeit.

Sentimentalität überkam mich, und ich trank mehr von dem schweren roten Bordeaux, als mein Kaplan jemals gutheißen könnte. Ich summte ein kleines Liedchen vor mich hin, auch noch, als die Geister, diese stummen, furchteinflößenden Gestalten, sich um mich versammelten. Das bekümmerte mich nicht. Den alten Shallot kann so leicht nichts aus der Ruhe bringen. Ich lehnte mich gegen die kalte Ziegelmauer, hielt die verwelkten Blätter in meinen Händen und dämmerte in einen von Dämonen und Nachtmahren erfüllten Traum hinüber.

Ich war in Paris und stand auf der dunklen Wiese, die das Château de Maubisson umgab. Am Himmel über mir schickte sich der eigenartige, schneeweiße Mond gerade an, hinter purpurnen Wolken zu verschwinden. Seltsamerweise schien auch die Sonne, doch sie nahm schon eine blutrote Farbe an und wurde dann bald durch die dunklen Schwingen von Geiern verdeckt. Da fuhr mir ein scharfer, kalter Wind in die Haare und zwischen die Kleider, während von allen Seiten grauenerregende Dämonen herbeiströmten. Ihre Gesichter waren vor Haß verzerrt, sie bleckten die Zähne, ihre Augen leuchteten wie Sterne, und aus ihren Mündern schossen Blitze. Hinter ihnen, eingetaucht in undurchdringliche Finsternis, ritt König Satan auf seinem pechschwarzen geflügelten Roß (o ja, ich bin diesem Scheusal schon mehrmals persönlich begegnet). Er stürmte mir entgegen, so ungestüm wie der Wind, der sich zu einem Orkan steigert. Als er vor mir zum Stehen kam, schlugen die stählernen Hufe seines Schlachtrosses Funken aus dem Boden. Ich blickte empor, doch sein Gesicht war im Schatten seines mächtigen Helms verborgen.

Plötzlich erschien der Teufel neben mir. Er hatte rote Hände und Füße, und sein Kopf war so kahl wie die Haut eines jungen Schweines. Dieser Quälgeist hob eine goldene Trompete an die Lippen und ließ ein markerschütterndes Geschmetter ertönen. Ich verharrte an meinem Platze und fragte mich, was nun weiter geschehen würde. (Sogar im Traum halte ich mich an die elementaren Glaubenssätze des alten Shallot, von denen einer zum Beispiel lautet: Wenn du in Gefahr bist, dann lauf weg, so schnell du kannst, und wenn du nicht laufen kannst, dann verhalte dich einfach ganz ruhig!) Ich schaute zum Eingang des Schlosses und erblickte dort Königin Gift, furchterregend wie ein Heer, das gerüstet ist zur Schlacht. Sie strebte mir entgegen über die heruntergelassene Zugbrücke, streckte ihre Arme nach mir aus, als wolle sie mich an ihren falschen Busen drücken. Ich starrte in ihr weißes, wunderschönes Gesicht, auf ihre karmesinroten, geschürzten Lippen und fiel auf die Knie vor dieser Ehrfurcht gebietenden Königin der Unterwelt.

Dann erwachte ich, starr wie ein Schnürhaken. Mein Rücken schmerzte, mein Hintern tat weh, und in meinem Mund verspürte ich den kräftigen Nachgeschmack des Weines. Ich schleppte mich zurück in das kalte Bett, doch Margot und Phoebe waren verschwunden. Das tun sie häufiger, meine süßen Gespielinnen, sie lieben es, mich zu necken, und möchten, daß ich sie darum bitte zurückzukommen. Doch gestern nacht war ich zu erschöpft. Ich schlief den Schlaf des Gerechten, bis die Glocken der Kapelle mich heute am späten Nachmittag weckten. Nun fühle ich mich wieder munter und frisch. Ich habe eine Rehpastete verzehrt, einen Humpen Ale und zwei Becher Roten getrunken und mich dann in das Zentrum meines Irrgartens begeben, um mit dem Diktieren meiner Lebenserinnerungen fortzufahren. Ich werde Euch berichten, was sich in jenem schreckenerfüllten Sommer des Jahres 1520 ereignete, denn darum ging es in meinem Traume.

Ich halte mich gerne in meinem Irrgarten auf, der genauso konstruiert ist wie jener in Hampton Court, den der Lordkanzler des Großen Mörders, Kardinal Thomas Wolsey, anlegen ließ. Mein Sessel hat eine hohe Rückenlehne und starke Eisenräder und steht immer genau so, daß die Strahlen der Sonne auf ihn fallen. Ich habe einen Krug Wein, zwei silberne Becher und ein juwelenbesetztes Tablett mit Süßigkeiten neben mir. Auch mein Gehilfe ist nun bereit. Mein kleiner Mephistopheles, mein hochgeschätzter Kaplan. Der dumme kleine Furzer!

Er nimmt sich immer viel Zeit: Zuerst muß er sein Tintenfaß hervorholen, dann das Pergament glätten, seine Feder schärfen und schließlich für seinen Hintern die beste Sitzposition finden, auf den weichsten Kissen, die mein Haus zu bieten hat. Er sagt, er sei nun bereit, meine Erinnerungen aufzuzeichnen. Der elende kleine Heuchler! Ich sehe das süffisante Grinsen auf seinem fetten, öligen Gesicht. Er hält mich für einen Schwindler und Lügner. Einen Lügner! Mich, Sir Roger Shallot, Lord von Burpham Manor in Guildford in der Grafschaft Surrey, Beauftragter für das Geschworenenwesen, Friedensrichter, Empfänger mehrerer Auszeichnungen und Orden, Mitglied des Geheimen Rates (fürwahr ein passender Name!) und Mitglied des Parlaments (darüber werde ich Euch ein anderes Mal eine hübsche Geschichte erzählen). O ja, das ist Sir Roger Shallot, nun schon mehr als neunzig Lenze zählend, Günstling und treuester Untertan der großen Elisabeth, der Tochter von Anne Boleyn (einer Frau mit wirklich entzückenden Tittchen) und, so wird angenommen, dem Großen Mörder höchstpersönlich, Heinrich VIII., dem feisten, syphilitischen Bastard! Ich sage, es wird angenommen, denn ich weiß es besser. Eines Tages werde ich Euch die Wahrheit darüber berichten, doch dies ist wieder eine andere Geschichte.

Nun, zurück zu meinem Kaplan. Ich greife zu meinem Rohrstock und beobachte, wie sich sein Grinsen rasch verflüchtigt. Der alte Shallot ist kein Lügner! Zugegeben, manchmal läßt mich mein Erinnerungsvermögen im Stich, und ich bringe die Dinge ein bißchen durcheinander, doch ich bin kein Lügner. Und selbst wenn, lieber wäre ich ein Lügner als solch ein elender Heuchler wie er. Ja, er ist ein Heuchler, und das kann ich beweisen. Vor zwei Wochen stellte sich dieser Jammerlappen auf seine Kanzel und predigte uns, wir sollten keine Angst vor dem Tode haben. Ich saß in meiner Bank und hörte ihn mindestens eineinhalb Stunden lang schwafeln. Nun, normalerweise macht mir das nichts aus. Ich habe immer eine Flasche Roten und eine Fleischpastete bei mir, um mir die Andacht zu versüßen, und wenn sie beendet ist, suche ich in der Kirche den Blick eines der jungen Mädchen zu erhaschen. Wenn es mir gelingt, blinzle und lächle ich ihr zu. Sie errötet, und es ist eine wahre Wonne für mich, zu beobachten, wie ein junger, voll ausgereifter Busen sich hebt und senkt!

An diesem besagten Sonntage nun wollte mein Kaplan einfach nicht zum Ende kommen, und ich wurde allmählich hungrig. Unablässig schwadronierte er darüber, daß wir dem Tod gefaßt und furchtlos in die Augen sehen sollten, und als es mir zu dumm wurde, nahm ich meine zwei Pferdepistolen und feuerte sie auf den elenden Schwätzer ab. Man kann immer noch die Einschläge links und rechts der Kanzel sehen. Ich wäre fast gestorben vor Lachen. Der Kaplan indes wurde kreidebleich und machte sich Hals über Kopf aus der Kanzel davon. Natürlich hatte ich nicht beabsichtigt, ihn zu töten. Ich wollte einfach nur sehen, ob er sich auch in der Praxis an das halten würde, was er predigte. Es stellte sich freilich heraus, daß er genausoviel Angst vor dem Sterben hatte wie ich. Warum also, in Drei Teufels Namen, pflanzte er sich dort oben auf und langweilte uns mit seinem heuchlerischen Gefasel?

Er wußte nicht, daß ich unter meinem Umhang immer Pistolen bei mir trage, und er wird mich wahrscheinlich nach dem Grund dafür fragen. Nun, es ist derselbe Grund, aus dem ich meine Erinnerungen in einem Irrgarten diktiere. Ihr müßt wissen, der alte Shallot hat viele Feinde, und Rachegefühle sind langlebig. Der geheime Orden der Templer hat immer noch einen Preis auf mein Leben ausgesetzt. Die Luciferi aus Frankreich (zu diesen Schurken komme ich gleich im Anschluß) würden gerne meinen Kopf auf einer Stange aufgespießt sehen. Der Rat der Zehn in Venedig hat mir drei Mordbuben auf den Hals gehetzt, nur weil ich von den Ratsherren Gold geliehen und vergessen hatte, es rechtzeitig zurückzuzahlen. Doch diese Tölpel kamen nicht weit. Die großen irischen Wolfshunde, die auf meinem Anwesen umherstreifen, haben sie in Stücke gerissen. Was für prachtvolle Tiere! Sie liegen nun gerade um meinen Sessel herum, beäugen den Kaplan und lecken ihre Lefzen.

Doch es könnten auch noch andere Mörder auf mich lauern. Ihr müßt wissen, ich spielte einmal Menschenschach gegen den Herrscher des ottomanischen Reiches, Suleiman den Prächtigen. Anstatt mit hölzernen Figuren spielten wir mit Menschen auf einer großen weiß-schwarzen Piazza. Wenn eine ›Figur‹ gefallen war, dann erwürgten die ›Gärtner‹, die stummen Henker des Herrschers, das bedauernswerte Opfer auf der Stelle. Ich gewann dieses Spiel, verlor nur zwei ›Figuren‹, doch nachdem ich mich mit der ansehnlichsten ›Figur‹ von allen, einem hübschen Mädchen aus dem kaiserlichen Harem, aus dem Staub gemacht hatte, entdeckte Suleiman, daß ich gemogelt hatte, und ließ sofort öffentlich bekanntgeben, ich sei des Todes. Vielleicht werden seine ›Gärtner‹ eines Tages noch zu mir kommen, doch ich habe keine Angst. Ich habe meinen Irrgarten. Ich habe meine Geheimkammer, meine eigenen verschwiegenen Wächter, meine Wolfshunde und meine geliebten Pistolen. Und außerdem habe ich das alles schon kennengelernt. Das Messer, das Schwert, den Galgenstrick, die Garotte – sie schrecken mich nicht mehr.

Mit Gift freilich verhält es sich anders. Deshalb habe ich meinem Kaplan angehalten, alles vorzukosten, was ich esse und trinke. Alles – bis auf meinen geschätzten Bordeaux. Heißt es denn nicht schon in der Bibel, man solle Perlen nicht vor die Säue werfen? Gift... Damit komme ich wieder zurück zu meinem Alptraum. Ich bin Giftmördern begegnet, Menschen mit verkommenen, finsteren Seelen, die imstande waren, zu jeder Zeit und auf jede nur erdenkliche Weise zuzuschlagen. Nennt mir einen Giftmörder, und ich werde Euch alles über ihn oder über sie berichten. Übrigens, ist Euch auch schon aufgefallen, daß die heimtückischsten Giftmörder Frauen waren? Nehmt zum Beispiel Agrippina, die Ehefrau von Kaiser Claudius. Wenn Ihr Euch in den Geschichtsbüchern auskennt, dann werdet Ihr wissen, daß die Römer ebenfalls Vorkoster beschäftigten und daß sie Speis und Trank so sehr liebten, daß sie sich oft nach einem Gang mit Hilfe einer Feder, die sie sich in den Hals steckten, zum Erbrechen brachten, um Platz für den nächsten Gang zu schaffen. Und was tat nun Agrippina? Sie vergiftete nicht etwa das Essen. Nein, die verruchte Dirne vergiftete die Feder und wurde auf diese Weise ihren Ehemann los.

Sie erinnert mich an Katharina von Medici, Königin von Frankreich, ›Madame Schlange‹, wie ich sie zu nennen pflege. Ich nahm nie etwas von ihr entgegen, denn was sie nicht über Gift wußte, das brauchte man auch nicht zu wissen. Ich sprach letzte Woche von ihr, als unsere Königin mich besuchte – unsere Elisabeth mit dem weißen, geschminkten Gesicht, den schwarzen Zähnen und der roten Perücke. Die große Jungfräuliche Königin – doch auf dieses Gerede solltet Ihr nicht hereinfallen! Sie brachte mir schlechte Nachrichten. Unser geliebter Sohn Robert sei auf See von den Spaniern gefangengenommen und nach Madrid geschafft worden. Ich redete ihr zu, sie solle sich nicht beunruhigen. Falls Robert tatsächlich unser Kind sei, meinte ich, dann würden die elenden Spanier ihn nicht allzu lange gefangenhalten können, und wenn doch, dann sei er unseres Blutes nicht würdig. Ich brachte sie wieder zum Lachen, und sie erinnerte mich daran, unter welchen Umständen Robert gezeugt worden war. Ihr wollt das auch erfahren? Nun gut, ich will es Euch erzählen. Ich war damals Mitglied des Parlaments, und eines Tages sprang in der Abgeordnetenkammer von Westminster ein Puritaner, eine fleischgewordene Verkörperung einfältiger Demut, auf und brüllte mich wutentbrannt an, weil ich ihn einen stinkenden Scheißhaufen genannt hatte.

»Shallot«, bellte er, »Ihr werdet entweder am Galgen enden oder an der Syphilis sterben!«

»Das, werter Sir«, entgegnete ich, »wird sich danach entscheiden, ob ich Euren Prinzipien folge oder mit Eurer Ehefrau schlafe.«

Nun, daraufhin kam es zu einem wilden Tumult im Hohen Hause. Ich weigerte mich, dem Speaker gegenüber eine Entschuldigung abzugeben, daher brachte mich der Wachdienst zum Tower. Elisabeth, die ich in dieser Parlamentssitzung verteidigt hatte, kam mich besuchen. Sie bestand darauf, mich allein zu sehen, und Ihr kennt ja inzwischen den alten Shallot! Wenn er mit einem Becher

Wein und einem hübschen jungen Mädchen allein in einem Raume ist, dann ist alles möglich. Und bei dieser Gelegenheit passierte es dann tatsächlich. In ihren jungen Jahren war Elisabeth nämlich eine sehr heißblütige Frau. Sie strahlte eine betörende Sinnlichkeit aus, und sie konnte, ähnlich wie ihre Mutter Anne Boleyn, mit jedem Manne etwas anfangen. (Ich höre meinen Kaplan kichern, daher gebe ich ihm mit dem Stock rasch einen Hieb auf die Finger, damit ihm das Grinsen vergeht und er sich diese unziemlichen Gedanken über Leute, die über ihm stehen, wieder aus dem Kopfe schlägt.)

Ah ja, Gift, die Königin meiner Nächte, die leise Mörderin, die mich in meinen Träumen heimsucht. Ich habe nun meine Gedanken geordnet, meine Erinnerungen zusammengeholt und kann über diesen Sommer vor mehr als siebzig Jahren berichten. Gütiger Gott, es scheint mir, als wäre es erst gestern gewesen, als ich und mein Meister, Benjamin Daunbey, der Neffe von Lordkardinal Wolsey, zu dem in der Nähe von Paris gelegenen Château de Maubisson entsandt wurden, um gewissen Mysterien nachzuspüren. Nun ist also sein Name gefallen! Benjamin mit seinem langen, dunklen Gesicht, seinen freundlichen Augen und dem gebeugten Rücken eines Anwalts. Wann immer ich an ihn denke, muß ich lächeln. Er war einer der wenigen wirklich guten Menschen, denen ich in meinem Leben begegnet bin. Wenn Ihr meine ersten Aufzeichnungen kennt, werdet Ihr wissen, wie wir uns kennengelernt haben. Wir besuchten zusammen die Schule, ich wendete Prügel des Lehrers von ihm ab, und er rettete mich später zweimal vor dem Erhängen: das erste Mal in Ipswich und das zweite Mal in Montfaucon, dem großen Galgenwald nahe der Porte St. Denis in Paris.

Benjamins Onkel, der berühmte Kardinal Wolsey, und dessen Vertrauter, der undurchsichtige Doktor Agrippa, sandten uns mit immer neuen Aufträgen an die Höfe Europas, in die zwielichtige Welt des Verrats, des Mordes und der Lüsternheit. Leider weilen all diese Persönlichkeiten nicht mehr unter uns. Sie sind nur noch Schatten, Geister, die unter den großen Eiben tanzen, welche den Rasen vor meinem Herrenhaus umgrenzen.

Dennoch rufen sie in mir Erinnerungen wach an gebrochene Herzen, heimtückische Verbrechen und verruchte Seelen, die umfangen waren von der Schwärze der Hölle. Während ich hier inmitten meines Irrgartens sitze und dem fröhlichen Gesang der Drossel lausche, werde ich Euch meine Geschichte erzählen. Und diese Begegnung mit Mord und Verrat in Maubisson gehört zu den erschreckendsten und gefahrvollsten Erlebnissen, die mir in meinem Leben widerfahren sind.

Kapitel 1

Im Frühjahr des Jahres 1520 waren Benjamin Daunbey und ich stolze Besitzer eines herrschaftlichen Anwesens in einem Vorort von Ipswich. Es war eigentlich mehr ein Lustschlößchen denn ein Herrensitz mit seinem weißen Verputz, dem verzierten Kaminaufsatz, den massiven schwarzen Balken, den vertäfelten Räumen, in denen geschnitzte Möbel standen, und dem Keller, der mit einer Vielzahl unterschiedlichster Weine bestückt war. Zu unserem Gut gehörten Bauernhöfe, Schober, eine Mühle, Karpfenteiche, fruchtbare Äcker und saftige Weiden. Wir durften die Großzügigkeit von Benjamins Onkel, Kardinal Wolsey, genießen, der uns reichlich dafür belohnte, daß wir vor einigen Monaten in seinem Auftrag die unheimliche Mordserie aufgeklärt hatten, die im Zeichen der Weißen Rose verübt worden war.

Doch dieser Erfolg hatte Benjamin nicht verändert. Er kleidete sich noch immer genauso trist wie früher. Ich erinnere mich noch gut daran, wie er damals aussah: hoch aufgeschossen und schlaksig, das düstere, ernste Gesicht von pechschwarzem Haar umrahmt. Zu dieser Zeit hatte ich eine ähnliche Gesichts- und Haarfarbe (es gibt auch ein Portrait von mir in Burpham Manor). Ich war ebenfalls dunkel, mein schwarzes Haar war kurzgeschoren, eines meiner Augen schielte leicht, und ich hatte einen herausfordernden Gesichtsausdruck, der, so meinten manche Leute, mich noch einmal an den Galgen bringen würde. Sie hatten damit auch in gewisser Weise recht, doch Gott sei Dank wurde ich bislang nicht gehängt, wenngleich ich schon des öfteren kurz davor stand. Und es amüsiert mich immer wieder, wenn ich daran denke, daß viele, die mir dieses Schicksal prophezeit hatten, schließlich selbst eines gewaltsamen Todes starben, in einer von Schlaglöchern übersäten Gasse, auf einem grauenhaften Schlachtfeld oder in einer blutigen Hinrichtungsstätte umkamen. Ich war damals ein noch viel üblerer Bursche als heute, doch Benjamin unterschied sich von mir schon immer so wie die Nacht vom Tage. Er hatte die für mich äußerst befremdliche Angewohnheit, an das Gute im Menschen zu glauben und jedermann rückhaltlos zu vertrauen.

Theoretisch war Benjamin der Gutsherr, und ich, ein Mann, der sich in der Welt auskannte, war sein Verwalter, sein Diener, dem er sein Vertrauen schenkte, und sein Busenfreund. Ich war schon ziemlich gerieben für meine neunzehn Jahre und hatte ein aufmerksames Auge auf all die Schnorrer und Schmarotzer, die Benjamins Großzügigkeit anlockte. Ihr wißt, wen ich damit meine: fahrende Musikanten, Dichterlinge, betrügerische Pfaffen. (Ich bemerke, daß mein Kaplan mißbilligend mit den Schultern zuckt.)

Dieses widerwärtige Gesindel drängte sich auf dem Rasen vor unserem Herrenhaus herum wie eine Schar Ratten vor einem ungesicherten Hühnerstall. Der gute Shallot tat sein Bestes. Ich schaffte die größten Doggen an, die aufzutreiben waren, und hetzte sie auf das Pack der Bittsteller, die darob ihr Heil in der Flucht suchten oder sich auf die Bäume retteten. Doch dies war nur eine vorübergehende Lösung, denn damals kannte ich mich mit Hunden noch nicht allzugut aus. Eines Tages nahm ich die Köter mit auf die Jagd, und sie scheuchten einen prächtigen Bock auf. Diesen Bock sah ich allerdings nie wieder, und auch die Doggen nicht. Weiß Gott, was mit ihnen geschehen ist. Sie rasten einfach unter wildem Gekläff davon. Wahrscheinlich fanden die vierbeinigen Krieger jemanden, der sich ihrer annahm und sie besser unter Kontrolle hielt, denn sie kehrten nie mehr zurück.

Ich sah mich also weiterhin den Problemen gegenüber, die Benjamins Großherzigkeit mit sich brachte. Schließlich kam es zu einer ernsten Auseinandersetzung in unserem großen, mit Eichenholz vertäfelten Saal, auf dessen lindgrün gestrichenen Wänden oberhalb der Paneele Wappentafeln mit den persönlichen Emblemen von Wolsey, Daumbey und, nicht zu vergessen, auch von Shallot prangten. Ich war ziemlich stolz auf das Wappen, das ich mir ausgedacht und auch selbst gemalt hatte: eine geballte Faust mit emporgestrecktem Mittelfinger und darunter das lateinische Motto: *In dubio, curre,* was, frei übersetzt, soviel heißt wie: ›Wenn es brenzlig wird, nimm deine Beine in die Hand.‹ Dieses Wappen führe ich auch heute noch, doch der Finger ist nicht mehr gestreckt, seit Rouge-Croix, ein Sendbote der Königin, entdeckte, daß dieses Zeichen in gewissen Gebieten Frankreichs als beleidigend oder obszön gilt. Doch damals war ich stolz auf mein Können. Ich hatte ziemliches Geschick darin entwickelt, Rechnungen auszuschreiben und die Unterschriften anderer Leute zu fälschen, auch die von Benjamin. Nein, ich war beileibe kein Betrüger! Ich mußte nur unser Hab und Gut zusammenhalten. Und aus diesem Grunde kam es zu dem Zusammenstoß mit Benjamin.

»Master«, jammerte ich, »wir können doch nicht das ganze Gelichter der Gegend durchfüttern. Ich habe die Nase voll von gestrauchelten Nonnen, herumhurenden Mönchen, zerlumpten Bettlern, sabbernden Schnorrern und hinterhältigen Totschlägern.«

Benjamin lehnte sich in seinem Sessel vor dem Kamin zurück und lachte, bis ihm die Tränen die Wangen herunterliefen.

»Was du für Ausdrücke kennst, Roger.« Er faßte sich

wieder und beugte sich nach vorne. »Ich bestehe nach wie vor darauf, daß wir denjenigen helfen, die vom Schicksal weniger begünstigt sind. Was also schlägst du vor?«

»Kinder«, antwortete ich, ohne nachzudenken. (Das ist ein weiterer Fehler von mir. Ich bin zu weichherzig und rede oft, bevor ich denke.) »Wir könnten eine Schule aufmachen«, stammelte ich. »Für die Kinder der Stadt. Wir könnten den Kindern Möglichkeiten bieten, etwas zu lernen.«

»Hervorragend!« erwiderte Benjamin. »Doch wie kann ich dich dabei unterstützen, Roger?«

Ich blickte verlegen zur Seite. »Ihr habt mir schon genug geholfen, Master.«

»Du langweilst dich, Roger, habe ich recht? Du vermißt London?«

Wie geschickt es mein Meister verstand, meine Gedanken zu lesen! Wir waren in letzter Zeit nur noch selten in die große Stadt gekommen, und sogar bei diesen wenigen Besuchen hatte Benjamin ein Auge auf mich gehabt und mir die Zügel kurz gehalten. Er wußte, daß ich wie ein Hund an der Leine war, der sich gerne losgerissen hätte, um dann schnurstracks in sein Verderben zu rennen. Bei unseren Aufenthalten in London hatten wir natürlich Benjamins frühere Verlobte, Johanna, besucht, ein braves Mädchen, das er sehr verehrte. Johanna war an Lord Cavendish zerbrochen, einem der einflußreichsten Adeligen des Landes, der ihr Herz erobert, ihr den Kopf verdreht und sie schließlich sitzen gelassen hatte. Nun lebte sie, nur noch ein Schatten ihrer selbst, unter der Obhut der Nonnen des Klosters Syon an der Themse. (Nebenbei bemerkt, Benjamin tötete besagten Edelmann in einem Duell in Leicester Fields. Dies war allerdings nicht das letzte Mal, daß er sich verliebte, o nein! Doch das ist eine andere Geschichte.)

»Ich lasse dich ziehen, Roger«, fuhr Benjamin fort. »Doch bleibe noch zumindest bis Ostern bei mir. Ich benötige deine Hilfe, um eine der Kammern aufzuräumen und ein Schulzimmer darin einzurichten. Willst du mir diesen Gefallen tun?«

Darum brauchte er mich nicht zweimal zu bitten, und in den beiden letzten Wochen der Fastenzeit, als Benjamin mit Wasser und gesalzenem Fisch fastete und sich des Weines enthielt (was ich tagsüber auch tat, nachts jedoch machte ich mich in eine der nahegelegenen Schänken davon, denn beim Fasten werde ich immer so fürchterlich durstig) schuftete ich wie ein Berserker, räumte auf, putzte, malte und polierte die Möbel, bis unser großer Saal glänzte und funkelte wie die Salons von Cambridge. (O ja, Benjamin und ich haben auch die Universität besucht, doch aufgrund einiger kleiner Mißverständnisse mußten wir beide abgehen, bevor wir unsere Examina ablegen konnten. Doch wen kümmert das noch?)

Am Ostersonntag, gleich nach der Morgenmesse, gab Benjamin, der Gutsherr, den ungläubig zuhörenden Gemeindemitgliedern die Eröffnung seiner Schule bekannt. Mein Meister rechnete nur mit geringer Resonanz. Was für ein weltfremder Tor er doch manchmal sein konnte! Die Dorfbewohner freilich nahmen ihn beim Wort, denn diese Schule erschien ihnen als eine willkommene Gelegenheit, ihre ungezogene und verlauste Nachkommenschaft wenigstens für einige Stunden am Tag loszuwerden. Benjamin ärgerte sich nicht darüber. Er fügte sich wie selbstverständlich in die Rolle des Schulmeisters, als sei er vom Schicksal für diese Aufgabe ausersehen. Wir kauften Fibeln, Federkiele, Federhalter, Tintenfässer, Rechenbretter und viele Rollen von Pergamentpapier ein. Und dann fielen ganze Heerscharen von rotznäsigen Gören mit zersausten Haaren und schmutzverschmierten

Gesichtern über unser Anwesen her. Mir wurde angst und bange, das Haus könnte Schaden nehmen, doch Benjamin zeigte sich den Kindern gegenüber stets nachsichtig. Er hörte ihnen zu, als sei jedes ihrer Worte eine funkelnde Perle der Weisheit. Manchmal begleitete ich ihn in den Schulraum.

Ihr müßt wissen, normalerweise war es meine Aufgabe, die Finanzen zu verwalten und die Arbeit auf dem Gutshof zu organisieren. Wir hielten Schafe, bauten Getreide und Gemüse an, die ins Dorf geliefert wurden, und verpachteten Jagdrechte an unsere Nachbarn. Doch diese Arbeit war keine richtige Herausforderung für mich. Benjamin wiegte sich in der Annahme, daß unsere Geschäfte so gut liefen, sei der gerechten Behandlung zuzuschreiben, die er den anderen Leuten angedeihen ließ. Das war natürlich ein gehöriger Trugschluß. Der beste Wildhüter ist immer ein ehemaliger Wilderer, und der gute Shallot sorgte schon dafür, daß ihm niemand auf der Nase herumtanzte.

Nun, ich ging also mit hinunter in das Schulzimmer. Dort wimmelte es von schmutzigen kleinen Kreaturen; einige saßen auf den Bänken, andere lümmelten sich auf dem Boden. Sie beobachteten Benjamin mit großen, runden Augen, als der die Geheimnisse der Mathematik, die göttliche Wahrheit der Evangelien und – für die helleren Köpfe unter ihnen – die Grundbegriffe des Griechischen, des Lateinischen, der Geometrie und der Geographie darlegte. Könnt Ihr Euch vorstellen, daß ich Benjamin beneidete? Die meisten Leute bekümmert das Schicksal ihrer Mitmenschen herzlich wenig, doch Benjamin war anders.

Ich wurde allerdings seiner Bemühungen, unseren Nachbarn zu helfen, bald überdrüssig. Am Montag nach dem Weißen Sonntag sattelte ich mein Pferd, belud zusätzlich einen Packesel, schnallte mir einen Geldgürtel um die Hüften, ergriff meinen Degen und meinen Dolch und sagte Lebewohl.

Bei den Klauen der Hölle, ich erinnere mich noch verteufelt gut daran! Es war ein wunderschöner Frühlingsmorgen. Die Sonne spiegelte sich in den Stabwerk-Fenstern des Herrenhauses und badete sie in einem Meer von Licht. Die Luft war erfüllt von dem kräftigen, angenehmen Geruch frisch gemähten Grases und der Wildblumen, die Benjamin vor dem Eingang zum Haus hatte wachsen lassen. Mein Meister, noch trunken vom Schlaf, kam heraus, um mich zu verabschieden. Er ergriff den Zaum meines Pferdes und blickte zu mir empor wie ein Kind aus seiner Schule.

»Versprichst du mir, daß du auf dich aufpaßt, Roger? Und daß du wieder zurückkehrst, wenn irgend etwas passiert?«

Ich drückte seine Hand. »Ich werde auf mich aufpassen, Master«, log ich. »Ich habe einen Brief für unseren Bankherren, Master Waller in der Mercery, bei mir. Wenn mir das Geld ausgeht, kann ich mich ja an ihn wenden.«

»Was hast du vor?« fragte Benjamin, und er kniff dabei die Augen zusammen.

»Ich will versuchen, mein Glück zu machen, Master.«

Er lächelte. »Dann versuche es, Roger. Und wenn mein berühmter Onkel nach mir schickt, werde ich dich in London besuchen. Wo wirst du absteigen?«

Ich nagte an meinen Lippen und blickte in den leichten Nebel, der von der kräftigen Morgensonne vertrieben wurde. Das Letzte, was ich wollte, war, daß sich Benjamins berühmter Onkel wieder in mein Leben einmischte! Ich war schon versucht, mit einer Lüge zu antworten, doch dann entschloß ich mich, mit meiner lebenslangen Angewohnheit zu brechen und die Wahrheit zu sagen.

»In der Nähe der Kathedrale von St. Paul«, gab ich zur

Antwort. »Es gibt dort eine Druckerei und daneben eine Schänke, das Golden Turk. Ach ja, Ihr kennt es ja auch. Dort werde ich absteigen.«

Ich drückte meinem Meister noch einmal die Hand, dann gab ich meinem Pferd die Sporen und ritt, ohne mich umzublicken, den von Bäumen gesäumten Weg hinunter, wobei die Hufe des Packesels hinter mir eine weiße Staubwolke aufwirbelten. Ich fühlte mich wie ein fahrender Ritter, der in die Fremde aufbrach, das Abenteuer zu suchen. Ich wußte noch nicht, wie töricht es von mir war, mich all den Gefahren auszusetzen, die auf mich lauerten, und ich ahnte auch noch nicht, daß der Schatten von Benjamins berühmtem Onkel schon bald wieder mein Leben verdüstern würde.

Meine Reise verlief ziemlich ereignislos. In meinen jungen Jahren erschien mir England immer grün und frisch, wie am Morgen seines Lebens. Es marschierten noch keine Heere durch das Land, es gab noch keine Fürsten, die das Banner der Rebellion aufpflanzten. Erst der Große Mörder sorgte dafür. Schon damals wagte es niemand, sich mit ihm anzulegen, doch erst später sollte er die dunkle Seite seiner Seele voll offenbaren und sich als jener Große Maulwurf erweisen, der laut Merlins Prophezeiung ›sein Königreich in einem Meer aus Blut ertränken wird‹.

Die Abteien und Klöster, die ich passierte, schlummerten friedlich im Schutze üppiger grüner Hügel, und ihre Bewohner ahnten noch nichts von den Verwüstungen und Zerstörungen, mit denen Heinrich sie überziehen würde. Die Dörfer und Weiler und die mit roten Ziegeldächern gedeckten Gutshöfe sonnten sich noch im Glanze ihres Wohlstands, denn König Heinrich zehrte noch von den Schätzen, die sein Vater ihm hinterlassen hatte. Noch hatte er nicht seine Armee aus Steuereintreibern, Beauftragten, Beamten und Gutachtern in das Land hinausgeschickt. Noch wurden die Brücken instandgehalten und die Löcher auf den Straßen ausgebessert, noch säte man im Frühjahr das Getreide aus und ließ fette Schafe auf den Wiesen grasen.

O ja, es gab durchaus schon Anzeichen für die verhängnisvollen Ereignisse, die über das Land hereinbrechen sollten. Die Galgen an den Weggabelungen boten ein reichliches Mal für hungrige Krähen und Raben. Landlose verließen die Felder, die sie bewirtschaftet hatten, weil immer mehr Grundbesitzer dazu übergingen, Schafe zu halten anstatt Feldfrüchte anzubauen. Man begegnete kräftigen, wohlgenährten Bettlern, Dieben und Schurken, manchmal jedoch auch ehrbaren Freibauern mit abgemagerten, bleichen Kindern und verhärmten Frauen, die auf der Suche nach Arbeit durch das Land zogen. Shallot tat, was in seinen Kräften stand. Die Liste meiner Laster mag Euch ellenlang erscheinen, doch niederträchtig bin ich wahrlich nicht. Ich verstreute mit ziemlich vollen Händen Pennies und ritt dann wie ein junger Herr durch Aldgate nach London hinein.

Nun, diese Stadt habe ich schon immer geliebt, ihren Gestank, ihre Geschäftigkeit und ihr Gelärme; jedesmal, wenn ich ihre Tore passierte, begann mein Herz höher zu schlagen. Vor vielen Jahren hatte ich dort schon einmal als Laufbursche in einem von Mother Nightbirds Schacherläden gearbeitet, in denen sie saftiges parfümiertes Fleisch an die Adeligen und die Kaufleute der Stadt verkaufte. Doch nun lagen die Dinge anders. Mit neunzehn Jahren war der gute Shallot ein ehrbarer, wohlhabender Mann, der bald ein erfolgreicher Kaufmann werden und sowohl Master Benjamin als auch dem großen Wolsey zeigen würde, daß er durchaus auch ohne ihre Hilfe in der Lage war, etwas aus sich zu machen. Ich ritt die

Cheapside Street entlang und sog dabei begierig alles in mich ein, was sich meinen Augen und Ohren darbot. Neiderfüllt betrachtete ich die mit Gold verzierten Holzhäuser der Kaufleute, in deren Verkaufsständen sich kostbare Waren aller Art stapelten: golddurchwirkte Kleider, Ballen purpurfarbenen Stoffes, Tücher aus Seide und Samt, Weinflaschen aus Leder, spanische Reitstiefel, goldene Kordeln, Decken aus reiner Wolle und Wandteppiche mit silbernen Nadelstickereien und goldener Filigranarbeit.

Die Luft erdröhnte von den Rufen der Lehrlinge, dem Gelärme der Menge und den Flüchen der Zimmerleute, und in jeder Ecke boten Straßenhändler und Kesselflicker lautstark ihre Waren feil. Junge Höflinge bahnten sich auf Pferden ihren Weg durch das geschäftige Treiben. Das Geschirr ihrer Pferde glänzte in der Sonne, die harten, kalten Gesichter der Männer waren unter engen Kapuzen verborgen, und sie führten Habichte oder Falken mit sich, die sie mit Lederriemen, die im Winde flatterten, an ihre Handgelenke gebunden hatten.

Ich gelangte zum Golden Turk, das sich in eine schmale Häuserzeile schmiegte, unterhalb des imposanten Bauwerks der Kathedrale von St. Paul. Es war ein sauberes, gut erhaltenes Haus, drei Stockwerke hoch, das mit seinen hornverglasten Fenstern, den ebenmäßig gestrichenen Balken und dem schneeweißen Verputz recht einladend wirkte. Der Wirt kannte mich schon, denn Benjamin und ich hatten hier schon oft Quartier bezogen, wenn wir in die Stadt gekommen waren. Ich hatte daran gedacht, mich zum Kloster Syon aufzumachen, doch Benjamin hatte mir eingeschärft, Johanna niemals ohne seine Begleitung zu besuchen, denn in ihrem Dämmerzustand würde sie jeden Mann außer ihm als einen Lüstling betrachten, der sich an ihr vergreifen wolle.

So richtete ich mich also im Golden Turk ein; der schlitzohrige Wirt begrüßte mich ziemlich freundlich und gab mir eine Kammer im zweiten Stock, in der sich eine Pritsche und einige Möbelstücke befanden. Er versprach mir auch, alle sechs Wochen das Laken und den Bettbezug zu wechseln, mein Pferd im Stall unterzubringen und mir jeden Tag morgens und abends ein Mahl zu servieren. Am ersten Tage meines Aufenthalts benahm ich mich wie ein junger Herr, lag mit meinen Stiefeln auf dem Bett, nippte an einem Glas Kanarenwein und überlegte, was ich als nächstes unternehmen solle.

Doch Geschäft ist Geschäft, und Vergnügen ist Vergnügen. Ich ging in den Schankraum hinunter und bestellte mir eine Mahlzeit, obgleich mir der Sinn mehr nach der dunkeläugigen Magd stand, die ich hier bei meinem letzten Besuch mit Benjamin entdeckt hatte.

Sie war eine echte Venus mit ihren dunklen Augen und dem schwarzen, lockigen Haar, das auf ihre Schultern hinunterfiel. Und was für Schultern sie hatte! Ihre Haut war weiß wie Marmor, und sie hatte die süßesten und rundesten Titten, die mir jemals unter die Augen gekommen sind. (Da packt es meinen Kaplan schon wieder, er beginnt unruhig auf seinem Stuhl umherzurutschen. Ich habe bemerkt, daß er das jedesmal tut, wenn ich von meinen ›Liebschaften‹ spreche, meinen kleinen amourösen Abenteuern. Sein Gesicht wird dann immer von einer kräftigen Röte überflutet, genau wie in jenen Augenblicken, wenn die dicke Margot, die Waschfrau, die mich mit Sherry und Süßigkeiten versorgt, mir einen weidlichen Einblick in das prächtigste Dekolleté von ganz Surrey gestattet.)

Doch zurück zu jenem Frühlingstag vor so vielen Jahren, als ich mich in diesem Schankraum aufhielt und mich bemühte, besagtes Mädchen zu umgarnen. Nun, auch Euch werden die Wege des Fleisches sicherlich nicht fremd sein. Ein Blick, ein Lächeln, ein gemeinsam geleerter Becher, einige Silbermünzen, die den Besitzer wechselten, und schon ging es schnurstracks hinauf in die Kammer. Herrje, wie begannen wir zu toben! Wir wälzten uns unter solch lautem Lachen und Kreischen auf der Pritsche umher, daß der Wirt heraufkam. Er hämmerte an die Türe und rief, er führe ein anständiges Haus und nicht irgendeine zwielichtige Kaschemme in Southwark. Als das Bett unter uns zusammenkrachte und das Gekreische des Mädchens auch noch unten im Schankraum zu hören war, kam der Wirt erneut heraufgestürmt und beschimpfte uns laut brüllend durch die Türe, doch ich kümmerte mich nicht um ihn. Er hatte doch gewußt, was das für ein Mädchen war, als er sie angeheuert hatte, der glatzköpfige Heuchler!

Am nächsten Morgen beschloß ich, endgültig mit meinen geschäftlichen Unternehmungen zu beginnen. Ich stand auf, frühstückte und schob dem Wirt einige Silberstücke zu, woraufhin sein säuerliches Gesicht sogleich einen freundlichen und zuvorkommenden Ausdruck annahm. Die Magd – ich glaube, sie hieß Anna – sah nach den Anstrengungen des vorangegangenen Abends noch ziemlich mitgenommen und erschöpft aus. Ich hingegen stolzierte hinaus wie ein aufgeplusterter Gockel, nachdem ich in meine Stiefel geschlüpft war, mir meinen Umhang übergeworfen und meinen breitkrempigen Hut aufgesetzt hatte, auf dem eine große weiße Feder prangte. Ich fühlte mich wie Hektor und Paris in einer Person. Herrje, die Torheiten der Jugend! Ich machte mich auf zur Kathedrale von St. Paul, ging am Grab von Herzog Humphrey vorüber und spazierte dann die Mediterranen entlang, jenen Gang, in dem die verschiedensten Geschäfte angebahnt wurden; an den schmutzigen runden Pfeilern hingen die Anschläge von Männern und Frauen, die Arbeit suchten, oder von Kaufleuten, die eine Beschäftigung anzubieten hatten. An einem Ende des Ganges saßen die Berufsschreiber an ihren Pulten, die Federkiele und das Pergament griffbereit, um Testamente, Ausbildungsverträge, Kaufurkunden, einen Brief an einen Freund oder ein *Billet doux* an eine Geliebte aufzusetzen. Am anderen Ende machten Rechtsanwälte in hermelinbesetzten Roben Reklame für sich oder berieten ihre Klienten, und draußen in der Vorhalle traf man Buchhändler und Verteiler von Druckschriften, die lärmend Interessenten anzulocken suchten.

Doch ich mied all diese Geschäftemacher. Ich war auf der Suche nach einer Unternehmung, die es wert war, daß ich mein kostbares Silber für sie opferte; ich dachte zum Beispiel an Handel mit Ländern jenseits des Kanals oder mit dem Baltikum. Ihr müßt wissen, in meiner Jugendzeit war es ziemlich schwierig, Überseehandel zu betreiben. Die Gebrüder Cabot waren zwar bis nach Neufundland gesegelt, doch damit waren die Handelsmöglichkeiten auch schon erschöpft. Die Meere vor der Westküste Afrikas und die Schiffahrtswege zu den spanischen Besitzungen jenseits des Atlantiks waren für englische Schiffe gesperrt. Wir hatten damals noch keine namhaften Seehelden, keine Frobishers oder Grenvilles, die sich ihren Weg an den spanischen Gallonen vorbei hätten freikämpfen können. Und es gab natürlich auch noch keinen Drake. (Ich kannte Sir Francis. Habe ich Euch diese Geschichte schon erzählt? Ich spielte gerade Bowling mit ihm, als die große spanische Armada bei Lizard Point gesichtet wurde und alle Leuchttürme an der Südküste aufflammten. Gewiß habt Ihr schon von dieser Anekdote gehört. Als der Bote mit der Nachricht von der möglicherweise kurz bevorstehenden Invasion der Spanier eintraf, erwiderte der alte Seebär, er werde zuerst seine Bowling-Partie zu Ende spielen, und dann werde er den Spaniern ein Ende bereiten. Doch das war eine Lüge des rotbärtigen Piraten. Ich hatte um einen Beutel Gold mit ihm gewettet, daß ich ihn beim Bowling schlagen würde, und Drake konnte der Aussicht auf Gold noch nie widerstehen. Außerdem war ich derjenige, der einen nassen Finger in die Luft streckte, um die Windrichtung zu prüfen, und feststellte, Drake würde nichts ausrichten können, auch wenn er jetzt unser Spiel verlassen sollte. Der Wind mußte sich erst drehen, bevor seine Schiffe gegen die spanische Armada in See stechen konnten. Nun bezichtigt mich mein Kaplan der Lüge. Was zum Teufel weiß denn er von dieser Angelegenheit? Ich habe mit allen unseren großen Seefahrern gezecht. Der größte unter ihnen ist zweifellos Raleigh. Er fährt immer noch zur See, mit dem Silbergeld, das ich ihm gab, um neue Schätze zu entdecken. Er behauptete nämlich, er könne den Orinoco von der Mündung flußaufwärts fahren und zu den Sieben Goldenen Städten gelangen, in denen die Straßen mit diesem kostbaren Metall gepflastert sind und dunkelhäutige, vollbusige Mädchen Gemmen und Münzen auf dem Boden verstreuen. Ich hoffe nur, daß der alte Haudegen die Wahrheit gesprochen hat!)

Doch ich schweife ab. Zur Zeit des feisten Heinrichs war es bei weitem noch nicht so abenteuerlich, Handel zu treiben. Da kamen Kaufleute nach St. Paul, marschierten auf und ab, die Daumen im Gürtel untergehakt und Ausschau haltend nach Leuten, die bereit waren, Goldmünzen und Barren in ihre Unternehmungen zu investieren: Wolle nach Flandern, Wein aus der Gascogne, Holz nach Italien, Seide und andere wertvolle Stoffe aus den Webereien von Venedig und Florenz. Ich beachtete diese Männer mit den angespannten Gesichtern und den breiten

Nasen nicht. Ihre vollmundigen Versprechungen und hochtrabenden Reden vermochten mich nicht zu überzeugen, und daher begab ich mich auf den Friedhof, wo sich all die Schwindler, Gauner und Tagediebe herumtrieben, die sich vor dem Gesetz verstecken mußten. Ihr müßt wissen, St. Paul war eine geheiligte Stätte, ein Zufluchtsort vor den Männern des Sheriffs, und solange man sich hier aufhielt, war man sicher. Ich fragte mich, ob einige meiner alten Kumpane aus den Tagen bei Mother Nightbird auch noch hier herumlungerten. Ich ging auf die Stände und die wackligen Hütten zu, die entlang der Mauer errichtet waren. Herr im Himmel, noch niemals zuvor hatte ich eine derartige Ansammlung von Galgenvögeln, Halsabschneidern und zwielichtigen Gestalten zu Gesicht bekommen! Fürwahr, hier gab sich der Abschaum der Menschheit ein Stelldichein. Ich behielt eine Hand auf dem Griff meines Degens und die andere auf meiner Geldbörse, während ich im Geiste schon den Brief formulierte, in dem ich Kardinal Wolsey darum bitten würde, den Friedhof von diesem Gelichter zu säubern.

Allmählich wurde ich dieses Anblicks müde, und so kehrte ich zur Schänke zurück, um die Freuden sowohl der Tafel aus auch des Bettes zu genießen, die dort auf mich warteten. In meiner Kammer fand ich seltsamerweise das Flugblatt eines Franzosen vor, der Geldgeber für ein Unternehmen zu gewinnen suchte, das sich mit dem Export von Pergament nach Frankreich und dem Import von Wein nach England befassen sollte. Ich las es mit Interesse, vergaß es dann jedoch rasch wieder. Am nächsten Tage kehrte ich zur Kathedrale von St. Paul zurück, und diesmal hatte ich den erhofften Erfolg.

Es muß um die Mittagsstunde gewesen sein, zur Zeit des Angelusläutens, als die Glocken der Kathedrale mit ihrem ohrenbetäubenden Lärm begannen, da sah ich den Mann zum ersten Mal. Er trug ein schlichtes, dunkelbraunes Lederwams und gleichfarbige Beinkleider, die in schwarze, weiche Lederstiefel gestopft waren. Seinen grauen Umhang, der aus reiner Wolle gefertigt war, hatte er über der Schulter zurückgeschlagen, doch es war vor allem sein Gesicht, das meine Aufmerksamkeit erregte. Seine Züge erinnerten mich an diejenigen von Benjamin: freundlich, aufrichtig und offen. Nun, Ihr kennt ja mittlerweile Shallots goldene Regel: Jeder gewöhnliche Galgenvogel erkennt ohne Mühe einen anderen seines Schlages, doch nur ein wahrhaft ausgefuchster Schurke erkennt, wenn er es mit einem aufrichtigen Menschen zu tun hat. Dieser Mann hier war ein äußerst aufrichtiger Mensch. Er trug eine Handvoll Flugblätter bei sich, die er an die Passanten verteilte, und als ich eines davon entgegennahm, leuchteten seine braunen Augen freundlich auf. Er mußte ungefähr fünfzig Lenze zählen, sein kupferfarbenes Gesicht hatte einige Falten, und sein zurückweichendes Haar war silbergrau, doch sein Schnurrbart und sein sorgfältig gestutzter Bart deuteten darauf hin, daß er eine glückliche Jugend gehabt haben mußte.

Ich schlenderte zum Stand eines Pastetenverkäufers, wo ich das Flugblatt eingehend studierte, aus dem hervorging, daß sein Verfasser ein Ausländer war: Jean Pierre Ralemberg aus Dijon, Inhaber einer Wohnung und eines Lagerhauses in einer Gasse in der Nähe der Bread Street. Der Mann war ein Pergamenthändler, der Geld aufzutreiben versuchte, um den Export von Pergamentpapier nach Nantes und den Import von Wein nach England zu finanzieren. Nun, ich möchte Euch nicht mit Ausführungen über die damaligen wirtschaftlichen Verhältnisse langweilen; es genügt, wenn ich sage, daß im Jahre 1520 bares Geld ziemlich rar war, daß das Geld meist in

Äckern, Wiesen und Häusern angelegt war und daß es deshalb für Leute wie Ralemberg ganz naheliegend war, für ihre Unternehmungen Reklame zu machen.

Die Möglichkeiten, die in diesem Geschäft steckten, schienen mir recht verlockend, und ich wurde ziemlich neugierig darauf, herauszufinden, warum ich sein Flugblatt schon in meiner Kammer im Golden Turk vorgefunden hatte. Einerseits argwöhnte ich, es könnte sich um eine Falle handeln, doch andererseits machte der Mann einen ausgesprochen ehrlichen Eindruck. Ich saß an meinem Tisch, scharrte mit den Füßen und wälzte das Problem in meinem Kopf hin und her. Der Wirt im Golden Turk hatte nichts von dem Flugblatt gewußt, wer also hatte es in meine Kammer gebracht? Handelte es sich dabei um irgendeinen anonymen Wohltäter, oder sollte ich hereingelegt werden?

Langsam kaute ich an meiner in Würfeln geschnittenen und mit Kräutern gewürzten Fleischpastete. Der Franzose schien ziemlich vertrauenerweckend zu sein, und ich war erfahren genug, hier ein gutes Geschäft zu wittern. Englisches Pergament wurde überall in Europa benötigt, während in England französischer Wein sehr gefragt war. Ihr seht also, kein Handelsgut muß verkommen. Doch je länger Ihr es aufbewahrt, desto wertvoller wird es. Ich kehrte zur Kathedrale zurück und sah Ralemberg niedergeschlagen an einer Säule lehnen, während er mit dem Packen Flugblätter gegen seine Beine schlug. Ich trat vor ihn hin und zog meinen Hut.

»Monsieur Ralemberg, ich bin Roger Shallot. Ich habe Euer Flugblatt gelesen. Ihr seht hungrig aus. Vielleicht könnten wir etwas essen und uns dabei unterhalten?«

Der Franzose blickte mich reserviert an. »Ihr seid noch sehr jung«, murmelte er.

»Was hat das für mein Silber zu bedeuten?«

Er verzog das Gesicht. »Nichts, doch die Wahrheit ist, Ihr seht eher wie ein Gauner aus.«

»Ich bin auch einer«, antwortete ich. »Doch auf mein Wort ist Verlaß, und auf mein Silber noch mehr.«

Ralemberg grinste. »Ein ehrlicher Gauner also. Gut, essen wir zusammen etwas, und unterhalten wir uns. Ihr bezahlt das Essen und ich den Wein.«

Nun, es war nicht weit zum nächsten Gasthaus, und wenn ich mich richtig erinnere, speisten wir saftige Wachtelpasteten, die eine goldbraune, knusprige Kruste hatten und in einer kräftigen Soße schwammen, dazu tranken wir einen Krug neuen Bordeaux. Gute Mahlzeiten vergesse ich nie. Denn wer schon so entsetzlich Hunger gelitten hat wie ich in der Wildnis vor Moskau oder in der Wüste von Nordafrika, wird sich immer daran erinnern, was er gegessen hat. Das kann ich beschwören bei jedem Bissen Fleisch, den ich zu mir genommen und jedem Becher Sherry, den ich genossen habe, bei den wenigen guten Frauen, die mir begegnet sind und den vielen schlechten, mit denen ich geschlafen habe. Doch nun zurück zu diesem Gasthaus.

Zunächst erzählte Ralemberg von sich. Ich wurde den Verdacht nicht los, es müsse irgendein Geheimnis geben hinter dem schlichten Lebenslauf dieses Pergamenthändlers, der angab, in Nantes in der Bretagne geboren worden und dort auch aufgewachsen zu sein. Nach seiner Aussage war er Schreibwarenhändler gewesen und hatte sich mit den Gutenbergschen Druckpressen ausgekannt. Dann war er aus Gründen, die er für sich behielt, mit seiner Familie und seinem Geschäft nach England übergesiedelt. Ich erzählte ihm nichts von dem Flugblatt, das ich in meiner Unterkunft gefunden hatte, denn ich stellte sehr bald fest, daß es sich dabei um einen reinen Zufall handelte. Der Wein löste Ralembergs Zunge, und je mehr er redete, desto klarer formte sich in mir die Erkenntnis, daß seine Unternehmung der Grundstein auch für meinen eigenen Erfolg sein konnte. Er habe, so berichtete er, Verbindung zu einem vertrauenswürdigen Kapitän, der eine dreimastige, seetüchtige Kogge befehligte. Ralemberg beabsichtigte, damit Pergament in die Bretagne zu exportieren und für die Rückreise das Schiff mit Wein für den Londoner Markt zu beladen.

»Ich kann den Wein nicht selbst verkaufen«, erklärte er mir. »Und Ihr könnt es auch nicht. Wir sind beide keine Mitglieder der Weinhändler-Gilde. Doch wir könnten ihn direkt an die Weinhändler verkaufen und dabei einen schönen Profit machen.«

Ich lehnte mich gegen den hohen Rücken der Holzbank, und mir wurde klar, daß Ralemberg ein wirklicher Geschäftsmann war, ein Mann, der sich in den Gepflogenheiten des Londoner Marktes auskannte. Dann kam er schnell zur Sache: Für seine Unternehmung müsse er Kapital auftreiben, denn das ganze Geld, über das er verfüge, stecke in seinem Haus. Daraufhin redete er gleich über Verkaufsurkunden, über den Einkauf von Segeltuch und Pergament, über die Kosten für einen Fuhrmann und über das Geld, das für Schiff und Besatzung aufzubringen sein würde.

»Und was ist mit Lagerhäusern?« fragte ich.

»Ich besitze ein Lagerhaus nahe der Bread Street«, erwiderte er, »dort gib es noch genügend freien Platz und ein trockenes Steingewölbe im Keller. Alles, was ich brauche«, wiederholte er, »ist Geld, um das Geschäft auf den Weg zu bringen.«

Nun war er an der Reihe, Fragen zu stellen, und ich sagte ihm natürlich nur das, was ich ihm preisgeben wollte. Nein, Ihr dürft nicht glauben, daß ich ihn angelogen hätte, ich habe ihm schon die Wahrheit gesagt –

allerdings ein wenig verkürzt und retuschiert, wie es für meine Zwecke am günstigsten war. Ralemberg musterte mich aufmerksam, und ich bemerkte die Zweifel in seinen Augen. Wenn ein eingefleischter Schurke einen ehrlichen Mann an der Nasenspitze erkennen kann, dann, so glaube ich, kann ein wahrhaftiger Mensch auch einen Schurken entlarven. Meine vollmundigen Darlegungen schienen nicht allzuviel Wirkung zu erzielen, daher löste ich meinen Geldgürtel und entleerte einen der Beutel mit den Silberlingen auf dem Tisch.

»Hier ist meine Sicherheit«, sagte ich. »Nehmt dies als Beweis meiner Aufrichtigkeit.«

(In dieser Rolle gefalle ich mir: mein Geld sprechen zu lassen, während andere nur heiße Luft und Spucke von sich geben.)

Ralemberg schob mir das Geld zurück.

»Ich möchte Euch beweisen, daß ich ehrliche Absichten habe«, rief ich aus.

»Wollen wir das nicht alle, Master Shallot? Wenn ich Euer Geld nähme, wäre ich nichts weiter als ein Dieb. Doch kommt, ich will Euch das Lagerhaus zeigen, von dem ich sprach.«

Wir erhoben uns, und er führte mich das kurze Stück Weges bis zur Bread Street. Sein Haus bestand aus drei Stockwerken. Die Fenster waren staubig und hatten Löcher, an den Balken war die Farbe abgeblättert, und die Eingangstüre hing schief in den Angeln. Ralemberg zuckte mit den Schultern und grinste entschuldigend. Im Inneren des Hauses allerdings roch es frisch, und alles war sauber. (Die Franzosen legen auf solche Dinge immer mehr Wert als die Engländer.) Wir gingen einen Korridor entlang zu einem kleinen vertäfelten Saal. Ich erinnere mich an dunkel gestrichene Balken, an Fenster, die hoch an der Wand angebracht waren, und daran, daß ein paar

Wachskerzen brannten. Auf dem Boden lagen Lumpen, und vor einem kleinen Holzfeuer spielte ein Schoßhund. Auf der einen Seite des Ofens saß eine grauhaarige Frau, die in eine Strickarbeit vertieft war, und auf der anderen Seite, mit dem Rücken zu uns, kauerte ein Mädchen über einem Buche und rezitierte ein französisches Gedicht mit einer Stimme, die vor Freude und Ausgelassenheit förmlich vibrierte.

Ein alter Diener, kahl wie ein Kohlkopf, verhutzelt und ganz gelb im Gesicht, kam uns entgegen gekrochen und murmelte Ralemberg gegenüber Entschuldigungen auf Französisch, doch dieser gab ihm einen Klaps auf die Schulter und sagte, er brauche sich keine Sorgen zu machen. Unser Eintreten brachte natürlich die traute Runde durcheinander, die um den Herd versammelt war. Die beiden weiblichen Wesen sprangen unter Freudenschreien auf. Madame Ralemberg war eine echte Französin, sie hatte einen dunklen, olivfarbenen Teint, ausdrucksstarke Augen und sorgfältig frisiertes Haar. Sie machte einen glücklichen Eindruck, wenngleich ihre Augen Zurückhaltung signalisierten. Sie musterte mich argwöhnisch, und dies bestärkte mich in meiner Vermutung, daß Ralemberg irgend etwas verheimlichte. Das andere weibliche Wesen, Ralembergs Tochter ... nun, wie soll ich Euch diese Verkörperung weiblicher Vollkommenheit beschreiben? Sie mußte sechzehn oder siebzehn Lenze zählen, war hochgewachsen und schlank, und ihre blauen Augen waren so hell und klar wie ein wolkenloser Himmel an einem strahlenden Sommertag. Sie hatte ein engelsgleiches Gesicht, hohe Backenknochen, und ihre Nase wie ihr Mund waren formvollendet. Wäre sie eine Hofdame gewesen, hätten die jungen Dandys Oden und Sonette an ihre Augenbrauen, ihre Fingernägel und ihren süßen Rosenmund verfaßt. Herr im Himmel, sie war wahrhaft atemberaubend schön!

Sie trug ein schlichtes braunes Kleid mit einer großen Halskrause, doch sie hätte jede Königin übertrumpft. Ihre Stimme war tief und melodiös, und ihr Englisch hatte nur einen ganz leichten französischen Akzent. Sie sagte etwas zu mir; einige allgemeine Grußworte, doch ich konnte sie nur offenen Mundes anstarren. Plötzlich begann sie zu kichern, und ich bemerkte, daß ich sie immer noch bei den Fingern hielt. Es waren ihre Augen, diese hellen blauen Augen in dem dunklen Gesicht, die mich verzauberten. Ich bin später noch öfter solchen Frauen begegnet, doch Agnes Ralemberg war zweifellos die Königin.

Ihr dürft es mir glauben, wenn man die Augen als Fenster der Seele auffassen kann, dann war die Seele von Agnes makellos rein. Sie wirkte absolut unschuldsvoll, doch sie war auch mit einem beißenden Sinn für Humor und einem scharfen Verstand ausgestattet. Sie wußte, daß ich ein Spitzbube war, sobald ich ihr unter die Augen gekommen war, und während ihr Vater mich zu einem Stuhl schob, beobachtete sie mich neugierig aus den Augenwinkeln. Sie lachte über mich, doch das machte mir nichts aus.

Ralemberg erzählte, und ich hörte ihm zu. Ich wäre bereit gewesen, ihm meine gesamte Barschaft zu überlassen, auch wenn er mir nur erlaubt hätte, seine Tochter zu betrachten. Gütiger Gott, ich fühle, wie mir Tränen in die Augen treten. Der ungestüme Shallot, der schon unter einen Weiberrock kroch, sobald sich die erste Gelegenheit dafür bot, saß hier vor diesem jungen Ding und brachte keinen Ton heraus. Ich hatte Angst vor ihr – oder war ich vielleicht schüchtern? (Mein Kaplan grinst schmierig. Er möge sich vorsehen! Agnes war eine der großen Lieben meines Lebens. Genauer gesagt, die erste und einzige. Vielleicht habe ich jene Frauen, die nach ihr kamen, nur deswegen geliebt, weil sie eine schwache Ähnlichkeit mit Agnes hatten.) Nun denn, Ralemberg plauderte fröhlich darauflos, und schließlich zeigte er mir sein Haus. Ich tappte wie ein Schlafwandler hinter ihm her, als er mich in die leeren Räume und den tiefen Keller mit dem Steingewölbe führte.

Nach der Besichtigung wäre ich gerne wieder in den Saal zurückgekehrt, um mich weiterhin am Anblick von Agnes zu weiden, doch Ralemberg nahm mich mit hinunter in eine kleine Bierschänke bei der King's Wharf in der Nähe der Vintry, in der es nach Karpfen und Salz stank. Er stellte mich dem stämmigen, rotgesichtigen Bertrand de Macon vor, Besitzer der dickbauchigen Kogge und der dritte Partner bei unserer Unternehmung. Wir saßen zusammen, tranken und sprachen über Schiffahrtsrouten, Hafengebühren, das Anheuern einer Mannschaft, den Weinmarkt und das Verstauen einer Ladung. Offen gestanden, dies alles belustigte mich eher, doch daß diese beiden Männer aufrichtig und ehrlich waren, daran gab es keinen Zweifel. De Macon war ein geborener Seemann, er hatte auch schon die Stürme der Biscaya gemeistert. Er zeigte sich damit einverstanden, die erste Fahrt hin und zurück ohne Bezahlung durchzuführen, sofern Ralemberg sich bereit erklären würde, das Unternehmen dadurch abzusichern, daß er sein Haus als zusätzliche Sicherheit einbrachte. Ich sollte das Pergament einkaufen und für seinen Transport zur Werft sorgen, und wir rechneten uns aus, daß wir schon durch den Verkauf des Weines aus der ersten Fahrt einen Profit einstreichen würden.

Wir besiegelten das Geschäft per Handschlag, tranken darauf und begaben uns dann nach St. Paul zu den Schreibern, um einen Vertrag zwischen uns dreien aufsetzen zu lassen. Wir kamen überein, zunächst zwei Fahrten zwischen der Themse und Nantes durchzuführen und danach eine erste Zwischenbilanz zu ziehen. In dem Dokument wurden feinsäuberlich die Pflichten eines jeden von uns aufgeführt. Doch bevor es zum Unterschreiben kam, bat Ralemberg mich für einen Moment nach draußen. Ich dachte, er wolle noch weitere Informationen erfragen, doch flink wie eine Katze zog er seinen Dolch und setzte ihn mir an den Hals.

»Master Shallot«, flüsterte er. »Meine Tochter Agnes – ich hoffe, Ihr hegt ehrliche Absichten ihr gegenüber.«

Könnt Ihr verstehen, daß ich nicht im geringsten Angst verspürte? Dies war eine der seltenen Situationen in meinem Leben, in denen ich uneingeschränkt die Wahrheit sprach. Ich hielt meine rechte Hand empor.

»Monsieur«, erklärte ich, »Ihr habt mein Wort als Euer Geschäftspartner, daß ich Eurer Tochter gegenüber nur die vollkommen lautersten Absichten hege.«

Ralemberg lächelte, steckte seinen Dolch in die Scheide und klopfte mir auf die Schulter. Wir gingen wieder hinein und unterzeichneten die Urkunde, wonach der Schreiber das Pergament in drei Teile zerschnitt und für sich ein Duplikat behielt. Sodann wurden Briefe aufgesetzt, die beim Kanzleigerichtshof hinterlegt werden sollten, damit wir die notwendige Genehmigung bekamen, Handel zu treiben. Nun, was soll ich hierüber sonst noch berichten? Ich machte mich auf den Weg in meine Unterkunft, vergnügt und hochgestimmt wie ein Schuljunge, der sich auf seine Ferien freut.

Der Tag neigte sich seinem Ende entgegen, doch ich fühlte mich jung und frisch und bärenstark; das Schwert und der Dolch, die ich bei mir trug, gaben mir ein Gefühl der Unbezwingbarkeit, dennoch erschrak ich fast zu Tode, als die Angreifer, die mir aufgelauert hatten, über mich herfielen. Sie griffen mich eigentlich nicht an, sie preßten nur meine Arme nach hinten und drückten mich mit dem Gesicht an eine feuchte Hausmauer. Vielleicht lag es daran, daß ich schon ziemlich viel Wein getrunken hatte, aber ich gab nur einen kurzen Schrei von mir, bevor sie mich an den Haaren packten und meinen Kopf gewaltsam nach hinten bogen.

»Monsieur!« zischte eine Stimme. »Es ist besser, wenn Ihr Euch nicht wehrt! Wir sind zu viert. Wir möchten Euch nichts Böses antun, doch Monsieur Ralemberg ist nicht der Mann, als der er sich ausgibt. Ihr solltet Euch lieber nach einem anderen Geschäftspartner umsehen.«

»Was meint Ihr damit?« fragte ich stotternd, und meine angeborene Feigheit gewann wieder die Oberhand. »Ralemberg ... wer ist das?«

»Monsieur«, wiederholte die Stimme langsam, »Ihr solltet Euch weniger an Monsieur Ralemberg halten, sondern eher auf uns hören.«

Sie packten einen meiner Arme und drückten mir – ich begriff zunächst überhaupt nicht, wie mir geschah – eine dünne Wachskerze in die Hand.

»Wenn Ihr Monsieur Ralemberg das nächste Mal trefft, dann sagt ihm, seine alten Freunde, die Luciferi, haben ihn nicht vergessen!«

Plötzlich ertönte eine schneidende Stimme vom Eingang der Gasse her.

»He, Ihr! Was tut Ihr da?«

Die Männer, die mich überfallen hatten, schlugen meinen Kopf gegen die Mauer und verschwanden. Ich kauerte am Boden, drückte meine Hand auf die verletzte Schläfe und fluchte wegen der Schmerzen, die sich über mein Gesicht ausbreiteten. Meine Retter waren drei kräftige Burschen, von denen jeder Degen und Dolch am Gürtel trug. Ihr wißt, wovon ich rede: diese Kerle, die enge Beinkleider mit vorspringendem Hosenlatz tragen und angetan sind mit gefütterten Wamsen und kurzen Umhängen. Sie verfolgten meine Angreifer nicht, sondern halfen mir vielmehr auf die Beine und erkundigten sich dabei besorgt nach meinem Befinden. Es war zu dunkel, um ihre Gesichter zu erkennen, doch mich beschlich die Angst, vom Regen in die Traufe gekommen zu sein. Ich hätte wissen können, daß etwas nicht in Ordnung war. Warum um alles in der Welt sollten drei stämmige junge Burschen einem Fremden in einer dunklen Gasse nahe der Cheapside Street zu Hilfe eilen? Doch sie ließen mich unbehelligt ziehen, und so stolperte ich zurück zum Golden Turk, wo ich mich in die ausgebreiteten Arme der Magd flüchtete, nachdem ich eine Schüssel mit kräftiger Fleischbrühe verzehrt und zahllose Humpen Bier in mich hineingeschüttet hatte.

Kapitel 2

Als ich am nächsten Morgen erwachte, war ich immer noch ziemlich verstört durch die Ereignisse. Ich blickte verwundert auf die kleine, dünne Wachskerze, die ich in meiner Kammer auf den Boden geworfen hatte. Ich dachte nicht mehr über meine Retter nach, sondern begann mir Sorgen zu machen wegen der Luciferi.

Ich konnte genug Latein, um zu wissen, daß damit die ›Lichtbringer‹ gemeint waren. Das war der Name des Satans gewesen, bevor er aus dem Himmel verstoßen worden war. Doch wer waren diese ›Lichtbringer‹? fragte ich mich. Ein konkurrierendes Unternehmen? Persönliche Feinde von Ralemberg? Ich spürte, wie es mir den Magen zusammenschnürte, mein Herz begann schneller zu schlagen, und meine Hände fühlten sich klamm an. Das waren die untrüglichen Zeichen, die dem guten Shallot sagten, daß es wieder an der Zeit war, sich aus dem Staube zu machen. Die Hochstimmung, die mich am vorhergehenden Tage noch beflügelt hatte, begann sich zu verflüchtigen, bis ich mich wieder an Agnes erinnerte, an die Dokumente, die ich unterzeichnet hatte, und an die Aufrichtigkeit und Ehrlichkeit, mit der Ralemberg und de Macon mir begegnet waren. Ich wusch mich, zog mich an, schnallte mir den Schwertgürtel um und verließ das Haus, wobei ich mir im stillen schwor, daß es keinem Halsabschneider oder Wegelagerer gelingen sollte, mich, den frischgebackenen Geschäftsmann, aus der Bahn zu werfen. Mein Gott, wie töricht ist doch oft die Jugend!

Ich ging geradewegs zu Ralembergs Haus, begierig darauf, die unermüdlich lächelnde Agnes wieder zu Gesicht zu bekommen. Mein Herz jubilierte, als sie versprach, mich und ihren Vater zu einem Pergamenthändler in Lothbury zu begleiten. Wir hielten uns von den viel begangenen Wegen fern und mieden auch jene Händler, die zu hohe Preise verlangten. Ich kannte mich aus. Wir suchten diesen und jenen Laden auf, überquerten dann die London Bridge, auf der die verfaulenden, abgeschlagenen Köpfe von Verrätern aufgespießt waren, und gelangten schließlich zu dem kleinen Laden eines Pergamenthändlers in Southwark. Die Götter sind denen wohlgesonnen, die sie zu zerstören trachten, und schon nach drei Tagen wurden die Rollen Pergament, die wir aufgekauft hatten, zu de Macons Kogge gekarrt und an Bord gehievt. Der Kapitän war vergnügt und ausgelassen wie ein Schwein, das sich im Morast wälzt.

»Besser dies«, sagte er, »als darum zu betteln, irgend etwas von Westminster zum Wool Quay befördern zu dürfen.«

Er erklärte uns, daß es nun, nach dem Ende der Feindseligkeiten zwischen England und Frankreich, wesentlich billiger und auch einfacher sei, ein Schiff zu chartern, und daß bei der Ware, die er anzubieten habe, die Käufer den Markt bestimmten.

Zwei Tage später lief er aus, und ich schwebte, ungeachtet der Gefahren, die mir drohten, wie im siebenten Himmel. (Das ist auch einer meiner seltenen Vorzüge: Wenn es mir gut geht, dann schert mich alles andere keinen Pfifferling mehr.) Ralemberg erwies sich als ein sehr angenehmer Mensch. Mit seinem trockenen Witz, seinem scharfen Verstand und seiner über jeden Zweifel erhabenen Aufrichtigkeit erinnerte er mich immer mehr an Benjamin. Zusammen durchkämmten wir die Straßen auf der Suche nach weiteren möglichen Pergamentlieferanten, und da schönes Wetter war, reisten wir flußabwärts nach Oxford zu den Pergamenthändlern an der Holywell und Broad Street und besuchten auch die kleinen Läden an der Turl in der Nähe des Exeter College.

Und natürlich war immer auch Agnes gegenwärtig. Ich sehnte die Abende herbei, an denen ich den Ralembergs bei ihrem schlichten Mahl Gesellschaft leistete. Der Franzose behandelte mich wie einen Sohn; seine Gattin war ein wenig zurückhaltender und reservierter, daher machte ich ihr Komplimente und brachte ihr kleine Geschenke mit. Fast umwarb ich sie, als wäre sie die begehrte junge Maid. Nun, meine schöne Geliebte, was soll ich Euch noch von ihr berichten? An ein Ereignis werde ich mich zeit meines Lebens erinnern. Auch heute noch, fünfundsiebzig Jahre später, erscheint es jedesmal, wenn die Strahlen der Sonne mein Gesicht berühren, so frisch und lebendig vor meinem geistigen Auge, als wäre es gestern erst geschehen. Es war in dem kleinen Garten hinter Ralembergs Haus, in dem zwischen den Kräuterbeeten wilde Rosen blühten. Der Garten war durch eine hohe rote Ziegelmauer vom Nachbargarten abgetrennt. Ralemberg saß mit seiner Gemahlin in einer blumenumrankten Laube, während Agnes und ich zwischen den Beeten umherspazierten. Zuerst war sie ein bißchen scheu, doch dann sprach sie von Nantes und darüber, wie sehr sie die dunklen Wälder und die grünen Wiesen der Bretagne vermisse. Sie erzählte mir von ihren Freunden und sagte, sie sei stolz und dankbar für das Leben, das ihr Vater ihr ermöglicht habe. Hin und wieder griff ich sachte nach ihren Fingerspitzen und versuchte, das Gespräch auf Angelegenheiten des Herzens zu lenken, doch dann errötete sie und schlug ihre wundervollen Augen nieder. Sie schüttelte den Kopf und wechselte rasch zu einem anderen Thema über, nie jedoch sprach sie über die Vergangenheit ihres Vaters.

Nun, ich war durchaus des Französischen ein wenig

mächtig. Ihr werdet Euch entsinnen, daß ich schon eine gewisse Zeit in Paris verbracht hatte – wahrlich nicht die angenehmste Zeit meines Lebens –, daß ich dort im Winter beinahe erfroren wäre, von Wölfen gejagt wurde und in Montfaucon um ein Haar am Galgen zu Tode gekommen wäre. Von damals war mir die Sprache noch vertraut, und ich konnte der Konservation bei Tische einigermaßen folgen, solange die Ralembergs nicht in das für mich unverständliche Patois verfielen. Während dieser Unterhaltungen waren sie immer sehr bedächtig und hatten ernste Gesichter aufgesetzt. Immer wieder fiel das lateinische Wort ›Luciferi‹, und ich erinnerte mich an die Männer, die mich in der Gasse überfallen hatten. Ich war immer noch der Meinung, mit diesem Begriff sei ein konkurrierendes Unternehmen gemeint, und da sich die Wegelagerer auch nicht wieder blicken ließen, verblaßte meine Erinnerung an die Drohungen, die sie ausgestoßen hatten. Oder vielleicht doch nicht? Bisweilen jedenfalls fühlte ich mich beobachtet oder verfolgt, wenn ich in einer Schänke saß oder zwischen den Marktständen von Cheapside umherstreifte. Ich hatte das unbestimmte Gefühl, daß eine Gefahr in der Luft lag, daß jemand still und heimlich ein Auge auf mich hatte.

Oh, ich war durchaus versucht, die Ralembergs frei heraus zu fragen. Einmal auch befragte ich Agnes nach den Luciferi, doch das Mädchen wurde blaß und schüttelte den Kopf.

»Ihr dürft dieses Wort nie wieder erwähnen«, flüsterte sie.

Es kam mir nicht ungelegen, die ganze Angelegenheit fallen lassen zu können. Die Wochen vergingen, und bald war ein ganzer Monat vorüber. De Macon segelte währenddessen mit seinem Schiff nach Frankreich und wieder zurück, die Winde waren günstig und die See ruhig.

Ralemberg wollte de Macon nach dessen Rückkehr unbedingt zuerst allein treffen, weil er einige vertrauliche Dinge mit ihm zu besprechen habe, wie er sagte, und so gesellte ich mich später in einer Taverne an der Ecke Vintry und La Reole zu ihnen. Wir tranken auf unseren Erfolg, und de Macon informierte uns darüber, daß in diesem Geschäft sehr viel zu holen sei. Ralemberg gab bekannt, er habe schon einen Käufer für den Wein gefunden, einen Weinhändler in Trinity. Dann machten wir uns daran, unsere nächste Fahrt zu planen.

Ich hatte nun mein Silbergeld fast aufgebraucht, mußte mich, trotz des Gewinns, den wir gemacht hatten, stark einschränken und war sogar gezwungen, meinen Goldschmied Waller in dessen muffigem Geschäft in Mercery aufzusuchen, um mir etwas zu borgen. Zuerst wollte der alte Scheißkerl mir nicht einen Penny leihen. (Habt Ihr das auch schon festgestellt bei den Bankleuten? Solange Ihr Geld habt, sind die Schweinehunde nur zu gerne bereit, Euch etwas zu borgen; habt Ihr jedoch kein Geld mehr und seid darauf angewiesen, von ihnen etwas zu leihen, sagen sie Euch, Ihr sollt Euch zum Teufel scheren.) Schließlich setzte der alte Geizkragen aber doch ein Schriftstück auf, und ich bekam wieder etwas Geld. Wir kauften einige Wagenladungen Pergament in Charterhouse und Oxford und schickten sogar Bestellungen in weit im Norden gelegene Städte wie Norwich und Cambridge.

An dem Tage, bevor de Macon zu seiner zweiten Fahrt in See stechen sollte, luden mich die Ralembergs zu einem Abendessen ein. Ich war entzückt. Mein Werben um Agnes hatte sich weiter gesteigert. Ich hatte ihr kleine Geschenke gemacht. Ich hatte ihre Hand geküßt, während ich am Maifeiertag geholfen hatte, das Haus mit grünen Zweigen zu schmücken, und danach hatte ich sie zum Maitanz ausgeführt. Doch als ich nun an jenem Abend bei den Ralembergs eintraf, fand ich sie alle ziemlich bedrückt und verstört vor; sogar der leutselige de Macon war blaß und in sich gekehrt. Agnes wirkte verschüchtert, und den alten Diener hörte ich in der Küche weinen. Meine Gastgeber saßen um den Tisch herum und scharrten mit den Füßen, während wir das Mahl ungewöhnlich schweigsam zu uns nahmen. Doch als die Dunkelheit hereingebrochen war und die Kerzen auf dem Tisch riesige, dunkle Schatten an die Wand warfen, erhob sich Ralemberg, füllte mein Glas bis zum Rand, ging zu seinem Sessel zurück und nickte seiner Ehefrau zu.

»Master Shallot«, hob er an, »wir haben unsere Geheimnisse, und Ihr mögt ebenfalls Geheimnisse mit Euch umhertragen.« Er winkte mit der Hand. »Ich werde Euch erzählen, weshalb wir Frankreich verlassen haben.«

Er starrte auf das weiße Damast-Tischtuch hinunter. Ich nippte an meinem Wein und studierte die Gesichter der anderen, und es schien mir, als habe ihre Bedrückung noch zugenommen.

»Worum handelt es sich denn?« fragte ich unangenehm berührt.

»Um mich handelt es sich«, erwiderte Ralemberg. »Ich wurde in der Bretagne geboren. Das war ein unabhängiges Fürstentum, so lange, bis Herzog Heinrich starb und seine Tochter Anne als einzige Erbin hinterließ. Sie wurde gezwungen, König Karl VIII. von Frankreich zu heiraten, und die Bretagne wurde dem großen Frankreich einverleibt.« Ralemberg lächelte schwach. »Nun hatte aber der Vater des gegenwärtigen englischen Königs der Bretagne versprochen, die Tudors würden sich für die Unabhängigkeit der Bretagne einsetzen.« Er zuckte mit den Schultern.

»Hier zeigt sich wieder einmal, daß die gekrönten Häupter allesamt Lügner sind.«

(Nun, das war für mich in der Tat nichts Neues. Der alte Heinrich VII., der Vater des Großen Mörders, war ein geborener Geizkragen und ein notorischer Lügner, der auch dann nicht gewußt hätte, was die Wahrheit ist, wenn sie ihm förmlich ins Gesicht gesprungen wäre und ihn in die Nase gebissen hätte. Oh, übrigens, König Karl VIII. von Frankreich war um keinen Deut besser. Ein gnomenhafter, häßlicher kleiner Bastard, der ständig die Damen seines Hofes besprang wie ein brünstiger Köter. Er lebte in der Vorstellung, ein neuer Alexander zu sein, und er sagte, er wolle mehr über die Renaissance erfahren, die im Nachbarland in Blüte stand, und daher marschierte er in Italien ein. Karl eroberte eine Stadt nach der anderen. Er machte auch mit der Syphilis Bekanntschaft, damals, als diese Seuche erstmals in Europa auftrat. Seine Soldaten fingen sie sich in Neapel ein, und als ihnen dann allmählich die Eier abzufallen begannen, entschloß er sich zum Rückzug. Habt Ihr gehört, wie Karl ums Leben kam? Es heißt, er sei im Dunkeln in einen Raum gegangen und habe sich dabei den Kopf unglücklich an einem Schrank angestoßen. Ich weiß es besser. Er wurde ermordet. Ich habe nämlich den Mörder kennengelernt, der auf diesem Schrank saß!)

»Die Bretagne wurde also ein Teil Frankreichs«, fuhr Ralemberg fort. »Ich kümmerte mich darum nicht. Ich besuchte die Universität, die Sorbonne in Paris, und trat dann in die Dienste des Königs. Ich schloß mich der königlichen Garde von Geheimagenten an, den Luciferi oder Lichtbringern. Diese Männer leben in einer Schattenwelt. Sie treten nicht im Lichte des hellen Tages in Erscheinung, sondern beschäftigen sich mit verschlagenem Ränkespiel, dem Heraufbeschwören von Trugbildern, geheimen Anschlägen und allen dunklen Kniffen des Teufels. Ich wurde ein hochrangiger Offizier und war direkt dem ›Erzengel‹, einem Manne namens Vauban, unterstellt.«

Er biß sich auf die Lippen. »Erzengel ist ein Titel, den der Anführer der Luciferi trägt. Er wird persönlich vom französischen König ernannt. Ich muß gestehen, daß ich eine Zeitlang in diesem Ränkespiel mitwirkte, doch dann begannen die Luciferi, durch Anschläge oder gefälschte Prozesse, in der Bretagne jeden Widerstand gegen die Annexion durch Frankreich auszuschalten. Eines der Opfer war mein Bruder, der den Widerstand in der Gegend um Nantes anführte.« Er blickte auf seine gespreizten Finger hinunter. »Ich vermute«, sagte er mit gedämpfter Stimme, »dies war es, was mir schließlich die Augen öffnete. Ich begann, die Luciferi als einen Bund des Bösen zu erkennen. Ich setzte mich ab und schloß mich den Rebellen in der Bretagne an.« Er warf einen Blick zu dem Kapitän. »De Macon war auch einer von uns. Als der Widerstand zusammenbrach, floh ich mit allen meinen Habseligkeiten ins Ausland.«

Ralemberg blickte mich scharf an. »Was ist mit Euch, Roger? Ich dachte, Ihr würdet einwenden, dies sei England, und die Luciferi hätten hier keinerlei Macht?«

»Ich bin den Luciferi schon begegnet«, gab ich zur Antwort und hörte Madame Ralemberg aufseufzen, als ich kurz schilderte, wie mich die Männer in der Gasse überfallen hatten und die Retter erschienen waren, die mir schließlich zu Hilfe eilten.

»Warum habt Ihr das nicht schon früher erzählt?« rief Ralemberg.

»Ich dachte, es handele sich dabei um ein konkurrierendes Unternehmen oder im irgendwelche persönlichen Feinde von Euch. Und Drohungen«, fuhr ich tapfer fort,

»können mich nicht einschüchtern. Doch Ihr habt recht, Monsieur, dies ist England, und die Luciferi haben hier keine wirkliche Macht.«

»Die Luciferi sind überall«, entgegnete de Macon. »Weshalb, glaubt Ihr, benötigte Monsieur Ralemberg Euer Silber und Euer Gold? Ihr wart nicht der einzige, der von seiner Unternehmung angezogen wurde. Doch die Luciferi haben alle anderen dazu gebracht, die Finger davon zu lassen.«

»Seltsam«, überlegte ich.

»Was ist seltsam?«

»Nun, Monsieur, bevor ich Euch bei der Kathedrale von St. Paul begegnete, fand ich einen Eurer Handzettel in meiner Kammer im Golden Turk. Könnten die Luciferi ihn dort hingelegt haben?«

»Ja, das ist wirklich seltsam«, bestätigte Ralemberg. »Und Ihr sagt, andere Männer seien Euch zu Hilfe gekommen?«

Ich nickte, und er lächelte kaum merklich.

»Ihr müßt mächtige Beschützer haben, Master Shallot.«

»Was meint Ihr damit?«

»Nun, die Luciferi haben Euch bedroht, doch sie wurden in die Flucht geschlagen durch jemanden, der noch mächtiger ist als sie.«

Mich fröstelte. Es beschlich mich mit einemmal das unheimliche Gefühl, daß meine Reise nach London und mein Zusammentreffen mit diesem Franzosen sorgfältig von Kardinal Wolsey und seinem undurchsichtigen Gehilfen Doktor Agrippa inszeniert worden waren. Hatte Benjamin mich deswegen ziehen lassen? Hatte ich deshalb diesen Handzettel in meiner Kammer vorgefunden? Ich versuchte mich zu erinnern. Alles war so glatt verlaufen. Da hatte ich vorgehabt, Benjamin zu schreiben und mich stolz als aufstrebenden Kaufmann darzustellen, und in Wirklichkeit war alles von langer Hand eingefädelt worden. Ich hatte Benjamin zwar gegenüber den Ralembergs erwähnt, hatte aber nichts über seinen mächtigen Anverwandten, den Kardinal Wolsey, gesagt.

»Monsieur«, fragte ich, »hat man Euch von mir erzählt, schon bevor wir uns begegneten?«

Ralemberg schüttelte den Kopf. »Nein«, antwortete er, »ich weiß nur, daß andere Interessenten, die auf mich zukamen, gewarnt und abgeschreckt wurden. Zuerst dachte ich, es seien nur die Luciferi im Spiel, doch nun bin ich überzeugt, daß es sich um eine Intervention des englischen Hofes handelt.«

»Weshalb?« fragte ich.

»Weshalb was?«

»Weshalb hat der englische Hof ein Interesse an Euch?«

Ralemberg lächelte und nahm mit seinen Fingerspitzen sorgfältig die Krümel von seinem Teller. Die übrigen Anwesenden saßen wie zu Säulen erstarrt um den Tisch und beobachteten mich aufmerksam. Ich bin sicher, de Macon hatte die Hand an seinem Dolch, und es war mir klar, daß sie mich verdächtigten, ein Mitglied der Luciferi zu sein. Aus diesem Grunde war auch de Macon anwesend, er sollte eingreifen, falls es nötig werden würde.

»Ich habe Euch akzeptiert, Roger«, sagte Ralemberg, »weil ich Euch mochte. Ich vermutete aber schon von Anfang an, daß Ihr mächtige Beschützer haben könntet, irgend jemanden am englischen Hof.« Er leckte über seine Lippen. »Man gewährte mir in England Zuflucht als Gegenleistung für Informationen über die Luciferi.« Er zuckte mit den Achseln. »Ihr wißt, das Übliche: Namen, Orte, Agenten, Geheimcodes und Briefe. Ich gab ihnen alle Informationen, die ich hatte, bis auf die eine, die den großen Kardinal besonders interessierte.«

»Welche war das?«

»Die Luciferi verfügen über einen Spion, einen sehr hoch angesiedelten Spion am englischen Hofe, der die Franzosen mit Informationen über König Heinrichs Pläne gegenüber Frankreich versorgt, noch bevor diese Pläne in die Tat umgesetzt werden. Kardinal Wolsey dachte, ich würde den Namen dieses Spions kennen.«

»Und kennt Ihr ihn?«

»Nein, ich weiß nur, daß die Luciferi ihn Raphael nennen. Doch das wußte Wolsey schon.«

»Ihr habt ›ihn‹ gesehen?«

»Ja.« Ralemberg lächelte finster. »Ja, Ihr habt recht, Roger, es könnte auch eine Frau sein. Aber ich kenne nur den Namen Raphael.«

»Doch Wolsey«, bohrte ich nach, »wie auch die Luciferi, glauben, daß Ihr auch die Identität von Raphael kennt?«

Er nickte.

»Warum bringen Euch die Luciferi dann nicht einfach um?«

»Mein lieber Roger, in London gibt es Spione, die in den Diensten des Papstes, der Dogen von Venedig, des spanischen Königs Ferdinand von Aragon stehen . . . und genauso verhält es sich in jeder anderen europäischen Hauptstadt. Sie sind wie Parasiten. Sie werden hier geduldet, weil Frankreich auch englische Agenten in Paris duldet, doch sie müssen sich an bestimmte Auflagen halten – und keine Morde begehen ist eine davon. Und sobald die Engländer überzeugt sind, daß ich den Namen ihres Verräters kenne, werde ich in Sicherheit sein.«

Ich lehnte mich auf meinem Stuhl zurück und musterte Agnes' blasses Gesicht. Ich lächelte, um mein Unbehagen zu verbergen. Trieben Wolsey und Doktor Agrippa irgendein Spiel mit mir, fragte ich mich. Glaubten sie, ich könnte Ralemberg zum Reden bringen oder seinem Gedächtnis auf die Sprünge helfen?

»Warum erzählt Ihr mir jetzt dies alles?« fuhr ich ihn an.

»Heute nachmittag«, erwiderte de Macon, »haben die Luciferi sich wieder in Erinnerung gebracht.«

Ralemberg zog ein schmales Päckchen aus seinem Wams. Er rollte das Leintuch auseinander, und es kam eine kleine, weiße Bienenwachskerze zum Vorschein, auf der das französische Lilienbanner abgebildet war. Ich hob sie empor und musterte sie neugierig. Sie war identisch mit jener Kerze, die man mir bei dem Überfall in der Gasse in die Hand gedrückt hatte. Die Kerze sah so gewöhnlich, so rein aus, dennoch hatte sie die Ralembergs in Angst und Schrecken versetzt, und mir sollte sie das Heraufziehen neuen Ungemachs ankündigen.

»Ihr solltet Euch vorsehen«, murmelte de Macon.

Natürlich machte sich der gute Shallot darüber lustig. Ich riß Witze und alberte herum, bis sich die Beklemmung meiner Gastgeber allmählich etwas löste. Die verdammten Luciferi konnten mir keine Angst einjagen! Benjamins Onkel würde uns schon beschützen! Ich war mehr damit beschäftigt, wie ich Agnes überreden könnte, mit mir im Garten zwischen den Bäumen einen Spaziergang zu unternehmen, und ich tat das Unbehagen der Ralembergs leichtfertig ab.

Am nächsten Tag stach de Macon in See. Ich schrieb einen kurzen Brief an Benjamin, in dem ich behauptete, ich sei auf dem besten Wege, Kaufmann zu werden, fragte Benjamin aber auch, ob sein Onkel ihm in letzter Zeit geschrieben habe. Ich wollte den Eindruck erwecken, es sei alles in bester Ordnung. (Ich muß einen Augenblick innehalten. Ich höre, wie mein Kaplan über mich lacht, dieser widerliche kleine Furzer. Er murmelt, meine

Erfolgsstory sei genauso eine Fabel wie die Geschichte von Dick Whittington, der vor fünfzig Jahren Bürgermeister von London wurde. Weshalb glaubt er, sich lustig machen zu können, der elende Schweinehund? Darf der alte Shallot nicht auch einmal eine Glückssträhne haben? O nein, der kleine Bastard sieht es lieber, wenn sein Herr, sein großzügiger Meister verfolgt und geschlagen wird, wenn er in irgendeinem üblen, stinkenden Kerker schmachtet oder Schrecknissen ins Auge zu sehen hat, die so manchen anderen Mann in den Wahnsinn treiben würden. Nun, der elende Wicht braucht sich nicht zu sorgen, er wird schon noch voll auf seine Kosten kommen, bevor diese mörderische Geschichte zu Ende ist.)

Vier Tage, nachdem Ralemberg mir von den Luciferi erzählt hatte, feierte ich im Golden Turk ein einsames Zechgelage. Mein Partner hatte mir mitgeteilt, er habe sich um persönliche Dinge zu kümmern. Ich hatte die Achseln gezuckt und ihn allein gelassen. Ist es nicht verwunderlich, auf welche Weise manchmal die Schrecken über einen hereinbrechen? Eine Gruppe von Spielern hatte sich zu mir gesellt, sie hatten einen Becher mit Würfeln dabei, und in ihren Geldbörsen klimperte es angenehm. Gauner, die darauf aus waren, mich zu schröpfen, genau dasselbe, was ich mit ihnen vorhatte. Der Wein floß in Strömen, und mein Stapel Silber wuchs. Das Blut schoß wild durch meine Adern, und mein sonst hellwacher Geist wurde nachlässig. Junge Männer, die Ihr dies lest, nehmt einen Rat von Shallot entgegen! Erstens: Trinkt niemals, wenn Ihr spielt. Zweitens: Trinkt und spielt niemals mit Fremden. Drittens: Falls Ihr einmal der Versuchung erliegt, was mir manchmal auch passiert ist, vergewissert Euch, woher der Wein stammt, den Ihr trinkt. Nun denn, ich war bald so voll wie ein Vikar. Die Lautstärke wuchs an, vor meinen Augen zuckten Blitze, ich tanzte, ich sang, und ich schmiß eine Runde nach der anderen in dem sich langsam leerenden Schankraum. Ich war voller Vorfreude, weil ich Agnes am nächsten Tage wieder sehen sollte. Schließlich fiel ich auf meinen Stuhl zurück und versank in der Besinnungslosigkeit eines Vollrausches. Doch wie fürchterlich war das Erwachen! Ich fühlte mich, als befände ich mich am Ende eines langen Tunnels, und irgend jemand ziehe an meinen Beinen. Ich schlug die Augen auf, blinzelte in die Sonne und blickte mich um.

»Der Kerl ist aufgewacht.«

Ein graubärtiges Gesicht schob sich über das meine. Ich schaute weg. Ich befand mich in einem Garten, meine Kleider waren naß vom Tau. Mein Kopf dröhnte vor Schmerzen, und in meinem trockenen Mund verspürte ich einen üblen Geschmack. Ich war umringt von Männern, einige davon trugen eine Rüstung, und ich erkannte das blaue und senfgelbe Wappen der City of London. Ich versuchte, mich aufzurappeln, doch meine Arme wurden niedergedrückt. Die Männer stellten mich auf die Beine, fesselten meine Handgelenke hinter dem Rücken, legten mir eine eiserne Spange um den Hals und schlangen die lange Kette, die herunterhing, um meine Fußknöchel.

»Herr im Himmel, steh mir bei«, murmelte ich.

Der Soldat, dessen häßliches Gesicht ich gesehen hatte, nachdem ich aufgewacht war, stieß mir etwas in den Mund. Ich drehte mich weg und würgte. Ich blickte erneut um mich. Ich war in Ralembergs Garten, und in dem Karpfenteich sah ich etwas Schwarzweißes schwimmen. Ich schaute genauer hin. Es war der Kadaver von Agnes' Hund. Das zähflüssige Blut, das aus seiner aufgeschlitzten Kehle herausquoll, schien ihn über Wasser zu halten. Drüben in der Laube, wo die Ralembergs immer zu sitzen pflegten, lagen vier Leichen, die alle mit schmutzigen Leintüchern zugedeckt waren. Ich erblickte die Füße, die darunter vorschauten.

»Um Himmels willen!« stieß ich hervor. »Was ist passiert?«

Der Soldat packte mich an den Haaren und zerrte mich durch den Garten. Auf sein Kommando hin wurden die Tücher zurückgeschlagen. Wie soll ich diesen Anblick beschreiben? Ralemberg und seine Gemahlin lagen auf dem Boden hingestreckt, ihre Kehlen waren von einem Ohr zum anderen aufgeschlitzt. Das Blut, das schon ausgelaufen war, hatte ihre Kleidung durchtränkt. Bei Agnes war es anders. Ihr war das Genick gebrochen worden, sorgfältig und gekonnt. Sie lag da, als würde sie schlafen, und ihre wunderhübschen Augen waren halb geöffnet. Neben ihr lag die übel zugerichtete Leiche des Dieners, die Garotte war noch immer um seinen dürren Hals geschlungen. Ich heulte wie ein Hund und wehrte mich gegen meine Bewacher, bis mir jemand einen Hieb über den Schädel verpaßte und ich bewußtlos wurde.

Ich erwachte im Little Ease, einem stinkenden, rattenverseuchten Verlies, das von den Abwässern des gleichnamigen Gefängnisses umspült wurde.

Hier wäre ich fast schier verrückt geworden. Ich wimmerte und jammerte wie ein kleines Kind, kauerte mich in der kalten, glitschigen Dunkelheit auf den Boden, bis schließlich das Gitter über mir entfernt wurde und ein Amtsdiener mit einem Wasserspeiergesicht mir ein paar Peitschenhiebe versetzte, bevor er mir einen Kübel brackigen Wassers und eine Schale mit ranzigem, von Fliegen umschwirrtem Fleisch herunterließ. Allmählich beruhigte ich mich wieder und begann, mich mit dieser Tragödie abzufinden. Agnes war nicht mehr am Leben. Die Ralembergs waren tot, und die dunklen Blutflecken vorne auf meinem Wams schienen zu besagen, daß man mich für den Mörder hielt. Diese Männer im Golden Turk hatten mich absichtlich betrunken gemacht. Sie hatten meinem Wein irgendein Mittel beigemischt und mich dann zu diesem grauenerfüllten Garten gebracht.

Ich hatte Angst. Ich krümmte mich auf dem Boden zusammen, zitternd vor Kälte, bis man mich nach oben führte und in einen großen, bunt bemalten Karren steckte. Darin wurde ich durch die Shambles und durch Westchepe zum Gericht in der Guildhall gefahren. Dort stießen die Amtsdiener mich durch den mit einem Säulenvorbau versehenen Eingang und schoben mich einen langen, dunklen und muffigen Gang entlang in den Gerichtssaal und fesselten mich an die Anklagebank; auf der anderen Seite, umgeben von Gerichtsdienern, saßen die drei Gerichtsherren an einem quadratischen Tisch. Ich war nahe daran, zu erbrechen oder in Ohnmacht zu fallen. Nur die schrecklichen Ereignisse, die ich durchlitten hatte, und die Aussicht auf das, was mir möglicherweise noch bevorstehen würde, hielten mich aufrecht.

Ein Gerichtsdiener begann, die Anklage zu verlesen.

»Daß er auf die niederträchtigste Weise gemordet und das grauenhafteste Verbrechen begangen hat . . .« Und so weiter, und so weiter.

Shallots Verstand meldete sich wieder zu Wort. Ich fühlte schon den Galgenstrick um meinen Hals, und schlagartig wurde mir der Ernst der Lage bewußt. All meine Habseligkeiten im Golden Turk waren inzwischen wahrscheinlich schon verschwunden. Der Schurke von einem Wirt war sicherlich nicht jemand, der einem geschenkten Gaul ins Maul schaute. Ich hatte kein Geld mehr. Ich hatte keinen Schutz mehr. De Macon war auf See, es würde Wochen dauern, eine Petition an Wolsey zu schicken, und mein Meister Benjamin war vollauf mit seinen guten Werken in Ipswich beschäftigt. Wer also sollte für den alten Shallot ein gutes Wort einlegen? Niemand außer Shallot selbst, und daher bekannte ich mich nicht schuldig und brachte folgendes zu meiner Verteidigung vor: Ich sei Ralembergs Geschäftspartner gewesen und habe keinerlei Groll gegen ihn gehegt. Ich habe seine Familie geehrt und seine Tochter geliebt. Es habe andere Leute gegeben, so erklärte ich, die Ralembergs Tod gewünscht hätten, und ich sei von ihnen als Mörder vorgeschoben worden. Der Vorsitzende, ein Mann mit dem Gesicht eines alten, schlauen Fuchses und den harten Augen eines Wiesels, hörte mir zu. Doch seine beiden Kollegen grinsten, als ich den großen Kardinal erwähnte, von Staatsangelegenheiten sprach und schließlich die Luciferi ins Spiel brachte.

Mir war natürlich klar, daß die Luciferi dieses abscheuliche Verbrechen verübt hatten. Die Schweinehunde hatten sich entschlossen zu handeln, weil sie befürchteten, Ralemberg habe mir etwas erzählt. Sie hatten ihn und seine Familie hingerichtet und dafür gesorgt, daß Shallot derjenige sein sollte, der dafür zu bezahlen hatte. Wo, so fragte ich mich, waren denn diesmal meine verdammten Beschützer?

Doch nichtsdestotrotz gab es einen Hoffnungsschimmer. Der vorsitzende Richter beobachtete mich aufmerksam, als der Vertreter der Anklage, ein tölpelhafter Staatsanwalt, mit seinem Versuch scheiterte, zu beweisen, daß ich etwas gegen die Ralembergs gehabt hätte und auch kein anderes Motiv für das Verbrechen nennen konnte. Auf Nachfrage gab der Anklagevertreter zu, daß bei einer Durchsuchung des Hauses die Verträge zwischen Ralemberg, de Macon und mir ebenso wie auch meine überschwenglichen Liebesbriefe an Fräulein Agnes gefunden worden waren. Der Fall spitzte sich auf eine bestimmte Frage zu. Hatte ich das Golden Turk verlassen, um die Morde zu begehen, oder entsprach es der Wahrheit, daß man mich unter Drogen gesetzt und zu Ralembergs Garten verfrachtet hatte, nachdem die schrecklichen Morde verübt worden waren? Der Vorsitzende stellte immer wieder diese Frage, und mein Gegenspieler vermochte darauf keine befriedigende Antwort zu geben. Doch auch ich konnte meine Unschuld nicht beweisen.

Man steckte mich in das Verlies unter der Guildhall, während Bedienstete zum Golden Turk gesandt wurden, um Nachforschungen anzustellen. Außerdem wurde angeordnet, im Hafen von London nach de Macons Schiff zu suchen.

In meiner kalten, mit Steinplatten ausgelegten Zelle unterhalb der Guildhall leisteten mir die zwei größten Ratten Gesellschaft, die ich jemals zu Gesicht bekommen habe. Lange, schwarze, dickbäuchige und rotäugige Biester, die mich hungrig beobachteten, als hätten sie mich als ihre nächste Mahlzeit vorgesehen. Ich schrie und rüttelte an meinen Ketten. Die Ratten wichen träge ein Stück zurück, als wollten sie mir zu verstehen geben, daß sie sich früher oder später doch an meinem Fleische gütlich tun würden. Am späteren Nachmittag kamen die Männer des Sheriffs zurück und schleiften mich wieder in den Gerichtssaal. Wieselauge machte den Eindruck, als habe er sich nicht von der Stelle gerührt, doch die anderen beiden Heuchler schienen gut gespeist zu haben, denn sie hingen schläfrig in ihren hochlehnigen Sesseln. Im Saal war es ruhig bis auf das Knirschen der Federkiele der Schreiber, die an ihrem mit grünem Tuch bezogenen Tisch saßen.

»Master Shallot.« Die Augen des vorsitzenden Richters schienen zu lächeln. »Wir haben im Golden Turk Erkundigungen eingezogen.« Das Lächeln auf seinem langen Gesicht verschwand. »Der Wirt kann sich nicht erinnern,

Euch in jener Nacht gesehen zu haben, in der Ihr dort gezecht haben wollt.«

»Dieser verdammte Lügner!« stieß ich hervor.

Einer der Wachmänner schlug mir auf den Mund.

»Master Shallot«, ermahnte mich der Richter, »mäßigt Euren Ton!«

»Und was jetzt?« schrie ich. »Laßt Ihr mich jetzt hängen? Ihr wollt mich doch sowieso hängen lassen für Morde, die ich nicht begangen habe!«

Ich bekam einen scharfen Stoß zwischen die Rippen. »Was ist mit de Macons Schiff?« fragte ich stöhnend.

»Eine weitere schlechte Nachricht, wie ich fürchte, Master Shallot. De Macon wird Eure Geschichte nicht mehr bestätigen können. Sein Schiff wurde von französischen Freibeutern gekapert und versenkt.«

Nun, damit schien mein Schicksal besiegelt zu sein. Shallot sollte am Galgen enden. Der Richter setzte seine schwarze Kappe auf, ein dreieckiges Stück Seide. Der Gerichtsdiener, einen feierlichen und würdevollen Ausdruck auf seinem bigotten Gesicht, stand hinter ihm.

»Roger Shallot«, verkündete der Richter donnernd, »wir befinden Euch dieser furchtbaren Morde für schuldig, und daher muß Euch die volle Strafe zugedacht werden, die das Gesetz für solche Verbrechen vorsieht. Ihr sollt dorthin zurückgebracht werden, von wo Ihr kamt, und dann zu einem Zeitpunkt, der von diesem Gericht noch festgesetzt wird, durch den Strang zu Tode gebracht werden!«

Ich dachte in diesem Augenblick an alles mögliche: an Beten, Bitten, Lachen, Flehen, Flüchten, eben an all das, was der alte Shallot versucht, wenn er in die Enge getrieben worden ist.

»Wartet!« rief da die Stimme eines Mädchens vom hinteren Ende des Gerichstssaals. Ich drehte mich um und erblickte meine Retterin, die Magd aus der Schänke mit dem dunklen lockigen Haar. Der schwachsinnige Stallknecht neben ihr, den sie an der Hand zog, rangelte mit den Wachen.

»Was gibt es denn?« brüllte der Richter.

»Der Beweis!« schrie ich. »Sir, Ihr müßt sie anhören!«

Ich möchte dem alten Mistkerl nicht Unrecht tun, er war wirklich fair. Ich glaube, er wußte, daß irgend etwas bei diesem Fall nicht stimmte. Nun, er befahl dem Mädchen, nach vorne zu treten. Sie leistete den Eid und beschwor, mich an jenem Abend betrunken gesehen zu haben. Der Stallknecht, dessen Dialekt kaum zu verstehen war, nuschelte, er habe mich in der besagten Nacht volltrunken aus der Taverne in den Hof stolpern sehen, wo mich einige Fremde in Empfang genommen hätten. Der Richter, den Blick an die Decke gerichtet, fragte, warum denn der Wirt sich nicht daran habe erinnern können. Das Mädchen zuckte mit den Achseln und murmelte etwas, wie, daß er wohl zu beschäftigt gewesen sei. Wen kümmerte es? Ich war frei! Ich hatte keinen Penny mehr, war geschlagen worden und fast am Verhungern, aber ich war frei! Die Wachen warfen mich hinaus. Die Magd wartete auf der Straße auf mich. Sie drückte sich an mich.

»Ich bin zurückgekommen, Master Shallot. Ihr seid zwar ein Spitzbube, aber Ihr habt niemanden umgebracht.«

»Hast du jemanden gesehen?« fragte ich sie.

Sie lächelte und schüttelte den Kopf. »Ich hatte oben bei einem der Gäste zu tun.«

»Du hast mir zuliebe einen Meineid geleistet?«

»Ja.«

»Weshalb?«

»Ihr bringt mich zum Lachen.«

»Was ist mit meinen Sachen?« wollte ich wissen.

»Die sind weg. Der Wirt hat sie an sich genommen.«

»Ich bringe ihn um, diesen Drecksack!«

»Nein, das werdet Ihr nicht tun«, flüsterte sie. »Er ist schon tot. Man hat ihn mit durchgeschnittener Kehle in einem der Außengebäude gefunden.«

»Weißt du etwas darüber?«

»Männer, die Französisch gesprochen haben, sind in der Nähe der Schänke gesehen worden. Es wäre besser, wenn Ihr nicht zurückkommt«, fügte sie hinzu. »Hier, nehmt dies.« Sie drückte mir ein Tuch in die Hand, in das einige Streifen Trockenfleisch eingewickelt waren. Dann stellte sie sich auf die Zehenspitzen, küßte mich und verschwand.

Ich habe sie nie wiedergesehen. Monate später suchte ich in London nach ihr, doch ich konnte sie nicht finden. Sie war einer der warmherzigsten Menschen, die ich in meinem Leben kennengelernt habe. Sie hatte die aufrichtigste Seele der Welt und die schönsten Hinterbacken, die ich je in meinen Händen gehalten habe. Laßt Euch von dem alten Shallot einen Rat mit auf den Weg geben: Wenn Ihr einmal in wirklichen Schwierigkeiten steckt, dann können nur Frauen Euch helfen; die meisten Männer sind Feiglinge. Oh, sie lieben es, aufgeplustert einherzustolzieren, doch das ist nur Augenwischerei, es steckt nichts dahinter.

Nun, da stand ich also in London, vollkommen mittellos; und wie der Mann aus der Bibel war ich zu stolz, nach Hause zurückzukehren, daher mußte ich mich bettelnd und Kämpfe ausfechtend durchschlagen wie die anderen Besitzlosen in den verdreckten Gassen und Straßen Whitechapels, Alsatias und Southwarks jenseits der London Bridge. Ich kehrte zurück zu Ralembergs Haus, doch es war versiegelt wie ein Grab, daher ließ ich die Sache auf sich beruhen.

Doch versteht mich nicht falsch. Ich war von echter, tiefer Trauer erfüllt, und ich trauere heute immer noch. In meiner Geheimkammer könntet Ihr in einer der Truhen eine zerdrückte Blume finden, die nun schon mehr schwarz als gelb ist, doch wenn ich an ihr rieche und meine Augen schließe (so wie letzte Nacht), dann bin ich wieder zurückversetzt in Ralembergs Garten, ich fühle mich frei und unbeschwert, und die Luft ist schwer vom Duft der frischen Blumen. Ich warte auf Agnes, und wenn ich es mir ganz intensiv vorstelle, dann erscheint sie auch tatsächlich und stellt sich vor mich hin. Oh, dann werde ich wieder jung, und ich durchlebe erneut einen jener seltenen Momente meines Lebens, in denen ich unsterblich verliebt war. Ich öffne meine Augen und denke an meine Reichtümer. Gott ist mein Zeuge, ich würde sie alle bedenkenlos hingeben, könnte ich nur Agnes noch einmal wiedersehen und sie berühren! Lieber Gott, will denn niemand mit dem armen Shallot Mitleid haben?

Oh, natürlich hatte ich Rache geschworen, doch Ihr dürft mir glauben, Rache bedarf eines kühlen Kopfes, und irgendwie fühlte ich in meinem Innersten, daß dereinst der Tag kommen würde, an dem ich es den Luciferi heimzahlen würde. Doch im Augenblick ging es dem guten Shallot nur darum, zu überleben. Ich hätte nach Ipswich zurückkehren können, doch ich wollte nicht mit leeren Händen, wie ein Bettler, in meine Heimatstadt zurückkommen. Am dritten Tage nach der Wiedererlangung meiner Freiheit gelang es mir, einige Münzen zu stehlen, mit denen ich eine Depesche an meinen Meister in Ipswich bezahlen konnte. Ich kannte einen Schreiber in der Kathedrale von St. Paul, von dem ich die Nachricht zu Papier bringen ließ. Dann begab ich mich nach Aldgate, wo ich einen königlichen Boten bestach, der, angetan mit dem weißen Amtsstab und dem golden und blau gefärbten königlichen Überwurf, nach Kings Lynn unterwegs war. Er versprach, Master Daunbey meine Nachricht zu überbringen. Ich hätte vielleicht gleich mit nach Hause reisen und Benjamin um Hilfe bitten sollen, doch ich habe schließlich auch meinen Stolz. Weiß Gott, woher dieser Charakterzug bei mir stammt, doch er ist unbezweifelbar vorhanden. Am nächsten Tag schließlich hatte ich eine Glückssträhne. Ich schaffte es, ein paar Kleider zu stehlen, die einem Schlachter gehörten, der an den Pranger gefesselt war. Doch dann ereilte mich wieder ein Mißgeschick.

Ich befand mich in der Nähe des Krankenhauses von St. Anthony, zwischen Bishopsgate und Bread Street, und war gerade im Begriff, einem Passanten die Geldbörse zu ziehen, da packte mich plötzlich jemand am Arm: Es war der Goldschmied Waller, er forderte sein Geld zurück. Ich war zwar schmutzig und unrasiert, doch er hatte mich erkannt. Erneut landete ich im Gefängnis, und zwar im Schuldturm in der Fleet Street, einem dreckigen, baufälligen Loch mit engen Gängen und klitzekleinen Fenstern, in dem es nach dem Abfall der Stadt stank. Dort befand ich mich auch noch an dem Morgen, als mein Meister erschien und mich errettete.

Ich erfuhr davon erst, als mich ein hünenhafter Wärter in die Kammer des Kerkermeisters stieß. Dort sah ich Master Benjamin auf einem Schemel sitzen. Er warf mir einen kurzen Blick zu, lächelte und schob dann dem Kerkermeister ein paar Münzen hin, als Bezahlung für Speis und Trank. Ich saß ungefähr eine Stunde dort, füllte meinen Magen und erzählte Benjamin genauestens, was geschehen war. Benjamin hörte mir zu – das war es, was ich an meinem Meister so schätzte: Er verurteilte und verdammte mich niemals.

»Ich habe deinen Brief erhalten«, sagte er. »Ich kam nach London, um Johanna in Syon zu besuchen, und habe auch schon einige Erkundigungen eingezogen. Was ist mit unserem Gold?«

»Alles weg, Master.«

Benjamin lächelte. »Gräme dich nicht. Ich habe frische Pferde. Mein Onkel möchte uns in Hampton Court sehen.«

Da lief mir eine Gänsehaut den Rücken hinunter. Wann immer sein Onkel, der große Kardinal Wolsey, sich in unser Leben einmischte, bedeutete das für uns nichts Gutes. Ich hatte Angst vor Wolsey. Er, der Sohn eines Schlachters aus Ipswich, hatte es bis zum Lordkanzler des Königs und zum wichtigsten Kirchenmann des Landes gebracht. Doch insgeheim bewunderte ich ihn, und ich glaube, er mochte mich auch, denn, Ihr wißt ja, ein Schurke erkennt einen anderen an der Nasenspitze. Im Laufe der Zeit errang ich sogar seine Freundschaft, und ich war auch der einzige, der ihm beistand, als er, seiner Ämter verlustig gegangen, auf dem Sterbebett lag, sein Leben aushauchte und den König verfluchte, der ihn fallengelassen hatte. Und ich fürchtete auch Wolseys Vertrauten nicht mehr, Doktor Agrippa, den schwarzen Magier mit dem engelsgleichen Antlitz und dem seltsamen Duft, der ihn ständig umwehte.

Nein, was den guten Shallot wirklich in Angst und Schrecken versetzte, war der Gedanke an die Bestie, welcher Wolsey diente, an Heinrich VIII., von Gottes Gnaden König von England, Irland und Frankreich. Ein fetter, großkotziger, schweinsäugiger Scheißkerl, der die besten Männer opferte, nur um unter Anne Boleys Rockschöße zu kommen, und der dann, als er es geschafft hatte, doch nicht viel damit anzufangen wußte. Vor dem Großen Mörder hatte ich wahrhaftig Angst. Manche

Männer töten, weil ihnen keine andere Wahl bleibt, doch Heinrich hielt sich für Gott und für befugt, willkürlich über Tod oder Leben zu entscheiden.

Ich möchte Euch dafür ein Beispiel geben. Als er die Klöster schleifen ließ und der Norden des Landes sich unter Robert Aske erhob (darüber werde ich Euch ein andermal berichten, das war in der Tat eine schlimme Zeit), entsandten die Rebellen Unterhändler zu Heinrich, um ihre Beschwerden vorzubringen. Heinrich beauftragte seinerseits einen königlichen Emissär, einen Mann namens Rouge Croix. Dieser arme Kerl beging den schwerwiegenden Fehler, sich vor dem Anführer der Rebellen zu verbeugen, und daher ließ Heinrich ihn nach seiner Rückkehr nach London auf die Streckbank schnallen, vierteilen, ihm die Eingeweide herausreißen und die Eier abschneiden. Nur weil der Dummkopf einen winzigen Fehler gemacht hatte! Nun versteht Ihr vielleicht besser, weshalb der gute Shallot Angst hatte. Nein, ich untertreibe, ich hatte nicht nur einfach Angst – ich machte mir vor Angst fast in die Hosen.

Kapitel 3

Mein Meister und ich verließen London. In der Taverne, in der Benjamin abgestiegen war – sie lag in der Great Mary Axe Street in der Nähe von Bishopsgate –, hatte ich mich noch gebadet und umgezogen. (Oh, übrigens, Waller hatte ich nicht vergessen. Ich kaufte eine Flasche ausgesuchten Weines. Ich leerte sie zur Hälfte, füllte sie mit Pferdepisse wieder voll auf, versiegelte sie und schickte sie dem alten Geizkragen. Ich hoffe, dieser erlesene Wein hat ihm wohl gemundet!) Zwei Tage später erreichten wir Kingston, und nachdem wir unsere Pferde in einer Schänke namens Robin Hood untergestellt hatten, begaben wir uns mit einer Barke nach Hampton Court.

Der Dichter Cavendish hatte den neuen Palast als ein Paradies auf Erden beschrieben, und das war auch mein Eindruck, als ich seiner Türme und goldenen Kuppeln, welche die Bäume überragten, ansichtig wurde. Wolsey hatte das Anwesen vom Hospitaliter-Orden erworben, das Gebäude niederreißen und dann unter Aufbietung von Handwerkern aus allen Teilen Europas einen Palast errichten lassen, dessen überwältigende Schönheit einem den Atem raubte.

Man wies uns eine Unterkunft im Torhause zu, wo wir nahezu wie Gefangene gehalten wurden, als der König mit seinem Hofstaat und der berühmte Kardinal Einzug hielten. Im Palast wimmelte es von Bediensteten, die entweder das goldene ›T. C.‹ für ›Thomas Cardinalis‹ oder das purpurne Abzeichen für ›Henricus Rex‹ trugen. Im Hof wurden Karren voller Kostbarkeiten entladen; Stallburschen, Knechte und Hufschmiede brüllten wild durcheinander. Kammerherren mit den weißen Insignien ihres

Amtes erteilten ihre Anweisungen, und bis der König und der Lordkardinal sich in die für sie vorgesehenen Räumlichkeiten begeben hatten, wurde das gemeine Volk von den Korridoren und Galerien ferngehalten.

Wolsey hatte nie viel übrig für die gemeinen Leute. Der Graf von Shrewsbury erzählte mir einmal, daß Wolsey, wenn er im Park spazierenging, es nicht duldete, daß jemand sich ihm weiter als auf Bogenschußweite näherte. Für Benjamin, seinen Lieblingsneffen, galt dies natürlich nicht, und schon am Abend nach unserer Ankunft wurden wir in Wolseys Privatgemächer befohlen. Man führte uns durch schwarz und weiß gekachelte Gänge, vorbei an großen Versammlungsräumen, die alle mit Wandteppichen ausgeschmückt waren, welche Wolsey aus dem Ausland mitgebracht hatte. Dabei handelte es sich nicht um einfache quadratische Wandteppiche. Manche waren fünf oder sechs Yards lang und acht Yards breit und zeigten Szenen aus der Bibel oder aus Petrarcas Liebeslyrik.

Man brachte uns in eine kleine Kammer, die besonders pompös möbliert war. Ich bemerkte amüsiert, daß die Wandteppiche dort die sieben Todsünden illustrierten. Natürlich war ich fasziniert von dem Bild ›Lust‹, auf dem ein junges Mädchen mit langem, goldenem Haar, Brüsten wie reife Melonen und langen, weißen und schlanken Beinen zu sehen war. (Ich wette, auch Wolsey betrachtete dieses Bild mit Wohlgefallen, denn er war ebenfalls anfällig für die Sünden des Fleisches. Ihr müßt wissen, er hatte eine Mätresse, eine dicke, unbeholfene kleine Pute, doch er verehrte sowohl sie als auch das uneheliche Kind, das er mit ihr hatte.) Er erwartete uns bereits, seine kleine Kappe war auf den schwarzen, öligen Haaren nach hinten geschoben. Er sah aus wie ein mächtiger Fürst, sein Gesicht war dunkelhäutig wie das eines Italieners, er hatte dicke, sinnliche Lippen, eine vorspringende Nase und glänzende dunkle Augen. Gekleidet war er in purpurfarbene, goldbesetzte Seiden- und Satingewänder. An den Füßen trug er Wollgamaschen. Auf einem Tischchen neben ihm lag die flache, mit Kordeln verzierte Kardinalsmütze.

Natürlich verbeugte sich mein Meister, und ich mußte ebenfalls dieser Pflicht Genüge tun, wobei ich insgeheim darüber lächelte, denn Wolsey war genauso ein Mann aus dem Volke und auch nichts Besseres als ich. Der Boden bestand aus gewachstem Zedernholz. Ich blickte neiderfüllt auf die Schemel, die mit rotem Satin überzogen und mit silbernen Kordeln verziert waren: ›T. C.‹, Wolseys Initialen, prangten in Gold darauf, manchmal einen Fuß hoch. Es roch leicht nach Weihrauch, und natürlich lag auch jener seltsame Geruch nach verwelkten Blumen in der Luft, der von der schwarzgekleideten Gestalt neben Wolsey ausging: Doktor Agrippa, Meister der Schwarzen Magie, der indes eher aussah wie ein Darsteller von Bruder Tuck in einem Maskenspiel über Robin Hood.

Agrippa hatte ein rundes, engelhaftes Gesicht, seine Züge wirkten ebenmäßig und ausgeglichen wie die eines Kindes, doch seine Augen waren unergründlich, und er hatte stets einen spöttischen, amüsierten Blick aufgesetzt, mit dem er alles beobachtete, was um ihn herum vor sich ging. Wahrlich, ein rätselhafter Mann, dachte ich bei mir. Manche Leute behaupteten, Wolsey habe ihn als Beschützer gegen andere Zauberer und Hexer engagiert. Niemand wußte, woher er kam. Ich nahm mich vor ihm in acht, doch er verhielt sich mir gegenüber stets freundlich. Er sagte mir einmal, ich bräuchte keine Angst zu haben, denn mein Tod läge noch in weiter Ferne, und er würde mich dann in einer völlig unerwarteten Weise ereilen.

(Ich sehe, wie mein Kaplan schon wieder grient, daher muß ich erneut von meinen Befürchtungen sprechen. Ich weiß, daß mich immer noch Agenten und Geheimgesellschaften jagen. Meinen Wachleuten habe ich strikte Anweisung erteilt, auf der Stelle meinen Kaplan zu erhängen, falls ich unter mysteriösen Umständen zu Tode kommen sollte. Ah, gut, das hat dem bigotten Heuchler sein selbstgefälliges Grinsen ausgetrieben!)

Nun zurück zu Wolsey. Er aß Leckereien von einem Tablett, und während Benjamin und ich vor ihm knieten, stopfte er sie weiter in seinen Mund und beobachtete uns dabei gelassen. Ich schielte unter einer Augenbraue hervor und fing Agrippas Blick auf. Er grinste und zwinkerte mir zu, dann betrachtete er den Ring an seiner rechten Hand, in den ein Stein von unbestimmbarer Farbe eingefaßt war. Agrippa behauptete, er benütze diesen Ring, um sich zu vergewissern, daß der Wein, den er trank, nicht vergiftet war, doch ich glaube, Agrippa war sowieso unsterblich. Ich glaube, er war der Ewige Jude, dazu verurteilt, ewig zu leben und in der Welt umherzuziehen.

Wolsey hatte sein Tablett geleert und befahl uns, Platz zu nehmen. Eigenartigerweise wendete er sich zuerst an mich.

»Nun, Shallot, Ihr habt die Bekanntschaft der Luciferi gemacht? Ihr habt sie als elende Schweinehunde bezeichnet, ist das richtig?«

»Ihr hättet mich beschützen können!« erwiderte ich bitter.

»Oh, das haben wir getan. Erinnert Ihr Euch noch an die dunkle Gasse?«

»Was war mit der Gerichtsverhandlung?«

»Man hätte Euch nicht gehängt. Das Gnadengesuch wäre durchgekommen. Die Magd aus der Schänke war allerdings eine außerordentlich glückliche Fügung. Doch dann seid Ihr auf und davon, und wir haben Euch aus den Augen verloren.«

»Es war alles arrangiert, stimmt's?« rief ich zornig. »Ihr habt Ralemberg die Handelslizenz beschafft. Ihr habt dafür gesorgt, daß der Handzettel in meine Kammer gelangte. Die Luciferi haben die anderen Interessenten in die Flucht geschlagen, und Ihr tatet das gleiche – bis ich schließlich anbiß.«

Wolsey lächelte und zog ein mit goldenen Ecken versehenes Taschentuch hervor, um sich die Nase zu putzen. Er war in bester Stimmung, sonst hätte er niemals das Wort an mich gerichtet.

»Ihr hättet die Ralembergs retten können«, fuhr ich bitter fort.

Sein Gesicht wurde hart. »Das haben wir auch versucht. Ralemberg war für uns sehr nützlich. Doch die Luciferi haben ihre Lockvögel ausgeschickt.«

»Und das Schiff von de Macon?« fragte ich.

Wolsey zuckte mit den Schultern. »Das war Pech, Master Shallot. Wenn Ralemberg offener gewesen wäre, hätten sich solche Mißhelligkeiten vermeiden lassen.« Er bemerkte meinen zornigen Blick zu Benjamin. »Mein Neffe hat damit nichts zu tun, das kann ich Euch versichern.«

»Doch nun ist die Straße versperrt«, ließ sich Agrippa vernehmen.

»Welche Straße?« fragte ich.

»Nun, das wißt Ihr doch, Roger. Zu den Luciferi, zu Vauban, den fünf Erzengeln, zu Raphael!«

Er mußte an meinem Gesicht abgelesen haben, daß ich wußte, wovon er sprach. Wolsey spielte mit dem goldenen Anhänger an seinem Hals und schenkte Agrippa einen väterlichen Blick, als sei dieser sein Lieblingssohn. Eine schwarze Katze, die ein mit Juwelen besetztes Halsband trug, kam unter einem Vorhang hervorgekrochen, trottete auf Agrippa zu und sprang mit der Behendigkeit eines Tänzers auf seinen Schoß. Agrippa kraulte sie ausgiebig. (Ihr müßt wissen, er trug stets schwarze Lederhandschuhe. Einmal allerdings sah ich seine linke Hand ohne Handschuh. Auf seiner Handfläche bemerkte ich ein auf den Kopf gestelltes Kreuz sowie das Auge des Osiris und auf dem Handrücken ein blutrotes Pentakel. Diejenigen, die sich mit Schwarzer Magie auskennen, werden wissen, was all diese Zeichen zu bedeuten haben: Agrippa gehörte zu den hochrangigen Herren der Finsternis.) Doch nun genug davon. An diesem sonnigen Abend in Hampton Court gab sich Agrippa wie ein wohlmeinender Onkel.

»Kommen wir zum Kern der Sache«, sagte er energisch.

»Ja«, stimmte ihm Benjamin zu, der bisher schweigend auf seinem Platz gesessen hatte. »Onkel, wenn Ihr eine Aufgabe für uns habt, dann laßt uns davon sprechen. Master Shallot und ich haben geschworen, Euch im Frieden wie im Kriege zu Diensten zu sein.« Benjamin zitierte damit den letzten Satz aus dem Übereinkommen mit Wolsey, das wir unterzeichnet hatten. »Onkel, Ihr müßt uns mehr vertrauen!«

Wolseys harte Augen wurden weicher, als er Benjamin anblickte. Für einige wenige Sekunden nahm das versteinerte Gesicht dieses Politikers freundliche Züge an, und ich begriff, daß Benjamin neben seiner Mätresse einer der wenigen Menschen war, die Wolsey wirklich liebte. Der Kardinal wendete sich zur Seite und streichelte Agrippas Katze.

»Mein Neffe hat recht«, sagte er leise. »Beschreiben wir ihm die Aufgabe.«

Agrippa erhob sich und stellte die Katze behutsam auf den Boden. Dann begab er sich zu Wolseys Sessel und stützte sich mit einer Hand an dessen vergoldeter Rückenlehne ab.

»Unser hochgeehrter König«, hob er an, »möchte den Einfluß Frankreichs beschneiden. Dies kann er erreichen durch ein Bündnis mit Kaiser Karl V. und den Habsburgern, welche über die Niederlande und Spanien herrschen. Wir beabsichtigen, Frankreich einzukreisen, so wie ein Heer eine Burg umzingelt. Unglücklicherweise erfahren die Franzosen immer schon im voraus von allen unseren Aktionen. Wir haben Spione in Paris, und die französischen Luciferi sind in London. Der Unterschied besteht allerdings darin, daß die Luciferi über eine Person verfügen, die nahe am Zentrum unserer Macht sitzt und über jeden unserer Schritte informiert ist. Die Dinge haben sich nun zugespitzt. Die englische Botschaft in Frankreich besitzt eine Villa in der Rue des Medeans, doch sie ist zu Beginn des Frühlings in ein kleines Schloß außerhalb von Paris, das Château de Maubisson, umgezogen.

In diesem Schloß halten sich mehrere Beamte des Hofes auf: Sir John Dacourt, unser Botschafter, sein Hauptschreiber Walter Peckle, Doktor Thomas Throgmorton, Michael Millet, rechte Hand und Schreiber von Sir John Dacourt, sowie ein Mann, der für unsere Agenten zuständig ist . . . oder vielmehr war, Giles Falconer. Wir wissen, daß es einen Spion gibt, der entweder schon in England oder in Frankreich unsere Staatsgeheimnisse an die Franzosen verkauft hat. Falconer fand seinen Decknamen heraus: Raphael.«

»Wie fand er es heraus?« fragte Benjamin ruhig.

»Einer von Falconers Agenten wurde in der Rue des Billets gefunden. Er hatte mehrere Messerstiche erhalten, doch bevor er starb, konnte er noch mit seinem Blut den Namen Raphael auf ein Stück Pergament kritzeln. Nun, am vergangenen Ostermontag (das war also schon sechs Wochen her, dachte ich) zog sich Falconer in sein Gemach zurück. Spät in der Nacht hörten sowohl Millet als auch Throgmorton ihn noch auf einen der Türme des Châteaus steigen. Millet schaute aus seiner Kammer hinaus und sah Falconer mit einem Becher in der Hand. Er grinste, doch er war nicht betrunken. Throgmorton hörte ihn schließlich noch singen. Am Dienstag morgen fand man Falconer am Fuße dieses Turms. Sein Genick war gebrochen und sein Kopf zertrümmert.«

»Er könnte ausgerutscht sein«, bemerkte Benjamin.

»Ausgeschlossen. Die Mauer des Turms ist mit Zinnen versehen, und die Lücken zwischen den Zinnen sind durch Eisenstäbe gesichert, damit niemand hinunterfallen kann. Außerdem ist die Plattform des Turms mit feinem Sand bestreut, um zu verhindern, daß jemand ausgleitet. Throgmorton, der den Ort absuchte, nachdem man Falconers Leiche entdeckt hatte, fand keinerlei Anzeichen dafür, daß dieser ausgerutscht sein könnte, und er fand auch keine Hinweise darauf, daß noch eine zweite Person zusammen mit Falconer auf der Plattform war.«

»Könnte es sich um Selbstmord handeln?« fragte ich.

»Das bezweifle ich. Die übrigen Mitglieder der Botschaft haben Falconer an jenem Montag beim Abendessen gesehen. Er war fröhlich wie immer. Falconer war Junggeselle, und er liebte das Leben. Er liebte auch seine Arbeit, und er war einer unserer besten Agenten.« Agrippas Augen wurden hart. »Er war ein persönlicher Freund von mir.«

Ein weiterer Schwarzmagier? fragte ich mich.

»Nein«, fuhr Agrippa fort. »Er wurde ermordet.«

»Der Wein«, fragte ich, »war der Wein vergiftet?«

Agrippa lächelte süßlich. »Daran haben wir auch gedacht, doch Sir John Dacourt, ein aufrechter alter Soldat, war bei Falconer in der Kammer, als dieser die Flasche öffnete. Dacourt trank ebenfalls einen Becher dieses Weines, und er hat keinen Schaden davongetragen.«

»Wer könnte der Mörder sein?« fragte ich.

»Jeder von diesen vieren. Oh«, fuhr Agrippa fort, »wir

haben eine Person vergessen: Richard Waldegrave, den Kaplan.«

»Er möchte, daß wir nach Paris reisen?« unterbrach ihn Benjamin.

»Ja, genau das, und es ist an der Zeit, daß Ihr Eure Reisegefährten kennenlernt.«

Wolsey griff nach seiner silbernen Klingel, doch Agrippa hob abwehrend die Hand.

»Lordkardinal, ich glaube, Euer Neffe hat noch einige Fragen.«

Benjamin blickte zum Kardinal und dann zu dessen Vertrautem.

»Doktor Agrippa«, begann er, »wenn Entscheidungen bezüglich des Vorgehens gegen Frankreich zu treffen sind, wie kommen diese Entscheidungen zustande, und wie werden sie ins Ausland übermittelt?«

»Der innere Rat des Kronrates, der den Geheimen Rat bildet«, erwiderte Agrippa, »ist in mehrere Kanzleien gegliedert. Es gibt eine Kanzlei für Italien, eine Kanzlei für den Papst, eine Kanzlei für Deutschland, für Spanien und für Frankreich. Mein Lordkardinal steht allen diesen Kanzleien vor, doch er wird dabei jeweils von einem leitenden Sekretär und einigen Schreibern unterstützt. In geheimer Sitzung finden Treffen mit Seiner Majestät statt, in welchen die Angelegenheiten diskutiert und, wie Ihr schon sagtet, die Entscheidungen gefällt werden.«

»Was geschieht dann?«

»Dann werden chiffrierte Briefe an die englische Botschaft gesandt. Diese Briefe sind mit einem Abdruck des Siegelrings des Kardinals versiegelt. Dieses Siegel kann nicht gefälscht werden.«

»Weshalb nicht?«

»Deswegen nicht, mein lieber Neffe«, erwiderte Wolsey mit weicher Stimme, »weil nur ich weiß, wie der Siegelabdruck aussieht. Niemand ist zugegen, wenn diese Depeschen versiegelt werden, nicht einmal Doktor Agrippa.«

Ich starrte den Kardinal an. Dabei bemerkte ich ein leises Flackern der Angst in seinen verschlagenen Augen, und ich begriff, weshalb Seine Satanische Eminenz so sehr auf unsere Hilfe angewiesen war. Er war Erzbischof und Lordkanzler des Königs, doch er war auch ein Kardinal der Römischen Kirche. Wenn solch geheime Schreiben nur von ihm persönlich versiegelt wurden, dann war es nur noch eine Frage der Zeit, bis seine Feinde am Hofe und im Parlament anklagend mit dem Finger auf ihn deuten würden.

»Was geschieht danach?« wollte mein Meister wissen.

»Die Schreiben werden in die Depeschenmappe gesteckt, welche verschlossen und mit dem Siegel der Kanzlei versehen wird. Dann bringen sie zwei Boten nach Paris und übergeben sie direkt dem Botschafter.«

»Hat sich einmal jemand an der Mappe oder an den Schreiben zu schaffen gemacht?«

»Nein, niemals. Die Mappe ist mit einer Kette an einem Handgelenk des Boten befestigt.«

»Ist den Boten schon einmal etwas zugestoßen?«

Agrippa schürzte die Lippen. »Nur einmal, kurz vor Paris. Ihr wißt, daß es in Frankreich Geheimgesellschaften gibt, Bauern, die Ideen von Gleichheit verbreiten? Sie nennen sich ›Maillotiner‹ oder ›Knüppelschwinger‹.«

(Oh, ich kannte diese Leute. Als ich das letzte Mal in Paris war, hatten sie mich vor dem Erfrieren und vor einem hungrigen Wolfsrudel gerettet.)

»Diese Maillotiner griffen die Boten an und töteten sie, doch eine Gruppe von königlichen Wachen, die gerade in der Nähe war, griff ein und brachte die Banditen zur Strecke. Die Mappe wurde, wie es die diplomatischen Gepflogenheiten verlangen, zurückgegeben, und sie war ungeöffnet und unversehrt.«

»Könnte der Spion in England sitzen?«

»Wir vermuten, daß er in Frankreich in unserer Botschaft ist.«

»Weshalb?«

»Die Franzosen machen sich die Informationen immer erst dann zunutze, wenn die Schreiben in unserer Botschaft angelangt sind.«

»Was passiert dann?«

»Der Hauptdechiffreur, Walter Peckle, entschlüsselt sie und gibt sie an den Botschafter weiter.«

Benjamin stampfte mit seinem Stiefel auf dem weichen Teppich auf.

»Und die Boten?« fragte er.

»Das sind berufsmäßige Kuriere. Wir haben zwei in England und zwei in Frankreich. Sie begegnen sich häufig auf ihren Reisen.«

»Und zwei von ihnen wurden getötet?«

»Ja, doch wir haben sie ersetzt«, antwortete Agrippa.

»Handelt es sich um vertrauenswürdige Männer?«

»Man kann ihnen nichts vorwerfen. Ihr könnt die beiden englischen Boten befragen, bevor Ihr aufbrecht. Nun«, schloß Agrippa und ergriff die Klingel, »solltet Ihr Euch vielleicht mit Euren Reisegefährten bekannt machen.«

Die silberne Glocke ertönte. Daraufhin schlüpfte ein Diener, der die Livree des Kardinals trug, wie ein Schatten in den Raum.

»Also«, sagte Wolsey und erhob sich, »wo ist Sir Robert Clinton?«

»Er ist im Versammlungsraum, Euer Gnaden.«

»Bringt ihn herein.«

Clinton trat in den Raum: ein kleiner Mann mit silbrigem Haar, das von der Stirn nach hinten gekämmt war, dazu trug er einen sorgfältig gestutzten Schnurrbart sowie einen Kinnbart. Sein Aussehen paßte zu dem, was er war: ein alter Soldat. Er hatte ein sonnengebräuntes Gesicht, helle Augen, trug einen dunklen Rock und ebenfalls dunkle Beinkleider, und das einzige Modische an ihm waren die breiten Silberringe an seinen Fingern und das goldene Kreuz, das er um den Hals trug. Neben ihm stand sein Gehilfe und Diener, Ambrose Venner, ein junger Mann mit schütterem Haar und dem feisten, fröhlichen Gesicht eines wohlgenährten Gelehrten. Agrippa stellte uns aneinander vor, bat die beiden, Platz zu nehmen, und beauftragte den Diener, Wein und Süßigkeiten für sie zu bringen.

»Sir Robert«, hob Agrippa an, »ist der Chefsekretär der französischen Kanzlei des Geheimen Rates. Sir Robert, Benjamin Daunbey und sein Diener Roger Shallot.«

Clinton lächelte und deutete vor jedem von uns eine leichte Verbeugung an. Er machte den Eindruck eines vollendeten Gentleman und eines geborenen Diplomaten. Venner zeigte ein zahnlückenhaftes Grinsen.

»Sir Robert«, fuhr Agrippa fort, »Master Benjamin und sein Diener werden sich Eurer Reisegesellschaft anschließen. Sie werden nach Maubisson reisen, um die wahre Ursache von Falconers Tod herauszufinden und Euch bei der Jagd auf Raphael unterstützen.«

»Werter Lordkardinal, Doktor Agrippa«, sagte Clinton mit ernstem Gesicht. »Ihr wißt, wie ich über diese Angelegenheit denke. Raphael kann sich auch in England befinden. Ich kann mich für die Bediensteten der Botschaft in Paris verbürgen. Sie sind alle Seiner Majestät gegenüber loyal.«

»Ja, ja«, entgegnete Wolsey gereizt. »Doch wir haben festgestellt, daß die Franzosen immer erst dann von unseren geheimen Botschaften Kenntnis erhalten, wenn die Schreiben des Königs in der Botschaft in Paris eingegangen sind.«

»Ja, ja, Euer Gnaden«, gab Clinton bissig zurück, und

für einen Augenblick wurde die Spannung spürbar, die zwischen den beiden Männern herrschte. »Und Ihr wißt auch, wie ich darüber denke. Seine Majestät sollte damit aufhören, derartige Schreiben zu verschicken.«

»Sir Robert«, ging Agrippa besänftigend dazwischen, »das haben wir alles schon einmal diskutiert. Wenn unserer Botschaft in Frankreich keine Anweisungen mehr zugeleitet werden können, dann können wir die Pläne Seiner Majestät nicht mehr voranbringen.«

»Wie lange geht das schon?« wollte ich wissen.

Clinton blickte mich überrascht an, und auch Wolsey zeigte seine Verärgerung über meine Frage.

»Ungefähr seit achtzehn oder zwanzig Monaten«, antwortete Agrippa kurz angebunden.

Benjamin stieß mich an und bedeutete mir, mich ruhig zu verhalten. Ich blickte zur Seite und erschauerte. Agrippas schwarze Katze saß unter einem der schweren, goldverzierten Wandteppiche, zusammengekauert wie ein Panther, und musterte mich mit ihren bernsteingelben Augen, als sei ich eine Maus. Kein Blinzeln, keine Veränderung des Ausdrucks. Ich blickte wieder zu Agrippa. Seine Augen hatten dieselbe Farbe angenommen wie die seiner Katze, und ich erhaschte einen Zug des seltsamen süßlichen Duftes, den er bisweilen verströmte. Auch er beobachtete mich, und ich fröstelte. Welch ein tödliches Spiel, fragte ich mich, sollte nun wohl anheben?

»Euer Gnaden«, ließ Clinton vernehmen, »Euer Neffe und sein Diener sind in meinem Gefolge höchst willkommen, doch ich vermag Euch keinen Erfolg zu versprechen.«

»Wie bei Eurer letzten Mission«, erwiderte Wolsey knapp.

Clinton zuckte mit den Augenbrauen. Wolsey streckte eine Hand nach vorne und klopfte ihm leicht auf die Schulter.

»Sir Robert«, sagte er mit weicher Stimme, »ich habe

mich zu hart ausgedrückt. Ich korrigiere mich. Es ist Euren Anstrengungen zuzuschreiben, daß wir den Namen Raphael herausfanden.«

»Wie kam das?« fragte Benjamin.

Clinton lächelte, und ich bemerkte, wie weiß und ebenmäßig seine Zähne waren. Ein akkurater, auf sich bedachter Mann, ging es mir durch den Kopf, jemand, der sich um seine Gesundheit kümmert.

»Vor zwei Monaten, kurz vor Beginn der Fastenzeit«, begann Clinton, »besuchten meine Gemahlin, Lady Francesca, und ich Maubisson, um zu sehen, wie wir bei der Suche nach dem Spion behilflich sein konnten.« Er schüttelte den Kopf. »Ich glaube, es war die Woche vor dem Aschermittwoch. Falconer – Ihr müßt wissen, Giles und ich waren befreundet – entwickelte einen Plan, nach dem einer unserer Agenten mit der Hilfe einer der teuersten Dirnen von Paris ein führendes Mitglied der Luciferi in eine Falle locken sollte. Diese Frau nannte unserem Agenten den Namen Raphael, doch der Mann mußte dafür mit dem Leben bezahlen. Als er Paris verlassen wollte, wurde er überfallen und getötet.« Clinton zuckte mit den Schultern. »Ich kehrte nach England zurück, als die Karwoche begonnen hatte. Sechs Wochen später fand man Falconer am Fuße des Turms.« Er schaute zu Wolsey. »Mylord, habt Ihr Eurem Neffen auch schon von der anderen Sache erzählt?«

Wolsey strich sich über das Kinn, als wolle er fühlen, wie die Bartstoppeln wuchsen. »Ah ja, die Sache mit dem König. Doktor Agrippa?« Der Magier drehte sich um, starrte seine Katze an und sagte etwas in einer fremden Sprache. Die Katze erhob sich auf der Stelle, glitt wie ein Schatten über den Boden und sprang in den Schoß ihres Herrn. Er spielte eine Weile mit ihrem juwelenverzierten Halsband und wendete dann seine Augen wieder zu mir. Ich erschrak, denn sie waren nun seelenlos und klar wie Eis.

»Die Sache mit dem König«, hob Agrippa an, und ich erinnerte mich an eine frühere Unterhaltung mit ihm im wilden Heideland von Leicester, als er mir König Heinrich als den Fürsten der Dunkelheit, den Großen Maulwurf beschrieben hatte. Er gebrauchte nun seine Macht, um mich daran zu erinnern, und er erweckte den Eindruck, das Thema, das er nun anschneiden würde, sei wesentlich wichtiger als jeder Spion. Es gab keinen Zweifel, daß unsere bevorstehende Reise nach Frankreich etwas mit der zunehmenden Dunkelheit in der verworfenen Seele unseres Königs zu tun hatte.

»Unser ehrenwerter König«, fuhr Agrippa fort, »reiste in seiner Jugend einmal nach Paris und besuchte das Château de Maubisson. Er freundete sich mit einem äußerst gebildeten alten Priester im Dorfe an, Abbé Gerard war sein Name. Der Abbé wurde sein Beichtvater. Heinrich schenkte ihm ein Buch, das er nun zurückhaben möchte, doch der Abbé ist tot, wahrscheinlich ebenfalls ermordet. An dem Mittwoch, nachdem Falconer ermordet worden war, fand man den Priester, in seinem Karpfenteich treibend, aber an seinem Körper war keine Spur von Gewalteinwirkung zu entdecken. Sein Haus war durchsucht worden, und das Buch war verschwunden.«

»Was ist das für ein Buch?«

Agrippa grinste. »Es ist eine Abschrift von Augustinus' Arbeit *Über die Keuschheit*.«

»Haltet Ihr es für möglich«, fragte Benjamin, »daß die Luciferi im Besitz dieses Buches sind? Und weshalb ist das Buch so wichtig?«

»Nein, wir glauben nicht, daß die Luciferi es gefunden haben. Der gute Abbé hatte es wahrscheinlich versteckt.« Agrippa verzog das Gesicht. »Und warum es so wichtig ist? Darüber möchten wir uns nicht äußern.«

»Und was geschieht, während wir unterwegs sind?«

fragte mein Meister. »Was geschieht mit meinem Anwesen, mit der Schule in Ipswich?«

»Es wird für alles gesorgt werden. Ein Verwalter wird sich um das Anwesen kümmern, und der Lordkardinal wird mit großer Sorgfalt einen Schulmeister aussuchen, so daß Eure lobenswerte Einrichtung weiterbestehen kann. Nun«, sagte Agrippa und stand auf, »Master Shallot und Sir Robert, ich bitte Euch, uns zu entschuldigen. Der Lordkardinal möchte seinen Neffen alleine sprechen.«

Clinton lächelte, erhob sich, und er und Venner verließen leise den Raum. Ich wollte ihnen folgen, doch Benjamin hielt mich am Handgelenk zurück.

»Master Shallot«, wiederholte Agrippa, »ich habe Euch gebeten zu gehen.«

»Roger ist mein Freund«, erwiderte Benjamin, »ich bürge mit meinem Leben für ihn.«

»›Master Shallot ist mein Freund‹«, äffte Wolsey ihn nach. »Mein lieber Neffe, wenn du Master Shallot schützen möchtest, dann ist es besser, er erfährt nur so wenig wie nötig.« Er blickte in die Runde. »Dies hier ist mein Palast, doch auch der König ist hier, und nur Gott weiß, wer uns belauscht.«

Benjamin schaute mich an, und in seinen dunklen Augen sah ich, daß er beunruhigt war. Ich entzog ihm langsam meine Hand.

»Master«, sagte ich leise, »es ist am besten, wenn ich gehe.«

(Ganz ein Diplomat, mögt Ihr denken? O nein, der gute Shallot bekam es einfach mit der Angst zu tun. Wenn hier Informationen weitergegeben wurden, die mich hätten gefährden können, dann war es am vernünftigsten, Fersengeld zu geben und sich lieber mit irgendeiner anderen, ehrlichen Schurkerei zu befassen.)

Mein Meister erhob keine Einwände, und so schlüpfte

ich leise aus dem Gemach. Draußen versuchte ich zu lauschen, doch die Wände waren zu dick. Daher wanderte ich auf den Korridoren von Hampton Court hin und her. Damals war das Schloß noch nicht so prächtig ausgebaut wie heute. Die Große Halle sollte erst noch errichtet werden, ebenso der Tennisplatz und der Hof für die Turniere. Wenn Ihr Euch heutzutage dorthin begebt, dann könnt Ihr die große Uhr sehen, die von den beiden Hexen Kratzer und Oursian erbaut wurde. Ihr müßt wissen, nachdem Wolsey gestürzt worden und in der Abtei von Leicester gestorben war, nachdem er meine Hand ergriffen und geflüstert hatte: ›Wenn ich meinem Gott ebenso treu gedient hätte wie meinem König, dann würde er mich jetzt nicht so sterben lassen‹, übertrug Agrippa seine Loyalität auf Heinrich und überredete ihn, diese besondere Uhr bauen zu lassen. Es ist eine astronomische Uhr, sie beruht auf dem Vierundzwanzig-Stunden-Rhythmus und zeigt die Stunde und Minute des Tages, die Mondphase und die Konstellationen der Sternzeichen an. Ihr müßt sie Euch unbedingt anschauen! Sie ist ein Kunstwerk!

Doch auch schon in meinen jungen Jahren war Hampton Court ein Juwel. Holzgetäfelte Wände. Vorhänge, die jede Woche von den Bediensteten ausgetauscht wurden. Seidene Laken auf den Betten. Riesige Schränke, die eine ganze Wand einnahmen und vollgestopft waren mit silbernem und goldenem Geschirr. Frischwasser wurde durch Bleirohre herbeigeführt, die von italienischen Handwerkern eingerichtet worden waren; es gab sogar einen Abort, und die Abwassergrube wurde durch einen unterirdischen Bach gereinigt. Ich wanderte zu den Küchen, wo Wolseys Köche damit beschäftigt waren, ausgefallene Köstlichkeiten zuzubereiten: Türme und Schlösser aus Zucker, die den Zähnen derjenigen, die sie verzehrten, nicht schlecht zusetzen würden. Der französische Chefkoch, angetan mit einer langen, bespritzten Schürze, stand an seinem Platz und hackte, schnitt, stampfte und mixte so hingebungsvoll, daß er ganz in Schweiß gebadet war, während er seine Gehilfen immer wieder wegen diesem oder jenem ausschalt. In der Tat, mit den hohen lodernden Feuern sah es hier wie in der Hölle aus, und der Chef, der Satan, sowie das Heer von Dämonen, die ihn unterstützten, werkelten an den sich drehenden Bratspießen und den glühenden Herdplatten und würzten die fetttriefenden, über dem Feuer schmorenden Lämmer und Ferkel mit ihren Schweißtropfen.

Ich ging diesen und jenen Gang entlang und wieder zurück. Daß der König sich ebenfalls in dieser Residenz aufhielt, sah ich an seiner goldenen Leopardenstandarte, die rund um den Eingang aufgepflanzt war. Plötzlich fand ich mich in den königlichen Gemächern wieder, auf einer langen Galerie, in der der gewachste Fußboden im Sonnenlicht blinkte und die Wände mit kostbaren Teppichen geschmückt waren. Ich dachte, der König sei mit seinen Windhunden oder mit den flämischen Falknern auf der Jagd. Da ich keine Wachen entdecken konnte, schlich ich auf Zehenspitzen die Galerie entlang. Plötzlich drangen unvermutet die süßen Laute eines sich liebenden Paares an meine Ohren: das ›Oh‹ und ›Ah‹ einer sich in Verzückung windenden Dame und dazwischen das tiefe Stöhnen und Keuchen einer Stimme, die ich als diejenige des Königs erkannte.

Nun, Ihr wißt, ich war schon immer so neugierig wie der Teufel, also drückte ich mich an der Wand entlang und warf einen schnellen Blick durch eine halb offene Türe. Das kleine Gemach war in genau aufeinander abgestimmten Farbschattierungen gehalten. Ich erblickte weiße Wollteppiche auf dem funkelnden Boden, und ich sah teure Kleider aus Taft, Spitzen und kambrischem Linnen, doch meine Blicke wurden in erster Linie von dem großen, mit einem Seiden-Baldachin überspannten Bett angezogen. Alles, was ich dort sehen konnte, waren zwei weiße Beine, die sich um einen mächtigen Rumpf schlangen, und den königlichen Arsch, der sich wie ein Blasebalg auf und nieder bewegte, während die ›Ohs‹ und ›Ahs‹ durch Heinrichs lustvolles Grunzen untermalt wurden. Ich fragte mich, wer das junge Mädchen wohl sei, das sich hier diesem geilen Bock hingab, doch ich entschied mich, nicht abzuwarten, um es herauszufinden, sondern ergriff schleunigst die Flucht. Dennoch war ich leicht aufgewühlt, und als Benjamin das Gemach des Kardinals verließ, blickte er prüfend in mein gerötetes Gesicht.

»Was hast du gemacht, Roger?«

»Nichts, Master, ich habe nur eine kleine Besichtigungstour unternommen. Und was wollte Euer Onkel Euch mitteilen?«

Benjamin grinste und hakte sich bei mir unter.

»Staatsangelegenheiten, Roger, Staatsangelegenheiten.« Er blieb stehen, und sein langes Gesicht nahm einen ernsten Ausdruck an. »Der Tanz beginnt«, murmelte er, als spräche er mit sich selbst. »Die Musiker auf der Galerie sind soeben dabei, die Flöten an die Lippen zu setzen und die Finger auf die Lyra zu legen.« Er atmete tief durch. »Es wird ein unheimlicher Tanz werden, Roger.«

Mich schauderte, und ich fragte mich, ob es für Shallot wieder einmal an der Zeit war, das Weite zu suchen oder mich mit Schüttelfrost ins Bett zu legen, doch dann entsann ich mich meines Versprechens. Ich war Benjamin verpflichtet, komme, was da wolle. Das klingt nach Tapferkeit, habe ich recht? Aber wenn ich gewußt hätte, was mir bevorstand, hätte ich mich flugs aus dem Staub gemacht. (Mein Kaplan rutscht auf seinem kleinen Hintern umher. Meine Beschreibung des königlichen Liebesspiels hat ihm gefallen, doch dies alles verblaßt angesichts dessen, was auf uns wartete: Morde, im Hinterhalt lauernde Attentäter, blutrünstige Rebellen, die glänzenden Hauer eines wilden Ebers und jene tödliche Jagd im Irrgarten des Tour de Nesle. Und auch dies war noch nichts, verglichen mit der abgrundtiefen Verworfenheit der Luciferi und der Heimtücke der Herren, denen wir dienten.)

Den ganzen nächsten Tag lümmelten wir in Hampton Court herum. Wolseys Schreiber erstellten die notwendigen Beglaubigungs- und Ermächtigungsbriefe sowie die Rechnungen für das Schatzamt. Die Stallknechte machten Pferde bereit für unsere Reise. Am Abend nahmen wir an einem königlichen Bankett in Wolseys prächtig hergerichtetem Saal teil. Es waren so viele Wachskerzen entzündet, daß man glauben konnte, es sei heller Tag. Das flackernde Licht der Kerzen spiegelte sich in dem goldenen und silbernen Geschirr, das in den kunstvoll verzierten Schränken aufgestapelt war. Die Teppiche auf dem Fußboden bestanden aus Seide, und die Vorhänge an den Wänden kamen gerade frisch von den Webstühlen in Flandern. Die Luft war erfüllt vom Duft der roten Rosen, die in riesigen Vasen überall im Raume verteilt waren. Über dem erhöhten Tisch, an dem König Heinrich saß, hing ein prachtvolles Tuch mit dem Staatswappen.

Wir hatten an einem Tisch unterhalb des Podiums Platz genommen. Benjamin saß, soweit ich mich erinnere, zu meiner Linken, und rechts von mir hatte sich irgendeine hübsche junge Maid hingesetzt. Ich hätte sie gerne näher kennengelernt, doch ich trank zuviel. Das gesamte Geschirr bestand aus schwerem Gold, und die Tische waren bedeckt mit seidenen, parfümierten Tüchern, die mit schweren Goldstickereien verziert waren. Das Mahl war wirklich köstlich, und es wurden die besten Weine aus ganz Europa aufgetragen. Es gab achtzehn Gänge, doch am exotischsten war das Konfekt. Es waren eigens Künstler verpflichtet worden, welche diese kulinarischen Meisterwerke geschaffen hatten: Vögel, Pferde und Rinder, Höflinge im Turnierkampf, angetan mit voller Rüstung, Soldaten, die mit Armbrüsten kämpften, Ritter, die mit Hofdamen tanzten, all die Figuren, jeweils mehr als ein Yard hoch, waren lebensecht in dem Konfekt nachgebildet, das auf den Tischen ausgebreitet wurde. Jeder der Gäste erhielt ein Schachbrett mit Figuren, die vollständig aus Süßigkeiten bestanden. Dies war ein Abschiedsgeschenk, doch ich ließ das meine zu Boden fallen, und unverzüglich machten sich die gierigen Hunde darüber her, während Benjamin, freigebig wie stets, sein Schachbrett dem Pagen überließ, der uns bediente. Kinder aus dem königlichen Chor intonierten mit ihren lieblichen Stimmen Madrigalgesänge, und nach Beendigung des Mahls wurden wir unter Fackelbegleitung in einen anderen Saal geführt, um der Aufführung einer lateinischen Komödie von Plato beizuwohnen. Eines muß ich Euch unbedingt noch berichten: Während des Essens kroch eine große Spinne auf das Tischtuch, und ich war schon im Begriffe, sie mit dem Hühnchenbein zu erschlagen, das ich soeben angenagt hatte, da fiel mir Benjamin in den Arm.

»Wir dürfen diese harmlosen Tiere nicht töten«, flüsterte er. »Es sind die Spinnen des Kardinals.«

Dann erklärte er mir mit gedämpfter Stimme, daß diese abstoßenden Tiere überall im Palast umherkriechen würden. Weiß Gott, aber der Kardinal hatte aus irgendeinem unerfindlichen Grunde einen Narren an diesen Tieren gefressen und angeordnet, daß keinem von ihnen ein Leid zugefügt werden dürfe. Sie wurden dann unter der Bezeichnung Kardinalsspinnen bekannt (und so heißen sie auch heute noch). Ich habe mich immer gefragt, ob sie seine Dämonen oder seine Vertrauten waren, welche die Wände entlanghuschen konnten, um Verräter zu belauschen oder Verschwörungen aufzudecken. (Wahrlich, Hampton Court war schon ein eigenartiger Ort! Wußtet Ihr, daß es dort spukt? Das erste Gespenst, das dort umgeht, ist die Amme des jungen Eduard VI. Angeblich wurde sie in ihrer Kammer lebendig eingemauert, dazu verdammt, bis in alle Ewigkeit an ihrem Webstuhl zu spinnen. Sie war eine hinterhältige Schlampe, die den jungen König umzubringen versuchte, doch davon ein andermal. Das andere Gespenst ist Katharina Howard. Nachdem sie eingesperrt worden war, weil sie mit Culpepper Ehebruch begangen hatte – und mit mir, ich allerdings wurde nicht gefaßt, doch auch das ist eine andere Geschichte –, kamen die Schergen des Königs, um sie zu holen, während sie sich gerade in Hampton Court aufhielt. Katharina hatte erfahren, daß Heinrich in der Schloßkapelle betete, und daher rannte sie weinend und schreiend den Korridor zur Kapelle entlang. Doch es hat ihr nichts genützt. Sie legte ihr Haupt tapfer auf den Block, aber nicht, ohne der Welt noch kundgetan zu haben, daß sie es vorziehe, als Gemahlin von Culpepper denn als Königin von England zu sterben. Dies freilich erzürnte Heinrich über alle Maßen. Mein Gott, er war wie von Sinnen!

»Roger«, jammerte er, während Tränen über sein feistes, bleiches Gesicht herunterliefen, »wie konnte sie mir das nur antun?«

Bravourös, dachte ich bei mir. Sie hatte eben innere Größe, doch das sagte ich dem fetten Schweinehund natürlich nicht. Doch, wie schon erwähnt, diese Geschichte hebe ich mir für später auf. Aber ich habe

Katharinas Geist gesehen. Eine weiße Gestalt, die heulend eine mondbeschienene Galerie entlanglief.)

Nun, zurück zu jenem Bankett in Hampton Court, auf dem ich mir einen königlichen Rausch ansoff. Auch Heinrich war zugegen, er wurde schon ein bißchen fett, sah aber immer noch recht stattlich aus in seinen juwelenbesetzten, goldenen Gewändern. Er war in die Wolken eines Parfüms gehüllt, das eigens für ihn hergestellt wurde und mit dem er den üblen Geruch seiner Beingeschwüre überdeckte. Nun denn, ich möchte Euch berichten, was weiter geschah. Ich war verzaubert von der Dame, die mir gegenübersaß: Francesca Clinton, die Gemahlin von Sir Robert. Sie war eine echte Schönheit, so erschien es mir jedenfalls damals in dieser Situation. Ihr dichtes, schwarzes Haar trug sie offen und lang. Es fiel ihr wie eine Kaskade bis über die Hüften. Die Farbe ihrer Haut paßte zu ihrem Haar, sie hatte einen olivfarbenen Teint, der wie poliertes Gold glänzte. Hinter ihren roten Lippen, die leicht geöffnet waren, wie zum Kusse bereit, kamen Zähne zum Vorschein, die so makellos und so weiß waren wie Elfenbein, wenngleich, wie ich bemerkte, einer der Zähne leicht aus der Reihe tanzte. Doch wie bei Agnes waren es auch bei ihr die Augen, die mich faszinierten – ihre großen, dunklen Mandelaugen. Jedesmal, wenn sie sich umwendete, jedesmal, wenn sie sprach, ging von ihren Augen ein derart betörender Reiz aus, daß mir das Blut in meine jungen Lenden schoß. Sie nahm mich kaum zur Kenntnis, doch ich war von ihr hingerissen. Ich lauschte ihrer nicht sehr tiefen, aber sehr sinnlichen Stimme und wendete mich schließlich an Benjamin.

»Ist sie Französin?«

»Wer?«

»Lady Francesca«, flüsterte ich.

Benjamin blickte über den Tisch, wo Sir Robert saß, völlig eingenommen von seiner Gemahlin.

»Natürlich«, gab er flüsternd zurück, »sie ist Sir Roberts zweite Gemahlin. Sie sind seit zwei Jahren verheiratet.«

Plötzlich erinnerte ich mich der zwei hübschen Beine, die sich um den Körper des Königs geschlungen hatten.

»Was hält der König von ihr?« fragte ich.

»Er mag sie nicht«, antwortete Benjamin. »Er mag die Franzosen nicht.«

Ich nickte und warf anbetungsvolle Blicke über den Tisch zu jenen dunklen, leidenschaftlichen Augen. Natürlich, dachte ich mir, sie hat olivfarbene Haut. Die Beine, die ich sah, waren weiß. Da bemerkte Lady Francesca mich und lächelte mir strahlend zu.

»Master Shallot«, sagte sie mit ihrer wundervollen französischen Stimme, »mein Gatte sagt, Ihr werdet Euch in Frankreich zu uns gesellen.«

Ich starrte sie einfach nur an. Ich hätte mich auch in Tatarien zu ihr gesellt! Gütiger Gott, als ich ihr das erste Mal begegnete, war sie wirklich entzückend. Ich hätte den ganzen Abend dasitzen und sie anstarren können, doch Benjamin bemerkte noch zur rechten Zeit, wohin ich meine Augen gerichtet hatte und daß meine Lüsternheit erwacht war, daher packte er mich am Arm und zog mich aus dem Saal. Ich folgte ihm ohne Widerstand. Ich war sturzbetrunken und stampfte mit Absicht auf jede verdammte Spinne, die uns auf dem Weg zu unserer Kammer über den Weg lief.

Kapitel 4

Am nächsten Morgen rüttelte Benjamin mich wach. Mein Schädel brummte, und im Mund verspürte ich einen fürchterlich süßen Geschmack. Doch nach einer kalten Wäsche und einem Becher Malvasier kam ich schnell wieder auf die Beine. Nachdem wir in der kleinen Vorratskammer neben der Küche unser Frühstück eingenommen hatten, zog Benjamin mich hinaus in den Garten.

»Wo soll es denn hingehen, Master?«

»Ich möchte Crispin Hollis und Francis Twynham einen Besuch abstatten.«

»Was zum Teufel sind das für Leute?«

»Es sind zwei Boten, jene Boten, welche die Dokumente nach Paris befördern.«

Wir fanden sie in den Stallungen bei den Pferden; es waren zwei Burschen vom Lande, deren Gespräche ständig um Sättel, Zaumzeug, Zügel und Sporen kreisten oder darum, woran man gute und woran man schlechte Pferde erkenne, was man Pferden zu fressen geben müsse und wann sie alt genug seien, selbständig zu trinken. Benjamin, ganz auf seinen Charme und sein Taktgefühl vertrauend, verwickelte die beiden in eine Unterhaltung und hörte sich ihre wortreichen Beschreibungen der Pferde an, die sie schon geritten hatten.

»Also«, unterbrach er sie im passenden Augenblick, »ihr befördert Dokumente von Westminster zur englischen Botschaft in Paris?«

Hollis, ein aufgeweckter Bauernbursche, grinste, während er sich seine Zahnlücken mit einem scharfen Strohhalm reinigte.

»Von Westminster«, erwiderte er, »Greenwich, Sheen ... oder wo immer sich der Hof gerade aufhält.«

»Und welche Strecke nehmt ihr?«

»Von Dover nach Calais, durch die Normandie zum Porte St. Denis und dann entweder zur Rue des Medeans oder quer durch Paris und über das Porte d'Orléans zum Château de Maubisson.«

»Und wo legt ihr Zwischenaufenthalte ein?«

»Bei verschiedenen Schänken.«

»Sonst nirgends?«

»Manchmal auch im Frauenkloster von St. Felice.«

»Warum gerade dort?«

Der junge Mann zuckte mit den Schultern. »Habt Ihr Sir Robert Clinton schon kennengelernt?«

»Ja.«

»Und auch seine hübsche Frau, Lady Francesca?«

»Natürlich.«

»Nun«, unterbrach Twynham mit einem Grinsen, »Lady Francesca wurde dort von den Nonnen erzogen. Das Kloster ist wirklich verschwenderisch eingerichtet. Manchmal bittet Lady Francesca uns, den Nonnen einige Stickereien als Geschenk zu überbringen.«

»Und das ist alles?«

»Manchmal auch einen kleinen Beutel mit Silber aus den Truhen ihres Ehemannes.«

Benjamin nickte und beobachtete, wie ein Stallknecht ein aufgeschrecktes Pferd zu beruhigen versuchte.

»Und eure beiden Kameraden in Frankreich? Legen sie auch dort Rast ein?«

»Ja, manchmal. Es ist ein idealer Ort dafür.«

»Aber ihr macht nicht jedesmal dort Rast?«

»Nein«, antwortete Hollis. »Ich würde sagen, auf jeder dritten Reise.« Er grinste. »Wir möchten ein gutes, weiches Bett nicht dadurch aufs Spiel setzen, daß wir zu gierig sind.«

»Und die Mappe, die ihr mit euch führt?« fragte ich. »Mit den Briefen und Dokumenten?«

Twynhams Gesicht wurde ernst ob seiner eigenen Wichtigkeit. »Wenn wir schlafen, hat sie immer einer von uns an sein Handgelenk gekettet. Niemand kann diese Mappe berühren.«

»Aber zwei eurer Kameraden sind doch getötet worden?« fragte Benjamin vorsichtig.

Hollis drehte sich um und spuckte gelben Schleim aus. »Ja, das weiß ich, aber die Franzosen beschützen uns und gewähren uns jeden Komfort. Diese Boten sind von Banditen umgebracht worden. Das passiert gelegentlich.« Benjamin nickte und lenkte das Gespräch behutsam wieder zu den Pferden zurück. Als wir weggingen, schaute ich ihn von der Seite an. Er hatte diesen in die Ferne gerichteten Blick, der besagte, daß er über irgendein Problem nachgrübelte.

»Master«, sagte ich und berührte ihn an der Schulter, »es ist doch seltsam, daß die Boten bei demselben Kloster haltmachen, in dem Lady Francesca erzogen wurde. Glaubt Ihr, sie könnte eventuell die Spionin sein?«

Benjamin fuhr sich mit der Hand durch sein langes schwarzes Haar.

»Das bezweifle ich«, antwortete er ruhig. »Erstens, Lady Francesca mag zwar wunderschön sein und auch mit einem scharfen Verstand gesegnet sein, doch es steht nicht in ihrer Macht, geheime Informationen zu sammeln und irgendeinem Chef-Spion in Paris zukommen zu lassen. Zweitens, sie ist in die Angelegenheiten, von denen in den Briefen die Rede ist, gewiß nicht eingeweiht. Oh, natürlich könnte ihr Gemahl hin und wieder etwas ausplaudern, doch er wird ihr gewiß keinen detaillierten Bericht über den Stand der englisch-französischen Beziehungen geben. Drittens, du hast doch gehört, was die Boten gesagt haben. Sie machen bei St. Felice nur auf jeder dritten Reise Station, und dann ist die Mappe einem von ihnen an das Handgelenk angekettet.« Er lachte und klopfte mir auf die Schulter. »Und sogar, wenn die braven Nonnen sie verführen würden, müßten sie immer noch das Siegel auf der Mappe wie auch die speziellen Siegel des Lordkardinals auf jedem der Briefe zerbrechen, den Code entschlüsseln und die Briefe erneut versiegeln.« Er schüttelte den Kopf. »Nein, nein, das ist unmöglich.«

Später am Tage wurde uns mitgeteilt, daß Sir Robert und seine Reisegesellschaft am nächsten Morgen aufbrechen würden. Der Lordkardinal wünschte, daß wir einem weiteren seiner ausgedehnten Bankette beiwohnten – und dabei machte ich eine an sich schon schlimme Situation noch schlimmer. Das Bankett begann mit dem üblichen Hokuspokus, allerdings saß der Kardinal diesmal allein an seinem erhöhten Tisch, und sein feister Körper verschwand nahezu hinter den Tabletten, auf denen die kulinarischen Köstlichkeiten aufgehäuft waren. Er war umringt von Dienern, die bereitstanden, seinen Becher erneut zu füllen und ihm neue Mundtücher oder ein frisches Messer zu reichen. Vom König und, bedauerlicherweise, auch von Lady Clinton war nichts zu sehen. Plötzlich wurden wir durch das Donnern mehrerer kleiner Kanonen aufgeschreckt, die draußen alle gleichzeitig abgefeuert wurden. Alle Gäste sprangen auf, doch die Herolde des Kardinals ermahnten uns, Ruhe zu bewahren, und Wolsey schickte seinen Zeremonienmeister, Henry Guildford, nach draußen, um nachzusehen, was dort vor sich ging. (Oh, übrigens, niemals sah ich Agrippa bei einem dieser Bankette. Wirklich, ich habe ihn niemals essen sehen. Das ist doch seltsam, nicht?) Nun, der Zeremonienmeister kehrte zurück und sagte, es seien einige maskierte Personen an den Wassertreppen eingetroffen. Wolsey schickte ihn erneut hinaus, um die seltsamen Ankömmlinge hereinzugeleiten, und wir alle starrten gebannt auf die Türe. Als Guildford zurückkehrte, brachte er eine große Gruppe maskierter Leute mit, die unter dem lauten Getöse von Trommeln und Querpfeifen in den Saal marschierten.

Diese Besucher trugen einfache Schäfergewänder, welche jedoch mit dunkelroten Satinstreifen und golddurchwirkten Tüchern geschmückt waren. Ihre Gesichter verbargen sie hinter Augenblenden und künstlichen Bärten, und mit falschen Haaren aus feinem Golddraht und schwarzer Seide hatten sie ihre Köpfe bedeckt. Feierlich und in Zweierreihen schritten die Maskierten auf den erhöhten Tisch zu. Ihr Anführer flüsterte dem Kardinal etwas ins Ohr, woraufhin dieser lächelte und in die Hände klatschte. Dann wurden ein mit einem Billardtuch bespannter Tisch und zwei Stühle hereingetragen und in der Mitte des Saales aufgestellt. Der Anführer der maskierten Gäste stellte sich auf das Podium, während ein Herold die Gäste im Saal dazu zu bewegen versuchte, diesen unheimlichen Mann zu einem Würfelspiel herauszufordern.

Natürlich handelte es sich bei dieser Angelegenheit um nichts anderes als um einen Mummenschanz. Der feiste Heinrich liebte die Maskerade und das Rätselspiel. Und selbstverständlich wußten wir alle, daß er dort oben stand, mit seinen stämmigen Beinen und seinem breiten Arsch, doch jedermann wurde in das Maskenspiel einbezogen. Man erwartete, daß niemand den Mut aufbringen würde, den Maskierten herauszufordern, und wenn doch, dann galt es als ausgemacht, daß er bei dem Spiel verlieren würde. Doch in diesem speziellen Fall lief es anders. Um die lange Geschichte abzukürzen: Betrunken und benebelt wie ich war, sprang ich auf und meldete mich.

»Ich nehme die Herausforderung an!« rief ich und achtete nicht darauf, daß Benjamin mich heftig am Ärmel zog.

Die Geräusche im Saal erstarben. Der Maskierte trat bedächtig von dem Podest herunter, nahm an dem Billardtisch Platz und bedeutete mir mit seiner behandschuhten Hand, es ihm gleichzutun. Ich stolperte durch den Saal. Ich weiß nicht mehr, warum ich mich gemeldet hatte. Vielleicht war es einfach nur der Schalk, der mich trieb. Oder doch noch etwas anderes? Vielleicht hatten die Würfel in mir die Erinnerung an jenen fürchterlichen Abend im Golden Turk wachgerufen, an dem die Luciferi mich in die Falle gelockt hatten. Wie auch immer, ich mußte vom Teufel geritten sein. Die maskierte Gestalt klatschte in die Hände, und es wurde ein Becher mit Würfeln gebracht. Mein Gegner (der Große Mörder höchstpersönlich) stülpte den Inhalt seines Beutels auf den Tisch, ich tat desgleichen, und das Spiel begann. Ich spielte, als hinge mein Leben davon ab. Die Gäste im Saal verließen ihre Plätze und versammelten sich um uns. Ich sah Benjamins ängstlichen und warnenden Blick, doch ich ignorierte ihn. Ich spielte, um zu gewinnen, und ich gewann auch. Ich gewann den ersten Beutel Gold, dann einen zweiten, schließlich einen dritten. All die Freude und die Ausgelassenheit, die zuvor den Raum erfüllt hatte, verflog, als die Irritation des maskierten Spielers offensichtlich wurde. Da beugte sich ein Höfling zu mir herunter und flüsterte mir zu:

»Um Himmels willen, Mann, gebt Euch doch geschlagen!«

Doch da kannte er den guten Shallot schlecht! Ich ließ die Würfel kreisen, und mit jedem Wurf überrundete ich meinen Gegner, bis schließlich Wolsey, der hinter dem Stuhl des Königs stand, das Signal für die Trompeten gab und das Spiel beendet wurde. Mein Gegner riß sich die

Maske herunter, und ich blickte in das rote, verschwitzte Gesicht des Königs. Der alte Heinrich war ein geborener Schauspieler. Und ich frage mich auch manchmal, ob wir ihn jemals unverstellt erlebt haben. (Ihr müßt wissen, ich war damals, viele Jahre später, mit Thomas Cromwell im Sitzungssaal, als die Aufständler aus dem Norden ihre Forderungen vorbrachten und die Absetzung Cromwells verlangten. Der alte Heinrich nahm seine Kopfbedeckung ab, schlug damit öffentlich auf Cromwell ein, nannte ihn einen Missetäter und Schurken und kündigte an, er werde in den Tower gesteckt werden. Natürlich machte Heinrich nur Spaß. Er wollte mehr Zeit herausschinden, und die Aufständischen gaben sie ihm. Zeit, um neue Truppen zusammenzuziehen und in den Norden zu schicken, wo sie brandschatzen und plündern konnten. Nachdem sie ihre Arbeit erledigt hatten, hingen an jedem Galgen nördlich des Trent mindestens zehn Mann.)

So ähnlich war es an diesem Abend in Hampton Court. Heinrich lächelte und gab sich ganz als ritterlicher Verlierer. Er klopfte mir auf die Schulter, meinte, ich sei ein toller Bursche, und gesellte sich dann zu den Tanzenden. Ich nahm mein Mundtuch, füllte all die Goldmünzen hinein, die ich gewonnen hatte, und band die Ecken zu einem Knoten zusammen. Benjamin zerrte mich natürlich sofort in eine Ecke, in der wir allein waren, was nicht schwierig zu bewerkstelligen war, denn nun mieden uns all die anderen Gäste. Mein Übermut schwand dahin, als ich den angsterfüllten Ausdruck in Benjamins Augen sah ...

»Roger«, zischte er, »bei allen guten Geistern! Wenn du gegen den König spielst, mußt du stets verlieren!«

»Ich habe aber gewonnen«, gab ich zurück. »In einem fairen Spiel, nicht durch faule Tricks!«

Benjamin schob sein bleiches Gesicht näher an mich

heran. »Nein, Roger, das Spiel ist noch nicht vorbei. Du wirst am Ende doch noch verlieren.«

Nun gewann meine angeborene Vorsicht wieder die Oberhand, als ich in dem Saal in die Runde blickte. Oh, ich sah die Tänzer, die Masken, die Musikinstrumente, die bunt gekleideten Höflinge, die in Gruppen zusammenstanden und sich unterhielten, doch ich schnappte angstvolle Blicke auf und begriff, was mir bevorstehen würde. Der Große Mörder haßte es, geschlagen zu werden. Es hatte noch nie jemand Heinrich herausgefordert und dabei den Sieg davongetragen. Das Motto des feisten Schweinehundes lautete: ›Wenn ich spiele, dann gewinne ich entweder, oder Ihr verliert!‹ Das Mundtuch mit den Münzen wog nun so schwer in meiner Hand wie der Tod. In meinem Kopf jagten sich die Gedanken, und ich überlegte mir, wie es nun weitergehen würde. Ich kannte diesen Mistkerl von einem König. Von einer Anklage wegen Verrat bis zu einem schlimmen Unfall, der mir zustoßen könnte, war alles möglich. Wolsey schwebte durch den Raum, wobei sich seine purpurfarbenen Seidengewänder um seinen Körper bauschten.

»Master Daunbey, Master Shallot! Der König wünscht Euch zu sprechen!«

Ich spürte, daß auch der Kardinal Angst hatte. Seine schweren, wabbelnden Backen glänzten vor Schweiß. Seine dunklen Augen waren so hart wie Stein. Er schaute mich an. Ich wußte, weshalb er Angst hatte. Ich gehörte zu seinem Gefolge, war einer seiner Männer, und wenn der große Heinrich auf mich losgehen würde, dann war es gefährlich, sich auch nur im selben Raume wie der Feind des Königs aufzuhalten. Wir folgten dem Kardinal über den Korridor. Benjamin stieß mich kräftig an.

»Um Himmels willen, Roger«, zischte er, »hör auf mit diesen Torheiten!«

Ich entschloß mich, seinem Rat zu folgen, als wir das abgedunkelte Gemach betraten, in dem die königliche Bestie in einem Sessel saß. (Ihr hättet die Augen des Großen Mörders kennen sollen. Sie erinnerten mich immer an diejenigen eines wilden Ebers, klein, rotgerändert und verschlagen – und das schon, wenn er gut gelaunt war! Wenn er die Beherrschung verlor – und das war häufig der Fall –, dann plusterten sich seine Backen auf, und seine Augen verengten sich zu zwei schmalen, undurchdringlichen Schlitzen. Und genau diesen Ausdruck zeigten sie, als wir in sein Gemach eintraten.) Wolsey ging um den Sessel herum, um hinter dem König Platz zu nehmen. Benjamin und mich mußte man nicht förmlich auffordern. Wir fielen beide in die Knie, wobei die Goldmünzen in meinem Tuche unheilschwanger klirrten.

»Master Shallot, Ihr habt ausgezeichnet gespielt.« Seine Stimme hatte einen zuckersüßen Klang.

»Ja, Eure Majestät«, murmelte ich und hoffte, nicht die Kontrolle über meinen Schließmuskel zu verlieren oder vor lauter Angst zu erbrechen. (Vorsichtshalber trug ich ständig braune Kniehosen.)

»Ihr habt gegen Euren König gespielt und gewonnen!«

Mein Gehirn raste. »Ja natürlich, Eure Majestät«, stotterte ich. »Genau wie es die wilde Frau prophezeit hat.«

»Was soll das heißen?«

Ich blickte unter meinen Augenbrauen nach oben. Der König beugte sich jetzt nach vorne. Wolsey zitterte vor Angst, fast so wie der Wackelpeter, den seine Chefköche uns zuvor serviert hatten. Benjamin kniete wie angewurzelt auf dem Boden.

»Was meint Ihr damit?« wiederholte der König seine Frage.

»Eure Majestät«, stammelte ich, »als ich noch ein Junge war, daheim in Ipswich, da habe ich einmal einer alten

Frau über die Brücke geholfen.« Ich warf einen Seitenblick auf Benjamin. »Master, Ihr wart damals bei mir, erinnert Ihr Euch?«

Benjamin nickte, hielt jedoch seine Augen starr auf den Boden gerichtet.

»Die alte Dame war eine Seherin«, fuhr ich wagemutig fort. »Sie dankte mir für meine Höflichkeit und prophezeite mir, daß ich eines Tages gegen den größten Herrscher Europas ein Spiel bestreiten und gewinnen würde. Dies, so sagte sie, werde das große Ereignis in meinem Leben sein, von dem ich dereinst meinen Enkelkindern würde erzählen können«, schloß ich hoffnungsvoll.

(Oh, welch eine phantastische Lüge! Shallot in Höchstform, der geborene Geschichtenerzähler! Die einzige Frau, der ich in Ipswich geholfen hatte, war die alte Bridget gewesen. Ich hatte ihr in der Tat geholfen, den Fluß zu überqueren. Ich hatte die elende Dirne hineingestoßen, nachdem sie mich dafür verflucht hatte, daß ich mich geweigert hatte, ihr auch noch meinen letzten Penny zu geben. Doch, wenn ich es genau bedenke, es war wirklich eine gute Geschichte. Mir gefiel insbesondere dieser Hinweis auf die Enkelkinder, weil darin die Hoffnung mitschwang, daß die Shallot-Linie nicht aussterben würde.) Nun, man konnte richtig spüren, wie die Atmosphäre im Raum sich entspannte, wie wenn jemand ein Fenster geöffnet und eine kühle Brise hereingelassen hätte. Wolseys Mund zuckte, und er nahm wieder seine übliche würdevolle Haltung ein. Benjamin konnte nur mühsam ein Lachen unterdrücken, doch Heinrich lehnte sich zurück, klatschte in die Hände und grinste von einem Ohr zum anderen.

»Das müßt Ihr auch dem Hof erzählen«, brüllte er.

Und ohne weiteres Federlesen wurde ich in den Festsaal zurückgeführt, und nachdem ich auf dem Podium Platz genommen hatte, stießen die Herolde in ihre Trompeten. Ich wiederholte meine Geschichte vor den bewundernd staunenden Höflingen und nahm dann ihre Lobesbekundungen entgegen. Während der ganzen Zeit stand der Große Mörder neben mir, die Hand auf meiner Schulter. Nachdem ich geendet hatte, wandte ich mich um, beugte ein Knie und reichte das Tuch, in das die Goldmünzen eingewickelt waren, in einer dramatischen Geste dem König. Lieber freilich hätte ich mit dem Beutel ausgeholt und ihn ihm mit voller Wucht in den Sack geknallt, doch der alte Knauserer nahm ihn mir aus der Hand und verstreute die Goldmünzen auf dem Boden des Saales, damit er mitverfolgen konnte, wie seine Höflinge sich darum balgten. Ich dachte schon, der Schweinehund sei nun mit mir fertig, doch seine Hand lastete immer noch wie ein Schraubstock auf meiner Schulter. Eine Weile beobachtete er, wie seine Höflinge einen Narren aus sich machten, dann zischte er: »Noch ein Wort zu Euch, Master Shallot!«

Ich wurde erneut in seine Kammer geführt, während Benjamin und der Kardinal hinter uns hertrotteten. Ich fragte mich, was er nun noch mit mir vorhaben mochte. Heinrich setzte sich auf die Kante eines Tisches und ließ eines seiner dicken Beine frei schwingen.

»Ich mag Euren Scharfsinn, Master Shallot«, sagte er und grinste spitzbübisch zu Wolsey. »Ich habe gehört, Ihr sollt mit Sir Robert Clinton nach Frankreich aufbrechen? Ich möchte, daß Ihr nach dem Verräter Raphael sucht und ihn, wenn Ihr ihn gefunden habt, entweder tötet oder zu mir bringt.«

»Ja, Eure Majestät.«

»Seht mich an, Master Shallot!«

Ich hob meine Augen und starrte in dieses von Wahnsinn gezeichnete, böse Gesicht mit der fleischigen Nase und dem säuberlich gestutzten goldfarbenen Bart.

»Ich mache Euch, Master Shallot, und Euch, Master Daunbey, dafür verantwortlich, daß ich mein Buch, das ich Abbé Gerard geschenkt habe, zurückerhalte. Außerdem habe ich noch eine weitere Aufgabe für Euch . . .«

»Eure Majestät?«

Die Luft in dem Gemach erstarrte zu Eis. Heinrich beugte sich nach vorne und kniff mich spielerisch ins Ohr. Doch in Wirklichkeit löste die schwere Hand dieses königlichen Schurken einen stechenden Schmerz in meiner gesamten Gesichtshälfte aus.

»Vor drei Jahren, Master Shallot, hielt ich mich in Frankreich auf. Ich trug einen wunderschönen Ring an der Hand, eine Liebesgabe, die aus reinem Gold bestand. Er war mit einem silbernen Cupido besetzt, dessen Augen aus Diamanten gemacht waren.« Der König leckte sich über die Lippen. »Mein Bruder, König Franz I., und ich wetteten um eine schüchterne Maid bei Hofe, wir wetteten darum, wer von uns beiden als erster ihre Gunst erringen würde. Er setzte ein kostbares Halsband, und ich bot meinen Ring als Wetteinsatz.« Seine trockenen, verkniffenen Lippen verzogen sich angewidert. »Mein Bruder Franz gewann die Wette, und ich händigte ihm den Ring aus. Er trägt ihn nun ständig, legt ihn niemals ab, doch er sagte, wenn es mir gelänge, ihn zu stehlen, ohne daß er es merke, dann könne ich ihn behalten. Master Shallot«, zischte er, »ich möchte diesen Ring zurückhaben! Ihr mit Eurer Begabung zum risikoreichen Spiel, Ihr werdet ihn mir zurückbringen! Habt Ihr mich verstanden?«

»Natürlich, Eure Majestät!«

(Natürlich, und wie gut ich ihn verstanden hatte! Der fette Schweinehund hatte mich sauber hereingelegt. Ich mußte nicht nur sein verdammtes Buch zurückbringen, sondern auch noch seinen Ring. Wenn ich dabei scheitern würde und die Franzosen mich fassen sollten, würde ich gewiß gehängt werden. Wenn es mir gelingen würde, die Franzosen mich aber dennoch fassen sollten, würde ich ebenfalls gehängt werden. Und wenn ich ergebnislos nach England zurückkehren würde, würde man mich auch hängen. Ich sehe, mein Kaplan feixt und kichert schon wieder. Der elende kleine Bastard! Allerdings, er hat recht. Wenn ich in meine goldene Jugendzeit zurückblicke, dann erinnere ich mich, daß man immer wieder versucht hat, den armen Shallot zu hängen. Warum eigentlich? Nur weil er bestrebt war, wahrhaftig gegenüber sich selbst zu sein!)

Heinrich lächelte und entließ uns mit einem Schnippen seiner Finger. Offen gesagt, Benjamin und ich huschten so schnell hinaus wie die verfluchten Spinnen des Kardinals. Wir sprachen kein Wort, bevor wir wieder in unserer Dachkammer über dem Torhaus angelangt waren.

»Master«, jammerte ich dort, »was soll ich nur tun?«

Benjamin setzte sich auf sein Bett und schüttelte den Kopf. »Du mußt deinen Verstand gebrauchen«, erwiderte er scharf, »und deinen Mund halten, wenn du dich in Gegenwart von Herrschern befindest. Roger, wir stehen vor einem Abgrund. Wenn wir keinen Erfolg haben, werden wir England nie wiedersehen.«

Nach dieser aufmunternden Bemerkung legte er sich auf das Bett, wickelte sich in das Laken und gab vor, sogleich einzuschlafen. Ich hingegen, ich gebe es unumwunden zu, lag zitternd vor Angst wach bis zur Morgendämmerung. Weshalb sollte ich dies verschweigen? Ich war in eine tödliche Rivalität verstrickt worden, in den Kampf zwischen Franz I. und Heinrich VIII., der sowohl eine politische wie auch eine persönliche Seite hatte. Beide waren arrogant und anmaßend, beide waren Lustmolche, und beide glaubten, sie wüßten die Lösung für alle Probleme der Welt. Beide nahmen sich, was sie wollten, und sie duldeten keinen Widerspruch. Der einzige Unterschied bestand darin, daß Franz mehr Charme an den Tag legte. Doch in dieser Dachkammer in Hampton Court erschien es mir, als sei ich ein Hase, der zwischen den Fängen des Fuchses und den Klauen des Adlers zu wählen hat.

Am späten Nachmittag des folgenden Tages verließen wir Hampton Court. Benjamin war in gedrückter Stimmung. Er verabschiedete sich von Wolsey und Doktor Agrippa, und wir schlossen uns Clintons Reisegesellschaft an, die sich im großen Schloßhof versammelt hatte. Die Rufe der Reitknechte und Stallburschen, der Wachmänner und Bediensteten schwirrten durcheinander. Es wurden Reitpferde gesattelt, Tragpferde beladen, und die Marschalle, angetan mit den weißen Insignien ihres Amtes, erteilten ihre Befehle. Ich erblickte Lady Francesca, in ein prächtiges meergrünes Kleid gewandet, mit einem Umhang und einem kleinen Hut in derselben Farbe, doch zumindest für den Augenblick war jegliches Begehren von mir gewichen. Ich wollte nur so schnell wie möglich Hampton Court hinter mir lassen, bevor ich König Heinrich erneut Anlaß geben konnte, mich seinen Zorn spüren zu lassen.

Mein Gott, wie froh war ich, von diesem Orte fortzukommen. Wir wendeten uns zunächst nach Westen, schlugen einen Bogen um London und ritten dann nach Süden über die Downs in Richtung Dover. Unsere berittenen Begleiter bildeten die Vorhut, dann folgten Sir Robert, Master Benjamin und Lady Clinton. Mein Meister und Sir Robert wurden bald unzertrennliche Gefährten, denn sie entdeckten ihre gemeinsame Liebe zur Alchemie und ihr unstillbares Interesse an Pflanzen und deren natürlichen Heilkräften. Oft mußte unsere Kavalkade anhalten, damit sie absteigen und hier einen Fingerhut und dort einen Baumschwamm oder verschiedene Arten von Pilzen in Augenschein nehmen konnten. Ich interessierte mich zwar auch für die Natur, doch ich war immer noch ziemlich bedrückt aufgrund der Ansinnen, die der Große Mörder an mich gerichtet hatte, und so ließ ich mich zurückfallen und beobachtete eifersüchtig, daß die kokette Lady Francesca offenbar großen Gefallen an Benjamin fand, während sie meine Gegenwart ungerührt zur Kenntnis zu nehmen schien. Clintons rechte Hand, Venner, war durchaus ein liebenswürdiger Zeitgenosse, doch man konnte sich mit ihm nur über Bären- und Hahnenkämpfe und über die jeweiligen Vorzüge verschiedener Pferderassen unterhalten. Es war also niemand vorhanden, an den ich mich hätte halten können, und so schmollte ich den ganzen Weg nach Dover. Einige Male machten wir in Herbergen Rast, einmal auch bei einem Benediktiner-Kloster. Ich habe seinen Namen vergessen. Nun, das ist jetzt auch nicht mehr wichtig. Es ist sowieso nur noch ein Trümmerhaufen, nachdem der Große Mörder sein Zerstörungswerk vollendet hat.

Nein, genauer besehen, ich schmollte eigentlich gar nicht. Ich dachte viel über Agnes nach, ihren gewaltsamen Tod und den ihrer Familie. Ich war überzeugt, daß die Luciferi sie getötet hatten, und ich war entschlossen, Rache zu nehmen, wenn ich in Frankreich sein würde. Noch etwas anderes nagte an meinem Geist und bedrückte meine Seele. Eine Vorstellung, die ich nicht recht in den Griff bekam. Doch als ich mich an Bord der *Mary of Westminster* befand und die Schrecken der Überfahrt zu gewärtigen hatte, ließ ich die Sache fallen.

Unsere Kogge war ein robustes Handelsschiff, es wurde begleitet von einem kleinen Kriegsschiff. Wir lichteten Anker, wendeten, dippten dreimal unsere Segel zu Ehren der Dreifaltigkeit und nahmen dann Kurs auf die offene

See. Zwei Tage später legten wir nach einer ruhigen Überfahrt in Calais an – ein trostloser Ort, Englands letzte Bastion in Frankreich, eine einzige Festung, in der es von bewaffneten Soldaten und Bogenschützen wimmelte, die in ihren fleckigen Lederwamsen durch die Straßen zogen, sich in den zahlreichen Schänken vollaufen ließen und darauf aus waren, Unruhe zu stiften.

Die Stadt quoll über von Karren und Pferden, denn der Große Mörder achtete stets darauf, daß Calais gut mit Nachschub versorgt wurde. Es war aber schließlich doch alles vergeblich, denn seine Tochter, die Blutrünstige Maria, verlor die Stadt an die Franzosen und starb gebrochenen Herzens. (Oh, übrigens, ich war zugegen, als sie starb. Ich hielt ihre Hand, als das Rasseln des Todes sich ihres dürren Halses bemächtigte. »Roger«, flüsterte sie, »mein lieber, lieber Roger. Wenn ich tot bin, reiße mir das Herz heraus, und du wirst Calais darin eingraviert finden.« Ich beugte meinen Kopf nach unten. Sie dachte, ich würde weinen. Doch nichts dergleichen! Ich hatte Angst, sie könnte den schuldbewußten Ausdruck in meinen Augen entdecken, denn ich war jener Mann, dem es zuzuschreiben war, daß das englische Calais verlorenging. O ja! Ich war jener törichte, betrunkene Bastard, der das Tor offenstehen ließ, so daß die Franzosen eindringen konnten, doch das ist eine andere Geschichte.) Bald jedoch hatten wir Calais hinter uns gelassen und ritten nach Süden, in Richtung Paris. Die Landschaft der Normandie brütete unter der warmen Sommersonne. Es war eine ruhige, friedvolle Reise. Auch die Galgen an den Weggabelungen waren leer, zwei davon waren sogar mit Girlanden geschmückt.

»Eigenartig«, murmelte ich, als wir das erste Mal nach Calais in einer Schänke für die Nacht einkehrten.

»Was meinst du, Roger?« fragte Benjamin.

»Nun«, antwortete ich, froh, seine Aufmerksamkeit gefunden zu haben, »diese beiden Boten, die von den Maillotinern getötet wurden. Sie sind auf derselben Strecke gereist wie wir.«

»Ja, und?«

»Nun, die Straße ist doch offenbar frei von Dieben und Schurken und wird gut bewacht. Ich habe zumindest drei Kavallerie-Einheiten gesehen.« Ich machte eine Pause, und Benjamin blickte mich ausdruckslos an. »Bedenkt, Master«, setzte ich eilig hinzu, »ich kenne die Maillotiner. Sie schlagen in den engen Gassen von Paris zu, aber sie planen keinen Hinterhalt mitten auf dem Lande.«

Benjamin spielte mit seinem Trinkbecher. »Du glaubst also, es waren nicht die Maillotiner, welche die beiden Boten überfallen haben?«

»Ja.«

»Wer hat dann die zwei Franzosen erhängt?«

»Was weiß ich?« schnarrte ich und wendete mich ab.

Benjamin klopfte mir auf die Schulter. »Roger, du bist etwas durcheinander.«

»O nein, das stimmt nicht«, widersprach ich schnell.

»Du magst Sir Robert?«

»Ich ziehe seine Gemahlin vor.«

Benjamin lachte. »Ein seltsames Paar«, sagte er grüblerisch. »Sie flirtet gern mit anderen, doch er liebt sie abgöttisch. Sir Robert hat sie kennengelernt, als sie noch ein Mündel des französischen Hofes war.«

»Sie scheint Euch zu mögen.«

Benjamin zuckte mit den Schultern. »Über Geschmack kann man nicht streiten, Roger.« Er lächelte, trank seinen Wein aus und lenkte das Gespräch abrupt auf ein anderes Thema.

Kurz vor Paris verließen wir die Hauptstraße und ritten auf schmalen gewundenen Wegen zum Kloster von

St. Felice, dessen weiße Steingebäude in der Sonne leuchteten und deutlich von den grünen Wiesen und den dunklen Wäldern abstachen. Es war ein hübscher Ort, eines von jenen Klöstern, die Wohlstand, Sicherheit und eine eigentümliche Art von Gelassenheit ausstrahlten. Alles war sauber und ordentlich und an seinem Platz. Sogar der Innenhof, der gleich hinter dem großen Torbogen begann, war sorgfältig mit Kieselsteinen bestreut, und entlang der Mauern waren schmale Beete mit Blumen angelegt, die ihren üppigen Duft verbreiteten.

Wir wurden zum Gästehaus geleitet, wo wir gekühlten Wein tranken, während die Schwestern Lady Francesca und Sir Robert Clinton willkommen hießen, überglücklich, ihre ehemalige Schülerin wieder einmal zu sehen. Lady Francesca behandelten sie wie eine Lieblingstochter, doch Sir Robert wurde fast in den Himmel gehoben, sie begegneten ihm mit einer Unterwürfigkeit, die mich ziemlich überraschte. Man hätte glauben können, er sei irgendein feister Kardinal aus Rom. Die Nonnen scharwenzelten wie eine Gruppe von Glucken um die Clintons herum. Ich hatte Schwierigkeiten, ihrem Geschnatter zu folgen (Ihr wißt ja, der alte Shallot wurde schon immer von einer unstillbaren Neugier getrieben), doch es schien, als würden sie sich hauptsächlich um Lady Francescas Gesundheit sorgen. Nun, wie auch immer, sie ließen uns allein.

Lady Clinton widmete sich ihren früheren Freundinnen, während die Frau Oberin, eine stattliche alte Dame in goldbesetztem Ornat, Sir Robert unterhakte und ihn zu einem ruhigen Plausch in ihr Privatgemach entführte. Wir hielten uns ungefähr eine Stunde im Kloster auf und stießen dann, die Abschiedsgrüße der Schwestern noch in den Ohren, wieder zu unseren Begleitern, die außerhalb der Klostermauern gewartet hatten, und setzten unsere Reise fort.

Durch die Porte St. Denis ritten wir nach Paris hinein. Es war ein eigenartiges Gefühl, wieder hierher zurückzukehren, denn ich hatte wahrlich nicht die angenehmsten Erinnerungen an diese Stadt: Hier wäre ich im tiefsten Winter fast verhungert, war geschlagen und wegen eines Mißverständnisses in den Kerker geworfen worden, und man hätte mich um ein Haar in Montfaucon aufgeknüpft. Dieser Hinrichtungsplatz war das erste, was mir unter die Augen kam, als wir die stinkenden Straßen von Paris erreicht hatten. Die Stadtväter hatten in der Zwischenzeit wohl beschlossen, die Stätte etwas freundlicher zu gestalten. Es baumelten auch jetzt wieder einige Leichen an den Stricken, doch man hatte eine Mauer um die Anlage errichtet, so daß die Kadaver, wenn sie verwesten und herabfielen, dem Anblick der Passanten entzogen wurden, wenngleich der Gestank sich freilich nicht zurückhalten ließ. Wir folgten den engen, gewundenen Straßen, auf denen sich ein kunterbuntes Völkchen tummelte: Bürger, Mönche, Scholaren und Heerscharen von Bettlern. Wenn wir an stehenden Abwassertümpeln vorbeikamen, mußten wir unsere Münder und Nasen vor dem ekelhaften Gestank schützen, während wir gleichzeitig darauf zu achten hatten, daß wir uns die Köpfe nicht an den bemalten Schildern anstießen, die aus den Häusern herausragten. Dabei waren wir ständig dem Gelärme Hunderter von Glocken und dem Gebrüll unzähliger Straßenhändler und Marktschreier ausgesetzt, die von einem Stück Eisen bis zu heißen Kastanien alles nur Erdenkliche loszuschlagen versuchten. Wir überquerten eine der fünf Brücken, die über die Seine führten, und passierten die ehrfurchtgebietende Kathedrale Notre Dame.

In der Nähe der Place des Greves, auf einem quadratischen Platz daneben, hatte sich eine Menschenmenge versammelt, um einer öffentlichen Hinrichtung beizuwohnen. Es war eine der grauenhaftesten Szenen, die ich jemals gesehen hatte. Über einem hoch auflodernden Feuer stand ein riesiger Bottich voll siedenden Öles, in dem ein Verurteilter, an Händen und Füßen gefesselt, zu Tode gekocht wurde. Die Schreie, der Rauch und der Gestank sollten vielleicht Vorboten der Schrecknisse sein, die wir zu erwarten hatten. Lady Clinton wurde blaß und wäre beinahe im Sattel in Ohnmacht gefallen, hätte Benjamin sie nicht gestützt, während Sir Robert die Begleitreiter beschimpfte und sie zur Eile antrieb. Wir verließen Paris durch die Porte d'Orléans und fanden uns dann inmitten der bestellten Felder und der Windmühlen wieder, welche die Stadt umgaben. Als wir nach ungefähr einer Stunde eine Straßenbiegung passierten, erblickten wir das Château de Maubisson auf dem Kamm eines Hügels vor uns; es hob sich deutlich vor dem dahinterliegenden Wald ab und bot einen angenehmen Anblick. Es war von einer ringförmigen Mauer und einem Wassergraben umgeben, über den sich eine hölzerne Zugbrücke spannte.

Wir klapperten über die Brücke in den Vorhof, wo Hühner umherliefen und Schweine im Boden nach Futter wühlten. In den Stallungen, Schmieden und Außengebäuden, die an der Mauer entlang errichtet waren, herrschte geschäftiges Treiben. Wir ritten unter einem weiteren Torbogen hindurch, vor dem Wachen postiert waren, welche die königlichen Farben Englands trugen. Zwei große Eisentore schwangen auf, und wir gelangten in den Innenhof, wo wir vor dem großen, viertürmigen Hauptgebäude haltmachten. Zu beiden Seiten des massiven Bauwerks war erst vor kurzem je ein Flügel angebaut worden, und an jede der vier Ecken erhob sich ein Turm. Clinton bemerkte, diese Türme seien nach den vier Damen Yolande, Mary, Isabel und Jeanne benannt.

»Von welchem ist Falconer heruntergefallen?« wollte Benjamin wissen.

Clinton deutete auf den rechts vor uns liegenden Turm. Wir starrten alle diesen Turm an, der sechs Stockwerke hoch in den Himmel emporragte.

»Dieses Schloß gehört also der englischen Botschaft?« fragte Benjamin.

»Ja«, antwortete Clinton. »Hinter dem Hauptgebäude liegt ein Garten, der in französischem Stil angelegt ist – ein paar Kräuterbeete, ein kleiner Kaninchenbau und einige hundert Büsche Buchsbaumholz.« Er gestikulierte mit der Hand in der Luft umher. »Hinter diesen Mauern erstrecken sich einige Weingärten, doch das heiße Wetter bekommt ihnen nicht sonderlich. Dann Marschland und natürlich Wälder.«

Er wollte gerade fortfahren, als einige Botschaftsangehörige die Treppe herunterkamen, um uns zu begrüßen. Es gab das übliche Durcheinander, als die Stallburschen die Pferde wegbrachten, die Bediensteten die Kisten mit unserem Gepäck übernahmen und die vielen fremden Gesichter sich einander vorstellten. Ein Diener führte Benjamin und mich in den Hauptsaal, vorbei an der großen Versammlungshalle, wo die Mahlzeiten serviert wurden, und dann über eine Wendeltreppe in den dritten Stock hinauf. Die Kammer, die uns zugeteilt wurde, war geräumig und sauber, die Wände waren offenbar erst kürzlich gestrichen worden, und der Holzfußboden war mit dicken, anscheinend frisch gewaschenen Teppichen belegt. Man hatte zwei Pritschen aufgestellt, an den Wänden waren neue Fackelhalterungen befestigt worden, und außerdem gab es einige Schemel, einen Stuhl, einen Tisch und eine Waschmöglichkeit sowie einen schweren Schrank für unsere Gewänder. Ein paar dicke Talgkerzen sowie Krüge und Schalen vervollständigten die Einrichtung. Die Fenster waren mit Läden verschlossen, bis auf eines, das poliert war und einen wundervollen Ausblick auf den Buchsbaum-Garten und die dahinterliegende Ecke des Waldes bot.

Den Nachmittag verbrachten wir damit, uns zu erholen. Das Château unterschied sich nicht von vielen anderen Schlössern, die hin und wieder vom Krieg in Mitleidenschaft gezogen worden waren, als die Engländer (oder die ›Gottverdammten‹, wie die Franzosen uns zu nennen beliebten) versuchten, Nordfrankreich zu erobern. Bei der Abendmahlzeit am Tage unserer Ankunft trafen wir das erste Mal mit den Beamten der Botschaft zusammen.

Nun, die Große Halle des Châteaus war nichts Besonderes. Ein großer offener Kamin in der Mitte, ein paar Schilde und Geweihe als Schmuckstücke an den Wänden. An einem Ende des Saales befand sich eine kleine Galerie, die für die Musiker gedacht war, und am anderen Ende, vor einer holzvertäfelten Wand, lag das Podium mit dem erhöhten Tisch. Nachdem das Essen beendet war und die Diener sich zurückgezogen hatten, machte ein Krug Wein die Runde, und man stellte sich einander vor. Sir John Dacourt, der Botschafter, war ein gedrungener und kräftiger Mann mit lockigem weißen Haar, hellblauen Augen und dem am kunstvollsten gezwirbelten Schnurrbart, der mir jemals zu Gesicht gekommen ist. Er war einfach und altmodisch gekleidet mit seinen Beinkleidern, die ihm bis über die Knie gingen. Er war ein Soldat der alten Schule, und er hing der Überzeugung an, nur ein toter Franzose sei ein guter Franzose.

»Ich traue diesen verdammten ›Frogs‹ nicht«, polterte er. »Man braucht sich nur einmal umdrehen, dann fallen einem die Schweinehunde schon in den Rücken.«

Walter Peckle, der Hauptschreiber und Assistent, war

ein junger Mann, der schon ziemlich alt aussah, mit teigiger Gesichtsfarbe, eingesunkenen Wangen und Augen, die unablässig zwinkerten. Seine Finger waren von blaugrünen Tintenflecken übersät, und er kratzte sich unablässig zwischen den schütteren, schmierigen und grauen Haarbüscheln, die ihm noch verblieben waren. Thomas Throgmorton, der Arzt, war dürr wie eine Bohnenstange. Sein Alter war schwer zu schätzen, und er hatte feuchte, graue Augen, die in einem schmalen, blassen Gesicht standen. Sein kurzgeschorenes Haar war unter einer Kappe aus schwarzem Samt verborgen. Michael Millet, der Sekretär von Sir John Dacourt, war auffallend gutaussehend; ein junger Mann mit hellen blauen Augen und dichtem, blondem Haar, das sich in Wellen über den Kopf legte. Manch eine Frau hätte ein Vermögen für seine dicken, langen, gekräuselten Wimpern gegeben. Er war ein richtiger Geck: Sein rosiges Gesicht war säuberlich rasiert, und an einem rechten Ohrläppchen baumelte eine silberne Perle an einem kleinen Goldkettchen. Er saß wie eine Frau am Tisch und sprach auch wie eine Frau, während er uns kokette Blicke zuwarf. Waldegrave, der Kaplan, war klein, feist und glatzköpfig, und er hatte die grobschlächtigen Gesichtszüge und die dicke, rote Nase des unverbesserlichen Säufers. Als das Mahl beendet war, hatten wir alle tüchtig gebechert, doch Waldegrave war schon volltrunken zum Essen erschienen. Er saß neben mir, und ich rümpfte meine Nase wegen des Schweißgeruches, der seinem langen, schwarzen und mit Essensresten bekleckerten Gewand entströmte.

Unsere Unterhaltung nach dem Essen kreiste zunächst um allgemeine Themen, doch nachdem Lady Francesca sich zurückgezogen hatte, nicht ohne Benjamin ein Lächeln zuzuwerfen, das mir in der Seele weh tat, kam Sir Robert schnell zur Sache.

»Der Tod von Falconer«, sagte er, kurz nachdem Lady Francescas Schritte in der Halle verklungen waren, »war das ein Unfall, Selbstmord oder Mord?« Er erntete Schweigen. Die Gutgelauntheit der Runde verflog wie Nebel in der Sonne. Es wurde uns bewußt, wie dunkel es eigentlich schon war, denn die flackernden Fackeln warfen Schatten an die trostlosen weißen Wände. Dacourt, der in der Mitte des Tisches saß, blickte in die Runde.

»Es war Selbstmord«, trompetete er, »eine sehr mysteriöse Sache. Einen Unfall hätte man nicht erklären können. Seht Euch auf dem Turm um, Sir Robert, und Ihr werdet es mir bestätigen. Die Mauer ist mit Zinnen versehen, und dazwischen sind Eisenstäbe eingelassen. Falconer hätte oben auf den Zinnen stehen müssen, um ausgleiten und zu Tode stürzen zu können. Weshalb aber hätte er das tun sollen?«

»Bleibt nur noch Mord übrig«, warf mein Meister ein.

»Unmöglich!« widersprach ihm Throgmorton, der Arzt, heftig.

Benjamin beugte sich nach vorne und faßte den Mann ins Auge.

»Weshalb, Sir? Weshalb seid Ihr dieser Ansicht?«

»Oh, unser Doktor weiß alles«, witzelte Millet boshaft. »Er schnüffelt gerne herum. Halb offene Schlafzimmertüren von Frauen interessieren ihn besonders.«

Diese Bemerkung rief schwaches Gelächter hervor, und Throgmorton errötete verlegen. (Nun, wie ich schon einmal sagte: Vertraut niemals einem Arzt. Es ist wirklich auffällig, wie viele von ihnen sich beim Anblick einer jungen Maid delektieren, die im Unterrock vor ihnen steht.) Benjamin allerdings ließ sich nicht vom Thema abbringen.

»Master Throgmorton, ich habe Euch eine Frage gestellt.«

Der Doktor warf einen Blick auf Millet, faßte sich dann und begann, die einzelnen Punkte an den Fingern aufzuzählen. »Erstens, Falconer hatte jene Kammer, in der Ihr jetzt untergebracht seid.«

Oh, besten Dank dafür, dachte ich.

»Ich habe eine Kammer in dem darüberliegenden Stockwerk. Ich habe Falconer gesehen, als er zur Turmspitze hinaufgestiegen ist. Er machte einen recht gutgelaunten Eindruck und hatte einen Becher Wein in der Hand. Ich entbot ihm einen Gutenachtgruß, und er lächelte zurück. Nach ihm ist niemand mehr die Treppe emporgestiegen und gewiß auch nicht vor ihm.«

»Gibt es noch andere Zeugen?« fragte Benjamin.

»Zweifelt Ihr an meinen Worten?« bellte Throgmorton.

»Bah, Tom«, rief Millet, beugte sich gegen den Tisch und betrachtete die billigen und geschmacklosen Ringe an seinen Fingern. »Auch ich habe gehört, wie Falconer hinaufgegangen ist.« Millet blickte Benjamin betörend an. »Meine bescheidene Behausung ist eine Dachkammer in diesem gottverdammten Turm.«

Benjamin grinste. »Und Ihr könnt bestätigen, was der Doktor gesagt hat?«

»Natürlich!«

»Es gibt noch etwas anderes zu beachten«, dröhnte Dacourt, während er seinen Becher nachfüllte. »Die Plattform des Turmes ist mit einer dünnen Schicht aus Sand und Kies bestreut. Millet und ich haben als erste diesen Turm untersucht, nachdem ein Wachmann Falconers Leiche entdeckt hatte. Wir konnten nur Falconers Fußspuren entdecken.«

»Und wie sah die Leiche aus?« wollte Benjamin wissen.

Throgmorton schlürfte aus seinem Becher. »Am Kopf klaffte eine große offene Wunde, und das Gesicht war übel zugerichtet. Der Hals war so stark verdreht, daß man das Kinn von einer Schulter zur anderen bewegen konnte. Und natürlich hatte er am ganzen Körper Blutergüsse.«

»Und was war mit dem Wein?«

»Ein guter, schwerer roter Bordeaux«, antwortete Dacourt. »Der alte Falconer hat gerne einen getrunken. Am Ostermontag, als die Fastenzeit zu Ende war und wir nicht länger Enthaltsamkeit üben mußten, haben wir einen neuen Krug geöffnet. Millet und ich waren dabei. Jeder von uns hat einen Becher getrunken, bevor wir aufbrachen.«

»Das ist so Brauch hier«, ergänzte Millet. »Während der Fastenzeit enthalten wir uns alle als gute Gläubige des Weines. Am Ostermontag öffnen wir dann einen Krug besten Bordeauxs.«

»Es war also nicht ungewöhnlich?« fragte Benjamin.

Dacourt blickte mich unter seinen gesenkten Augenbrauen hervor an, als nähme er meine Gegenwart jetzt erst wahr. »Nein. Falconer, der sonst meist ruhig und zurückhaltend war, schien in sehr guter Stimmung zu sein, er lachte und redete und war recht munter. Ich fragte ihn, ob er schon ein paar Becher geleert hatte, bevor wir den Krug angebrochen hatten, doch er versicherte mir, daß dies nicht der Fall gewesen sei.«

»Ich habe die Leiche äußerst sorgfältig untersucht«, mischte sich Throgmorton ein. »Und ich habe keine Anzeichen von Bier oder Wein oder von anderen Substanzen gefunden.«

»Und was geschah mit dem Becher, aus dem er getrunken hat?« fragte Benjamin und drehte seinen Stuhl leicht, damit er Dacourt ins Auge fassen konnte.

»Der ist unglücklicherweise zerbrochen«, antwortete der Botschafter.

»Weshalb unglücklicherweise?«

»Nun, er gehörte zu einem Set, einem wunderbaren Zinn-Set. Falconer hatte vier Becher in dieser Art; man nennt sie auch Meßbecher. Ihr wißt, auf jedem Becher ist eines der vier großen Kirchenfeste dargestellt: Advent, Weihnachten, Ostern und Pfingsten.«

»Und er hatte aus dem Oster-Becher getrunken?« fragte ich.

»Ja«, antwortete Dacourt. »Doch nun besteht dieser Becher nur noch aus Scherben.«

»Falconer war ein sehr religiöser Mensch«, nuschelte Waldegrave. »Sprach immer von Gott. Er war von den Schriften dieses neuen Kirchenlehrers in Deutschland beeinflußt. Ihr wißt, dieser Mönch, der über die Mauer seines Klosters gesprungen ist, Martin Luther.«

(Übrigens, ich bin Luther und seiner Gemahlin Katharina einmal begegnet. Er war wirklich ein eigenartiger Mann. Brillant, aber doch seltsam. Wußtet Ihr, daß er unter Verstopfung litt? O ja, eine richtige Darmspülung hätte dem alten Luther viel geholfen.)

»Hat er über Luther diskutiert?« wollte Benjamin wissen.

»Nein, nicht wirklich«, sabberte Waldegrave. »Er hat immer davon gesprochen, daß er errettet werden wollte. Darüber, ob er in den Himmel oder in die Hölle kommen würde. Und wenn er nicht über das Leben nach dem Tode gesprochen hat, dann redete er von Vögeln.«

»Von Vögeln? Wie meint Ihr das?« fragte ich.

Waldegrave lehnte sich nach vorne und schaute mich mit verhangenen Augen an. »Ich meine es so, wie ich es sage. Er hat immer irgendwelche verdammten Vögel beobachtet. Enten, Spatzen, Hänflinge, Drosseln. Allerdings«, meinte er und griff sich an seine fleischige rote Nase, »da hat es auch noch andere Dinge gegeben.«

Die übrigen Teilnehmer der Runde stöhnten einmütig

auf, als müßten sie eine altbekannte Geschichte nun zum wiederholten Male mitanhören.

»Ihr müßt wissen«, sagte Waldegrave und rutschte auf seinem feisten Hintern umher, »er hat bei mir die Beichte abgelegt. Er hat gesagt, er wisse, wer Raphael ist. Als ich ihn fragte, was er damit meine, hat er nur geantwortet ›Das ist eine ernste Angelegenheit‹.«

Wieder Stöhnen und Ächzen in der Runde, als der alte Säufer seine offensichtlich gut zurechtgesponnene Geschichte beendet hatte.

»Es ist Zeit, schlafen zu gehen«, bemerkte Dacourt. »Sir Robert, Ihr müßt müde sein.« Er lächelte. »Und Lady Francesca wartet. Und was Euch betrifft, Priester«, sagte Dacourt und blickte zu Waldegrave, »mir scheint, Ihr habt ein wenig zuviel getrunken.«

Der Kaplan starrte ihn mit offenem Mund an und gab dann einen Rülpser von sich, der wie ein Donnerschlag klang. Dacourt trat einen Schritt näher. Der Priester kam torkelnd auf die Beine und trollte sich dann abfällig brummelnd.

Dacourt blickte ihm nach. »Verdammter Pfaffe!« murmelte er. »Der und seine Witzchen!«

»Der Herr errette uns!« sagte Millet gähnend. »Wenn er uns nicht mit seinen Witzen unterhält, dann erzählt er uns, wie er als Grenzräuber im Norden sein Unwesen getrieben hat.« Millet spielte mit einem Spitzendeckchen. »Der alte Trunkenbold hält sich für einen Pferdekenner, und er versucht immer, an Sir Johns Schlachtroß heranzukommen. Habt Ihr es schon gesehen?« Der junge Mann strahlte Benjamin an. »Ein prächtiges Pferd. Wild, feurig, und mit dem leichten Schritt eines Tänzers.«

Benjamin blickte zur Seite und untersuchte seine Fingernägel.

»Sir John, wo ist Falconer beerdigt?«

»In St. Pierre«, mischte sich Throgmorton ein. »Wir konnten ihn nicht nach England zurückbringen lassen. Er hatte keine Familie, und sein Körper war nur noch ein blutiger Klumpen, und so haben wir eine Grabstelle auf dem Friedhof von St. Pierre im Dorf Maubisson gekauft.«

»In derselben Kirche, in welcher der Abbé Gerard Priester war?«

»Ja, das stimmt«, dröhnte Dacourt. »Doch Abbé Gerard weilt leider auch nicht mehr unter uns. Er wollte in seinem Karpfenteich schwimmen und ist dabei ertrunken.«

»Seltsam«, überlegte Clinton. Er beugte sich auf seinem Stuhl nach vorne. Bis jetzt war er still gewesen und hatte in die Dunkelheit gestarrt, dabei jedoch immer ein aufmerksames Auge auf Sir John gehabt.

»Was meint Ihr?« fragte Benjamin.

»Nun«, antwortete Sir Robert, stand auf und streckte sich, »am Montag nach Ostern stirbt Falconer durch einen mysteriösen Sturz vom Turm. Zwei Tage später ertrinkt ein alter Priester in seinem eigenen Fischteich.«

»Wollt Ihr damit sagen, hier bestehe ein Zusammenhang?« mischte sich Peckle ein.

»Nein.« Sir Robert schüttelte den Kopf. »Ich meine nur, daß dies etwas seltsam ist.«

Sir John Dacourt griff nach seinem Umhang und machte sich zum Gehen fertig.

»Eine letzte Frage«, rief Benjamin bittend. »Wo sind Falconers Habseligkeiten geblieben?«

»Die beweglichen Dinge werden hier im Kellergewölbe unter der Halle aufbewahrt. Was er an Dokumenten besaß, wurde Peckle übergeben.«

»Ihr habt sie gut aufgehoben?« fragte Clinton.

»Natürlich«, erwiderte Dacourt scharf.

O je, dachte ich mir, hier traute keiner dem anderen über den Weg.

»Ihr habt sie bereits gesehen, Sir Robert. War irgend etwas nicht in Ordnung?«

»O nein, gewiß nicht!« Sir Robert lächelte gekünstelt. »Ihr habt recht, Sir John, die Zeit ist schon vorangeschritten, und wir sollten uns schlafen legen.«

Clinton stellte seinen Becher zurück auf den Tisch, wünschte uns eine gute Nacht und ging leise davon. Dacourt und Millet folgten ihm. Benjamin jedoch saß noch an seinem Platze und starrte den Saal entlang. Es fröstelte ihn, und er zog daher seinen Umhang enger um sich zusammen.

»Master?«

»Ja, Roger, ich weiß, es ist Zeit, schlafen zu gehen. Um vielleicht ein wenig zu träumen.«

(Oh, übrigens, dieser Satz ging mir nicht mehr aus dem Kopf, und später gab ich ihn an Will Shakespeare weiter. Ihr könnt ihn in seinem Stück *Hamlet* finden, das ich mitfinanziert habe. Es handelt von einem dänischen Prinzen, der herausfindet, daß seine Mutter eine Mörderin ist und der daraufhin seine Zeit damit verbringt, darüber nachzugrübeln. Ich mag es nicht besonders, doch Ihr sollt Euch selbst ein Urteil bilden. Der alte Will Shakespeare hat mich immer wieder nach den Morden gefragt, die ich eingebracht habe. Doch ich habe ihm niemals etwas von den schrecklichen Ereignissen von Maubisson erzählt.)

Wir begaben uns über die dunkle Wendeltreppe hinauf in unsere Kammer. Ich entzündete die Kerzen und blickte neugierig umher. Von hier, dachte ich, war also Falconer aufgebrochen zu seinem grauenhaften nächtlichen Sturz. Benjamin trat zu dem geöffneten Fenster und starrte schweigend zu dem dunklen Wald hinüber. Er erbebte bei dem ›Yip, yip‹ eines Fuchses, das der kühle Nachtwind hereintrug, und zuckte beim Kreischen der großen Fledermäuse zusammen, die um die Schloßmauern strichen.

»Dies«, murmelte er, »ist wahrlich ein Tal des Todes.«

Er setzte sich auf die Bettkante und schaute mich an.

»Du solltest dich schlafen legen, Roger. Du wirst deinen Schlaf noch brauchen. Wir befinden uns in der Gesellschaft eines verschlagenen Mörders. Merke dir meine Worte: Falconer und der Abbé Gerard wurden ermordet, und vieles hier ist nicht so, wie es den Anschein macht.« Er war jedoch nicht bereit, nähere Auskunft zu geben.

Ich war jung, müde und leicht angetrunken, und alles war mir gleichgültig, deshalb zog ich mich aus, und schon nach wenigen Minuten übermannte mich der Schlaf des Gerechten.

Kapitel 5

Am nächsten Morgen standen wir spät auf. Benjamin schien nun wieder besserer Stimmung zu sein und redete über die Geschichte des Schlosses, als wir in der großen Halle unser Frühstück zu uns nahmen. Anschließend führte uns ein Bediensteter hinunter in das Kellergewölbe.

»Wir müssen Falconers Habseligkeiten untersuchen«, erklärte Benjamin. »Vielleicht finden wir dabei den ersten Schlüssel zur Lösung dieses Rätsels.«

Im Keller trafen wir Venner an, der vor einigen Schrankkoffern stand. Er grinste zur Begrüßung.

»Das sind die Sachen von Falconer«, sagte er. »Mehr gibt es nicht. Wir haben sie durchsucht. Ihr habt soeben Sir Robert verpaßt.«

»Was soll mit den Sachen geschehen?« fragte ich, während ich einen billigen silbernen Armreif betrachtete.

»Nun, es gibt keine Erben, also gehen sie an die Krone.«

Ich entschied mich, das silberne Armband dort zu lassen, wo es war; der feiste Heinrich wäre imstande, einem bei lebendigem Leibe die Haut abzuziehen, bloß dafür, daß man einen Brotkrumen von seinem Teller stibitzt hatte. Venner verließ den Keller, und wir durchwühlten die armseligen Besitztümer Falconers: eine Tagesdecke, drei schmutzige Nackenrollen, eine Hose, einige Lederwamse, verbeulte Stiefel, etwas billigen Schmuck, eine Kollektion von Federkielen und ein Stück kastilische Seife. Meinetwegen sollte der Große Mörder sich daran erfreuen. Was allerdings unsere Aufmerksamkeit auf sich zog, waren die drei verbliebenen Zinnbecher, die in einer kleinen, mit rotem Tuch ausgeschlagenen Schachtel lagen. Wir untersuchten sie eingehend, insbesondere die

Stellen mit den eingravierten Szenen: eine große Taube, die für Pfingsten stand, die Jungfrau Maria, die den Advent repräsentierte, und ein Kind in einer Krippe, das Weihnachten verkörperte. (Ihr wißt sicherlich, wovon ich rede. Solche verzierten Becher waren sehr verbreitet in England, bevor der Große Mörder die Klöster schleifte. Man trank immer aus dem Becher, welcher der Jahreszeit entsprach.) Benjamin roch zuerst an den Bechern, dann an der Schachtel. »Nichts«, verkündete er dann, »hier ist nichts festzustellen.«

Wir gingen wieder hinauf in den Innenhof, um frische Luft zu schnappen, und beobachteten dort fasziniert, wie einige Reitknechte versuchten, eines wilden, schwarzen Pferdes Herr zu werden. Sie bemühten sich, es in seinen Stall zurückzutreiben, doch das ungestüme Tier wollte sich nichts gefallen lassen. Das Pferd war sechzehn Hand groß, und sein pechschwarzes Fell glänzte im Sonnenlicht. Es hatte seine Ohren vor Erregung aufgestellt, seine Augen rollten wild hin und her, es blähte die Nüstern, und Schaum bildete sich vor seinen scharfen, gelben Zähnen. Das Pferd bäumte sich immer wieder auf und schlug mit den Hufen aus, während es die Männer unter wildem Fluchen in den Stall zu drängen versuchten. Als es ihnen schließlich gelang, schlugen sie schnell die untere Tür und auch die obere Klappe zu, doch wir konnten hören, wie das Pferd immer noch mit den Hufen gegen die dicken hölzernen Balken schlug. Die in Schweiß gebadeten Reitknechte verließen fluchend den Platz.

»Das muß Vulkan sein, Sir Johns Schlachtroß«, bemerkte Benjamin. »Waldegrave muß verrückt sein, wenn er glaubt, er könne dieses Ungeheuer bändigen.« Er blickte zu dem Seitenflügel hinüber, der zur Linken an das Hauptgebäude angebaut worden war. »Vielleicht sollten wir dem Priester einen Besuch abstatten. Möglicherweise kann er uns eine Erklärung liefern für Falconers makabere Witze über Gräber.« Benjamin ergriff mich am Arm. »Doch, wenn ich es recht bedenke, ist es wohl besser, die angefangene Arbeit zu vollenden.«

Wir gingen zurück durch den Saal und einen langen Korridor entlang, bis wir zu Peckles Kammer gelangten. Der Hauptschreiber war gerade bei der Arbeit, umgeben von Bergen von Papier: Memoranden, Aufzeichnungen, Rechnungen, Briefen und Urkunden. Er saß mit dem Rücken zur Türe gebeugt über seinem Schreibtisch. Die Luft im Raum war abgestanden und muffig, und es roch durchdringend nach der Talgkerze, die auf seinem Tisch brannte. Alle Fenster waren geschlossen, wie wenn wir uns im tiefsten Winter befunden hätten. Peckle bewegte sich kaum, als wir eintraten, sondern starrte ununterbrochen auf ein Blatt Papier, das mit eigenartigen Chiffren beschrieben war.

»Guten Morgen, Walter«, sagte Benjamin ein bißchen zu laut.

Der Schreiber drehte sich unwirsch um. »Kann ich Euch helfen?«

»O ja. Ihr habt doch Falconers Dokumente?«

Der Mann seufzte theatralisch und erhob sich müde von seinem Sitz, wie ein erschöpfter Vater, der es mit zwei ungezogenen Kindern zu tun hat. Er wühlte zwischen einigen Papieren herum, die in der Ecke lagen, und warf uns dann ein zusammengebundenes, in Leintuch eingeschlagenes Bündel zu. Benjamin fing es auf und drehte sich um, um zu gehen.

»Nein, nein!« rief Peckle wichtigtuerisch. »Ihr dürft sie nicht mitnehmen. Ihr müßt sie hier einsehen.«

Benjamin streckte Peckle die Zunge heraus, als dieser uns den Rücken zuwandte, machte auf dem Boden Platz frei und verbrachte dann eine halbe Stunde damit, die

Dokumente zu studieren. Es gab allerdings nicht viel zu entdecken: ein paar Zeichnungen von Vögeln, durchaus gelungen, doch nicht ganz von der Qualität wie in da Vincis Skizzenbüchern. (Ihr müßt wissen, ich bin auch diesem großen Künstler einmal begegnet, als ich mich vor den Häschern der Dogen von Venedig verstecken mußte. Doch davon ein andermal.) Aber wir machten zumindest eine eigenartige Entdeckung – auf einem der Papierstücke stand der Name Raphael. Falconer hatte offensichtlich mit den Buchstaben dieses Namens gespielt, hatte sie durcheinandergemischt und neu angeordnet. Benjamin studierte diese Blätter genauestens, schüttelte dann den Kopf und schob sie zurück. Wir dankten Peckle, doch er beachtete uns nicht weiter.

»Was denkt Ihr, Master?« fragte ich Benjamin, sobald wir die Kammer verlassen hatten.

»Falconer wurde ermordet.«

»Doch wie? Er war alleine auf dem Turm, und er war nicht betrunken.«

Benjamin biß sich auf die Lippen. »Falconer liebte Vögel«, erwiderte er langsam. »Also stieg er zur Plattform des Turmes hinauf, um sie zu beobachten.«

»Glaubt Ihr, er hat wirklich entdeckt, wer Raphael ist?«

»Das glaube ich nicht, doch er war überzeugt, daß das Wort ›Raphael‹ den Namen des Verräters enthielt.«

Benjamin sagte, er wollte mit Waldegrave sprechen, und ich entschied mich dazu, im Garten hinter dem Schloß spazieren zu gehen. Diesen Entschluß brauchte ich nicht zu bereuen, denn dort entdeckte ich Lady Francesca. Sie sah wundervoll aus in ihrem dunkelgrünen Samtkleid, und dazu trug sie einen kleinen Hut aus demselben Stoff und in der gleichen Farbe, der mit ein paar Pfauenfedern geschmückt war und verwegen auf ihrem

Kopfe saß. Ich drückte mich zwischen den Buchsbaumsträuchern herum, versuchte den Eindruck zu erwecken, ich sei ein Gartenliebhaber sondergleichen, und richtete mein besonderes Augenmerk auf die Kräuterbeete und die bunten Blumen, in deren Blüten fleißige Bienen nach Honig suchten. Die Dame summte ein Madrigal vor sich hin. Als sie meine Schritte auf dem Kiesweg vernahm, drehte sie sich schnell um.

»Monsieur!« stieß sie in gespielter Überraschung hervor. »Ihr folgt mir!«

»Bis ans Ende der Welt, Madame«, erwiderte ich, fasziniert davon, wie sich ihr wohlgeformter Busen hob und senkte. Sie trat näher an mich heran und hob dabei den Saum ihres Kleides ein wenig, so daß ein kräftiger weißer Unterrock über den schwarzen, polierten Stiefeln zum Vorschein kam. Sie faßte mich schärfer ins Auge.

»Ihr seid Shallot, Master Benjamins Diener?«

»Sein Sekretär, Madame«, erwiderte ich eine Spur zu süffisant.

»Aha, der Sekretär, aber ein ziemlich häßlicher.«

Ich errötete und begann zu stottern.

»Nun, Master Sekretär, wie kann ich Euch helfen?«

»Seid Ihr froh, wieder zurück in Frankreich zu sein, Madame?«

»Nachdem ich seit zwei Jahren mit einem Engländer verheiratet bin, bin ich mehr als froh.«

»Aber Ihr seid doch erst vor einigen Wochen hier gewesen, während der Osterwoche?«

Lady Francesca betrachtete die Blumen, als beginne sie die Unterhaltung bereits zu langweilen. Plötzlich machte sie einen Ruck und griff sich an den Bauch, als verspüre sie dort Schmerzen.

»Madame«, rief ich und ergriff ihr Handgelenk, »seid Ihr krank?«

Lady Francesca hob ihr blaß gewordenes Gesicht, und in ihren dunklen Augen war nun keinerlei Spott oder Belustigung mehr zu entdecken.

»Nehmt Eure Hände von mir!« kreischte sie. »Ihr sollt mich nicht berühren, *niemals,* versteht Ihr?«

Sie rauschte davon, und dem armen Shallot blieb nur noch der Duft ihres Parfüms und die bittere Erkenntnis, welcher mindere soziale Status ihm hier beigemessen wurde. Ich wanderte zurück zum Haupteingang und fand dort Benjamin vor, der in einer ähnlich niedergeschlagenen Verfassung auf den Treppenstufen saß.

»Lady Francesca schien aufgebracht zu sein«, bemerkte er nebenbei.

Ich spuckte neben seinen Füßen auf den Boden. »Wenn ich mit ihr fertig bin, dann wird sie noch aufgebrachter sein, und mein Schmerz wird sich gelegt haben.«

Benjamin erhob sich, legte mir den Arm um die Schultern und führte mich zurück in den Garten, wo er mich wieder aufzuheitern versuchte und mir erzählte, daß er Waldegrave sturzbetrunken und völlig unansprechbar in seiner opulent ausgestatteten Kapelle vorgefunden habe. Den Rest des Tages verbrachten wir damit, die kräftigen Strahlen der Sonne zu genießen. Benjamin war vom Rand des Waldes besonders angetan und behauptete, er habe dort Gestalten heraus- und hineinspringen sehen.

»Das Château wird beobachtet«, erklärte er. »Vielleicht, Roger, treffen wir unsere Freunde, die Luciferi, hier wieder.«

Dieser Begriff brachte mich wieder zurück in die harte Wirklichkeit. Nicht um einen Verräter zu entlarven und einen Mörder zu überführen war ich hier, sondern um Agnes zu rächen und, natürlich, um die Herkulesaufgabe zu bewältigen, die mir der Große Mörder aufgehalst hatte.

Für den Rest des Tages blieben wir unter uns, holten uns etwas Essen aus der Vorratskammer und gingen dann frühzeitig schlafen, denn wir waren beide noch erschöpft von unserer Reise. Als die Nacht hereinbrach, schlug das Wetter um. Dicke, schwarze Regenwolken zogen sich am Himmel zusammen, und als ich dabei war einzuschlafen, begannen Regentropfen gegen die Verschläge der Fenster zu prasseln. Mit diesem Schlaf sollten unsere Schwierigkeiten beginnen.

In der Nacht, es waren noch einige Stunden bis zur Morgendämmerung, wurden wir durch spitze Schreie, gebrüllte Befehle und das Geräusch trampelnder Füße geweckt. Wir schleuderten unsere Decken zur Seite und stürzten in den Innenhof hinunter, der sich nun zusehends mit Bediensteten und Angehörigen der Botschaft füllte, die mit Fackeln in den Händen zwischen den Wasserpfützen umhersprangen. Clinton war ebenfalls da, in einen Militärumhang gehüllt, und Dacourt, der neben dem Stall von Vulkan stand, wirkte in seinem langen Nachthemd eher lächerlich. Die Türen des Stalles standen offen, das Pferd war offensichtlich davongaloppiert, verfolgt von Stallknechten. Peckle, Throgmorton und andere kamen herbeigelaufen, und ich war überrascht, Millet, den weibischen Sekretär, in einem Aufzug zu sehen, als käme er soeben von einem Besuch in der Stadt zurück. Wir bahnten uns einen Weg in den Stall und erblickten im flackernden Licht der Fackeln etwas, das aussah wie ein blutbeflecktes Bündel alter Lumpen. Throgmorton beugte sich darüber, und sein Gesicht nahm eine grünlich-weiße Farbe an.

»Bringt noch eine Fackel!« rief Benjamin.

Ein schlaftrunkener Stallbursche reichte ihm eine Leuchte und sprang dann flink wieder zurück. Benjamin beugte sich hinunter, beleuchtete mit der Fackel das Bündel, und ich mußte mir die Hand vor den Mund halten, um mein Würgen zu unterdrücken. Dort lag Waldegrave, und sein Körper war nur noch eine einzige blutige Masse. Sein Schädel war eingeschlagen worden, und es sickerte dunkles Blut heraus, das sich mit der schleimigen Gehirnmasse vermischte. Eines seiner Augen war aus der Höhle getreten, und seine Brust war ein blutiges schwarzes Loch, während der untere Teil seines Gesichtes weggerissen worden war und nur noch Stumpen gelber Zähne übriggeblieben waren.

»Gütiger Himmel, was ist hier geschehen?« flüsterte Benjamin.

»Der alte Narr hat versucht, sich dem Pferd zu nähern. Das hat er schon öfter probiert. Doch diesmal hat sich Vulkan als schneller und stärker erwiesen.«

Benjamin starrte den Doktor an. »Er hat es schon öfter versucht?«

»Ja. Wie Sir John sagte. Der alte Trunkenbold hat sich in der Tat für einen Reiter gehalten.«

»Hat Vulkan ihn jetzt zum ersten Mal angegriffen?«

»Ja.« Throgmorton erhob sich und schlug sich den Saum seines Umhangs vor Mund und Nase. »Manchmal hat er es am Abend versucht, doch noch niemals mitten in der Nacht.«

Benjamin, den die Szene überhaupt nicht zu berühren schien, beugte sich erneut hinunter und roch an Waldegraves Mund. Sogar von da, wo ich stand, konnte ich den starken, durchdringenden Weingeruch wahrnehmen, der dem übel zugerichteten Körper entströmte.

»Was ist denn geschehen?« fragte ich Millet, der, so hatte ich das Gefühl, auch dringend einen Schluck nötig hatte.

Der Geck schüttelte den Kopf und ging nach draußen. Er lehnte sich gegen die Stallmauer und sog die frische

Nachtluft tief in seine Lungen, wie ein Mann, der in einem tiefen Fluß untergetaucht war und gerade wieder an die Oberfläche kommt.

»Jedermann im Château hat geschlafen, bis auf Euch«, sagte ich zu ihm.

Der Bursche verzog das Gesicht. »Ja, bis auf mich. Ich hatte in der Stadt etwas zu erledigen und kehrte spät in der Nacht zurück. Ich hatte gerade mein Pferd in den Stall gebracht und mich in den Vorratsraum begeben, da hörte ich laute Schreie, das Ausschlagen von Hufen und das Wiehern von Vulkan. Ich lief hierher zurück. Stallburschen und Reitknechte waren bereits im Hof. Der obere Teil der Stalltüre stand offen, aber Waldegrave hatte offensichtlich den unteren Teil hinter sich zugezogen. Ein Stallbursche hat ihn aufgemacht. Da kam das Pferd wie der Blitz herausgeschossen und ist davongaloppiert.« Millet deutete mit einem Kopfnicken in Richtung des Gartens.

»Mir war klar, daß der Hengst sich in die Enge getrieben gefühlt hatte und daß der Stallbursche, der für ihn zuständig war, ihm folgen mußte, um ihn zu beruhigen«, fuhr er fort. »Dann bin ich in den Stall gelaufen und habe entdeckt, was geschehen war.« Er wischte sich mit dem Handrücken über den Mund. »Ich mußte mich zweimal erbrechen«, sagte er, »und ich glaube, ich muß es gleich noch einmal tun.«

Mit der Hand vor dem Mund und in leicht gebückter Haltung sprang er in die Dunkelheit davon. Ich schaute ihm verächtlich grinsend hinterher, blickte mich zum Stall hin um, sah dort einen Augapfel im Stroh liegen und erbrach mich ebenfalls. Dann schaute ich im Hof umher und erblickte Clinton, Dacourt und die anderen, die am Fuße der Treppe zum Château standen; Throgmorton hatte sich ebenfalls zu ihnen gesellt.

»Master!« zischte ich, schloß meine Augen und drückte mich an den Sturz der Stallmauer. »Was tut Ihr denn?«

Benjamin kam heraus und rieb sich das Gesicht. »Wir können hier nichts mehr tun, Sir John«, rief er über den Hof zu Dacourt hinüber. »Wir sollten die Leiche des Unglücklichen fortschaffen lassen.«

Der Botschafter brüllte einen Befehl, und vier Bedienstete, die essiggetränkte Tücher vor ihre Gesichter gebunden hatten, kamen mit einem großen Leinentuch herbeigelaufen.

»Bringt ihn in die Krankenstation«, ordnete Dacourt an.

Benjamin und ich sahen zu, als Waldegraves Leichnam auf das Tuch gehievt wurde.

»Einen Augenblick!« rief Benjamin.

Die Diener blickten unwillig auf, denn sie wollten diese höchst unangenehme Arbeit so schnell wie möglich hinter sich bringen. Benjamin ergriff eine Fackel und brachte sie so nahe wie möglich an die Leiche heran, doch diesmal untersuchte er nicht die Wunden, sondern die zerlumpte, blutbefleckte Tunika des Priesters.

»Äußerst interessant«, murmelte er. »Ja, wirklich außergewöhnlich interessant.« Er lächelte die Bediensteten an. »Ihr könnt ihn jetzt fortbringen. Komm, Roger! Die Nacht ist noch nicht vorüber, und wir brauchen unseren Schlaf.«

Clinton, Throgmorton und die anderen versuchten, Benjamin in ein Gespräch zu verwickeln, als wir die Treppe zum Château hinaufgingen.

»Der Bursche war doch völlig übergeschnappt«, bellte Dacourt. »Er muß stockbetrunken gewesen sein, um so etwas Verrücktes zu tun!«

»Waldegrave war zweifellos betrunken«, erwiderte Benjamin. »Er mag auch verrückt gewesen sein, doch ich glaube nicht, daß es ein Unfall war.«

»Was meint Ihr damit?« kreischte Peckle.

»Ich werde es Euch am Morgen erklären«, antwortete Benjamin. »Sir John, Sir Robert, ich wünsche Euch eine gute Nacht.«

Wir kehrten in unsere Kammer zurück. Mein aufgeregter Magen hatte sich wieder beruhigt, und ich platzte vor Neugier. (Ich sehe meinen Kaplan schon wieder grinsen, vielleicht amüsiert er sich darüber, daß ich erbrechen mußte. Ich bin versucht, ihn daran zu erinnern, wie er sich neulich blamiert hat, als er das schon längst tote Wiesel entdeckte, das ich auf seiner Kanzel versteckt hatte. Er hat gereihert, als wolle er gar nicht mehr aufhören damit.)

Doch Master Benjamin war in dieser Nacht nicht zum Reden aufgelegt.

»Morgen, Roger«, versprach er mir. »Jetzt muß ich schlafen.«

Ich lag noch eine Weile wach, wartete darauf, daß im Château wieder Ruhe einkehrte, und fiel dann in einen von Alpträumen erfüllten Schlaf. Ich träumte von schwarzen, wilden Pferden, die mit ihren Hufen nach mir ausschlugen, von Männern, die durch die Luft flogen, und von jenen grauenhaft verstümmelten Leichen, die in jenem Londoner Garten so sorgfältig auf dem Boden drapiert worden waren.

Am folgenden Morgen erwachten wir beide ziemlich früh. Nun schienen sich bei Benjamin die Ereignisse der letzten Nacht auf den Magen geschlagen zu haben, denn er war bleich und klagte über Übelkeit.

»Dieser elende Schwachkopf!« murmelte ich.

Benjamin schüttelte den Kopf und machte sich fertig. »Sprich nicht schlecht von den Toten, Roger. Waldegrave wurde ermordet. Komm, ich will mir die Leiche noch einmal ansehen.«

Wir gingen zu der weißgetünchten Krankenstation hinunter, und ich brachte Benjamin noch dazu, in der Küche einige in Essig getränkte und mit Kräutern bestreute Lumpen mitzunehmen. Diese würden wir gewiß brauchen. In dem kleinen Raum lag die Leiche des Priesters immer noch unter dem Laken ausgebreitet. Der Magen hatte begonnen, sich aufzublähen, und das Zimmer war erfüllt von den übelriechenden Gasen, die daraus entwichen. Ich brachte es nicht fertig, weiterzugehen, sondern blieb an der Türe stehen, während Benjamin ein weiteres Mal die blutbefleckte Kleidung des Toten in Augenschein nahm.

»Ja, ja«, sprach er zu sich. »Ja, natürlich, so ist es vor sich gegangen!«

Wir verließen die Krankenstation wieder und blieben draußen einige Minuten stehen, um die frische Morgenluft einzuatmen. Benjamin rief einen kleinen Jungen herbei.

»Paß mal auf«, sagte er. »Geh zu Sir John, richte ihm meine Grüße aus und sage ihm, Master Daunbey würde es sehr zu schätzen wissen, wenn er ihn hier im Hofe sprechen könnte.«

Der Junge starrte verständnislos zurück. Benjamin lachte.

»Natürlich.« Er seufzte und übersetzte seine Bitte ins Französische.

Dacourt kam einige Minuten später zu uns herunter. Sein weißer Schnurrbart vibrierte gravitätisch, doch sein Gesicht war leicht gerötet. Ich konnte riechen, daß er gerade Wein getrunken hatte.

»Sir John, ich möchte Euch um einen Gefallen bitten.«

»Worum geht es denn, Sir?«

»Würdet Ihr bitte im Schloß, insbesondere in den Abfallkübeln hinter der Küche, nach den Überresten eines Huhnes oder eines Schweines suchen lassen, nach einem Tier, das ohne ersichtlichen Grund geschlachtet worden ist?«

Dacourt blickte ihn verblüfft an.

»Ich bitte Euch, Sir John!« beharrte Benjamin. »Ich habe gute Gründe für mein Anliegen.«

Dacourt zuckte mit den Schultern und erteilte einem der Bediensteten brüllend eine entsprechende Anweisung. Dann folgte er Benjamin hinüber zu Vulkans Stall.

»Das Pferd ist nicht mehr hier«, bemerkte der Botschafter. »Ich habe es auf eine kleine Kuppel außerhalb der Schloßmauern schaffen lassen.« Er kickte mit dem Fuß einen Kieselstein über den Hof. »Manche meinen, man sollte das Pferd töten.«

»Warum?« fragte Benjamin. »Das Pferd hat doch nichts Unrechtes getan.«

»Es hat Waldegrave umgebracht.«

Benjamin klopfte dem Botschafter leicht auf die Schulter. »Nein, Sir John, es hat ihn nicht umgebracht. Ich werde dies alles in Kürze erklären. Doch zunächst möchte ich noch etwas nachprüfen.«

Er trat in den Stall hinein und schloß den unteren Teil der Türe. Dazu mußte er sich von innen herauslehnen und den Riegel vorschieben. Dann schloß er den oberen Teil der Türe und war für einige Minuten nicht mehr zu sehen.

»Was hat der Verrückte vor?« murmelte Dacourt.

Da stieß Benjamin den oberen Flügel der Stalltüre auf und grinste arglistig. »Sir John, würdet Ihr sagen, daß ich groß gewachsen bin?«

»Ja, Ihr seid größer als die meisten Männer.«

»Während Waldegrave doch eher von kleiner Statur war?«

»Ja.«

»Und diese Türe zu schließen, bereitet sogar mir Schwierigkeiten, trotz meiner Größe?«

»Ja, ja«, murmelte Dacourt. »Ich muß mich dazu auch immer auf den Querbalken stellen. Weshalb fragt Ihr?«

Benjamin zog den Riegel zurück und kam aus dem Stall heraus.

»Ich werde Euch den Grund schon noch nennen, Sir John, doch jetzt möchte ich zunächst einmal mein Frühstück zu mir nehmen. Ich wäre Euch sehr verbunden, wenn Ihr Euch das, was Eure Suche erbringt, ansehen und dann die übrigen Mitglieder Eures Hofes im großen Saal zusammenrufen würdet.«

Dacourt warf ihm einen verärgerten Blick zu, doch beschwichtigt durch Benjamins Versicherung, Vulkan treffe keine Schuld am Tode von Waldegrave, nickte er und stampfte davon.

Wir saßen in der Großen Halle und waren gerade dabei, unser Frühstück, das aus dünnem Bier, frischgebackenem Brot und einigen Streifen gepökelten Schweinefleisches bestand, zu beenden, da kamen die anderen alle die Treppe herunter.

»Was soll dies bedeuten?« schimpfte Peckle. »Ich habe zu arbeiten. Waldegraves Besitz muß erfaßt und bewertet werden.«

Millet gähnte und stützte sich auf den Tisch. Throgmorton starrte Benjamin feindselig an, als wittere er in ihm einen Rivalen. Venner grinste liebenswürdig in die Runde, während Clinton, kühl wie stets, mit den Fingern unhörbar auf die Tischplatte trommelte. Schließlich kam noch Dacourt hereingestürmt.

»Ihr hattet recht«, bellte er Benjamin an. »Ihr hattet verdammt noch einmal recht.«

»Womit hatte er recht?« fragte Peckle.

»Einer der Diener hat ein junges Ferkel gefunden, dessen Kehle von einem Ohr bis zum anderen aufgeschlitzt war. Es lag zwischen dem Abfall hinter der Küche. Der Koch hatte nicht den Auftrag gegeben, es zu schlachten, und auch sonst will niemand dafür die Verantwortung übernehmen.«

»Wie lange ist es schon tot?« fragte Benjamin.

»Das weiß ich doch nicht, verdammt!« rief Dacourt und ließ sich auf seinen Stuhl fallen, der vor der Mitte des Tisches stand. »Vielleicht seit gestern. Die Ratten hatten sich schon darüber hergemacht, der Kadaver ist schon halb verwest.«

»Was hat das alles zu bedeuten?« Millet gähnte gelangweilt. »Ihr habt uns doch gewiß nicht rufen lassen, Sir John, um über den mysteriösen Tod eines Ferkels zu diskutieren?«

Er grinste zufrieden über das leise Lachen, das seine Worte hervorriefen. Benjamin schlug auf den Tisch.

»Nein, wir sind nicht hier versammelt, um uns über den Tod eines Schweines zu unterhalten, sondern um über den Mord an dem Priester Richard Waldegrave zu sprechen!«

»Mord!« Throgmorton reagierte als erster. »Mord!« wiederholte er. »Der verrückte Trunkenbold ist in Vulkans Stall gegangen und hat das bekommen, was er verdiente. Jedermann weiß doch, daß Vulkan ein wildes, unbändiges Pferd ist.«

»Doch warum ist er mitten in der Nacht dorthin gegangen?« stichelte Millet. »Das war doch nicht die Kammer einer Dame, nicht wahr, Master Throgmorton?«

»Haltet Euer Maul!« bellte der Arzt. »Es liegt doch auf der Hand, daß dieser betrunkene Priester sein Schicksal einmal zuviel herausgefordert hat.«

»Da stimme ich Euch zu«, erwiderte mein Meister.

»Doch, Sir John, hat Vulkan auch schon einmal jemand anderen angegriffen?«

Dacourt beobachtete Benjamin aufmerksam, und in seinen Augen stand nun nicht mehr der Ausdruck der Verblüffung, sondern sein Blick wirkte schlau und verschlagen. Sir John, dachte ich bei mir, gefiel sich anscheinend in der Rolle des alten, gerissenen Haudegens. Er war schließlich nicht von ungefähr Botschafter Heinrichs VIII. in Frankreich geworden.

»Nein«, antwortete er langsam. »Vulkan ist ein Kampfpferd, ungestüm, er schlägt gerne aus, bäumt sich auf und beißt, doch einen Mann ohne Grund zu Tode trampeln? Nein, das kann ich mir nicht vorstellen! Fahrt fort, Master Daunbey.«

Benjamin erhob sich. »Laßt uns die ganze Geschichte nachspielen«, sagte er und führte, ohne eine Erwiderung abzuwarten, die Gruppe hinaus in den sonnenbeschienenen Hof. Dort ging er zum Stall hinüber.

»Seht«, sagte er, »es befinden sich Riegel außen an der Türe, oben und unten. Waldegrave öffnet den oberen Flügel der Türe.« Benjamin schob den Riegel zurück. »Und dann den unteren.« Er schob auch diesen Riegel aus seiner Verankerung. »Waldegrave, ein kleingewachsener Mann, betritt den Stall. Was tut er als nächstes?«

»Wahrscheinlich«, antwortete Millet, »hat er den unteren Teil der Türe hinter sich geschlossen.«

»Ungefähr so«, sagte Benjamin, lehnte sich über die Türe und schob den Riegel an seine Position. »Nun gut.« Benjamin sprach jetzt von jenseits der Türe zu uns. »Waldegrave war betrunken, das wissen wir, denn er stank nach Wein. Er war ein Mann von kleiner Statur. Er hätte also auf den Querbalken, der unten an der Türe angebracht ist, steigen müssen, um den Riegel einzulegen. Richtig?«

Zustimmendes Gemurmel gab Benjamin recht.

»Also«, fuhr er fort, »ich bin stocknüchtern, größer als Waldegrave, und ich muß mich dabei schon anstrengen. Wie schwierig muß das erst für einen kleinen, volltrunkenen Mann mitten in der Nacht zu bewerkstelligen gewesen sein!«

»Aber er hat es getan!« warf Throgmorton ein. »Die Stalltüre wurde verriegelt vorgefunden.«

Benjamin lächelte, öffnete die Türe und trat wieder heraus zu uns in den Hof.

»Mein lieber Doktor, ich stimme Euch zu. Nehmen wir also an, Ihr habt recht, und Waldegrave steht im Stall. Vulkan schlägt aus und gerät völlig außer Kontrolle. Was hat Waldegrave in dieser Situation wohl getan?«

»Vielleicht hat er versucht hinauszukommen?«

»Aber es gelang ihm nicht. Seltsam«, überlegte Benjamin, »diesem Betrunkenen, dem es keine Mühe bereitet hat, die Türe hinter sich zu verriegeln, ist es nun nicht mehr möglich, diesen Vorgang zu wiederholen, um sich vor einem wildgewordenen Pferd in Sicherheit zu bringen.«

»Vielleicht hat er es ja versucht«, bemerkte Clinton und kratzte sich mit seiner dicken, beringten Hand an der Wange, »und dabei wurde er von Vulkan zu Boden gestoßen.«

»Das möchte ich gerne glauben, Sir Robert. Doch Ihr braucht nur die Leiche zu untersuchen. Die Verletzungen Waldegraves sind alle in seinem Gesicht und an der Vorderseite seines Körpers.«

Nun wuchs die Aufmerksamkeit der Versammelten. Benjamin breitete seine Arme aus.

»Nun, ich glaube eben nicht, daß Waldegrave die Türe hinter sich verriegelt hat. Er war zu betrunken dafür. Er war zu klein. Gentlemen, wir haben alle schon hin und wieder einmal etwas zuviel getrunken, und wir haben schon andere Menschen gesehen, die zuviel getrunken hatten. Sie werden dann sorglos, fallen über Tische oder stolpern über Stühle und lassen Türen offenstehen. Doch Waldegrave war zu exakt. Er konnte in den Stall hineingelangen, war aber nicht in der Lage, auch wieder herauszukommen.«

Wieder einmal mußte ich den Scharfsinn meines Meisters bewundern. Natürlich war ich schon zu denselben Schlußfolgerungen gelangt, doch er verstand es viel besser, die Fakten zu präsentieren. Er konnte mit den Worten umgehen, mein Meister. Er hätte Shakespeare und Burbage kennenlernen sollen. Sie hätten gewiß viele Charaktere in ihren Stücken nach ihm entworfen.

Vielleicht Lear, Brutus oder Marc Anton. Benjamin war ein großer Redner. Dort, im Hofe dieses furchtbaren Schlosses von Maubisson, war es ihm gelungen, all diese arroganten Männer in seinen Bann zu ziehen.

»Nun«, fuhr mein Meister unbeirrt fort, »auch wenn Waldegrave die Türe hinter sich verriegelt hätte und, sagen wir, in eine Ohnmacht oder ein Delirium gefallen wäre, weshalb, Sir John, hätte dann Vulkan ihn so erbarmungslos zu Tode trampeln sollen?«

Der Botschafter strich sich über das Kinn. »Das kann ich auch nicht erklären«, erwiderte er. »Vulkan ist so abgerichtet, daß er nach Leuten ausschlägt, die ihn bedrohen.«

»Und wie sollte ein fetter, volltrunkener Kirchenmann ihn bedrohen?«

»Kommt, kommt!« rief Peckle. »Master Benjamin, offenbart uns Eure Schlußfolgerung!«

»Sir John, könnte der Geruch von Blut Vulkan rasend machen?«

»Natürlich. Er würde ihn an Schlachten erinnern, an Gefahr.«

Benjamin deutete in Richtung der Krankenstation. »Vergangene Nacht habe ich Waldegraves Kleidung untersucht. Sie war mit frischem Blut bedeckt. Und seine Tunika war mit getrocknetem Blut befleckt.« Er machte eine Pause. »Nun, Master Peckle, ich will Euch gerne meine Schlußfolgerung mitteilen. Letzte Nacht betrank sich Waldegrave bis zur Besinnungslosigkeit. Irgend jemand hatte zuvor ein Ferkel geschlachtet und es ausbluten lassen. Derjenige ging damit in Waldegraves Kammer und verteilte das Schweineblut überall auf der Tunika des Priesters, der seinen Vollrausch ausschlief. Der Mörder schleifte dann den Priester leise über den Hof, öffnete die Türe von Vulkans Stall, legte den schlafenden Priester auf das Stroh, verschloß die Türe wieder von außen und machte sich unbemerkt davon. Vulkan, der durch diese dunklen Gestalten in der Nacht aufgeschreckt und vom Geruch des Blutes erregt worden war, geriet außer Kontrolle. Er schlug mit den Hufen auf diesen seltsamen, blutbesudelten Besucher ein, der im Stroh vor ihm auf dem Rücken lag. Durch die Heftigkeit dieses Angriffs erwachte Waldegrave zumindest für einen kurzen Augenblick aus seinem komaähnlichen Schlaf. Er schrie, wehrte sich möglicherweise auch, doch Vulkan trat unablässig mit seinen scharfen Hufen auf ihn ein und zerschmetterte ihm den Schädel.« Benjamin verschränkte seine Arme. »Sir John, Sir Robert, Waldegrave wurde barbarisch ermordet.«

Es erhob sich protestierendes Gemurmel, doch niemand vermochte die Logik der Darlegungen meines Meisters zu entkräften. Benjamin brachte die Anwesenden mit einer Handbewegung zum Schweigen.

»Ich sollte nun eigentlich darum bitten, daß jeder

Rechenschaft ablegt über das, was er zur fraglichen Zeit getan hat«, fuhr er fort und lächelte schwach, »doch normalerweise schlafen wir alle allein, und ich habe auch nicht die Befugnis, dies zu verlangen.« Er gab mir einen Klaps auf die Schulter. »Auch mein guter Freund Shallot könnte es nicht beschwören, daß ich nicht heimlich aus unserer Kammer geschlüpft bin, um selbst dieses abscheuliche Verbrechen zu begehen.«

Die Versammelten starrten ihn schweigend an. Benjamin zuckte mit den Schultern.

»Sir John, ich wäre Euch dankbar, wenn Ihr uns einen Stallburschen zur Verfügung stellen könntet, der uns den Weg zur Kirche von Abbé Gerard im Dorf Maubisson zeigen kann.«

Dacourt, der in Gedanken versunken war, nickte, und nach kaum einer Stunde waren unsere Pferde gesattelt, und wir verließen hinter dem Stallknecht das Château. Benjamin blieb ab und zu stehen und blickte zum Saum des Waldes hinüber.

»Wir werden beobachtet«, sagte er. »Wir werden ununterbrochen beobachtet.«

»Sind es die Luciferi, Master?«

Benjamin verzog das Gesicht. »Möglich, doch die Gefahr, die uns von ihnen droht, ist nichts verglichen mit den Gefahren, die im Château auf uns lauern. Dort geht ein Mörder um. Waldegrave wurde ermordet, weil er etwas wußte. Vielleicht hatte es mit seiner seltsamen Geschichte zu tun.« Mein Meister tätschelte sein Pferd gedankenversunken. »Oder hing es vielleicht damit zusammen?« fuhr er fort, als spräche er nur zu sich selbst. »Damit, daß ich als erster Interesse gezeigt habe? Wir werden es herausfinden. Habe ich recht, Roger?«

Kapitel 6

Ich lächelte, um meine Angst zu verbergen. Ich muß gestehen, es waren nicht in erster Linie die Luciferi und der Verrückte, der im Château sein Unwesen trieb, die mich in Angst und Schrecken versetzten, sondern es war der Große Mörder in Hampton Court, der diesen verdammten Ring zurückhaben wollte. Ich hätte darüber gern mit meinem Meister gesprochen, doch er war in seine Gedanken versunken, und so behielt ich meine Befürchtungen für mich, während wir im Schatten des Berges entlangritten.

Wir passierten ausgedehnte Felder, ritten durch schattige Wälder und gelangten schließlich zum Eingang eines kleinen Tales. Dort, in der Talsohle, am Ufer eines träge dahinfließenden Flusses, lag das Dorf Maubisson: eine Ansammlung bunt zusammengewürfelter Holzhütten mit strohgedeckten Dächern, zwei oder drei Häuser waren aus Stein oder Schiefer gebaut, und jedes hatte einen umzäunten Garten. Am anderen Ende des Ortes befand sich eine kleine Wassermühle, die wahrscheinlich zum Mahlen von Getreide verwendet wurde. Im Zentrum des Dorfes stand eine Kirche, die nicht viel mehr war als ein schwarzer Turm mit einem Kirchenschiff, die man in aller Eile zusammengefügt hatte; sie gehörte zu jener Art von Kirchen, die man in jedem beliebigen englischen oder französischen Weiler sehen kann. An der einen Seite schloß sich ein Friedhof an, auf der anderen Seite stand das Haus des Priesters. Schon von unserem Standort aus konnten wir den Karpfenteich glitzern sehen, in dem Abbé Gerard ertrunken war.

Langsam ritten wir den ausgetretenen Weg hinunter. Frauen, die in dicke Gewänder aus Serge gehüllt waren und Holzschuhe trugen, liefen vor ihren Häusern zusammen und beobachteten uns, als wir vorüberzogen, während halbnackte Kinder uns im Patois-Dialekt schreiend um einen Sou oder um etwas zu essen anbettelten. Einige alte Männer saßen dösend auf Holzbänken. Um sie herum scharrten dürre Hühner im Staub oder stritten mit abgemagerten Schweinen um das Futter. Wir erreichten die Kirche und ritten durch den überdachten Vorbau. Benjamin dankte dem Stallburschen und sagte ihm, er könne nun zum Château zurückkehren. Wir banden unsere Pferde an einem kleinen Geländer an und klopften an die Türe des Pfarrhauses.

Ein junger Mann mit eingefallenem Gesicht, braunen Haaren, einer scharfen Hakennase und wässerigen Augen öffnete uns. Seine Haut war fast gelblich, als ob er Probleme mit der Galle habe oder unter einem Stein in der Niere litte. Er zeigte sich jedoch freundlich und entgegenkommend, und da er normannischer Abkunft war, konnte sich Benjamin mühelos mit ihm unterhalten, und auch ich vermochte der Konversation in den wesentlichen Zügen zu folgen.

»Ich bin Curé Ricard«, sagte er mit leiser Stimme. »Und Ihr seid . . .?«

(Ich war sicher, er werde gleich sagen: ›verdammte Engländer‹.)

»Wir sind Engländer, wir kommen vom Château.«

»Seid willkommen, tretet ein.«

Der Kurator führte uns ins Haus. Er lebte genauso ärmlich wie seine Gemeindemitglieder. Der Raum war ganz einfach eingerichtet. Es gab ein paar Möbelstücke, der Boden bestand aus festgetretener Erde, und es war, obwohl wir Sommer hatten, ziemlich kalt im Haus. Am Herdplatz brannte ein Feuer. Daneben kauerte ein junges Mädchen, vielleicht fünfzehn oder sechzehn Jahre alt. Ihr

Haar war dicht und verfilzt, ihr Gesicht rauh, und die Haut, die von der Arbeit in der Sonne gerötet war, schälte sich ab. Sie blickte kaum auf, als wir eintraten, sondern hielt ihre Augen auf den großen schwarzen Topf gerichtet, der über dem Feuer hing und in den sie von Zeit zu Zeit Kräuter und fette Fleischstücke hineinwarf.

»Meine Haushälterin«, erklärte Ricard verschämt.

(Aha, dachte ich mir, und ich bin überzeugt, sie half dem Priester nicht nur in der Küche, doch wer bin ich, daß ich mich erdreiste, diesen bedauernswerten Mann moralisch zu verurteilen? Seht Euch meinen Kaplan an! Er verbringt mehr Zeit auf dem Heuboden mit der jungen Mabel, einem Mädchen aus dem Dorfe, als in seiner Kirche. Ah, er grinst schon wieder! Er denkt, ich bin alt und senil. Doch eines will ich Euch sagen: Nicht einmal die elenden Spatzen lassen sich ohne meine Erlaubnis auf meinem Rasen nieder!) Nun, wie dem auch sei, zurück zu diesem armen Priester. Er schien ein rechtschaffener Mann zu sein. Er bat uns, Platz zu nehmen, und servierte uns Wein, der nach Essig schmeckte. Wenn er nicht hinsah, entleerte ich meinen Becher auf dem Boden.

»Monsieur le Curé«, hob Benjamin an, »Ihr seid hierher gekommen nach dem Tode von Abbé Gerard?«

»Nein, Monsieur, ich habe für ihn gearbeitet. Der Bischof muß erst noch über einen Nachfolger für ihn befinden.«

»Also wart Ihr auch in jener Nacht hier, als der Abbé starb?«

»Ja und nein. An jenem Mittwoch nach Ostern war ich nicht in der Kirche. Der Abbé hatte mir gestattet, Freunde zu besuchen. Er blieb allein hier und kochte sich sein Essen selbst.« Der Kurator machte eine Handbewegung »Ein bißchen Fleisch und dazu ein halber Krug

Wein. Der Abbé liebte seinen Rotwein, und er hatte während der Fastenzeit keinen getrunken.«

Er mußte den Blick in meinen Augen gesehen haben.

»Nicht mehr als zwei Becher, gewiß nicht soviel, daß er betrunken gewesen wäre. Kurz vor Einbruch der Dämmerung hat einer der Dorfbewohner, der an der Kirche vorüberging, den Abbé in seinem Garten gesehen, wie er in seinen Karpfenteich schaute. Ich kehrte zurück, als es schon dunkel war.« Er warf einen Blick auf das Mädchen, das in dem Topf umherrührte. »Simone und ich kehrten zurück. Abbé Gerard war nicht zu sehen. Ich ging hinaus in den Garten. Es war ein wundervoller Abend. Ich dachte, er würde vielleicht immer noch dort sein.« Die Augen des Kurators füllten sich mit Tränen. »Er trieb mit dem Gesicht nach unten im Teich!«

»Und es gab keine Anzeichen von Gewaltanwendung?«

»Nein, Monsieur.«

»Was war mit dem Becher und dem Weinkrug?«

»Man fand sie ebenfalls im Teich.«

»Fragt ihn, wo der Wein herstammte«, bat ich Benjamin.

Benjamin übersetzte meine Frage. Der Kurator zuckte mit den Schultern.

»Weiß Gott. Vielleicht hat der Abbé ihn gekauft. Doch Ihr dürft nicht vergessen, Monsieur, es war Ostern. Die Mitglieder unserer Gemeinde, sogar die armen Bewohner von Maubisson, senden uns Gaben. Obst, Blumen, Wein und Süßigkeiten.«

»Weshalb könnte der Abbé in den Teich gestarrt haben?«

Der Kurator lachte plötzlich auf. »Monsieur, jedermann stellt sich an den Rand eines Teiches und beobachtet die Fische darin, deswegen haben wir ja derartige Teiche. Das ist ungefähr so, als würdet Ihr jemanden fragen, weshalb er in den Himmel schaut oder den Sonnenuntergang beobachtet.«

Benjamin lächelte. »Da habt Ihr recht, Monsieur. Können auch wir den Karpfenteich sehen?«

Ricard geleitete uns hinaus in den Garten. Es war eigentlich ein kleiner Obstgarten mit einigen Apfel- und Birnbäumen und ungemähtem Gras. Dazwischen lagen ein paar schmale Blumenbeete, die Lilien und die übrigen Wildblumen hatten allerdings Mühe, sich gegen das Gestrüpp und das Unkraut zu behaupten. In der Mitte des Gartens lag ein großer Karpfenteich. Er war ungefähr zwei Yards tief und drei Yards breit. Er war künstlich angelegt worden, ich konnte die grauen Ziegel sehen, mit denen er eingefaßt war, und wahrscheinlich wurde er durch einen unterirdischen Zufluß gespeist.

»Erzählt uns bitte noch einmal, was geschehen ist«, sagte Benjamin.

»Nun, der Abbé trieb im Wasser, mit dem Gesicht nach unten.« Ricard wischte sich über seine ständig tröpfelnde Nase. »Ich und Simone zogen ihn heraus. Er mußte schon seit Stunden tot gewesen sein.«

»Glaubt Ihr, daß er ertrunken ist?«

»Er könnte einen Schlaganfall erlitten haben. Doch im allgemeinen erfreute sich der Abbé guter Gesundheit. Er war nicht krank, und er hatte auch nicht die Fallsucht.«

Benjamin setzte sich auf eine schmale Bank neben dem Teich und beobachtete den silbrigen Karpfen, der in dem lichtdurchfluteten Teich zwischen den Wassergräsern und den üppigen Liliengewächsen umherschwamm. Er schloß seine Augen und lauschte den plumpsenden Geräuschen im Wasser, denn es wimmelte hier von Fröschen, und dem Summen der Bienen, die auf den Blumen nach Honig suchten.

»Hatte Abbé Gerard irgendwelche Feinde?« fragte ich.

Ricard schüttelte den Kopf. »Monsieur, ich verstehe Euch nicht.«

»Mein Begleiter fragt«, übersetzte Benjamin, »ob Abbé Gerard irgendwelche Feinde hatte?«

»Nein, er war ein Mensch voller Mitgefühl, sogar mir gegenüber mit all meinen Fehlern, die ich habe.«

»Sprach er jemals über seine Freundschaft mit König Heinrich von England? Ihr müßt wissen, daß unser König, als er Maubisson besuchte, oft nach Abbé Gerard schicken ließ und ihn als Beichtvater wählte.«

»Auch andere Bewohner des Châteaus taten das«, erwiderte Ricard.

Ich zwinkerte Benjamin zu. Abbé Gerard, dachte ich, dürfte ganz natürlicherweise eine Vielzahl von Geheimnissen erfahren haben. Denn wer würde in einer geschlossenen Gemeinschaft, wie sie das Château de Maubisson darstellte, schon bereit gewesen sein, vor einem volltrunkenen Schwachkopf wie Waldegrave die Beichte abzulegen?

Wer außer Falconer, dachte ich, und dieser war gestorben.

»Abbé Gerard«, sagte Benjamin und sprach das laut aus, was ich soeben gedacht hatte, »muß die Geheimnisse vieler Herzen gekannt haben.« Er blickte Ricard an. »Doch wir sprachen über unseren verehrten König Heinrich.«

»Der Abbé rühmte sich oft seiner Freundschaft mit König Heinrich von England«, antwortete Ricard. »Er nannte ihn häufig einen wahrhaft christlichen Herrscher.«

(Daran mögt Ihr ermessen, daß Heinrich die Gabe besaß, einfach jedermann zum Narren zu halten, und daß er sie auch weidlich ausnutzte. Zumindest zwei seiner Ehefrauen und drei seiner Lordkanzler hatten dafür ihren

Preis zu bezahlen, ganz zu schweigen von den vielen anderen, die allein dafür, daß sie aussprachen, was sie dachten, auf Tower Hill hingerichtet wurden.)

»Und König Heinrichs Geschenk an ihn?« fragte Benjamin geradeheraus.

»Oh, der Abbé war sehr stolz auf dieses Geschenk. Es war eine Abschrift des Buches *Über die Keuschheit* des heiligen Augustinus, glaube ich. Er hat es mir einmal gezeigt. Ich bin kein Gelehrter, doch habe ich gesehen, daß es mit persönlichen Randbemerkungen Eures Königs versehen war. Abbé Gerard hielt es gewöhnlich gut versteckt.«

»Und Ihr habt es nie gesehen?«

»Wie ich schon sagte, einmal habe ich es zu Gesicht bekommen.«

»Wo befindet es sich jetzt?«

»Das weiß ich nicht. Ihr müßt wissen, der Abbé hatte sehr wenig privaten Besitz. Ich habe danach gesucht, es aber nicht gefunden.«

Benjamin blickte in den Karpfenteich.

»Monsieur le Curé, ist seit dem Tode des Abbé hier irgend etwas Seltsames vorgefallen?«

»Nein. Natürlich hat sein plötzlicher Tod Trauer und Bekümmerung ausgelöst, und sein Begräbnis durchbrach den gemächlichen Ablauf unseres Lebens.« Der Kurator begann, schneller zu sprechen. »Ah ja, an einen Vorfall kann ich mich erinnern. Am Tage nach dem Begräbnis war ich den ganzen Tag unterwegs, um Besuche zu machen. Simone war zu ihrer Familie gegangen. Bei meiner Rückkehr entdeckte ich, daß die Türen gewaltsam geöffnet worden waren. Jemand hatte das ganze Haus durchsucht, von oben bis unten, doch es fehlte nichts. Ich fragte mich, ob die Einbrecher nach dem Buch gesucht hatten. Es ist gewiß sehr wertvoll, da es nach dem griechischen Original übersetzt und von einem König mit Anmerkungen versehen ist.«

»Hat der Abbé jemals erwähnt, was nach seinem Tode mit diesem Buch geschehen solle?«

»Ja, er spaßte darüber und sagte, er werde es mit in den Himmel nehmen. Denn das Buch habe es verdient, in das Paradies einzugehen.«

»Fragt ihn, wo der Abbé beerdigt ist«, bat ich Benjamin, und in meinem Kopf begann eine bestimmte Idee allmählich Gestalt anzunehmen.

»Auf unserem Friedhof«, antwortete Ricard. »Unter der alten Eibe. Die Mitglieder der Gemeinde haben eine steinerne Grabplatte für ihn gekauft. Ihr könnt sie dort sehen. Sie ist ganz einfach gehalten, nur mit seinem Namen und mit dem Lothringerkreuz versehen.«

»Dürfen wir auch einen Blick in die Kirche werfen?« fragte Benjamin.

Ricard zeigte sich einverstanden und begann, an seinem Gürtel nach dem Kirchenschlüssel zu suchen, da vernahmen wir von draußen das Getrappel von Pferdehufen und die Stimmen von mehreren Männern. Wir folgten dem Kurator zurück in die Küche. Simone stand an der Eingangstüre, die sie einen Spalt breit geöffnet hatte, und legte ihre Hand auf den Mund. Ricard schob sie zur Seite, blickte hinaus und trat dann wieder zurück. Sein Gesicht war blaß geworden. Benjamin ging an ihm vorüber, und ich folgte ihm widerstrebend. Der Weg zum Kirchhofeingang hinunter war voller bewaffneter Männer, die konische Stahlhelme und dicke Lederwamse trugen. Einige von ihnen waren auch mit Brustpanzern und Rüstungen angetan, alle führten sie Schwerter und Dolche bei sich, und ihre Schilde hatten sie um den Hals gebunden. Sie hatten auch große, furchterregend aussehende Armbrüste bei sich, von jener Art, wie sie die Genueser benützen.

Bei unserem Erscheinen formierten sie sich zu einem Halbkreis. Hinter dem Eingang zum Kirchplatz konnte ich ihre Pferde umherlaufen sehen, die kleine Wolken gelben Staubes aufwirbelten.

»Was wünscht Ihr?« fragte Benjamin.

»Ein verdammter Engländer«, erwiderte einer der Männer in breitem schottischen Akzent. Ich schaute genauer hin, und mir gerann das Blut in den Adern. Die Männer sahen nicht wie Franzosen aus, und obwohl einige von ihnen die königliche Livree Frankreichs trugen, waren sie keine regulären Soldaten. Die meisten hatten rote Haare und dichte Bärte. Sie hatten die brutalen Gesichter von Schlächtern. Ich blickte in der Runde umher. Bei einigen der Männer sah ich Standarten, Winkel und Abzeichen. Ich erkannte den aufgerichteten roten Löwen von Schottland und das Lilienbanner von Frankreich.

»Le Garde écossais!« Benjamin sprach aus, was ich dachte.

Ich trat einen Schritt zurück. Diese Soldaten bildeten die härteste und brutalste Abteilung der französischen Armee. Es waren schottische Exilanten, die aus Haß gegen England in den Dienst Frankreichs getreten waren.

(Wußtet Ihr, daß unsere Soldaten in jedem Kriege, den England gegen Frankreich führte, stets zuallererst diese schottischen Söldner aufknüpften, sobald sie ihrer habhaft werden konnten? Heinrich V. pflegte sie sogar bei lebendigem Leib zu verbrennen. Und wenn sie umgekehrt einen Engländer faßten, dann konnte diesem nur noch Gott helfen. Ich habe gehört, daß es oftmals Tage dauerte, bis diese Gefangenen schließlich starben. Die schottischen Söldner fürchteten vor allem die Fertigkeit und die Treffgenauigkeit der englischen Bogenschützen. Jedesmal, wenn sie einen dieser Bogenschützen gefangennahmen, hackten sie ihm als erstes die beiden Zeigefinger ab, damit er niemals mehr einen Langbogen würde spannen können. Daraufhin begannen unsere Männer, wenn sie den Franzosen ihre Verachtung demonstrieren wollten, zwei Finger zu zeigen. Ich hoffe, Ihr fandet diese kleine Abschweifung nicht uninteressant. Mein Kaplan allerdings schon. Ihm gegenüber mache ich diese Geste oft, wenn ich zu betrunken bin, um mit ihm zu streiten.)

An jenem sonnengetränkten Tage in Maubisson hielt ich meine Finger gut versteckt, lächelte höflich und betete, daß diese Wölfe in Menschengestalt nicht hinter uns, sondern hinter einer anderen Beute her waren. Plötzlich teilte sich die Gruppe, und wir sahen einen höchst bemerkenswerten Mann den Weg heraufschlendern. Das war ihr Anführer, ebenfalls ein Soldat, jedoch wie ein Gaukler angetan mit einem bunten Beinkleid, einem sich bauschenden Wappenrock, der blausilbern eingesäumt war, einer spitzenbesetzten Halskrause, Handschuhen aus Schaffell und hochhackigen spanischen Reitstiefeln, an denen Glöckchen angebracht waren, die bei jedem seiner Schritte bimmelten. Auf seinem pechschwarzen Haar, das offensichtlich gefärbt war, trug er eine Mütze, die vier Adlerfedern zierten. Das Juwelenhalsband, das er umgehängt hatte, glitzerte in der Sonne, und ebenso die Perlen in seinen Ohrringen, die an silbernen Kettchen von seinen fleischigen Ohrläppchen herunterhingen. Sein Gesicht war genauso außergewöhnlich: bleich und mit weichen Zügen, glatt wie das Antlitz eines jungen Mädchens, mit leicht geschürzten, ebenmäßigen Lippen unter einer etwas gebogenen Nase. Die Augen lagen tief in ihren Höhlen und waren schleierumflort. Ist das eine Frau? fragte ich mich, als mir ein kräftiger Parfümgeruch in die Nase stieg. Der Mann ging nicht einfach, er hatte vielmehr einen gezierten, leicht hüftwiegenden Gang. Er war unbewaffnet bis auf einen Dolch mit einem perlenbestickten Griff, den er an einem kunstvoll bestickten Gürtel bei sich trug. Ich starrte in dieses Gesicht, und mir war, als sei es mir nicht gänzlich unbekannt. War ich dem Manne schon einmal begegnet? Aber dann hätte ich mich doch gewiß an diese Erscheinung erinnert.

Der Mann blieb stehen und stellte dabei ein Bein leicht vor das andere, und das ergab eine Pose, die unter anderen Umständen gewiß zum Lachen gewesen wäre. Er streifte einen Handschuh ab und winkte wie eine Frau. Ricard stolperte nach vorne.

»Nicht Ihr!« Seine Stimme klang weich, wohl moduliert, und sein Englisch war perfekt.

Ich hatte diese Stimme schon einmal gehört, in einer Gasse in London. Die Gestalt winkte erneut mit ihren weißen Fingern.

»Verschwindet, Ihr schmutziger kleiner Priester, und schließt die Türe hinter Euch!«

Ricard machte sich davon, und ich wünschte, ich hätte es auch tun können. Die Erscheinung lächelte uns träge an und machte eine weitere Handbewegung.

»Bleib, wo du bist!« zischte mir Benjamin zu und packte mich am Arm.

Das brauchte er mir nicht erst zu sagen. Ich stand wie angewurzelt da und rührte mich nicht vom Fleck. Ich mag Soldaten nicht, und schon gleich gar nicht solche, die sich wie Frauen kleiden und immerfort lächeln.

Die Erscheinung schenkte uns erneut ihr Lächeln. *»Préparez-vous!«*

Er warf diesen Befehl eher gelangweilt über die Schulter, und sofort wurden geladene Armbrüste in Anschlag gebracht, die auf uns zielten.

»Vielleicht sollten wir doch lieber tun, was er will«, flüsterte ich Benjamin zu.

Benjamin ergriff mich erneut beim Handgelenk. »Ich

werde einen Schritt machen«, rief er, »wenn Ihr auch einen Schritt tut.«

Die Erscheinung zuckte mit den Schultern. *»D'accord!«* murmelte er und machte eine träge Handbewegung. Die Armbrüste senkten sich, er trat nach vorne und wir ebenfalls. Die Gestalt deutete auf Benjamins Brust. »Ihr seid Benjamin Daunbey.« Er blickte unverwandt in Benjamins Augen. »Und Euer Begleiter ist die Kreatur Shallot.« Seine Augen streiften mich kalt. »Du häßliche Kreatur, so begegnen wir uns also wieder.«

Seine Worte bestätigten meine schlimmsten Befürchtungen. Der Mann gehörte zu den Luciferi, die mich in London bedroht, die abscheulichen Morde an den Ralembergs ausgeführt und schließlich versucht hatten, mir dafür die Schuld in die Schuhe zu schieben. (Mein Kaplan erwartet nun gewiß, daß ich diesem Mann an die Gurgel hätte springen sollen. Wenn ich Agnes so tief geliebt hätte, dann mußte doch mein Blut auf der Stelle in Wallung geraten, und ich würde alle Vorsicht fahren lassen. Doch da kennt er den alten Shallot schlecht. Tue das deinem Feinde an, was er dir zugedacht hat, doch achte stets darauf, daß er dir dabei den Rücken zukehrt!)

»Mein Name ist Sieur Raoul Vauban. Ich stehe in den Diensten Seiner Allerchristlichsten Majestät, König Franz I. Wir zogen durch das Dorf und erfuhren, der Curé habe Besucher.«

Verdammter Lügner, dachte ich.

»Was tut Ihr hier?« Er starrte Benjamin an.

»Wir sind Sendboten Seiner Majestät, des Königs von England, und Seiner Eminenz, des Kardinals Thomas Wolsey. Wir halten uns im Château de Maubisson auf und haben dem Dorf die tiefempfundenen Beileidsbekundungen unseres königlichen Herrn über das plötzliche und tragische Ableben von Abbé Gerard überbracht.«

»Nein!« krächzte Vauban. »Ihr seid Spione!«

»Dann, Monsieur, haben wir viele Gemeinsamkeiten.« Benjamin hatte einen Umhang geöffnet, so daß der Franzose sein Schwert sehen konnte. »Und außerdem«, fuhr er im Plauderton fort, »müßt Ihr ein Mitglied der Luciferi sein. Vielleicht sogar deren oberster Erzengel. Wo habt Ihr denn Eure verdammte Kerze, die Ihr nach Euren Verbrechen immer zurücklaßt?«

Nun, das verschlug dem Schweinehund zunächst einmal die Sprache, und für einen Augenblick verschwand sein aufreizendes Lächeln. Mein Meister stand einfach da, mit verschränkten Armen und kühl bis ans Herz hinan. Ich spürte, daß er Monsieur Vauban nicht ausstehen konnte.

»Ihr seid nicht einfach durch diesen Ort gezogen«, fuhr Benjamin fort, »Ihr seid uns hierher gefolgt. Ihr habt uns schon im Château beobachtet. Ihr wißt genausogut wie wir, daß Abbé Gerard ermordet wurde, und Ihr sucht nach diesem Buche, das ein Geschenk meines königlichen Herrn ist und ihm nun von Rechts wegen wieder zurückgegeben werden muß.«

Vauban, aufgebracht durch Benjamins Unverblümtheit, trat einige Schritte zurück und ließ seine Hand auf seinen Dolch fallen. Erneut wurden die Armbrüste auf uns gerichtet, und ich hörte das Klicken von Verschlüssen, die gespannt wurden. Ich stellte mich hinter meinen Meister, bereit, ihm zu helfen, und ich fragte mich, ob Ricard wirklich die Türe hinter sich versperrt hatte. Doch dann warf Vauban plötzlich seinen Kopf zurück und begann wie ein Mädchen zu lachen.

»Monsieur Benjamin! Monsieur Benjamin!« Er trat herbei und klopfte meinem Meister auf die Schulter. »Weshalb streiten wir uns hier? Wir sind beide Agenten unserer königlichen Herren. Wir haben Besseres zu tun, als uns gegenseitig umzubringen.« Er grinste mich schelmisch an. »Wir haben andere, die das für uns erledigen.«

Nun, ich wäre imstande gewesen, den Mistkerl auf der Stelle zu töten, doch ich war unbewaffnet. Er hatte eine Waffe und außerdem sechzig kräftige Männer hinter sich. Also lächelte ich freundlich. Vauban trat wieder auf uns zu, er hatte seine Hände ausgestreckt, und sein Gesicht hatte einen aufgesetzten entschuldigenden Ausdruck angenommen.

»Seht, wir haben nicht vor, Euch Leid zuzufügen. Wir werden Euch zum Château zurückbegleiten.«

»Das möchten wir nicht.«

»Nein, das wollen wir nicht«, setzte ich hinzu.

»Ich bestehe aber darauf«, säuselte Vauban. »Es gibt in dieser Gegend Aufständische, die Maillotiner.«

Benjamin schüttelte den Kopf. Wieder wurden die gespannten Armbrüste auf uns gerichtet.

»Natürlich akzeptieren wir Euer Angebot«, sagte ich und lachte.

»Gut«, erwiderte Vauban, »dann laßt uns gehen.«

Wir gingen an der Kirche entlang und banden unsere Pferde los.

»Ich mag diesen perversen Bastard nicht«, zischte mir Benjamin zu.

»Ich auch nicht, Master, doch wir sollten gute Miene zum bösen Spiel machen, damit er es sich nicht doch noch anders überlegt.«

Wir stiegen auf und ritten in der warmen Sommersonne wieder zurück zum Château. Die schottischen Soldaten folgten uns in einem Pulk, während Vauban sich zwischen uns beide gezwängt hatte. Gott ist mein Zeuge, meine Gedanken waren bei Agnes, und ich hätte diesen Kerl ohne viel Federlesens töten können. Das Scheusal plauderte eine Zeitlang munter mit uns und holte dann plötzlich eine kleine Viola aus seiner Satteltasche. Ich konnte es kaum glauben. Er stimmte die Saiten und begann sodann, ein wohlklingendes Madrigal zu spielen und zu singen, das sowohl mein Meister als auch ich kannten. (Wir hatten es oft in der Kirche von St. Mary in Ipswich gesungen, wobei mein Baß eine gute Untermalung für Benjamins Tenor abgegeben hatte. Auch heute noch gibt es für mich nichts Schöneres, als am Morgen eines Sonntags in der Kirche zu sitzen und voller Inbrunst die Kirchenlieder hinauszuschmettern.) Doch auf dieser staubigen Straße bei Maubisson fand ich es reichlich makaber zu singen. Da bot dieser wie ein Gaukler gekleidete Mörder zwei Männern, die seine geschworenen Feinde waren, ein wohlklingendes Ständchen dar. Er blieb stehen und schaute uns an.

»Habe ich nicht eine gute Stimme, Messieurs?«

»Das kann nur Gott beurteilen«, antwortete ich sarkastisch.

Vaubans Augen wurden zu schmalen Schlitzen.

»Ihr kennt dieses Lied? Wollt Ihr mich nicht begleiten?«

Nun, ich weiß nicht, wer hier verrückter war, er, weil er unter diesen Umständen ein Lied sang, oder Benjamin und ich, weil wir in den Gesang einstimmten. Wann immer möglich veränderte ich den Text und fügte alle schmutzigen französischen Wörter ein, die ich kannte. (Und Ihr dürft mir glauben, ich kannte durchaus einige!) Doch Vauban bekümmerte das nicht. Wie wir da die Straße entlangritten, glichen wir drei Troubadouren, die einer romantischen Erzählung entsprungen zu sein schienen. Kurz bevor wir das Haupttor des Châteaus erreichten, kamen wir mit dem Lied zum Ende.

»Das hat mir gefallen«, sagte Vauban und beugte sich auf seinem Pferd nach vorne. »Vielleicht können wir es eines Tages wiederholen? Unsere Stimmen harmonieren gut miteinander.«

»Es wäre mir ein Vergnügen«, erwiderte ich. »Vielleicht könnt Ihr eines Tages in London unser Gast sein.« (In den Verliesen des Towers, dachte ich, ausgestreckt auf der fürchterlichsten Folterbank, die aufzutreiben ist!)

Vauban strahlte über das ganze Gesicht, winkte uns zum Abschied zu wie ein lieber Freund und verschwand dann mit seinen Reitern in einer Staubwolke.

Sobald wir den Innenhof erreicht hatten, ließ Benjamin seinen Gefühlen freien Lauf. Er drückte die Zügel seines Pferdes einem Stallburschen in die Hand und stürmte in das Château, um Dacourt zu suchen. Ich folgte ihm, immer noch zitternd in einer Mischung aus Furcht und Ärger. Benjamin fand den Botschafter in einem kleinen Schreibzimmer neben der Großen Halle.

»Wir müssen eine Zusammenkunft einberufen, Sir John, es ist dringend!«

»Weshalb? Weshalb denn?« Dacourt war ziemlich durcheinander.

Da der Botschafter zauderte, stürmte Benjamin wieder hinaus, griff sich einen verschreckten Diener und sagte ihm, er solle uns zu Clinton und Lady Francesca bringen, die in einer kleinen Laube an der Schloßmauer saßen. Lady Francesca lächelte zunächst freundlich, doch als sie mich erblickte, wurde ihr Gesicht hart wie Stein. Sie erhob sich, rauschte röckeraschelnd davon und hinterließ uns nur noch den Duft ihres Parfüms. Ich lauschte dem scharfen Klacken ihrer hochhackigen Schuhe auf den Steinplatten. Dann schüttelte ich den Kopf und richtete meinen Blick auf den Boden. Ich war mir sicher, daß sie ein kleines Fläschchen mit der Aufschrift ›SUL‹ in den Händen gehalten hatte. Ich blickte zu meinem Meister, doch dieser war zu verärgert, um darauf zu achten. Er trat ungeduldig von einem Fuß auf den anderen, während er darauf wartete, daß Sir Robert einen Brief zu Ende las.

Schließlich faltete Clinton das Dokument sorgfältig zusammen.

»Master Daunbey, was gibt es?«

Mein Meister beugte sich nach vorne und schilderte ihm in kurzen, knappen Worten, was vorgefallen war.

»Was wollt Ihr nun unternehmen?« fragte Sir Robert.

»Ich möchte, daß eine Zusammenkunft einberufen wird«, krächzte Benjamin. »Mit allen Angehörigen der Botschaft. Ich muß bestimmte Dinge klarstellen. Die Franzosen lachen uns aus, während wir orientierungslos im Nebel umhertappen.«

Clinton zeigte sich einverstanden, und kurz vor Einbruch der Dämmerung trafen sich alle in der Großen Halle. Die Diener, die gerade die Tische für das Abendessen deckten, wurden fortgeschickt. Wir gruppierten unsere Stühle halbkreisförmig um den offenen Kamin herum. Dacourt, der verärgert war, daß Benjamin zu Sir Robert gegangen war, schlürfte geräuschvoll seinen Wein und schüttete dann den Bodensatz in das Feuer, so daß die Flammen aufzischten.

»Master Daunbey«, brummte er, »wir sind alle stark beschäftigt, und Ihr habt dieses Treffen einberufen lassen. Weshalb?«

»Ich bin hier«, hob Benjamin an, »als offizieller Sendbote Kardinal Wolseys wie auch Seiner Majestät des Königs. Wir haben gewisse Geheimaufträge zu erledigen.«

Ich bemerkte, wie Dacourt bei seinen Worten nervös zappelte.

»Doch unser Hauptauftrag ist es, die Identität von Raphael festzustellen und die Mörder von Falconer und Waldegrave der Gerechtigkeit zu überantworten. Ich vermute«, fuhr Benjamin fort, »es ist ein und dieselbe Person.« Er streckte eine Hand aus. »Fassen wir zusammen. Seit wann weiß man schon von diesem Verräter?«

»Ungefähr seit achtzehn Monaten«, antwortete Clinton. »Aber daß er den Namen Raphael trägt, erfuhren wir erst vor acht Wochen, bei meinem letzten Besuch hier vor der Fastenzeit.« Er beugte sich nach vorne. »Wie Ihr Euch erinnern werdet, Benjamin, arbeitete ich mit Falconer zusammen und erfuhr dabei diesen Namen. Auch wenn uns dies einen unserer besten Agenten kostete.«

»Ja, ja«, sagte Benjamin. »Nun, Falconer wurde also am Ostermontag ermordet?«

Seine Worte wurden zustimmend aufgenommen.

»Er trank ein bißchen Wein aus derselben Flasche wie Ihr, Sir John, doch er war nicht betrunken?«

Erneut allgemeine Zustimmung.

»Man sah, wie er zur Plattform des Turmes hinaufstieg. Das war der Turm mit dem Namen Mary, wenn ich nicht irre? Und am nächsten Morgen lag er tot am Fuße dieses Turmes?«

»Ja«, stieß Peckle hervor. »Das wissen wir inzwischen schon alle, Master Daumbey.«

»Wir wissen auch«, fuhr Benjamin fort und atmete tief durch, um seinen Ärger zu unterdrücken, »daß an dem Mittwoch nach Falconers Ermordung der Abbé Gerard aus der nahegelegenen Ortschaft unter mysteriösen Umständen zu Tode kam. Ich möchte wissen, ob irgend jemand aus dem Château Abbé Gerard ein Ostergeschenk gesandt hat?«

Die Anwesenden schwiegen.

»Also«, wiederholte Benjamin seine Frage, »hat ihm jemand ein Geschenk geschickt?«

Dacourt rappelte sich auf. »Ich habe ihm etwas

geschickt. Und zwar Wein, einen Bordeaux vom besten Jahrgang, den wir hier haben, dazu ein silbernes Tablett mit Konfekt und Marzipan.«

»Wann war das?«

»Am Samstag vor Ostern.«

»Und was geschah mit diesem Geschenk?«

»Herr im Himmel!« bellte Dacourt. »Wie soll ich das wissen? Abbé Gerard war ein gütiger und menschenfreundlicher Mann, doch er liebte auch seinen Rotwein. Ich vermute, er hat das Konfekt und das Marzipan an die Kinder im Dorf verschenkt, das silberne Tablett verkauft und den Wein getrunken. Es war nur ein kleiner, mit einem Stöpsel verschlossener Krug.« Dacourt verstummte. »Wollt Ihr damit sagen, der Wein sei...? Throgmorton hat doch die Leiche des Priesters untersucht.«

»Oh, das wußten wir aber nicht«, unterbrach ich.

»Nun«, ließ sich der Doktor vernehmen. »Warum solltet Ihr auch? Ich ging hinunter ins Dorf, um die Leiche des Unglücklichen zu untersuchen. Es gab keine Anzeichen von Gift. Vielleicht wurde der Mann ohnmächtig, stürzte ins Wasser und ertrank.«

»Master Benjamin.« Peckle war aufgestanden. »Sir John, wir haben viel zu tun. Habt Ihr noch weitere Fragen?«

»Nein«, antwortete Benjamin scharf.

Mein Meister war immer noch ziemlich verärgert, und das befremdete mich, denn normalerweise war er ein äußerst sanftmütiger Mensch, der nur sehr selten unwirsch oder ausfallend wurde, auch nicht, wenn er es mit Schwachköpfen zu tun hatte. (Ich habe gerade meinem Kaplan einen Hieb auf die Knöchel verpaßt; das wird ihn davon abhalten, Äußerungen von sich zu geben wie: ›Und Master Daunbey wußte gewiß gut mit

Schwachköpfen umzugehen, er hatte ja Euch als Diener.‹) Nun, die Versammlung wurde aufgelöst, doch Clinton und sein Bediensteter Venner blieben sitzen, bis alle übrigen den Raum verlassen hatten.

»Sagt mir eins«, hob Clinton an, »dieser Vauban, wußte er, aus welchem Grunde Ihr in Frankreich seid?«

»Er sagte, wir seien Spione, doch jedes Kind hätte dies schlußfolgern können. Er wußte auch, daß wir an Abbé Gerard interessiert waren, doch auch um dies herauszufinden, mußte man nicht sonderlich schlau sein. Weshalb fragt Ihr, Sir Robert?«

»Er hat nie den Namen Raphael erwähnt?«

»Nein.«

»Also haben die Luciferi noch nicht herausgefunden, weshalb Ihr eigentlich hier seid«, sagte Clinton. »Hier im Château«, fuhr er fort und lehnte sich in seinem Stuhl zurück, »wissen Dacourt und die übrigen Angehörigen der Botschaft, daß Ihr einen Spion fangen wollt, doch bis jetzt ist davon wenig bis zu den Luciferi durchgedrungen. Und das bedeutet, daß ...«

»Das bedeutet was?« fragte ich schnell dazwischen.

»Daß der Spion hier über besondere Möglichkeiten verfügen muß, seinen Auftraggebern derartige Informationen zukommen zu lassen, daß er diese Möglichkeiten aber bis jetzt noch nicht nutzen konnte. Wenn Ihr herausfinden könntet, um welche Möglichkeiten es sich dabei handelt, dann werden wir bald auch wissen, wer Raphael ist.«

»Doch immerhin wußte Vauban, daß wir hier sind«, antwortete Benjamin. »Ich nehme an, er hat das Schloß schon seit Tagen beobachten lassen und ist uns dann in das Dorf hinunter gefolgt.«

»Was mich zu meinem eigentlichen Anliegen bringt«, erwiderte Clinton. »Master Venner?«

Der Diener schaute hinter die Türe, um sich zu vergewissern, daß niemand sich dort verborgen hielt.

»Vergangene Nacht«, sagte Venner, »als Waldegraves Leiche entdeckt wurde, habt Ihr da Millet gesehen? Er war voll bekleidet, als wäre er außerhalb des Châteaus gewesen.«

»Vielleicht hatte er ein Stelldichein mit einer Geliebten«, antwortete ich.

»Vielleicht.« Venner grinste. »Doch Millets Vorlieben sind offensichtlich. Er kleidet sich wie eine Frau, und über die Art von Stelldichein, für die er sich interessiert, deckt man am besten den Mantel des Schweigens.«

»Ich habe dieses Thema bei Dacourt angeschnitten«, unterbrach Clinton. »Er wußte nicht einmal, daß Millett fort gewesen war. Ich habe ihn gebeten, dies für sich zu behalten. Vielleicht sollten wir Millet beschatten lassen.«

Benjamin rieb sich mit der Hand über sein Gesicht. »Ja«, antwortete er trocken, »Millets Verhalten und sein Aufzug letzte Nacht waren verdächtig. Er könnte durchaus der Spion oder sein Bote sein.« Er lächelte Clinton an. »Was Ihr sagt, ist durchaus schlüssig, Sir Robert. Vauban kennt den wahren Grund unserer Anwesenheit hier noch nicht.« Mein Meister schlug auf die Stuhllehne. »Allerdings«, sagte er aufatmend, »wir sind erst seit ein paar Tagen hier. Wir nehmen an, Millet sei letzte Nacht gerade zurückgekommen. Vielleicht täuschen wir uns. Vielleicht wollte er eben erst weggehen, und der Aufruhr, der ausbrach, als man Waldegrave fand, hat ihn davon abgehalten.«

Clinton stand auf. »Wir überlassen es Euch, Master Daunbey. Wenn Ihr wollt, kann Venner ihn im Auge behalten.«

»Nein, nein«, erwiderte Benjamin, »überlaßt Master Millet ruhig uns.«

Ich beobachtete, wie Clinton und sein Bediensteter den Raum verließen, und wieder einmal begann die Erinnerung an den Tod von Agnes in mir aufzusteigen. (Ihr müßt wissen, ich fragte einmal einen weisen Mann, der in einer Höhle außerhalb von Alexandria hauste, warum dies so ist. Weshalb einen eine bestimmte Angelegenheit immer wieder umtreibt, obwohl man im Augenblick dafür überhaupt keine Lösung weiß oder erst Monate später einen gangbaren Weg findet. Er antwortete, daß wir erst, wenn wir das gesamte Puzzle überblicken, erkennen können, welche Bedeutung ein bestimmtes Einzelstück hat, und es dann auch an die richtige Stelle des Puzzles setzen können.)

Benjamin und ich blieben im Saal, während die Diener zurückkehrten und den Tisch für das Abendessen fertig deckten. Mein Meister starrte unentwegt in die lodernden Flammen des Feuers.

»Was bedrückt Euch?« fragte ich. »Weshalb hat Vauban Euch so erzürnt?«

»Ich bin verwirrt, Roger«, antwortete er. »Weshalb wurden Falconer, der Abbé Gerard und Waldegrave ermordet? Worin besteht die Verbindung zwischen ihnen? Ist Raphael ihr Mörder oder jemand anderer? Wie übermittelt Raphael den Luciferi seine Geheimbotschaften?«

»Etwas ist allen gemeinsam«, erwiderte ich.

»Und das wäre?«

Ich zählte die einzelnen Punkte an meinen Fingern auf. »Erstens, die geheimen Informationen aus dem Kronrat des Königs werden erst dann bekannt, wenn sie in Maubisson angekommen sind. Wir wissen nun, daß die Briefe von Dacourt geöffnet und von Peckle dechiffriert werden, doch Millet ist Dacourts Sekretär und auch in diese Angelegenheiten eingeweiht. Dasselbe gilt für Throgmorton. Und Ärzte können schließlich überall hingelangen, wohin sie wollen und anderen ihre Geheimnisse entlocken. Zweitens, Falconer wurde hier in Maubisson ermordet, nachdem er mit den anderen einen Krug Wein angebrochen hatte. Drittens, der Abbé Gerard ertrank, nachdem er Rotwein getrunken hatte, den Dacourt ihm gesandt und den möglicherweise dessen Sekretär, Master Millet, ihm ins Dorf gebracht hatte. Viertens, Waldegrave wurde von Dacourts Pferd Vulkan getötet.«

»Und schließlich«, setzte Benjamin meine Aufzählung fort, »hat Master Millet die Angewohnheit, des Nachts aus dem Château zu verschwinden und Gott weiß wen zu treffen.« Mein Meister schaukelte leicht auf seinem Stuhl. »Der gemeinsame Nenner, wie ein Mathematiker sagen würde, zwischen all diesen Faktoren sind Dacourt und Millet, doch erstens wissen wir nicht mit Sicherheit, daß der Wein, den der Abbé an jenem Abend trank, an dem er ermordet wurde, jener war, den Dacourt ihm hatte schicken lassen. Zweitens wissen wir nicht, ob Millet ihn hingebracht hat. Und drittens: An jenem Abend, an dem Falconer starb, probierte auch Dacourt den Wein, den jener trank.«

»Dafür haben wir nur seine eigene Aussage.«

»Ja, doch Throgmorton hat später den Wein untersucht. Er sagte, er habe keinerlei Beimengung feststellen können. Er sagte auch, weder bei Falconer noch bei Abbé Gerard hätten irgendwelche Anzeichen auf eine Vergiftung hingedeutet.«

Ich sah mein Theoriegebäude langsam in sich zusammenfallen.

»Und obwohl Dacourts Pferd Waldegrave zu Tode getrampelt hat«, erwiderte ich müde, »hätte natürlich jedermann den betrunkenen Priester in den Stall schleifen können.«

Benjamin grinste und klopfte mir auf die Schulter. »Ich habe nicht gesagt, dein Gedankengang sei falsch, Roger, ich habe nur gesagt, er ist fehlerhaft.« Wir aßen mit den anderen zu Abend. Die Unterhaltung war recht zwanglos und sprang von einem belanglosen Thema zum nächsten. Benjamin brachte in Erfahrung, daß alle Memoranden, Briefe und Dokumente, die von Westminster kamen, durch die Hände von Dacourt, Peckle und Millet gingen und daß der rätselhafte junge Sekretär auch die Geschenke des Botschafters zu Abbé Gerard hinuntergebracht hatte.

Einigermaßen zuversichtlich gestimmt begaben wir uns zu Bett, denn nun schien sich zumindest ein erster Hoffnungsschimmer zu zeigen, doch kurz bevor ich einschlief, fiel mir ein, daß Benjamin meine Frage noch nicht beantwortet hatte, warum er über Vauban so aufgebracht war, und daher stellte ich sie ihm erneut.

»Schlaf, Roger«, antwortete Benjamin gähnend. »Ich werde es dir sagen, wenn Gott dafür die Zeit für gekommen hält, genauso wie ich dir eines Tages von den geheimen Anweisungen erzählen werde, die mein Onkel mir in Hampton Court gegeben hat.«

Kapitel 7

Es heißt, der Blitz schlägt nie zweimal an derselben Stelle ein, doch wenn der gute Shallot in der Nähe ist, scheint das nicht mehr zu gelten. Es war schier unglaublich. Auch in dieser Nacht wurden wir durch furchtbares Schreien und durch ein Poltern an unserer Türe aus dem Schlaf gerissen. Ich sprang von meinem Bett und riß die Türe auf. (In meiner Jugend war ich noch unbesonnen. Heute würde ich jemand anderen die Türe öffnen lassen, während ich mich nach einem geeigneten Fenster umsehen würde, durch das ich hinausspringen könnte.) Vor der Türe stand Peckle, mit vor Angst geweiteten Augen.

»Das Schloß wird angegriffen!« stieß er hervor. »Die Maillotiner! Sie versuchen, den Haupteingang aufzubrechen!«

Benjamin und ich griffen nach unseren Waffen und stürzten hinaus. Diesmal achtete ich darauf, daß mein Meister als erster den Raum verließ, und während er die Treppe hinunterrannte, huschte ich blitzschnell wie ein Kaninchen auf den Turm, schlug die Falltüre zurück und stand dann an jener Stelle, an der auch der unglückliche Falconer gestanden hatte. Ich blickte nach oben, Sterne überzogen den Himmel, doch der Mond, der sich hin und wieder hinter Wolken verbarg, leuchtete trügerisch und schien mit den Angreifern im Bunde zu sein. Ich spähte über die Zinnen. Der Wind fuhr in meine Haare, während mein Magen sich vor Entsetzen zusammenzog angesichts des schrecklichen Anblicks, der sich mir bot. Die dunklen Felder vor dem Château schienen von lauter kleinen Lichtpünktchen übersät zu sein, doch als ich schärfer hinschaute, erkannte ich, daß es Männer mit Fackeln waren, die zum Haupteingang strömten. Und dort tobte auch der Kampf. Ich hörte, wie Pfeile durch die Luft zischten und behelfsmäßige Rammböcke gegen die Balken der eisenbeschlagenen Tore krachten. Das Schloß war schlecht gerüstet. Ich erblickte halbangezogene Soldaten mit Bogen und anderen Waffen und vernahm Dacourts Stimme, der Befehle brüllte. Der Großteil unserer Bogenschützen hielt sich im Torhaus verschanzt, von wo aus sie die Angreifer beschossen, die über den Haupteingang ins Schloß einzudringen versuchten.

Ich zitterte vor Angst und stellte mir die Frage, die mich in einer derartigen Situation stets am meisten bewegt: Wie könnte ich mich retten? Ich kauerte mich unter die Brüstung. Was würde geschehen, wenn es ihnen gelingen würde, das Tor aufzubrechen? Ich würde hier oben auf dem Turm in der Falle sitzen und entweder gezwungen sein zu springen, oder sie würden mich töten wie eine Ratte, die in einer Scheuer in die aufgestellte Falle gegangen ist. Ich hob meinen Kopf über die Brüstung. Einige der Wachen standen auf der Außenmauer und stießen die Sturmleitern zurück, die dort angelegt wurden. Es war noch Zeit, dachte ich, zu verschwinden. Ich blickte zu der Mauer, in der sich der hintere Eingang befand, und erschauerte. Dort bewegten sich ebenfalls zahllose Lichtpunkte. Der Angriff auf den Haupteingang war nur ein Ablenkungsmanöver!

»Höchste Zeit, daß der alte Shallot etwas unternimmt«, murmelte ich. »Vielleicht sollte ich Benjamin ausfindig machen? Dann aus dem Château verschwinden, ein Pferd stehlen und nach Calais reiten.«

Ich stürzte die Stufen hinab und rannte über den inneren in den äußeren Hof. Der Lärm war fürchterlich. Die Angreifer schossen nun brennende Pfeile herein, und diese hatten unter den Verteidigern schon großen Schaden angerichtet. Ein Soldat lag am Boden und brannte lichterloh wie eine lebende Fackel. Andere hatten grauenhafte schwarze Wunden im Gesicht oder auf der Brust. Dacourt stand mitten im Getümmel und umklammerte sein Schwert wie ein heldenmütiger Kämpfer aus den Tagen von Troja.

»Zu den Mauern!« brüllte er. »Zu den Mauern! Das Banner darf nicht fallen!«

Der alte Bastard mußte einen heftigen Schlag auf den Schädel erhalten haben und glaubte nun wohl, er befinde sich in einem heroischen Ritterspiel. Er sah mich und brüllte: »Shallot, wo seid Ihr gewesen? Jetzt ist nicht die Zeit, Schwäche zu zeigen!«

»Verpißt Euch«, schrie ich, vollkommen außer mir. »Der wirkliche Angriff findet nicht hier statt. Sie haben sich vor dem Hintereingang zusammengezogen!«

Ich fuchtelte wie ein Verrückter mit meinem Schwert herum, schrie einigen Bewaffneten zu, sie sollten mir folgen, und raste dann wie ein Wiesel zum hinteren Eingang. Als wir dort ankamen, sahen wir oben auf der Mauer schon die Spitzen der ersten Leitern. Ein bulliger Sergeant stieß mich zur Seite und befahl seinen Männern, ihm zu folgen. Ich blieb, wo ich war, brüllte Befehle und hielt mich nahe genug am Tore auf, für den Fall, daß etwas schiefgehen sollte. Unsere Bogenschützen erwischten die Bastarde, gerade als sie begannen, die Sturmleitern heraufzuklettern, während die anderen Soldaten die Leitern mit Hilfe der langen Streitäxte, die unter der Brüstung aufbewahrt wurden, beiseite räumten. Ich vernahm schmerzerfüllte Schreie, und dann ebbte der Angriff ab, so schnell wie er gekommen war.

Dacourt, Clinton und die anderen versammelten sich in der Großen Halle, während Diener Fackeln entzündeten und Bier oder Wein brachten für die siegreichen Helden. Es wurden Pferde gesattelt und Späher ausgeschickt.

Diese kehrten jedoch bald wieder zurück und meldeten, die Angreifer hätten sich verzogen und ihre Toten und Verwundeten mitgenommen. Fünf Soldaten des Châteaus waren getötet worden, und Benjamin hatte eine kleine Schnittwunde in der Wange. Dacourt schätzte, daß wir Dutzende der Angreifer erwischt haben mußten, doch es konnten nur die Leichen von drei Männern ins Schloß befördert werden, die alle ums Leben gekommen waren, als der Ansturm auf das hintere Tor abgeschlagen worden war. Sie sahen verwahrlost, schmutzig und verlaust aus, waren jedoch überraschend gut bewaffnet. Nun, ich kannte die Maillotiner, die Bauernrebellen, die in den Gassen von Paris herumlungerten. Ich hatte eine Zeitlang bei ihnen gelebt. Sie waren mir ähnlich, sie waren Experten darin, plötzlich aus dem Hinterhalt zuzuschlagen. Sie waren gewiß nicht so gut bewaffnet und organisiert und auch nicht so wagemutig, ein Schloß mitten auf dem Land anzugreifen.

Dacourt lobte mein schnelles, wagemutiges Handeln, und ich spielte den bescheidenen Helden, schlürfte seinen Wein und gab schlaue Kommentare über die Strategie der Angreifer von mir. Doch als ich meine Zweifel daran äußerte, daß die Maillotiner einen derartigen Angriff wagen würden, widersprach mir Dacourt heftig.

»Ich kenne dieses Ungeziefer!« erklärte er. »Sie hassen die Engländer. Sie nehmen uns unsere Siege in Frankreich und die Besetzung von Calais übel. Nein, nein, es waren schon die Maillotiner, die uns hier angegriffen haben. Wer sollte es denn sonst gewesen sein?« Seine wässerigen Augen blitzten mich herausfordernd an, und so ließ ich den alten Narren in seinem Glauben, doch Benjamin sprang mir zur Seite.

»Sie waren zu gut genährt«, sagte er. »Und sie hatten die nötigen Waffen. Warten wir bis zum Morgen, ich bin sicher, daß Monsieur Vauban hier seine Finger im Spiel hatte.«

Benjamins Worte erwiesen sich als prophetisch. Am folgenden Morgen kam Vauban mit seinen Reitern ins Schloß getrabt, als brächte er die dringend herbeigesehnte Unterstützung. Benjamin und ich hielten uns von ihm fern, während er mit Dacourt und Clinton verhandelte. Erst nachdem er wieder abgezogen war, fragte Benjamin, was es gegeben hatte.

»Zweierlei«, antwortete Dacourt generös. »Vauban möchte einige seiner Reiter außerhalb des Schlosses aufstellen, als Schutz gegen weitere Angriffe. Zweitens, morgen ist der Namenstag Seiner Allerchristlichsten Majestät. Wir sind alle eingeladen zu den Feierlichkeiten in seinem Palast in Fontainebleau.« Der Botschafter grinste uns an. »Ich habe die Einladung schon im Namen aller angenommen.«

Benjamin und ich enthielten uns wohlweislich eines Kommentars, bis wir den Saal verlassen hatten.

»Vauban steckt hinter diesem Angriff«, murmelte Benjamin. »Vielleicht möchte er uns alle töten, vielleicht auch nur einige.« Er blickte auf den Boden und musterte einen der Feuerpfeile, die vergangene Nacht in das Schloß geschossen worden waren. »Oder vielleicht hat er nur einen Vorwand gesucht, um seine Männer vor dem Château stationieren und uns stärker im Auge behalten zu können.« Er lächelte mich von der Seite her an. »Doch so kommen wir einmal nach Fontainebleau. Das ist eine Chance, Seiner Allerchristlichsten Majestät zu begegnen!«

»Und uns seinen verdammten Ring vorzunehmen!« erwiderte ich gereizt. »Master, im Namen des Allmächtigen, was sollen wir in dieser Angelegenheit unternehmen?«

»Gar nichts«, erwiderte Benjamin. »In Fontainebleau werden wir nur beobachten und zuhören.« Er packte mich am Arm. »Keinesfalls, Roger, dürfen wir dort etwas unternehmen. Wir sind doch nichts weiter als einfache Engländer. Der französische König wird gut bewacht, und er schätzt diesen Ring außerordentlich. Ganz gleich, welche Chance sich uns bietet, wir dürfen sie nicht ergreifen.«

»Und wenn es uns überhaupt nicht gelingt, diese Aufgabe zu lösen?« fragte ich mürrisch.

Benjamin lächelte. »Dann, mein lieber Roger, werden wir die französische Sprache noch besser zu sprechen lernen und mit Monsieur Vauban Freundschaft schließen, denn dann können wir nie mehr nach England zurückkehren.«

Früh am nächsten Morgen brachen wir auf, und jeder von uns hatte die prächtigsten Gewänder angelegt, über die er verfügte. Doch verglichen mit Lady Francesca glichen wir sämtlichst eher einer Schar unscheinbarer Krähen; sie sah in ihrem goldenen Brokatkleid, das mit einem Luchsfell gesäumt war, einfach hinreißend aus.

Am späten Nachmittag desselben Tages erreichten wir Fontainebleau. Wie soll ich es beschreiben? Seine großen runden Türme, die geschwungenen Linien der präzisen und doch schönen italienischen Architektur, die prachtvollen roten Turmspitzen der Kapelle von St. Hubert, die große Uhr, auf der Hunde einen Hirsch jagen, wobei zu jeder vollen Stunde das Gebell der Hunde die Glockenschläge begleitete und der Hirsch sich bewegte, um den letzten Schlag zu untermalen. Dreizehn Treppen, Hunderte von Räumen, Alabasterstatuen von Cupido und Venus und weitere in fleischfarbener Bronze gestaltete Figuren, die von den italienischen Künstlern geschaffen worden waren, welche der französische König an seinen

Hof geholt hatte. Rund um den Palast breiteten sich von Lindenbäumen beschattete Gärten voller Lilien, Veilchen und Sauerklee aus, hin und wieder unterbrochen von Plätzen, die mit schwarzen und weißen Marmorsteinen gepflastert und von weißen Kolonnaden umgeben waren. Die Räume im Palast waren angefüllt mit all den Dingen, die Franz I. von seinen Reisen nach Italien mitgebracht hatte: Wandteppiche, weitere Statuen, goldene und silberne Artefakte, juwelenbesetzte Vasen und weiche Wollteppiche in den unterschiedlichsten Farben.

Stallburschen nahmen sich unserer Pferde an, und Höflinge, angetan mit dem blaugoldenen Wappenrock des französischen Königs, geleiteten Sir Robert und Lady Francesca zu ihrer Unterkunft. Dacourt erhielt ebenfalls eine eigene Kammer, doch uns quartierte man ganz oben im Palast ein. Noch ein Stück höher, und wir wären direkt unter dem Dach gelandet, eingepfercht in schäbige, dunkle Mansarden. Nun, ich bin stets sehr wählerisch, mit wem ich das Schlafgemach teile, und mir gefiel die Vorstellung nicht, das Zimmer mit einem Mann zu teilen, der möglicherweise ein Mörder war. Ich mochte auch die affektierte Art nicht, in der Millet mit mir sprach. Und er trug mehr Spitzen als Lady Francesca!

Ich werde mich hübsch von dir fernhalten, du eitler Geck, dachte ich, und wenn ich etwas fallenlasse, dann werde ich es zuerst zur Türe hinausstoßen, bevor ich es aufhebe. (Nein, mein Kaplan irrt sich. Ich bin nicht unhöflich. Ich finde solche Leute einfach befremdlich, wenngleich ich zugeben muß, daß einige von ihnen, wie Christopher Marlowe, gute Freunde von mir waren. Es hängt eben von der jeweiligen Person ab. Marlowe war bezaubernd, schlau und ausgesprochen lustig, doch Millet hatte etwas an sich, das mir nicht gefiel.) Peckle schimpfte über die Behandlung, die uns zuteil wurde, doch Doktor Throgmorton lachte bitter und sagte, er sei froh, so weit wie möglich von den Franzmännern entfernt zu sein. Die Diener brachten unser Gepäck herauf, und während wir auspackten, hörten wir, wie draußen jemand an die Wand klopfte. Benjamin, der auf der Kante seiner Pritsche gesessen hatte, stand auf und öffnete die Türe. Er schaute hinaus, kam aber sogleich wieder zurück, schwankend zwischen Verärgerung und Lachen.

»Was ist los, Daunbey?« fragte Throgmorton.

»Die Franzosen haben soeben ein Gemälde vor unserem Raum aufgehängt.«

»Oh, wirklich nett«, bemerkte Peckle sarkastisch. »Was ist es? Zeigt es vielleicht die Niederlage der Franzosen bei Agincourt?«

Benjamin schüttelte den Kopf. *»La Belle Jardinière.«*

»Und was soll das?« grummelte ich. »Warum zum Teufel tun sie das?«

»Das Bild stammt von Raphael«, erwiderte Benjamin. »Sie machen sich über uns lustig.«

In diesem Augenblick begann ich zum ersten Mal über den Namen Raphael nachzudenken. Weshalb benutzte der Spion gerade diesen Namen? Warum nicht Ragwort? Oder Fettbacke? Warum Raphael? Den Namen eines Engels, eines Erzengels, um genau zu sein, wodurch eine Verbindung hergestellt wurde zu Vaubans buntem Haufen, aber auch zu einem berühmten italienischen Maler. Unser Gespräch über diesen Affront der Franzosen wurde bald beendet, denn ein bannertragender Kammerdiener teilte uns mit, wir sollten uns unten in der Großen Halle einfinden, denn dort würde uns das seltene Privileg einer Audienz bei Seiner Allerchristlichsten Majestät zuteil werden.

Dacourt und die Clintons erwarteten uns schon. Sir

Robert trug ein cremefarbenes, gefüttertes seidenes Wams und eine meerblaue Kniehose; Lady Francesca war ganz in Weiß gekleidet, auf ihrem Haar saß eine kleine, mit Spitzen verzierte Haube, und an ihrem Hals klimperten Perlen. Ihre Schönheit verschlug mir schier den Atem, und ebenso wie die anderen warf ich neidische Blicke auf ihren Ehemann, der sich glücklich preisen durfte. Dacourt allerdings zeigte durch seine Kleidung, daß er sich nicht das geringste aus diesem Anlaß machte; er trug ein abgewetztes Wams und Beinkleider, die auch ein Bauer, der etwas auf sich hielt, verschmäht hätte. Millet kicherte, und nachdem er dem alten Kämpfer ins Ohr geflüstert hatte, daß seine Hosenknöpfe noch offenstanden, fragte er ihn, ob er die Franzosen durch die Zurschaustellung seiner Mannespracht in Erstaunen versetzen wolle. Dacourt lachte rauh und drehte sich zu Seite, um seine Kleidung in Ordnung zu bringen.

Der rotznäsige Kammerdiener stellte sein Banner auf den Boden und geleitete uns über marmorne Gänge, vorbei an Gemächern, die für das große Bankett vorbereitet waren, vorbei auch an Adeligen in goldfarbenen Gewändern und Bediensteten in blauen, violetten und scharlachroten Livreen, die alle auf Französisch durcheinanderschwatzten. Sie traten zur Seite und ließen uns passieren, doch wir vernahmen auch das Gekicher und das Lachen, das ihren witzelnden Bemerkungen folgte. Als wir an eine große, goldgeprägte Türe gelangten, wendete sich der Kammerdiener um.

»Ihr werdet nun«, sagte er auf Englisch, »Seiner Allerchristlichsten Majestät vorgestellt werden.«

(Seine Allerchristlichste Majestät ... das war eine Lüge, die zum Himmel schrie, vor allem wenn man bedenkt, daß Franz sich mit den Ottomanen verbündet hatte, den Teufeln in Menschengestalt. Doch hier muß ich Euch auf meine späteren Aufzeichnungen vertrösten. Ich erwache immer noch schweißgebadet, wenn ich von den grauenhaften Ereignissen träume, die mich an Suleimans mit Seide ausstaffiertem und mit Schrecken erfülltem Hofe erwarteten.) Nun, hier in Fontainebleau wurden die Türen vor uns geöffnet, und wir konnten unsere Augen auf den Allerchristlichsten König richten. Wir traten nacheinander ein, in Zweierreihen, als wären wir die Tiere, die Noahs Arche besteigen. Der Raum war durchflutet von Licht. Er war eine richtige Schatzkammer mit wertvollen Gewändern und kostbaren Juwelen. Am Ende des Saales erblickte ich eine kleine Gruppe von Menschen, die ihre Unterhaltung unterbrachen, als wir näherkamen. Ich sah einen Baldachin, unter dem zwei Gestalten auf ihren Thronen saßen, und dann erschien der Teufel Vauban.

Er sah beeindruckend aus in seinem lilafarbenen Seidengewand, das durch eine goldene Kordel um die Hüften zusammengehalten wurde. Dazu trug er blaue Beinkleider, und seine Füße steckten in weichen Lederstiefeln. Seine Brust glänzte wie ein Spiegel, als sich die Sonne in dem dichten Juwelenschmuck brach, den er umgehängt hatte. An jedem seiner Arme, von der Schulter bis zum Handgelenk, schimmerten diese verdammten kleinen Glöckchen, die bei jeder seiner Bewegungen bimmelten. Er lächelte überschwenglich, machte eine übertriebene Verbeugung, trat dann zur Seite und stellte sich neben einen der Throne.

»Darf ich vorstellen«, hob er an, »Sir Robert Clinton und seine Gemahlin, Lady Francesca, Sir John Dacourt und die übrigen englischen Gesandten.«

Doch nun beachtete ich Vauban nicht mehr, sondern hatte nur noch Augen für die beiden sitzenden Gestalten. Franz und seine Königin Claude thronten wie zwei

Wachsfiguren unter dem Baldachin aus roter Seide. Die Throne, auf denen sie saßen, waren kannelliert und an den Rückenlehnen und den Armstützen mit Perlmutt eingefaßt.

Wir verbeugten uns alle, und dann begann Dacourt mit der üblichen, langweiligen diplomatischen Ansprache, in der er Franz die Grüße seines ›Bruders‹, des Königs von England, überbrachte. Ich bemerkte, daß bei diesem blumigen Geschwätz ein leises Lächeln über das Gesicht des französischen Königs huschte. Franz I. haßte Heinrich VIII., und für den englischen König galt dasselbe. Irgendwie war mir Franz sympathischer. Er war ein Kerl mit einer großen Nase, schweren Augenlidern, einer hohen Stirn und einem schmalen Mund, den er hinter einem dichten Bart versteckte. Von Kopf bis Fuß war er in goldfarbene Gewänder gekleidet, auf dem Kopf trug er eine einfache Krone, und ich konnte sehen, daß er sich über Dacourts nichtssagende Höflichkeitsfloskeln genauso langweilte wie ich.

Ihr müßt wissen, Franz war der Salamanderkönig, jenes rätselhafte Wesen, das, wenn es von Feuer umgeben ist, niemals verbrennt. Irgend jemand hatte einmal diese Bezeichnung für ihn verwendet, eher als Beleidigung gedacht denn als Kompliment, doch Franz hatte sie gefallen, und so fand man überall in seinem Palast Salamander in die Wände eingemeißelt. Er hatte das Glück gehabt, die einzige Tochter von Ludwig XII. zu heiraten, und war daher dessen natürlicher Nachfolger geworden. Welch ein Wechsel! Der alte Ludwig, schwach und tatterig, der oftmals um ein Haar an seinem eigenen Schleim erstickt wäre. Heinrich VIII., genauer gesagt seine Schwester Maria, erlebte mit, wie er starb. Ihr müßt wissen, sie war genauso gierig auf die Freuden der Liebe wie ihr Bruder, der Große Mörder. Sie war drei Monate mit dem alten Ludwig verheiratet, als dieser zusammenbrach und an Erschöpfung starb. Dann kehrte sie nach England zurück und heiratete die große Liebe ihres Lebens, Charles Brandon, den Herzog von Suffolk. Wäre sie mit Franz verheiratet gewesen, wäre es härter für sie geworden, denn er war ein ebenso unübertrefflicher wie unersättlicher Liebhaber. Einer seiner Höflinge raunte mir später einmal zu »Er streift gerne in fremden Gärten umher und trinkt aus vielen Quellen.« O ja, Franz I. war voller Leidenschaft, er hielt sich seine eigene *petite bande,* eine Gruppe junger blonder Mädchen, angeführt von Madame d'Estampes, die ihm bei seinen amourösen Eskapaden Gesellschaft leisteten. Wußtet Ihr, daß es in seinem Palast in Fontainebleau Spiegelzimmer gab, in denen er die jungen Damen posieren ließ, um sie aus den unterschiedlichsten Winkeln zu betrachten, und daß dort auch Geheimgänge und Gucklöcher zu den Schlafkammern angelegt waren, weil Franz stark daran interessiert war, auch andere beim Geschlechtsverkehr zu beobachten?

(Der bedauernswerte Franz! Ja, ich sage ›bedauernswert‹. Damals in Fontainebleau stand er noch voll in der Blüte seiner Jugend, doch nachdem er die Syphilis bekommen hatte, begannen seine unteren Körperteile abzusterben. Er bekam die Krankheit von *La Belle Fertonière.* Deren Gemahl wußte, daß sie die Syphilis hatte, und ließ es dennoch zu, daß Franz sie verführte. Der Körper von König Franz verfaulte derartig, daß man seine Leiche, bevor sie nach St. Denis gebracht werden konnte, in einen Bleisarg betten mußte. Doch er stank immer noch so arg, daß die Adeligen dem gräßlichen Gestank dadurch entflohen, daß sie Wachsnachbildungen von sich zur Kirche sandten. Stellt Euch dies einmal vor! Eine Kirche voller Wachsfiguren, die vor einem ebenfalls wächsernen Bilde trauern . . .)

Ah, wie die Zeit vergeht! Als ich Franz in diesem Thronzimmer zum ersten Mal begegnete, war ihm das Leben noch lange nicht vergällt. Er war immer noch ein großartiger Liebhaber, und die Frau neben ihm war der Grund für seine ständig wechselnden Liebschaften. Königin Claude – oder ›Clod‹, das Trampel, wie die Höflinge sie nannten – war fett, lahm und widerspenstig. Doch sie hatte ein gutes Herz! (Ah, da meldet sich mein Schreiber zu Wort, der alte Narr, der sich so schlau dünkt: »Ihr seid um keinen Deut besser als Heinrich VIII.!« ruft er. »Für Euch sind Frauen ebenfalls nur Objekte der Lust!« Was zum Teufel weiß denn dieser kleine Heuchler? Seid unbesorgt, einige der Frauen, mit denen ich zu tun hatte, haben sich als formidable Gegnerinnen herausgestellt. Wie zum Beispiel die kleine Katharina von Medici, die Heinrich, den Sohn von Franz I., heiratete. Sie praktizierte Schwarze Magie. O ja, ich habe Kenntnis von der geheimen Schachtel aus Metall, die sie besaß, von ihrer Giebelkammer in Blois mit dem magischen Spiegel, der ihr die Zukunft voraussagte, und von ihrem Umgang mit diesem schrecklichen Propheten Nostradamus, welcher den Untergang der Welt ankündigte. Ein andermal werde ich Euch vielleicht von ihrer weiblichen Spezialtruppe berichten, der *Escadron volant*, die sie einsetzte, um ihre Gegner zu verführen. Damit will ich meine Ausführungen über Frauen abschließen: Sie können die besten Freundinnen, aber auch die gefährlichsten Gegnerinnen sein! Ein Mann vergibt und vergißt. Eine Frau kann auch vergeben, doch sie vergißt niemals. Denkt an Shallots Worte!)

In diesem Gemach in Fontainebleau, vor so langer Zeit, musterte ich Franz, doch meine Augen wurden magisch angezogen von jenem verdammten Ring, der am vierten Finger seiner linken Hand glänzte. Ich wußte, dies war der Ring, den Heinrich zurückhaben wollte. Der französische König, der die Ellbogen auf die Armlehnen seines Thrones gestützt hatte, spielte mit diesem Ring, streifte ihn ab, schob ihn wieder über den Finger und drehte ihn umher, während er Benjamin und mir unter seinen schweren Augenlidern Blicke zuwarf und sich um seinen Mund herum der Anflug eines Grinsens zeigte. Vauban neben ihm schien sich ebenfalls zu amüsieren. Der Schweinehund lümmelte sich gegen den Thron, als sei er der Bruder des Königs, und unterdrückte demonstrativ sein Gähnen über Dacourts hölzerne Rede.

Doch der Botschafter ließ sich nicht beirren. Gütiger Gott, ich dachte schon, er würde nie mehr aufhören. Ich überlegte schon, ob ich einen Ohnmachtsanfall vortäuschen sollte, nur um aus diesem Raum hinauszukommen, als plötzlich eine kleine Geheimtüre hinter dem Thron aufflog und sich uns ein unglaublicher Anblick bot: Ein Mann kam herein, schwarz wie die Nacht und mehr als zwei Yards groß. Um seinen Kopf war ein blutroter Turban geschlungen, und sein Oberkörper war nackt bis auf einige goldene Bänder, die um seine Arme und Handgelenke gebunden waren. Er trug eine weite, weiße Hose, die sich wie ein seidenes Segel blähte, und rote, hochhackige Samtschuhe, aus denen kunstvoll bemalte Zehen hervorschauten. Dacourt unterbrach seine Rede und riß den Mund auf wie ein Karpfen. Der große, schwarze Mameluke war in der Tat eine beeindruckende Erscheinung, doch die beiden wilden Tiere, die an silbernen Ketten vor ihm her gingen, schienen wirklich gefährlich zu sein. Es waren zwei große Katzen mit bernsteinfarbenen Augen, buschigen Ohren und geflecktem, goldgelbem Fell, die so sanft wie der Tod über den gewachsten Fußboden schlichen. Plötzlich bewegte sich der französische König, lachte und klatschte in die Hände.

»Akim, du kommst spät!«

Der Mameluke grinste ausdruckslos, sein offener Mund war eine einzige große, rote Höhle. Ich schloß angewidert meine Augen. Wo die Zunge hätte sein sollen, war nur noch ein Fetzen Haut.

»Monsieur Dacourt«, hob Franz in perfektem Englisch an, »ich entschuldige mich für das verspätete Erscheinen und die plötzliche Unterbrechung Eures geschliffenen Vortrages durch Akim und seine Katzen. Übrigens, ich nenne sie Gabriel und Raphael. Sie sind ein Geschenk des Paschas von Nordafrika.« Der König winkte den Mameluken zu einem kleinen Schemel neben Königin Claude, die noch immer so bewegungslos dasaß, als sei sie eine Statue aus Stein.

Da bemerkte ich etwas Verdächtiges. Der König hatte Lady Francesca noch nicht aufgefordert, Platz zu nehmen. Sie starrte den Herrscher an, mit einem ehrfürchtigen, angsterfüllten Ausdruck in ihrem hübschen Gesicht. Mich befremdete, daß Franz, der sonst Frauen stets ehrerbietig behandelte, Lady Francesca absichtlich zu ignorieren schien. Die einzigen Personen, denen das Interesse des französischen Königs zu gelten schien, waren Vauban und dieser dümmliche, grinsende Mameluke.

»*Asseyez*«, sagte Franz. »Nehmt Platz! Nehmt Platz!«

Der Mameluke gehorchte, immer noch ein leeres Grinsen im Gesicht, doch seine Augen waren hart wie Marmor, und ich erblickte das große Krummschwert, das an seiner Seite baumelte. Er setzte sich, und die beiden Katzen ließen sich links und rechts von ihm nieder, streckten sich und gähnten und entblößten dabei ihre scharfen, weißen Zähne. Natürlich war der Mameluke absichtlich zu spät erschienen. Franz hatte dies geplant, entweder um uns zu beeindrucken oder zu erschrecken, ich kann es nicht genau sagen. Schließlich kam Dacourt mit seiner ermüdenden Rede zum Ende und hörte auf, jedermann im Saal zu langweilen. Vauban schob seine Hände in die weiten Ärmel seines Gewandes und trat nach vorne. Er sah aus wie ein gutmütiger Beichtvater, der sich anschickt, eine traurige Nachricht zu verkünden.

»Monsieur Dacourt«, hob er an. »Ihr sprecht so beredt wie ein Erzengel.« Er machte eine Pause und lächelte breit.

Ich hörte, wie Clinton verärgert zischte wegen dieser Anspielung auf den französischen Spion am englischen Hof.

»Das war eine Rede, um die Euch sogar der Erzengel Raphael beneiden würde«, fuhr Vauban fort. »Der heilige Paulus sagte, er wünsche sich, mit Engelszungen reden zu können, eine Gabe, über die Ihr, Monsieur Dacourt, zweifellos verfügt. »Nichtsdestotrotz«, fuhr er fort, und sein Lächeln verschwand, »sind wir besorgt über den Widerspruch zwischen den Worten Eures königlichen Herrn in England und seinen geheimen Kriegsvorbereitungen.«

»Das ist eine Lüge!« unterbrach Clinton.

Vauban spreizte die Hände. »Monsieur, weshalb sollte ich lügen? Wir verfügen über Informationen, welche besagen, daß der englische König plant, an der Südküste einen riesigen Spiegel zu errichten, in dem er sehen kann, welche Schiffe die französischen Häfen verlassen.«

»Unsinn!« murmelte Benjamin.

»Nein, Monsieur, das ist kein Unsinn. Euer Onkel, Seine Eminenz, der Lordkardinal, bestellt große Mengen Weizen, Hopfen und Malz und organisiert Heerscharen von Brauern und Braugehilfen, die sie verarbeiten sollen; er läßt enorme Mengen von Pferdefutter und von Trockenfleisch für die Soldaten herbeischaffen. Eisen, Blei, Kupfer und Salpeter, sechstausend Pferdehufe, dreihunderttausend Hufnägel, sechstausend Pfund an Seilen und zwanzigtausend Ritterrüstungen, all diese Dinge werden nach Calais gebracht.« Vauban, der ein Bein leicht vor das andere gestellt hatte, zählte die einzelnen Punkte an seinen Fingern ab, wie eine Hausfrau, die ihre Küchenbestände nachprüft.

Ich warf einen Seitenblick auf Dacourt. Er war leichenblaß geworden, und sein Gesicht war von einer dünnen Schicht Schweiß überzogen.

»Doch vielleicht«, fuhr Vauban fort und klatschte in die Hände, »möchte Heinrich von England uns auch nur gegen unsere Feinde beistehen? Doch um uns von seinen lauteren Absichten zu überzeugen«, sagte er und seufzte tief, »müßte schon ein Erzengel vom Himmel herabsteigen.« Er blickte seinen königlichen Herrn von der Seite an, und Franz verzog sein Gesicht zu einem leichten Lächeln. »Monsieur Dacourt, Monsieur Clinton«, setzte Vauban seine Rede fort, »diese Audienz ist beendet, doch Seine Allerchristlichste Majestät besteht darauf, daß Ihr an dem Bankett heute abend sowie auch an den morgigen Feierlichkeiten teilnehmt.«

Nun, Dacourt fegte förmlich aus dem Raum. Sogar seine Ohren schienen sich vor Ärger zu sträuben. Clinton machte einen niedergeschlagenen Eindruck, während der Rest des Gefolges, mit Ausnahme von Benjamin, eingeschüchtert zu sein schien. Sobald wir das Audienzzimmer verlassen hatten, verabschiedete sich Clinton mit knappen Worten von Lady Francesca, die kleiderraschelnd in einer Wolke von Parfüm davonrauschte.

»Laßt uns in den Garten gehen«, sagte er. »Das ist der einzige Ort, wo uns kein verdammter Spion belauschen kann.«

Er war schon später Nachmittag, und wir setzten uns in die Nähe der kleinen Brunnen, wo wir Schatten fanden vor der heißen, tiefstehenden Sonne. Ein Diener brachte uns Gläser mit kühlem Weißwein, und wir nippten daran, als wir unsere Unterredung mit dem König noch einmal Revue passieren ließen.

»Der Bastard hat sich über uns lustig gemacht!« platzte es aus Dacourt heraus. »Diese Hinweise auf Engel, Erzengel und Raphael! Vauban wollte uns daran erinnern, daß er im Herzen des englischen Hofes über einen Vertrauten verfügt!«

»Ja, und das hat er auch unter Beweis gestellt«, meldete sich Millet zu Wort.

»Was meint Ihr damit?« fragte Benjamin.

»Mann Gottes, Daunbey!« antwortete Throgmorton säuerlich. »Habt Ihr denn bei diesen beiden Katzen nicht die juwelenbesetzten Ketten gesehen, die sie umgebunden hatten? Sie waren ein Geschenk König Heinrichs für denselben Pascha von Nordafrika. Nur die Franzosen wußten von diesem Schiff. Galeeren aus Marseille haben es gekapert, sobald es die Straße von Gibraltar passiert hatte.«

»Es gibt noch mehr Beweise«, ließ sich Peckle vernehmen. »Er wußte von den Kriegsvorbereitungen unseres Königs, sogar solche Einzelheiten wie die Anzahl der Hufnägel, die bestellt worden sind.«

»Wer konnte davon wissen?« fragte Benjamin.

»Der König, seine Berater aus London und wir in der Botschaft.«

»Und was hat es mit dem Spiegel auf sich?« wollte ich wissen.

»Oh, das stimmt«, schnaubte Dacourt. »Doch der Bursche, der das vorgeschlagen hat, hat das Geld genommen und sich aus dem Staub gemacht.«

»Eines ist jedenfalls klar«, stellte Benjamin fest. »Die Franzosen beherrschen dieses Spiel dank Raphael, und sie können uns unverhohlen verhöhnen. Ich schlage vor, Gentlemen, wir verlieren kein Wort zu niemandem, halten aber unsere Augen und Ohren offen.« Er erhob sich. »Sir John, Sir Robert, wir müssen uns für das Bankett umziehen.« Mit dem Kopf deutete er mir, ihm zu folgen.«

Sobald wir außer Hör- und Sichtweite waren, zog er mich in den Schatten einer Mauer. »Was hast du hier erfahren, Roger?«

»Der französische König lacht über uns.«

»Und was noch?«

»Raphael hatte mit dem Tod von Falconer und Abbé Gerard etwas zu tun.«

Benjamin schürzte die Lippen. »Da stimme ich dir zu. Und was noch?«

»Der französische König mag Lady Francesca nicht. Es scheint zwischen ihnen eine Spannung zu bestehen.«

Benjamin kratzte sich am Kopf. »Ja, ja, das habe ich auch bemerkt. Diese Dame gibt mir Rätsel auf. Manchmal hat es den Anschein, als sei nicht alles in Ordnung mit ihr. Einmal ist sie verschlossen, dann flirtet sie unverhüllt, dann wieder gibt sie sich äußerst wortkarg.«

»Als ich sie im Château überraschte, hatte sie ein Fläschchen oder etwas Ähnliches in der Hand.«

»Was meinst du damit?«

»Irgendeine Medizin. Ich habe die Buchstaben ›SUL‹ gesehen. Und dann ist da noch die Sache mit dem Ring.«

Benjamin grinste mich an.

»Das ist auch Euer Problem!« fügte ich hinzu.

»Ich mache mir schon Gedanken über den Ring.« Benjamin blickte zu einer Gruppe von Höflingen hinüber, die vor einem Brunnen stehengeblieben waren und sich mit derart hohen Stimmen unterhielten, daß sie sogar das Kreischen der Pfaue übertönten.

»Master, was wolltet Ihr sagen?«

»Nun, man erzählt sich die Geschichte, daß Agrippa einen Dämonen beschworen hat, der für Wolsey arbeitet, und daß dieser Dämon durch einen Ring kontrolliert wird.« Er lachte. »Ich frage mich, ob der Ring, den Franz besitzt, jener Ring aus der Legende ist. Er könnte aber auch ein Geschenk des toten Bruders unseres Königs Heinrich sein, doch der Bruder unseres Königs ist die Ursache für unsere gegenwärtigen Probleme . . .«

(Ich sehe, daß mein Kaplan sich schüttelt vor Lachen über den magischen Ring. Er hat ja keine Ahnung. Wir mögen heute zwar in aufgeklärteren Zeiten leben, doch einer von Wolseys Feinden, der Herzog von Norfolk, heuerte einen Zauberer an, der ihm einen unsichtbaren Umhang machen sollte, aus Leinen und Buckram, die mit einer Mixtur aus Pferdeknochen, Kalk und zermahlenem Glas behandelt werden sollten. Oh, ich weiß nicht, ob der Zauber funktioniert hat. Wenn ich wüßte, daß es funktioniert, würde ich mir ebenfalls einen solchen Umhang herstellen lassen und mich darin auf den Heuboden begeben, um herauszufinden, weshalb mein Kaplan die apfelbäckige, vollbusige Mabel unbedingt hier herauf führen muß, um sie zu unterrichten.)

Doch in Fontainebleau interessierte ich mich mehr für die praktischen Dinge des Lebens. Benjamin und ich kehrten in unsere Kammer zurück, um uns für das Bankett vorzubereiten. Mein Meister schärfte mir ein, sorgfältig auf unsere Reisegefährten zu achten und aufzupassen, ob einer versuchen würde, sich davonzustehlen.

Das Bankett am Abend war einfach großartig! Der Festsaal war in ein Meer aus Licht und Seide verwandelt worden; Tausende von Fackeln, die zehnfache Zahl von Bienenwachskerzen, silberne Tabletts, venezianische Gläser und alle Arten von Speisen boten sich dem Auge dar: Seehecht, Rindfleisch mit Knoblauch, Hirschkalb in

Ingwersalz und erlesenes Konfekt, das nach Figuren und Vögeln geformt war. Natürlich wurde uns auch der Erzengel Raphael geboten, nachgebildet in Zucker und Wachs. Dacourt, Millet und die Clintons wurden an den großen Tisch auf dem Podium gebeten. Wir anderen wurden dagegen an das Ende des Saales plaziert, in die Nähe der Türe unter die Galerie, auf der eine Gruppe von Musikern Violas, Posaunen und Tamboure spielte, wozu junge Knaben aus St. Denis wohlklingende Kirchenlieder sangen, so lange bis sie einige der Gäste mit Mandeln und Biskuitkuchen zu bewerfen begannen. Es gab die üblichen Masken- und Trinkspiele, doch dieses eine Mal blieb ich nüchtern und ließ unsere Gefährten nicht aus den Augen.

Als der Abend sich dem Ende zuneigte, gesellten sich der König und seine Berater zu uns. Ich sah Lady Francesca in eine innige Unterhaltung mit Vauban vertieft, während Sir Robert sich mit einem Arzt eine hitzige Diskussion über die Zusammensetzung bestimmter chemischer Stoffe lieferte. Benjamin blieb den ganzen Abend trübselig, beobachtete jedoch alles, was um ihn herum vorging. Plötzlich saß Vauban zwischen uns und legte jedem von uns eine Hand auf die Schulter. Mein Meister wich zurück, doch Vauban war die Liebenswürdigkeit in Person.

»Gefällt Euch Paris, Master Daunbey?«

»Nein«, log Benjamin und preßte sein Bein gegen das meine.

Ich folgte seinem Blick. Millet war verschwunden. Vauban hingegen schien es darauf abgesehen zu haben, uns abzulenken.

»Aber Paris muß Euch doch einfach gefallen! Ihr müßt mich einmal in meinem Haus in der Rue des Moines hinter der Kathedrale von Notre Dame besuchen. Es steht auf eigenem Grund und Boden. Ich nenne es *La Pleasaunce.«*

»Ihr lebt dort alleine?« fragte mein Meister.

»O nein, Monsieur, ich habe eine Familie.«

Ich bemerkte einen Unterton von Stolz in Vaubans Stimme.

»Richtige kleine Engel«, murmelte er.

Nun hatte ich genug von seinem Spiel und warf ihm einen verärgerten Blick zu.

»Monsieur Shallot, Ihr seid überrascht, daß ich eine Familie habe?«

»Nein, Vauban, das überrascht mich nicht. Sogar Nero hatte eine Familie. Es würde mich allerdings überraschen, wenn Ihr richtige Eltern gehabt hättet.«

Sein Lächeln erstarb, und seine Hand wanderte zu seinem Dolch.

»Eines Tages, Monsieur, werdet Ihr für diese Bemerkung bezahlen.«

»Wie Ihr meint«, schnauzte ich zurück.

Ich beobachtete ihn, als er wegging, während Benjamin mich zu beruhigen versuchte, indem er meinen Becher mit Wein nachfüllte.

»Master, ich hasse diesen Mann!«

»Ich auch, Roger, und aus demselben Grund.« Benjamins Augen wurden weicher. »Ich weiß, was dir Agnes bedeutet hat«, sagte er leise. »Vauban steckt hinter ihrem Tod. Doch er ist ein gefährlicher Mann, Roger. Du hast ihn beleidigt, und er wird dafür Genugtuung fordern.«

»Das ist mir scheißegal!« erwiderte ich. »Ich wünschte nur, ich könnte ihn richtig einordnen. Ich habe dieses Gesicht schon einmal gesehen.«

»Nun, in London natürlich.«

»Nein, nein, dort habe ich nur seine bezahlten Schläger zu Gesicht bekommen. Ich habe seine Stimme schon einmal gehört, doch ich kann mich nicht erinnern, wo ich ihn vor dem Zusammentreffen bei Abbé Gerards Kirche schon gesehen habe. Doch was uns im Augenblick mehr interessiert«, fuhr ich fort, »ist das Verschwinden von Master Millet. Ich frage mich, wohin und warum er verschwunden ist?«

Wir saßen auf unseren Plätzen und warteten. Es muß mehr als eine Stunde gedauert haben, bis Millet wieder zurückkam. Er wurde begleitet von einem jungen französischen Höfling; dieser begab sich sofort zu Vauban, der nun neben dem König saß, und flüsterte ihm aufgeregt etwas ins Ohr. Vauban grinste, und nicht zum ersten Male beschlich mich der Verdacht, daß unser Master Millet in der Tat Raphael sein könnte.

Kapitel 8

Das Festgelage und die Maskenspiele dauerten wahrscheinlich noch mehrere Stunden an, doch wir zogen uns frühzeitig zurück und begaben uns zu Bett. Am nächsten Morgen trafen wir uns mit unseren Reisegefährten im Garten zu einem leichten Mahl, das aus mit Wasser verdünntem Wein und frischgebackenem Brot bestand. Unsere Unterhaltung kreiste natürlich um das Fest vom vergangenen Abend. Throgmorton und Peckle hatten beide zuviel getrunken. Clinton berichtete einem gelangweilten Dacourt von seinem Disput mit dem französischen Arzt. Master Millet machte einen besorgten Eindruck, war bleich und hatte gerötete Augen. Auch Lady Francesca, die so frisch und so schön wie ein Frühlingsmorgen aussah, gesellte sich zu uns. Benjamin machte ihr Komplimente wegen des Parfüms, nach dem sie duftete, was Throgmorton zu schnaubendem Gelächter veranlaßte.

»Ein Parfüm ist doch wie das andere«, höhnte er. »Meinetwegen könnte man dafür auch Schwefel und Quecksilber nehmen.«

Lady Francesca warf ihm einen stechenden Blick zu und wollte ihm gerade etwas erwidern, da trat ein Herold des Königs in den Garten und forderte uns auf, uns in den großen Schloßhof zu begeben, um Zeugen zu werden, wie der König der Gerechtigkeit Genüge tun werde. Sir Robert wandte sich zu seiner Gemahlin.

»Du, meine Liebe, bist entschuldigt.« Sein Gesicht nahm einen strengen Ausdruck an. »Ich bestehe darauf. Es ist am besten, du gehst in deine Kammer zurück und siehst dort nach dem Rechten.«

Ich war überrascht. Ich hatte Sir Robert noch nie derartig angespannt und auch Lady Francesca noch nie so unterwürfig gesehen, als sie davonging. Sir Robert flüsterte etwas zu Venner und blickte dann in die Runde.

»Was wir nun zu sehen bekommen werden«, erklärte er uns, »wird kein sehr angenehmer Anblick sein, doch wir sind eben in Frankreich.« Er verzog das Gesicht. »Wir müssen den Konventionen folgen. Wenn der König der Gerechtigkeit Genüge tun läßt, müssen alle Männer über achtzehn Jahren sich einfinden, die am Hofe des Königs weilen.«

Ich wußte nicht, wovon er sprach, und amüsierte mich noch über Lady Francescas eiligen Abgang; die anderen jedoch machten einen angespannten und nervösen Eindruck, und ich bemerkte, wie Master Benjamin ängstlich schluckte. Erneut betraten wir den Palast, schritten sonnendurchflutete Korridore entlang und erreichten schließlich einen Balkon, der auf einer Kolonnade ruhte. Unter uns lag der große, schwarz und weiß gepflasterte Hof des Schlosses. Der König, flankiert von höfischen Würdenträgern, saß auf seinem Thron wie ein römischer Herrscher, der sich anschickt, einem Gladiatorenkampf beizuwohnen. Die anderen Mitglieder des Hofes flüsterten aufgeregt miteinander, gelegentlich war ein spitzes Lachen zu vernehmen, und man konnte deutlich erkennen, daß sie voller Spannung des Ereignisses harrten, das nun stattfinden sollte.

Ich kann Euch sagen, es war wie in einem Alptraum. Nach einem kurzen, schrillen Trompetenstoß öffnete sich eine Türe, und eine kleine Gruppe von Männern, angeführt von dem gänzlich in Schwarz gekleideten Hauptexekutor, zog wie in einer Prozession auf den Hof heraus. Bei den anderen Männern handelte es sich um Wachleute und Gehilfen. Erneut ertönte ein kurzer, schriller Trompetenstoß, und dann wurde eine Schar von aneinandergeketteten Verurteilten herausgeführt. Sie sahen aus, wie Gefangene überall auf der Welt aussehen: schmutzig, unordentlich, ausgezehrt, barfüßig und an den Handgelenken und den Füßen gefesselt.

Ein Wachmann las eine Liste von Verbrechen vor. Ich konnte nicht alles verstehen, doch er wiederholte das Wort *trahaison*, Verrat, mehrere Male. Dann nahm die Gerechtigkeit ihren Lauf. Nun, unser Großer Mörder in England liebte es zwar auch, seine Ehefrauen und Freunde hinrichten zu lassen, – so mußte etwa der bedauernswerte John Fisher, Erzbischof von Rochester, mitansehen, wie sein eigener Galgen errichtet wurde – doch Heinrich hielt sich von der Hinrichtungsstätte immer fern. Er tanzte, als Anne Boleyn starb, und er war auf der Jagd, als man die arme Katharina Howard zum Galgen schleppte. Doch Franz wollte mitansehen, wie die Urteile vollstreckt wurden. An seinem Hofe herrschte eine entsprechende Atmosphäre, hochgeistige Gelehrsamkeit verband sich mit grauenhaften Praktiken, die aus dem Dunklen Zeitalter übernommen waren. (Oh, übrigens, es wurde später noch schlimmer. Männer, die in Kuhhäute eingebunden waren, ließ man von Hunden zu Tode beißen. Die französischen Paläste wurden Exerzierplätze für Mörder. Einer der Söhne von Franz kam durch ein fremdartiges Gift ums Leben, das in Wasser aufgelöst worden war. Den Attentäter ließ man von Pferden auseinanderreißen. Ein anderer Sohn des Königs wurde beim Schneeballwerfen getötet, als jemand einen Krug aus einem Fenster über ihm herunterwarf, der ihm den Schädel zerschmetterte. Die Schwiegertochter von Franz, Katharina von Medici, liebte es, sich die frischen Leichen ihrer hingerichteten Gegner bringen zu lassen, um sich an ihrem Anblick zu weiden, und ihre Spezialität bestand darin, ihre Gefangenen in hölzerne Käfige zu sperren, die an

Balken hingen. Ich verbrachte auch einmal eine ganze Woche in einem von ihnen, doch das ist eine andere Geschichte.)

An diesem sonnigen Morgen in Fontainebleau erlebte ich die dunkle Seite des französischen Hofes. Zwei Männer wurden geschwind mit der Garotte hingerichtet, ihr letztes Röcheln klang in dem stillen Hof wie ein Donnergrollen. Zwei weiteren wurden die Nasen aufgeschlitzt und die Ohren abgeschnitten, während einem anderen armen Teufel die Lippen und die Augen zugenäht wurden. Dann steckte man ihn zusammen mit zwei wilden Kötern, die kurz vor dem Verhungern waren, in einen großen Sack, der im nächsten Fluß versenkt wurde. All diese Strafen wurden in tödlicher Stille vollstreckt, die nur durch die Schreie und das Röcheln der Gefangenen, das Grunzen der Henker und das gelegentliche Aufstöhnen von Höflingen unterbrochen wurde. Benjamin wendete sich ab, doch ich stand wie angewurzelt an meinem Platz, fasziniert von den Schrecken, die sich meinen Augen darboten.

Ich verstand nun, weshalb Sir Robert Clinton Lady Francesca gesagt hatte, sie solle sich zurückziehen, oder ich glaubte es zumindest zu verstehen. Schließlich war die makabre Vorstellung zu Ende: Es ertönte ein schriller Trompetenstoß, einige der Gehilfen begannen, den Hof aufzuräumen, während andere das Blut und den Schleim wegwuschen, bis alles wieder so sauber war, daß man hätte meinen können, all diese Hinrichtungen und Verstümmelungen gehörten nur zu einem schlimmen Traum. Dann kündigte ein Herold ein Schauspiel anderer Art an, dem wir später hier beiwohnen sollten. Der König erhob sich und klatschte in die Hände. Die Höflinge, von denen die meisten wie ich blaß und ein wenig grün um die Nase waren, wendeten sich wieder ihren üblichen Verrichtungen zu. Nur sehr wenigen von ihnen war danach zumute, etwas zu essen oder zu trinken. Benjamin packte mich am Ärmel, und wir entfernten uns von Dacourt und den anderen, die sich mit gedämpften Stimmen darüber unterhielten, wie streng und grausam doch die Franzosen seien, verglichen mit der Mildherzigkeit des englischen Königs. Das allerdings fand ich fürwahr einigermaßen belustigend!

Benjamin führte mich zurück in den Garten. »Was denkst du, Roger?« fragte er.

»Barbarisch!« erwiderte ich.

Benjamin blickte in den blauen Himmel hinauf. »Kein Mensch sollte so behandelt werden wie diese bedauernswerten Gefangenen.« Seine Augen wurden schmaler. »Der französische König muß Machiavelli gelesen haben. Diese Hinrichtungen sollten als Warnung dienen: Ganz gleich, wie prachtvoll der Palast, wie großzügig der Herrscher und wie üppig der Garten ist, der König läßt nicht mit sich spaßen.«

»Glaubt Ihr, er wollte uns warnen, Master?«

»Vielleicht. Möglicherweise weiß er, daß wir diesen Ring an uns bringen wollen. Natürlich könnte es sich auch um eine allgemeine Warnung handeln. Ich frage mich, wer unter uns der Spion ist«, murmelte er und wechselte das Thema.

»Millet war letzte Nacht verschwunden.«

»Ja, und ich habe bemerkt, daß er sich auch während der Hinrichtungen verdrückt hat. Er hat Dacourt zugeflüstert, er fühle sich nicht wohl, doch unser Freund Vauban verschwand auch, und das finde ich schon seltsam. Vauban erschien mir eher wie ein Mann, der gerne zuschaut, wenn andere sterben.«

»Eines wissen wir immerhin, Master.«

»Und das wäre?«

»Der Spion und der Mörder sind ein und dieselbe Person.«

»Ja, das denke ich auch. Es muß jemand sein, der sich in der Nacht, in welcher Falconer starb, im Château aufhielt, und der in der Lage war, den Wein, der Abbé Gerard hinuntergebracht wurde, zu vergiften.« Benjamin kaute an seinen Lippen. »Es scheint auch so, daß unser Freund Vauban und seine Luciferi immer erst dann in den Besitz der englischen Staatsgeheimnisse gelangen, wenn die Briefe in Frankreich eintreffen.«

»Damit scheiden Robert Clinton, seine Gemahlin und sein Diener also aus.«

»Warum?«

»Nun, sie waren in England, als Falconer und der Abbé starben.«

»Das ist richtig«, bestätigte Benjamin. »Doch Lady Francesca gibt mir Rätsel auf. Weshalb bringen die königlichen Sendboten Geschenke zu diesem Kloster?«

»Und weshalb verwendet der Spion den Namen Raphael?« fragte ich. »Oh, ich weiß, Master, das ist der Name eines Erzengels, und Falconer schien davon fasziniert zu sein. Doch ich frage mich, ob der Name irgendeinen verborgenen Schlüssel zu dem Geheimnis enthält?«

Wir saßen in einer ruhigen Gartenlaube und unterhielten uns eine Weile, gingen einige Namen durch und stellten uns immer wieder die Frage nach der Identität des Verräters, bis Venner zu uns kam.

»Sir Robert Clinton möchte Euch sehen!« rief er gutgelaunt, sobald er uns erblickte. »Der französische König läßt ein weiteres Maskenspiel aufführen. Macht Euch keine Sorgen«, sagte er grinsend, »ich glaube nicht, daß es sich um eine Wiederholung der schrecklichen Vorstellung von heute morgen handelt.«

Wir folgten Venner, der frohgemut von einem Eber

schwätzte, den er in einem Käfig in einem anderen Teil des Palastes erblickt hatte.

»Ein prachtvolles Tier«, schwärmte er. »Der französische König hat es selbst gefangen. Er ist genauso von der Jagd besessen wie von den Damen. Wußtet Ihr, daß er seinen Windhund, nachdem dieser gestorben war, abhäuten und daraus ein Paar Handschuhe herstellen ließ, die er monatelang trug, um sich an das Tier zu erinnern?«

»Ich hoffe, er läßt *uns* nicht auch abhäuten!« erwiderte ich. »Was hat er vor? Sollen wir mit dem Eber kämpfen?«

(Ich kann nur sagen, im Spaß wird so manches wahre Wort gesprochen.)

Die Höflinge waren schon auf dem Balkon über dem Schloßhof versammelt. Millet hatte sich wieder zu uns gesellt. Er sah immer noch blaß aus, und vorne an seinem Wams sah man Spuren von Erbrochenem. Die anderen jedoch schwätzten fröhlich durcheinander und nahmen Speis und Trank von den Tabletts, welche junge, ganz in Gold gekleidete Mädchen umhertrugen. Lady Francesca war ebenfalls anwesend und zog Dacourt wegen seines Schnurrbartes auf, während Sir Robert Throgmorton einen lautstarken Vortrag über die Wahrheit der Alchemie hielt. Clinton drehte sich um und winkte uns zu, uns zu ihm zu setzen; Benjamin wurde sofort in das Gespräch miteinbezogen, während ich stehenblieb und umherschaute.

Der französische König hatte wieder auf seinem Thron Platz genommen, seine fette Königin saß neben ihm, und an seiner anderen Seite stand Vauban, der etwas in das Ohr seines Herrn flüsterte. Dann blickte er hoch, sah mich, grinste und winkte mir zu, als seien wir alte Freunde. Ich schaute weg. Auf dem Hof unter uns waren lebensgroße Puppen aufgestellt. Ich möchte nun beschreiben, was dann geschah, wobei es besonders auf die kleinen Einzelheiten ankommt. Ich konnte von meinem Standort aus den gesamten Hof überblicken, er lag ungefähr zwölf Fuß unter uns, der Balkon war vorne jedoch durch ein dickes, ungefähr hüfthohes Gitter gesichert. Hinter mir unterhielt sich der Rest unserer Reisegruppe laut und angeregt, während Diener eilfertig umherhuschten. Es erklang eine Trompetenfanfare, die Türe in der Mauer schwang erneut auf, und dann kam der gewaltigste Eber in den Hof gesprungen, den ich jemals zu Gesicht bekommen habe. Er sah aus, als wäre er soeben der Hölle entwichen: massive Schultern, die dicht mit Muskeln bepackt waren; ein hoher Haarkamm, der das ganze Rückgrat entlanglief; ein mächtiges, schwarzes Hinterteil und ein Gesicht, das so häßlich war wie das meines Kaplans. Am bemerkenswertesten waren der enorme, nasse Rüssel und die weißen, grausamen Hauer, die wie Krummschwerter gebogen waren. Sogar von da, wo ich stand, konnte ich erkennen, wie wild und ungebärdig dieses Tier war, es stand in seinen Augen zu lesen, und jede Faser seiner Muskeln legte davon Zeugnis ab.

Das Tier scharrte ungeduldig, sein Atem ging in kurzen Stößen, und ich konnte einen Hauch seines Gestanks wahrnehmen. Tödliche Stille trat ein, als die Anwesenden sich mit gereckten Hälsen vorne an der Brüstung drängten, um das furchterregende Tier zu betrachten. Einen Augenblick lang stand der Eber ruhig da und wiegte seinen Kopf langsam von der einen zur anderen Seite, dann erblickte er die bunt kostümierten Puppen und begann wie entfesselt darauf loszustürmen. Sein massiver Körper bewegte sich mit der Geschwindigkeit und der Anmut eines Windhundes. Er überrannte die Puppen und begann dann, sie mit seinen grauenhaften Hauern zu zerfetzen. Die Menge brach in ›Ohs‹ und ›Ahs‹ aus und applaudierte dann lebhaft. Das Tier hielt inne, hob seinen Kopf und stierte wutentbrannt auf seine Peiniger.

Ich war von dem Schauspiel fasziniert. Ich lehnte mich nach vorne wie alle anderen, als mir plötzlich jemand einen kleinen Schubs gab und ich mit dem Kopf voran über das Geländer rutschte. Oh, ich befürchtete natürlich, in den Hof hinunter zu fallen, doch die Angst hat dem guten Shallot immer schon ungeahnte Kräfte verliehen. Im Fallen griff ich nach einem Mauervorsprung unterhalb des Geländers. Ich hörte, wie die Menge aufschrie. Benjamin rief meinen Namen. Ich versuchte, mir einen besseren Halt zu verschaffen, während ich sah, daß der Eber, der herbeigestürmt war, sich unter mir den Hals verrenkte, den Kopf hin- und herwarf und mit seinen fürchterlichen Hauern nur um Haaresbreite die Absätze meiner Stiefel verfehlte.

»Roger, hier, meine Hand!« Benjamin beugte sich mit ausgestrecktem Arm über das Geländer.

Als ich danach griff, lockerte sich der Halt meiner anderen Hand – und ich rutschte ab. Es waren nur ein paar Fuß, doch es kam mir vor, als würde ich meilentief fallen. Der Eber war überrascht, galoppierte davon und hielt dann inne, um mich zu beäugen. Er senkte seinen Kopf, seine Beine begannen sich zu bewegen, und dann stürmte er wie ein rasender Berserker auf mich los. Ich wußte nicht, wohin ich hätte laufen können. Ich starrte gelähmt vor Angst dieser riesigen schwarzen Bestie entgegen, die auf mich zuraste. Plötzlich schoß der Bolzen einer Armbrust durch die Luft, und die Bestie blieb wie benommen stehen. Ich sah, wie der Eber den Rüssel senkte, um einen neuen Angriff zu starten, doch dann fiel er auf die Seite. Erst da erblickte ich den Bolzen, der mitten zwischen den Augen des Tieres steckte. Ich hörte den Applaus, hörte, wie die Höflinge »Gut gemacht« riefen, und blickte nach oben. Dort stand Benjamin mit einer Armbrust in der Hand, die er vermutlich einem der Wachleute entrissen hatte. Neben ihm stand Vauban und grinste zu mir herunter.

»Monsieur Shallot!« rief er. »Ihr solltet doch der Vorstellung nur beiwohnen und nicht selbst als Akteur auftreten!«

Als diese Bemerkung ins Französische übersetzt wurde, rief sie schallendes Gelächter auf dem Balkon hervor. Ich kauerte mich auf den Boden. Ich wagte es nicht, aufrecht stehen zu bleiben. Mir war der Schreck in alle Glieder gefahren, und ich hatte Angst, ich könnte mir in die Hosen machen oder wie ein zitterndes Häufchen Elend zusammenbrechen.

»Monsieur«, rief ich, »ich danke Euch für Eure Fürsorglichkeit.«

Vauban zuckte mit den Achseln. »Jeder Mensch, Monsieur«, sagte er, »hat einen Schutzengel, der über ihn wacht. Vielleicht heißt Euer Schutzengel Master Daunbey.«

Die Türe öffnete sich, und Benjamin trat in den Hof heraus. Er packte mich am Arm wie ein kleines Kind und führte mich von den Gratulanten, Dacourts Reisegefährten und all den anderen weg in eine kleine Kammer im Schloß. Er forderte mich auf, mich zu setzen, verschwand für einige Minuten und kam dann mit einem großen, randvoll gefüllten Becher Wein zurück.

»Trink das!« befahl er mir. »Aber trink langsam!«

»Vauban und seine verdammten Engel«, jammerte ich. »Ich bin gestoßen worden! Absichtlich gestoßen worden! Wer um alles in der Welt, Master, kann das getan haben?«

»Das weiß ich nicht. Wir standen alle an der Brüstung des Balkons und haben uns dagegen gelehnt. Hinter uns sind Diener hin- und hergelaufen. Ich stand ein Stück weiter links von dir. Ich hatte den Eindruck, du seist einfach über das Geländer gerutscht. Ich dachte schon, es sei aus mit dir.«

»Irgendein Schweinehund hat mich gestoßen!« wiederholte ich. »Aber warum?«

Benjamin schaute aus dem Fenster und schüttelte den Kopf. »Offensichtlich weißt du etwas, Roger. Die Frage ist nur, was?«

Ein Klopfen an der Türe unterbrach uns. Dacourt und Clinton traten herein.

»Shallot, habt Ihr Euch wieder erholt?« fragte Clinton.

»O ja, so wie eine Blume im Frühling«, knurrte ich. »Und es würde mir noch viel besser gehen, wenn mein Magen sich auch wieder beruhigen würde und meine Beine wieder ein bißchen Kraft bekommen würden.«

Sir Robert lächelte. »Ihr seid gestoßen worden«, bemerkte er ruhig.

»Unsinn!« widersprach ihm Dacourt.

»Nein, nein, er hat einen Stoß erhalten«, wiederholte Clinton. »Durch wen und warum, das weiß ich nicht, doch es ist Zeit, daß wir von hier verschwinden. Ich habe Seiner Allerchristlichsten Majestät nun schon genügend Ehrerbietung erwiesen!« Er stieß die Worte abgehackt hervor. »Ich glaube, es ist höchste Zeit, daß wir aufbrechen.« Clinton blieb an der Türe stehen und blickte zurück. »Wißt Ihr, wer Euch gestoßen hat, Roger?«

»Nein, und wenn ich es wüßte, würde dieser Deckskerl bei dem verdammten Eber da unten liegen.«

Clinton verzog das Gesicht. Dacourt warf noch einen Blick zu mir herüber und folgte ihm nach draußen.

»Komm, Roger«, sagte Benjamin, »ich habe das Gefühl, es stehen uns noch viel mehr schreckliche Dinge bevor.«

Wir verließen Fontainebleau, gerade als die große prunkvolle Uhr die erste halbe Stunde nach der Tagesmitte schlug. Die Aufregung wegen meines Unfalls hatte sich gelegt. Venner war sehr besorgt um mich, und da Benjamin allein sein wollte, hielt sich Clintons Diener an meiner Seite und bot mir großzügigerweise immer wieder den Schlauch Wein an, den er in der Küche hatte mitgehen lassen. Dacourt und die Clintons ritten an der Spitze, während einige von Vaubans Reitern, rotbärtige Banditen in Soldatenrüstung, unseren Zug vorne und hinten beschützten. Wir ritten über die weißen, staubigen Straßen. Die Sonne schien heiß, und sogar die Vögel waren verstummt und suchten vor der Hitze Schutz in der tiefgrünen Dunkelheit der umliegenden Wälder. Nach zwei Stunden hielten wir an. Clinton sagte, sein Pferd lahme, und er bat Throgmorton, es sich anzusehen. Venner breitete Tücher unter einem großen Baum aus und deckte sie mit Gebäck und frischem Brot, das in Leintücher eingewickelt war und von seinem Meister in der königlichen Küche angefordert worden war. Jeder erhielt einen kleinen gläsernen Becher, und dann holte Clinton einen versiegelten Krug Wein hervor.

»Ein Geschenk von Monsieur Vauban«, bemerkte er. »Der beste Bordeaux aus dem ersten Jahr der Regentschaft Seiner Majestät.«

Er zerbrach das Siegel und füllte seinen Becher zur Hälfte, während sich die Sonne in den zahlreichen Ringen an seinen Fingern spiegelte. Wir saßen im Halbkreis. Lady Francesca trug einen breitkrempigen Hut mit einem spitzenbesetzten Schleier, um ihre Haut vor dem Staub und der Sonne zu schützen.

»Vorsicht, Sir Robert!« rief Benjamin plötzlich.

Clinton hielt inne, den Becher schon halb an den Lippen, und alle starrten meinen Meister an.

»Was Roger heute vormittag zugestoßen ist«, fuhr er fort, »war kein Unfall, Falconer starb, nachdem er Wein getrunken hatte, Abbé Gerard ebenfalls. Woher wollt Ihr wissen, daß das Geschenk Seiner Allerchristlichsten Majestät nicht vergiftet ist?«

Ich blickte mich um. Vaubans Reiter hatten auch angehalten. Die meisten von ihnen waren abgestiegen, hatten sich in den Schatten von Bäumen gelegt und unterhielten sich in ihrem fremdartigen Sing-Sang. Ein Schauer lief mir den Rücken hinunter. Trotz des Weines, den ich in Fontainebleau genossen hatte, fühlte ich mich immer noch bedroht, verfolgt von irgendeinem unversöhnlichen Feind. Clinton verengte seine Augen und roch an dem Wein.

»Das Siegel war unverletzt«, sagte er. »Ich glaube nicht, daß Seine Allerchristlichste Majestät Wert darauf legt, seinem englischen Bruder zu erklären, weshalb seine Sendboten nach dem Genuß von Wein gestorben sind, den ihnen der französische König als Geschenk hat überreichen lassen.« Sir Robert lächelte, nippte an dem Wein und leckte sich die Lippen. »Wenn das vergiftet ist«, verkündete er, »dann will ich es jeden Tag trinken.«

Die Spannung verflog, und wir machten uns über den Wein her. Clinton füllte die Becher, und Venner verteilte sie an die Anwesenden. Throgmorton gesellte sich wieder zu uns und erklärte, mit Clintons Pferd sei alles in Ordnung. Dann wurde das Essen ausgeteilt und vorgekostet, doch Clintons Bemerkung hatte unsere Befürchtungen zerstreut, und wir unterhielten uns über das, was wir am französischen Hof gesehen hatten. Lady Francesca allerdings beteiligte sich nicht an der Unterhaltung, sie nippte nur an ihrem Wein und weigerte sich, das Essen anzurühren. Wir setzten unsere Reise fort und mußten ungefähr eine Stunde geritten sein, als Throgmorton sein Pferd abrupt zum Stehen brachte. Er hielt sich den Bauch, sein Mund stand weit offen, sein Gesicht war todesbleich und seine Haare von Schweiß durchnäßt.

»Diese Schmerzen!« ächzte er. »O mein Gott!«

Wir versammelten uns um ihn. Plötzlich erbrach sich Throgmorton, und sein Gesicht nahm eine bläuliche Färbung an.

»Ich bin vergiftet worden«, flüsterte er. »Das ist Gift!«

Er streckte eine Hand nach Benjamin aus, und bevor wir ihm zu Hilfe eilen konnten, glitt er aus dem Sattel und fiel auf den Boden, während sein Pferd verschreckt davongaloppierte. Wir stiegen ab und standen um ihn herum. Einige Sekunden lang schlug Throgmorton um sich wie ein Fisch auf dem Trockenen, in kurzen, heftigen Zuckungen, dann erbrach er sich, röchelte und schnappte nach Luft. Er kroch auf allen vieren umher wie ein Hund, dann brach er zusammen, die Augen und den Mund weit aufgerissen.

Lady Francesca wendete sich ab, und mit ihrer behandschuhten Hand zog sie sich einen Zipfel ihres Schleiers vor den Mund, als wolle sie sich auch gleich übergeben. Peckle, Millet und Venner standen da wie verängstigte Kinder. Dacourt fluchte laut, während Clinton meinem Meister half, bei dem Doktor nach dem Puls zu tasten.

»Er ist tot«, stellte Benjamin fest. »Sir John, ich wäre Euch sehr verbunden, wenn Ihr Vaubans Reiter auf Abstand halten könntet. Sagt ihnen, der Doktor habe einen Herzanfall erlitten.«

»Hat er das?« fragte Clinton.

Benjamin drehte den toten Körper um und roch an dem offenstehenden Mund. »Nein, es war kein Anfall, Sir Robert. Seht Euch die blaugraue Haut und die blauen Lippen an. Throgmorton wurde vergiftet, möglicherweise mit weißem oder rotem Arsen. Wenn er sich schon eher übergeben hätte, könnte er vielleicht noch leben.«

»Wirkt Arsen denn so schnell?« fragte Clinton, und ich erinnerte mich daran, daß er sich stark für diese Dinge interessierte. »Das glaube ich nicht, Master Daunbey, dazu müßte die Dosis doch sehr stark sein. Ich vermute, es wurde mit einer anderen Substanz gemischt, das Throgmortons Herz angegriffen hat.«

Mein Meister kaute an seinen Lippen und berührte die feuchte Wange des Toten leicht. »Vielleicht habt Ihr recht, Sir Robert.«

»Bestimmt. Arsen und Digitalis sind tödlich wirkende giftige Nachtschattengewächse. Doch wann ist es geschehen? Wir haben alle von demselben Wein getrunken, und wer konnte wissen, welches Stück von dem Essen Throgmorton nehmen würde?«

Clinton ließ die Körbe, in denen das Essen und der Wein verstaut waren, auspacken. Was noch übrig war, wurde sorgfältig untersucht, auch der Weinkrug und die Becher, doch diese waren an einem nahegelegenen Bache ausgewaschen worden. Es fand sich keine Spur eines Giftes. Clinton schaute in den blutroten Sonnenuntergang.

»Wir müssen weiter«, befahl er. »Bis Einbruch der Dämmerung müssen wir unser Ziel erreicht haben. Es ist nur noch eine Stunde bis Maubisson.«

Der Körper des unglückseligen Throgmorton wurde über sein Pferd geschnallt, und dann setzten wir unsere von Unheil überschattete Reise fort. Wir ritten die Landstraße entlang, die sich an dunklen Wäldern, üppigen grünen Wiesen und kleinen Weilern vorbeischlängelte, welche so versteckt lagen, daß sie nur anhand der feinen Rauchsäulen auszumachen waren, die von dort aufstiegen. Vaubans bunt gekleidete Reiter umschwärmten uns. Lady Clinton hielt sich verschleiert, Sir Robert Clinton und mein Meister waren in eine angeregte Unterhaltung vertieft, und die übrigen ritten schweigend dahin. Am

Ende des Zuges folgte, geführt von Venner, das Pferd mit der Leiche von Throgmorton, so als geleite uns der Tod höchstpersönlich nach Maubisson.

Das Château lag ruhig und friedlich in der warmen Abendsonne. Vaubans Männer begaben sich zu ihrem Lager vor den Toren des Schlosses, während wir über die Zugbrücke polterten und Dacourt nach den Bediensteten rief. Throgmortons Leichnam wurde in Tücher eingeschlagen und neben jenem von Waldegrave in der Kapelle aufgebahrt. Dacourt erteilte den Befehl, beide zusammen auf dem Friedhof unten im Dorf zu beerdigen.

Dann bestellte uns der Botschafter in die Große Halle, wo die Eßkörbe auf den Tisch entleert wurden, während Clinton uns anwies, dieselben Sitzpositionen einzunehmen, wie wir sie bei unserem letzten, für Throgmorton tödlichen Mahl innegehabt hatten. Nachdem ein Krug Wein gebracht worden war, wurde uns dieser in einer makaberen Nachstellung unseres Picknicks serviert. Doch dies brachte uns keine neuen Erkenntnisse.

»War es das Essen?« fragte Benjamin. »Oder war der Wein vergiftet? Wenn es das Essen war, wie wußte der Mörder dann, welches Stückchen sich der arme Throgmorton nehmen würde? Wir haben alle den Wein aus diesem Krug getrunken, und niemand wußte, wer welchen Becher benutzen würde.«

Die Diskussion ging weiter. Hatte vielleicht eines von Throgmortons Kleidungsstücken damit etwas zu tun? Peckle und Venner wurden hinausgeschickt, um diese zu untersuchen, kehrten jedoch bald wieder ergebnislos zurück.

»Die Franzosen hätten ihn vergiften können, bevor Throgmorton Fontainebleau verließ«, warf Clinton in die Debatte.

»Nein«, widersprach ihm Benjamin. »Throgmorton

begann erst zu schwitzen, nachdem er mit uns gegessen und getrunken hatte. Einer von den hier Anwesenden ist ein Giftmörder.«

Die Worte meines Meisters brachten alle zum Verstummen. Lady Francesca, deren hübsches Gesicht blaß und zerfurcht war, beugte sich nach vorne.

»Aber weshalb?« fragte sie. »Weshalb der arme Throgmorton? Woher wissen wir«, fuhr sie fort, »daß er als Opfer ausersehen war? Vielleicht war sein Tod ein Versehen, und das Gift war für jemand anderen bestimmt?«

Lady Francescas scharfsinnige Bemerkung zeigte augenblicklich Wirkung. Jeder begann, den anderen mißtrauisch zu beäugen. Entschuldigungen wurden gemurmelt, und die Versammlung löste sich rasch auf. Benjamin und ich kehrten in unsere Kammer zurück. Mein Meister legte sich auf das Bett und starrte an die Decke.

»Lady Francesca könnte recht haben«, begann er. »Möglicherweise war Throgmortons Tod ein Versehen.« Er starrte immer noch an die Decke. »Bis jetzt«, fuhr er fort, »haben Vauban und seine Luciferi das Spiel beherrscht. Wir zappeln wie Marionetten an ihren Fäden. Vielleicht sollten wir endlich die Dinge selbst in die Hand nehmen?«

»Und wie sollen wir das bewerkstelligen?« fragte ich. »Sollen wir den Königspalast stürmen, Vauban gefangennehmen und ihn so lange foltern, bis er uns alles gesteht? So wie ich diesen Schweinehund kenne«, fuhr ich fort, »würde ihm das sicherlich gefallen.«

Benjamin lächelte müde. »Eine wertvolle Anregung, Roger. Doch wir sollten Vauban von nun ab ignorieren. Er erhält nur die Informationen. Wir suchen den Mann oder Frau, der oder die ihn damit versorgt, und wir sollten unseren Vermutungen nachgehen.«

»Welchen zum Beispiel?«

»Nun, vielleicht sollten wir uns für den Anfang Master Millet vornehmen. Er schleicht sich nachts aus dem Schloß. Er verschwindet während des Festgelages des Königs.« Benjamin nahm seine Füße vom Bett und schaute mich an. »Dieses Festessen hat mich übrigens auf eine Idee gebracht. Millet ist unser Mann. Ich bezweifle, daß er sich schon heute nacht wieder aus Maubisson davonmacht, doch morgen, Roger, wirst du Vaubans Männer umgehen, dich im Wald verstecken und ihm nach Paris folgen.«

»Oh, besten Dank«, erwiderte ich. »Das ist so recht nach dem Geschmack von Shallot! In den stinkenden Straßen von Paris umherstreichen, verfolgt von Vauban und den blutlüsternen Luciferi!«

»Du kennst doch Paris.«

»Ja, ich kenne das verdammte Paris!« jammerte ich. »Weil ich dort Monate zugebracht habe, hungernd und frierend, bevor man mich in Montfaucon beinahe aufgehängt hätte!«

»Schau«, sagte Benjamin, stand auf und legte mir eine Hand auf die Schulter. »Ich möchte, daß du nach Paris gehst. Wir müssen herausfinden, wohin Millet geht und mit wem er sich trifft. Du kennst die Orte, an denen sich die Maillotiner aufhalten. Du warst mit Broussac, einem ihrer Anführer, bekannt. Versuche als erstes herauszufinden, ob er und seine Gefährten etwas mit dem Angriff auf das Château zu tun haben. Zweitens«, fuhr er fort, und in sein langes Gesicht trat ein breites Lächeln, »möchte ich, daß du die teuerste Kurtisane von ganz Paris engagierst, eine, die jung und frisch und unbekannt ist und die Aufmerksamkeit des Königs auf sich ziehen kann.«

Nun war ich ziemlich verblüfft.

»Was sollen wir mit ihr, Master? Sollen wir sie zu König Franz in das Bettgemach schicken, damit sie ihn bittet, ihr den Ring zu geben?«

»Nein, nein! In einer Woche feiern wir das Fest von Johannes dem Täufer, dem Schutzpatron von England. Ich werde Dacourt und Clinton überreden, die großen Truhen zu öffnen und ein üppiges Bankett auszurichten, bei dem König Franz Ehrengast sein soll. Unser Mädchen soll auch daran teilnehmen.« Er zuckte mit den Schultern. »Den Rest müssen wir dem Zufall überlassen.«

»Und wenn es nicht klappt?«

»Dann, mein lieber Roger, werden wir irgend etwas anderes versuchen. Doch Franz wird erscheinen, und mit ihm Vauban. Wir haben eine Gelegenheit, die Franzosen zu beobachten und zu sehen, ob irgend etwas passiert. Was den Rest betrifft . . .« Er öffnete eine kleine Truhe, nahm ein frisches Stück Pergament, Tintenfaß und Feder heraus und setzte sich mit gezückter Schreibfeder an den kleinen Tisch. »Laß uns noch einmal alles auflisten, was wir bisher wissen«, sagte er. »Seit achtzehn Monaten verkauft ein Spion am englischen Königshof Staatsgeheimnisse an die Franzosen. Er oder sie benutzt den Namen Raphael. Vor zwei Monaten, kurz vor Beginn der Fastenzeit, kamen Clinton und Lady Francesca hierher, und Sir Robert versuchte zusammen mit Falconer, die Identität von Raphael zu lüften. Falconer verlor einen seiner besten Agenten in Paris, nachdem dieser den Namen Raphael in Erfahrung gebracht hatte. Danach kehrten Clinton und seine Gemahlin nach England zurück.

Die Boten, welche die Depeschen des englischen Hofes überbringen, legen regelmäßig einen Zwischenaufenthalt in dem Frauenkloster ein, in dem Lady Francesca erzogen worden ist. Daran ist nichts Verdächtiges. Lady Francesca ist den Nonnen offensichtlich sehr zugetan: Sie senden ihr Geschenke, und sie revanchiert sich dafür.« Benjamin machte eine Pause. Sein Gänsekiel kratzte über das Pergament, während er seine Zusammenfassung niederschrieb. »Nun«, sagte er und schaute mich an, »diese Kuriere sind auch für uns von Interesse. Zwei von ihnen wurden in der Nähe des Klosters ermordet, doch die Mappe mit den Depeschen wurde nicht angetastet, sondern unversehrt der englischen Botschaft übergeben. Es hatte sich schon alles wieder beruhigt, bis Falconer am Montag nach Ostern mit Dacourt etwas Wein trank. Man sah ihn noch, wie er gutgelaunt zur Spitze des Turms hinaufstieg, und am anderen Morgen lag er tot an dessen Fuße. Der Wein war nicht vergiftet. Falconer war nicht betrunken, und er war allein oben auf dem Turm. Wie also ist er ums Leben gekommen?«

Benjamin blickte mich an, doch ich schüttelte nur den Kopf.

»Ungefähr zur selben Zeit«, fuhr mein Meister fort, »fand man einen allseits geschätzten Priester, den Abbé Gerard, mit dem Kopf nach unten in seinem Karpfenteich treiben. Abbé Gerard hatte einst unserem König die Beichte abgenommen, und Heinrich hatte ihm eine Abschrift des Werkes *Über die Keuschheit* des heiligen Augustinus geschenkt. Dieses Buch ist nun verschwunden, doch Vauban und die Luciferi sind sehr darauf aus, es zu finden.

Schließlich noch die Geschichte mit dem Ring. Heinrich hat unsere Aufgabe noch wesentlich erschwert, indem er uns aufgetragen hat, ihm diesen Ring wiederzubeschaffen, und bis jetzt sind wir weder damit noch in der anderen Angelegenheit weitergekommen. Raphael übermittelt seinen Herren immer noch die englischen Staatsgeheimnisse. Du wärest in Fontainebleau beinahe getötet worden, während Waldegrave und Throgmorton unter mysteriösen Umständen ums Leben gekommen sind.« Benjamin legte eine Pause ein und atmete tief durch. »Was wissen wir sonst noch? Daß Millet sich verdächtig verhält. Was noch?«

»Wir wissen«, sagte ich, »daß der Mörder jemand aus der Botschaft sein muß. Die Geheimnisse werden immer erst dann verraten, wenn die Depeschen in Maubisson oder im Botschaftsgebäude in Paris eingetroffen sind. Doch Ihr habt recht, Master, der einzige wirkliche Anhaltspunkt, den wir bis jetzt haben, ist das verdächtige Benehmen von Millet.«

Kapitel 9

Früh am nächsten Morgen schnallte ich mir einen Geldgürtel um die Hüften und rüstete mich mit einem furchterregenden Schwert und einem Dolche aus. Ich sattelte mein Pferd, verließ das Schloß durch einen Hinterausgang, und nachdem es mir gelungen war, Vaubans Männer zu umgehen, machte ich mich auf zu der Hauptstraße, die nach Paris führte. Millet mußte bei seinen nächtlichen Ausritten denselben Weg nehmen, und ich brauchte nur die Straße zu verlassen und zwischen den Bäumen auf ihn zu lauern. Dies wurde natürlich eine öde Warterei, die ich mir durch einen gelegentlichen Schluck Wein aus einem Schlauch und durch Erinnerungen an meine geliebte tote Agnes ein wenig versüßen konnte. Eine rührselige, sentimentale Stimmung überkam mich, so daß ich beinahe das schwache Klappern von Pferdehufen auf der kiesbedeckten Straße überhört hätte. Mein langes Warten wurde belohnt: Da ritt Millet, sorglos und unbekümmert und von Kopf bis Fuß wie ein Höfling gekleidet, in Richtung Paris.

Ich ließ ihn vorbeiziehen und wartete dann, wie Benjamin mich angewiesen hatte, eine Viertelstunde, bevor ich ihn langsam zu verfolgen begann. Als wir uns der Porte d'Orléans näherten, wurde es einfacher, denn die Straße belebte sich nun zusehends: Mönche, Bettler, Händler und Landleute, die ihrer Wege gingen, Scholaren und Troubadoure, die auf der Wanderschaft waren, und sogar einige Ägypter in einem farbenprächtigen Wagen, die einen zahmen Bären mit sich führten, der zu den durchdringenden Lauten einer Flöte tanzte. Es war ziemlich einfach, Millet im Auge zu behalten. Er stellte sein Pferd bei einer Taverne kurz hinter dem Stadttor unter. Ich tat es ihm nach und verfolgte ihn dann durch die gewundenen Straßen von Paris.

Die Stadt war erfüllt von Lärm und Geschrei. Alle Schurken aus Gottes weitem Erdenrund schienen sich hier ein Stelldichein zu geben; die Menschen wimmelten durcheinander wie Fliegen über einem Haufen Pferdescheiße: Musikanten, Studenten in engen Hosen mit vorspringendem Hosenlatz; Reliquienhändler, Lumpensammler mit Schubkarren voller Stoffetzen, Ritter, Lastenträger, Priester, Falkner und Bettler sowie junge Edelmänner mit Falken auf ihren Handgelenken, die durch dieses Getöse ritten, um ihre Vögel darin zu trainieren, bei Lärm nicht verschreckt aufzuflattern. In der Nähe des Grand Pont war die Turmspitze einer Kirche heruntergestürzt, was Massen von neugierigen Zuschauern angezogen hatte. Karren, die mit allen Arten von Nahrungsmitteln beladen waren, bahnten sich ihren Weg von der Seine herauf und kamen dabei großen Fuhrwerken in die Quere, die von zwei Zeltern gezogen wurden und auf deren Bänken sechs Menschen Platz zum Sitzen fanden. Zu dieser abendlichen Stunde läuteten die Glocken von Dutzenden von Kirchen, und dazwischen mischte sich das Geschrei der Gassenjungen, die neben einigen Karren herliefen, auf denen Gefangene, die alle eine Schlinge um den Hals trugen, zum städtischen Gefängnis gebracht wurden.

Ich behielt die ganze Zeit Master Millets farbenprächtiges Wams im Auge, während er sich durch die übelriechenden Straßen bewegte, behende den Abfallhaufen auswich und sich geschickt vor den bemalten Schildern duckte, die aus den Häusern herausragten und manchmal so dicht nebeneinanderstanden, daß sie die Sonne verdeckten. Auf dem Weg zur Ile de la Cité überquerten wir den Petit Pont. Mein Opfer schlenderte eine Zeitlang vor der gewaltigen Fassade der Kathedrale von Notre Dame umher, wo steinerne Wasserspeier plätschernd ihr Wasser versprühten. Dann blieb er vor einem Weingeschäft stehen. Ich wartete draußen, denn es war mir klar geworden, daß Millet damit nur die Zeit totschlagen wollte, und als er wieder herauskam, ging er geradewegs auf den nahe gelegene Friedhof der Kirche der Unschuldigen Kinder zu.

Die weitläufige Friedhofsanlage, die wie eine große Koppel aussah, war von hohen Ziegelmauern eingesäumt. Der Friedhof war ein beliebter Treffpunkt der Pariser: Liebespaare legten sich in das hohe Gras, während Straßenhändler ihre Waren auf den wettergegerbten Grabplatten ausbreiteten. Wahrlich ein eigenartiger Ort, dieser Friedhof! Der Boden dort roch so intensiv, daß manche Leute sagten, er sei mit Schwefel durchsetzt, und deshalb war der Friedhof ein sehr gefragter Begräbnisort geworden, denn die Leichen zerfielen in dieser Erde sehr schnell. Irgendein Witzbold meinte sogar, es würde nur neun Tage dauern. Die Toten wurden auch nur einige Handbreit tief eingegraben, und ich bemerkte zwei Hunde, die um den Oberschenkelknochen eines zerfallenen menschlichen Körpers rauften. Die meisten der von Wind und Wetter verwitterten Grabsteine waren umgefallen, und die hölzernen Kreuze hatten alle Schlagseite. In der Mitte des Friedhofes stand eine hohe Leuchte, eine große Talgkerze auf einem Steinsockel, die durch eine metallene Haube abgeschirmt war und des Nachts entzündet wurde, um die bösen Geister zu vertreiben. In die Friedhofsmauer waren kleine Nischen eingelassen, in denen die wohlhabenden Bürger ihre Überreste hatten beerdigen lassen, in der Hoffnung, ihre Gebeine würden dann nicht von umherstreunenden Hunden ausgegraben werden. Über diesen Nischen war eine Art offener Dachboden angelegt. Von Zeit zu Zeit wurde der Friedhof aufgeräumt und von allen noch vorhandenen Überresten gesäubert, um Platz zu schaffen für frische Leichen. Die Gebeine wurden auf diesen Dachboden geworfen, und der Haufen, den ich dort zu Gesicht bekam, war mindestens zwei Yards hoch. Bei den Franzosen gab es eine Redensart: Ein Christ findet sein Paradies im Himmel, ein Hund jedoch in der Leichenhalle des Friedhofs der Unschuldigen Kinder.

Millet schlenderte an diesem makaberen Ort umher. Ich beobachtete ihn aufmerksam. Bis jetzt hatte er noch niemanden getroffen. Ich war überzeugt, daß er mich noch nicht bemerkt hatte, doch zugleich fühlte ich mich unbehaglich, denn ich war mir sicher, auch selbst beobachtet zu werden, doch wenn ich mich geschwind umdrehte oder mich hinter einer Ecke verbarg, konnte ich niemanden entdecken. Schließlich betrat Millet die Kirche. Ich folgte ihm bis zum Eingang und verharrte ehrfurchtsvoll vor dem Reigen des Todes, der in die Steinplatten eingemeißelt war. (Ihr dürft mir glauben, auch wenn man beschwingt ist von den Freuden des Frühlings, dann erinnert einen diese Skulptur daran, daß man mitten im Leben ständig vom Tode umgeben ist. Der Künstler, der dies geschaffen hat, muß wirklich genial gewesen sein; der Tod und seine teuflischen Heerscharen tanzten trunken über das steinerne Fries und holten Könige, Kaiser, Päpste und Bischöfe zu sich, und wenn die Zeit dafür gekommen ist, werden sie auch den alten Shallot holen.) Der dumpfe Klang eines Glockenschlages legte sich über den Friedhof, und Millet kam schließlich wieder aus der Kirche heraus. Ich versteckte mich im Schatten und ließ ihn vorübergehen. Ich bemerkte, daß auch die anderen Menschen auf dem Friedhof sich in Bewegung setzten, und ich fragte mich, ob dieser Glockenschlag wohl das Zeichen dafür sei, daß der Friedhof geschlossen wurde.

Millet verließ, gefolgt von den anderen Gecken und Dandys, den Friedhof durch eine Hintertür und begab sich zu einer schmuddelig aussehenden Schänke, die eine goldene Sichel in ihrem Schild führte. Der Schankraum war groß, geräumig und sauber. Die Tische waren in schummerigen Alkoven untergebracht, und der Wein wurde von jungen Männern serviert, die enge Hosen und kurze Wamse trugen und in ihrem Aussehen, ihrem Haarschnitt und ihrem Gang liebreizenden jungen Mädchen glichen. Ihre Lippen waren karmesinrot bemalt, und derjenige, der mich bediente, hatte mehr Gesichtspuder aufgetragen, als es jede Londoner Dirne tun würde, die noch etwas auf sich hielt. Ich bestellte Wein und beobachtete aufmerksam die gegenüberliegende Seite des Raumes, wo Millet saß.

Nun, in meinen jungen Jahren mag ich noch etwas unerfahren gewesen sein, doch es war mir klar, was es mit der Goldenen Sichel und mit Millets Anwesenheit hier auf sich hatte. Es war eine Schwuchtel-Bar, wie die Bewohner von Southwark dieses Etablissement genannt hätten: ein Wirtshaus, in dem junge oder auch ältere Männer, die Männer mochten, Gleichgesinnte in einer warmen, intimen Atmosphäre treffen konnten. Glaubt mir, diese Männer mußten ständig auf der Hut sein! Die Gesetze gegen Sodomie und Analverkehr waren in Paris genauso streng wie in London. Wurden sie erwischt, drohte den armen Sündern das Erhängen, das Bauchaufschlitzen und die Kastration – doch ich glaube, bis es zu dem Letztgenannten kommt, dürfte einem das alles schon ziemlich gleichgültig sein. Nun, ich will hier nicht urteilen. Ich beschreibe die Dinge nur so, wie sie sind, und nicht, wie sie sein sollten. Ehrlich gesagt, Männer wie

Millet und seinesgleichen haben mir immer etwas leid getan. Ihr Leben war ein einziger Alptraum, sie warteten ständig darauf, von einem Verräter oder einem bezahlten Informanten hingehängt zu werden.

Ich wollte herausfinden, mit wem Millet sich traf. Mehrere Männer näherten sich seinem Tisch, doch er wies sie alle ab. (Da meldet sich mein Schreiber wieder zu Wort: »Hat sich auch Euch jemand genähert?« fragte er höhnisch grinsend. Nun, ich habe nie behauptet, ein Adonis zu sein. Ja, ein Mann hat sich damals für mich interessiert, und er war keineswegs blind, wie mein Kaplan wahrscheinlich vermutet, sondern nur volltrunken.) Eine Stunde verging, und ich mußte darauf achten, nicht zu sehr benebelt zu werden, denn der Wein war ziemlich schwer.

Schließlich kam ein junger Mann herein, der von Kopf bis Fuß in einen langen, schwarzen Umhang gehüllt war und die Kapuze weit ins Gesicht gezogen hatte. Er schlenderte zu Millets Tisch. Unser junger Held lächelte ihn an, und der Fremde setzte sich. Als er die Kapuze zurückschlug, blieb mir der Atem stehen. Ihr müßt wissen, ich habe ein gutes Gedächtnis für Gesichter, und ich war mir sicher, diesen Mann schon unter Vaubans Gefolge in Fontainebleau gesehen zu haben. Millet und der Neuankömmling unterhielten sich eine Weile, dann standen sie auf und verließen die Schänke. Ich folgte ihnen einige Minuten später, doch als ich die dunkle Gasse erreichte, waren sie verschwunden. Ich fluchte und lief hin und her, doch ich hatte sie verloren. Ich strich ein paarmal um die Kirche der Unschuldigen Kinder, doch meine Suche blieb ergebnislos, und so entschied ich mich, den zweiten Teil der Anweisungen meines Meisters auszuführen.

Nun, wenn Ihr das erste Buch meiner Lebenserinnerungen gelesen habt, wißt Ihr, daß ich ein Jahr zuvor schon einige Zeit in Paris verbracht hatte, als unfreiwilliger Gast der Maillotiner oder ›Knüppelschwinger‹, wie sie sich selbst nannten. Sie waren der Bodensatz der Pariser Gesellschaft und heckten ständig irgendwelche Verschwörungen aus, um eine Revolution anzuzetteln und das Reich Gottes auf Erden zu verwirklichen, in dem Frieden und Gerechtigkeit herrschen würden und den Sanftmütigen die Erde anvertraut werden würde. Natürlich waren diese Leute Schwachköpfe und Träumer. Soweit ich sehen kann, ist das einzige Fleckchen Erde, das den Sanftmütigen anvertraut wird, ein flaches Grab im Friedhof der Unschuldigen Kinder, und auch dort sorgen die Hunde dafür, daß sie sich nicht lange daran erfreuen können. Nun denn, ich hatte mich mit den Maillotinern angefreundet, insbesondere mit zweien ihrer Anführer, Capote und Broussac. Capote war gestorben, er hatte sein Leben an einem Galgen in Montfaucon ausgehaucht. Ich hoffte, Broussac sei inzwischen nicht Ähnliches widerfahren, während ich wie eine Katze durch die dunklen, stinkenden Gassen von Paris zu der Schänke huschte, wo er und seine Haremsdamen sich zu treffen pflegten.

Ich wurde nicht enttäuscht. Broussac saß in seiner angestammten Ecke; er soff wie ein Loch und war in Gesellschaft von einigen der am lautesten lärmenden alten Vetteln der Stadt. Zuerst erkannte er mich nicht, doch Silber kann manchmal Wunder wirken. Ich holte zwei Münzen hervor, woraufhin sich auf Broussacs rotem, bierseligen und mit einem schwarzen Schnurrbart versehenen Gesicht ein breites Grinsen ausbreitete, das seine Zahnlücken zum Vorschein kommen ließ und in seine Augen ein helles Leuchten zauberte.

»Natürlich«, bellte er, legte mir einen nach Schweiß riechenden Arm um die Schulter und drückte mir weingetränkte Küsse auf die Wange. »Ladies«, brüllte er, »darf ich euch Master Roger Shallot vorstellen, den einzigen guten Engländer, den es gibt – und den einzigen Mann, der in Montfaucon gehängt worden ist, aber überlebt hat, um darüber zu berichten!«

Ich sagte dem lärmenden Bastard, er solle sein Maul halten, denn ich wollte nicht als Spion verhaftet werden. Ein weiteres Stück Silbergeld kam zum Vorschein. Broussac wurde augenblicklich nüchtern, ließ einen neuen Krug Wein und zwei von den saubereren Bechern kommen, die es in diesem Etablissement gab, und wir setzten uns an einen Tisch, der weit genug von allen möglichen Lauschern entfernt war, die es hier geben mochte.

»Hör zu, Broussac«, fing ich an. »Vergiß die alten Zeiten. Hier, diese Münze ist für dich. Beantworte mir eine Frage: Der Überfall auf das Château de Maubisson, wurde der von den Maillotinern ausgeführt?«

Broussac griff nach der Münze.

»Nein«, antwortete er. »Das waren nicht wir. Wir verlassen niemals die Straßen von Paris. Aber wenn Ihr mir noch eine Münze gebt, kann ich Euch sagen, wer es war.«

Ich schob ihm eine weitere Silbermünze über den Tisch. Broussac schnappte sie sich, und sie verschwand im Handumdrehen. Ich weiß nicht, wie er das machte, ob sich überhaupt Taschen in seinen Beinkleidern befanden, jedenfalls war die Münze, die gerade noch in seinen haarigen Pranken gelegen hatte, im nächsten Augenblick verschwunden.

»Nun, heraus damit«, verlangte ich. »Wer zum Teufel war das?«

»Seht Euch um, Monsieur.«

»Das ist keine Antwort.«

Er bemerkte, wie meine Hand zum Griff meines Messers wanderte.

»Na, na«, schnurrte er wie eine gutaufgelegte Katze.

»Was tut Ihr denn, alter Freund? Wollt Ihr etwa auf den armen Broussac einstechen? Wenn Ihr das tut, werdet Ihr diese Schänke nicht lebend verlassen. Das kann ich Euch versichern!«

Ich blickte im Raum umher. In dem fahlen Licht der übelriechenden Talgkerzen glich jeder der Gäste einer Ratte auf zwei Beinen. Die dürren, bleichen oder gelblichen Gesichter und ihre gierigen Blicke bestätigten Broussacs Worte, und ich verfluchte mich im stillen. Ich hatte mich in Teufels Küche begeben, und dies hier waren seine Spießgesellen: Würfelspiel-Betrüger, Taschendiebe, Zuhälter, Verschwörer (die meisten von ihnen gescheitert), Tagediebe und Nachtschwärmer. Unter anderen Umständen hätte ich mich in dieser Gesellschaft durchaus wohl gefühlt, doch ich war so sehr darauf erpicht gewesen, Broussac zu finden, daß ich hier unvorsichtigerweise hereingeplatzt war und mich nun zu fragen begann, wie ich wieder hinauskommen würde. Broussac beugte sich zu mir herüber und packte mich am Handgelenk.

»Macht Euch keine Sorgen«, sagte er, als könne er meine Gedanken lesen. »Ihr seid ein Freund von Broussac. Ich habe Euch den Freundschaftskuß gegeben.«

»Ah ja, das hat Judas auch getan.«

Broussac warf den Kopf zurück und brach in wieherndes Gelächter aus, bis seine teuflischen Augen hinter den Fleischwülsten verschwanden.

»Hör zu, Broussac«, fuhr ich fort, »ich möchte mich nicht streiten, sondern ich habe dir eine Frage gestellt und dir gutes Silbergeld gezahlt!«

»Und ich habe Euch eine gute Antwort gegeben. Diese Halsabschneider hier haben an dem Überfall teilgenommen. Sie sind von einigen Schlägern angeheuert und von einem hohen Herrn, den ich nicht kenne, instruiert worden.«

Ich wußte, daß aus ihm nicht mehr herauszuholen sein würde. »Da ist noch etwas«, sagte ich hastig. »Ich brauche eine Dirne.«

»Brauchen wir das nicht alle, mein Freund?«

»Nein, ich möchte, daß eine feine, gepflegte Kurtisane innerhalb von drei Tagen zum Château de Maubisson gebracht wird. Sie soll einen anderen Namen nennen und niemandem ihre wahre Identität preisgeben. Wenn du das für mich bewerkstelligen kannst, sollst du reichlich dafür belohnt werden.«

Broussacs Grinsen wurde noch breiter, als könne er schon das Klimpern der Geldstücke in seinem Beutel hören. Er erhob sich und bedeutete mir, ihm zu folgen. »Kommt, hier können wir nicht reden.«

Wir gingen nach oben in eine kleine, verstaubte Kammer, und Broussac ließ Stühle und frischen Wein bringen, wobei er ausdrücklich danach verlangte, daß der beste Wein des Hauses gebracht werde und nicht das Essigwasser, das man mir unten im Schankraum vorgesetzt hatte. Die Magd, welche die Kerzen angezündet hatte, beeilte sich, das Gewünschte herbeizuschaffen. Broussac, der nun eine ernste Miene wie ein Beichtvater aufgesetzt hatte, beugte sich nach vorne.

»Wieviel?« fragte er.

»Zweihundert Pfund für deine Auslagen.«

»Sterling?«

»Nein, *livres tournois* oder fünfzig Pfund Sterling, in frischgeprägten Münzen.«

»Und für die Dirne?«

»Vierhundert Pfund, und zwar *livres tournois* oder einhundert Pfund Sterling.«

»Wo ist das Geld?«

Ich entleerte den Inhalt eines meiner Beutel in seine schmutzige Pranke. »Das sind fünfundzwanzig Pfund.

Den Rest bekommst du, wenn das Mädchen bei uns angekommen ist, angemessen gekleidet und mit einem frischen Abendkleid ausgestattet. Sie muß«, fuhr ich fort, »hübsch, gesund und von einnehmendem Wesen sein. Nicht eines von deinen Flittchen«, fügte ich hinzu. »Ich möchte eine Kurtisane, die gute Umgangsformen besitzt und zu bezaubern versteht.«

Der alte Schwerenöter hatte mich verstanden.

»Und noch etwas«, sagte ich. »Ich möchte diese Spelunke verlassen und ohne Komplikationen zurück nach Maubisson gelangen. Ich habe gesehen, was für ein Völkchen sich da unten versammelt hat. Ich will nicht, daß mir jemand folgt und mir bei entsprechender Gelegenheit etwas über den Schädel zieht.«

Broussac lächelte, stand auf und zeigte auf die wackelig wirkende Pritsche in der Ecke des Raumes. »Verbringt diese Nacht hier«, sagte er und griff nach dem Krug Wein und seinem Becher. »Morgen werdet Ihr sicher nach Maubisson zurückkehren.«

Er ging hinaus, schloß die Türe behutsam hinter sich, und ich hörte, wie von außen die Riegel vorgelegt wurden. In dieser Nacht schlief ich den Schlaf des Gerechten. Ich vertraute Broussac. Er wäre auch bis nach China marschiert, wäre er überzeugt gewesen, daß dabei genügend Profit für ihn herausspringen würde. Am nächsten Morgen weckte er mich, ganz wie ein untertäniger Diener. Ich frühstückte mit Brot und Wein, und dann führte mich Broussac, wie er es versprochen hatte, durch die Straßen von Paris zur Porte d'Orléans und verabschiedete sich erst, als die Giebel von Maubisson sich über den Wipfeln der Bäume zeigten.

Meine Rückkehr erregte nur geringes Interesse. Benjamin musterte mein Gesicht und zog mich eilig in einen ruhigen Teil des Gartens, wo ich frei sprechen konnte.

»Der König wird in vier Tagen hier sein. Können wir ihm eine entsprechende Dame präsentieren?« fragte er.

»Sie wird in drei Tagen eintreffen.«

Benjamin nickte und biß sich vor Aufregung auf die Lippen. »Gut, damit haben wir genügend Zeit, uns vorzubereiten. Und das andere?«

Ich beschrieb ihm ausführlich, was ich über Millet herausgefunden hatte. Benjamin schüttelte den Kopf. »Bist du sicher, daß es sich um einen von Vaubans Männern gehandelt hat?«

»So sicher, wie ich hier sitze.«

Benjamin stand auf, legte seinen Kopf schief und lauschte dem fröhlichen Gesang einer Waldtaube. »Das wäre zu einfach«, murmelte er. »Viel zu einfach. Oh, ich glaube dir durchaus, Roger, daß Master Millet kein Kostverächter ist, doch du sagst, er ist in die Schänke gegangen und hat andere Männer abgewiesen?«

»Ja.«

»Vielleicht«, fuhr Benjamin fort, »denken wir nur das, was wir denken sollen.« Er lächelte und klopfte mir auf die Schulter. »Was das Château betrifft, hier hat sich in der Zwischenzeit nichts Außergewöhnliches ereignet.« Er bückte sich, pflückte eine Wildblume ab, führte sie an die Nase und sog deren süßen Geruch ein. »Allerdings«, sagte er abwesend, »habe ich mir einige Gedanken gemacht.«

»Worüber?«

»Über Abbé Gerard. Vielleicht sollten wir einmal die Kirche aufsuchen.«

»Ist Millet schon zurück?« fragte ich.

»O ja. Weshalb fragst du?«

»Nun, wenn dieser Mistkerl sich ausruhen darf«, jammerte ich, »warum dann nicht auch ich?«

»Komm, Roger, die Zeit drängt. Dacourt hat Schreiben

von Seiner Majestät dem König und von Kardinal Wolsey erhalten. Sowohl Heinrich als auch mein Onkel erwarten Resultate, und wir können bis jetzt immer noch nichts vorweisen.« Benjamin starrte in den blauen Himmel. »Vaubans Wachen sind immer noch hier«, sagte er, »rund um das Schloß verteilt, doch sie essen und trinken sehr viel, und Dacourt hat ihnen großzügigerweise ein Faß Malvasierwein spendiert. Sie werden nun entweder betrunken sein oder ihren Rausch ausschlafen, und deshalb können wir von hier verschwinden.«

»Ich bin hungrig«, maulte ich, »durstig und müde.«

Benjamins Lächeln erlosch. Er trat näher an mich heran und schob sein langes Gesicht ganz dicht vor das meine. »Roger, ich will dir etwas sagen: Wenn wir diese Sache nicht erfolgreich zu Ende bringen, werden wir uns über andere Dinge als über Essen und Trinken Sorgen zu machen haben!«

Nun, Ihr kennt mich ja inzwischen. Vor diese Wahl gestellt, blieb mir natürlich schwerlich etwas anderes übrig, als nachzugeben. Ich sattelte erneut mein Pferd, und schon eine Stunde später schlüpften wir durch einen Hintereingang hinaus und ritten am Fuße des Hügels entlang zur Ortschaft Maubisson hinunter. Kurator Ricard war nicht sonderlich erfreut, uns zu sehen. Der arme Kerl hatte sich noch kaum von dem Schrecken erholt, den Vaubans Besuch ihm eingejagt hatte. Oh, er bat uns zwar ins Haus, doch nur Benjamins klingelnder Beutel veranlaßte ihn, den höflichen Gastgeber zu spielen. Seine Haushälterin servierte uns Linsen und Erbsen, die reichlich mit Salz und Pfeffer gewürzt waren, und wässeriges Bier, das er selbst gebraut zu haben schien.

»Ich vermute«, hob der gelbhäutige Priester an, »es ist kein Verbrechen, mit Leuten zu reden, die unsere Kirche beschützen.«

»Was meint Ihr damit?«

»Nun, die englischen Gesandten, Sir John Dacourt und Sir Robert Clinton, kamen oft hierher, um der Messe von Abbé Gerard beizuwohnen. Sie brachten ihm Geschenke mit, und der alte Priester schien gerne dem Klatsch vom englischen Königshof zu lauschen.«

»Haben sie jemals nach dem Buch Seiner Majestät gefragt?«

»Ihr meint das Werk *Über die Keuschheit* des heiligen Augustinus? Nein, danach haben sie nie gefragt.«

»Aber Vauban schon?«

»O ja«, stammelte Ricard. »Er hat danach gefragt, doch wie ich Euch schon gesagt habe, es ist verschwunden. Das habe ich auch schon Vaubans Männern gesagt. Abbé Gerard meinte, er würde es eines Tages in den Himmel mitnehmen, ins Paradies.«

Der Priester blickte nervös zu dem jungen Mädchen, das sich vor der Feuerstelle zusammengekauert hatte und aussah, als wäre es aus Stein gemeißelt.

»So war der Abbé eben«, fuhr er fast flüsternd fort. »Er hat immer kleine Witzchen gemacht.«

»Was hat der Abbé getan?« fragte ich neugierig. »Ich meine, er hatte für die ihm anvertrauten Seelen zu sorgen, für seine Gemeindemitglieder, doch wofür hat er sich darüber hinaus interessiert? Schließlich benötigt jedermann eine kleine Ablenkung von der Eintönigkeit des Alltags«, sagte ich und warf einen Blick auf das Mädchen.

Ricard schnaufte und deutete auf einige voluminöse Kopien der Bibel, die angekettet auf einem schweren Pult in der Ecke standen.

»Er hat die Heilige Schrift studiert. Er behauptete, er habe Vorlesungen bei Erasmus gehört. Und er hat ständig irgendwelche Passagen aus den Evangelien übersetzt.«

»War er ein Lutheraner?«

»Nein, natürlich nicht!« schnaubte Ricard. »Doch er hatte seine eigenen Theorien.«

»Worüber?«

»Über die Wunder. Er war fasziniert von den Wundern, die Jesus vollbracht hat, und er spekulierte darüber, ob Jesus sie vollbringen konnte, weil er Gott oder weil er ein vollkommener Mensch war.«

»Kann ich hier einmal einen Blick hineinwerfen?« fragte Benjamin, und ohne eine Antwort abzuwarten, erhob er sich und ging zu dem Pult hinüber, um die Bibel aufzuschlagen.

»Das Neue Testament«, rief Ricard. »Er hat sich immer mit dem Neuen Testament beschäftigt.«

Benjamin nickte. Er fand sich mühelos zurecht; zahlreiche Daumenabdrücke zierten die Seiten. Eine Zeitlang stand Benjamin schweigend an dem Pult und studierte das Buch, dann lächelte er und winkte mich zu sich.

»Schau«, flüsterte er.

Benjamin hatte die Stelle aus dem Matthäus-Evangelium aufgeschlagen, die davon berichtete, wie Jesus während des Sturmes auf dem See Genezareth wandelte. Nun, mein Meister hatte sich schon ausführlich mit der Bibel befaßt, daher hatte er diese Stelle so schnell gefunden, doch Abbé Gerard war ihm dabei behilflich gewesen, denn er hatte sorgfältig jedes Wort unterstrichen und die Passage mit einer Randbemerkung versehen. Benjamin übersetzte sie mir.

›Ist Jesus wirklich über das Wasser gewandelt‹, hatte der Abbé geschrieben, ›oder hatte der See Genezareth Untiefen?‹

»Was bedeutet das?« fragte ich.

Benjamin verzog das Gesicht. »Manche Gelehrte«, sagte er flüsternd und drehte sich mit dem Rücken zu

Ricard, damit dieser ihn nicht hören konnte, »behaupten, daß einige der Wunder, die im Neuen Testament beschrieben werden, durch natürliche Phänomene erklärt werden können. Daß Jesus über das Wasser gegangen sei, gehört auch zu diesen Wundern: Der See Genezareth ist sehr flach, und wenn die Apostel glaubten, Jesus sei auf dem Wasser gewandelt, dann ist er in Wirklichkeit vielleicht nur auf einer Sandbank gegangen.«

»Sehr interessant«, antwortete ich. »Doch können sie auch erklären, wie Jesus den Sturm zum Abklingen brachte? Und könnt Ihr mir sagen, Master, was dies alles mit unserem Problem zu tun hat?«

Benjamin lächelte und schloß die Bibel. »Master Ricard, dürfen wir Euren Karpfenteich noch einmal sehen?«

Der Curé machte eine Geste in der Luft. »Ihr wißt ja, wo er liegt.«

Wir gingen nach draußen. Der überwucherte Garten, der im warmen Licht der untergehenden Sonne lag, war erfüllt von dem Summen wilder Bienen, die nach Honig suchten. Benjamin führte mich an den Rand des Teiches.

»Ist das nicht seltsam?« überlegte er. »Der arme Giles Falconer interessiert sich für die Vögel und ihre Art zu fliegen, und er fällt von einem Turm. Abbé Gerard beschäftigt sich mit Wundern, insbesondere jenem, daß Jesus über die Wellen gewandelt sei, und er ertrinkt. Waldegrave war von Pferden begeistert, und er wurde auch von einem Pferd zu Tode getreten. Siehst du die Zusammenhänge, Roger?«

»Noch nicht«, knurrte ich. »Doch gebt mir noch eine Dekade Zeit, dann werde ich sie begreifen.«

Benjamin gab mir einen leichten Stups. »Komm«, sagte er, »jetzt wollen wir uns einmal die Kirche des Abbés ansehen. Vielleicht lassen sich dadurch einige Rätsel lösen.«

Der Kurator führte uns bereitwillig herum. Die Kirche war groß und verlassen, sie wurde umstanden von hohen Ulmen, die den ganzen Friedhof beherrschten und ihre majestätischen Äste gütig über die schlafenden Toten breiteten. Die geräumige Vorhalle hatte einen normannischen Eingang aus schwerem vernagelten Eichenholz. Obwohl die Sonne schien, war es drinnen schummerig, und der Curé mußte eine Fackel entzünden. Wir schauten uns in der Kirche um. Weit ausgreifende Rundbogen wuchsen empor in die Dunkelheit, und die kleinen, schießschartenähnlichen, glaslosen Fenster dazwischen leuchteten hell im Sonnenlicht. Vorne im Chorraum bestanden die Fenster aus reich verziertem Glas; die Sonne ließ die bunten Farben der Glasmalereien erglänzen und verlieh dem schwarzen Eichenholz des Altars einen hellen Schein. Es war eine einfache Kirche. Die Wände waren nicht gestrichen; der Lettner, der den Chor- vom Gemeinderaum trennte, war nicht mehr als eine hölzerne Wand. Ricard wies uns auf die beiden Besonderheiten dieser Kirche hin: das steinerne, von einem Bildhauer hergestellte Taufbecken und die mit kunstvollen Holzschnitten verzierte Chorschranke über unseren Köpfen. Benjamin musterte alles aufmerksam, als vermute er hier das Versteck von Abbé Gerards Buch.

»Er kann das Buch hier nicht versteckt haben«, sagte ich. »Dieser Ort hat doch wohl kaum etwas mit dem Paradies gemein«, fuhr ich fröstelnd fort. »Hier könnte man auch einen Geist das Fürchten lehren.«

Benjamin lächelte gedankenversunken und blickte zum Chorboden hinauf.

»Eine schöne Kirche«, murmelte er. »Und Abbé Gerard ist hier beerdigt?«

»Wie ich Euch schon gesagt habe«, antwortete Ricard ungehalten, »auf dem Friedhof, unter der Eibe.«

Wir folgten ihm wieder nach draußen in das warme Sonnenlicht und gingen über das wild wuchernde Gras zu einem einfachen weißen Grabstein, der mit dem Lothringerkreuz versehen war und unter einer verkrümmten Eibe lag. Wir lasen die knappe Inschrift. Benjamin unterhielt sich noch etwas mit dem Kurator, und dann schickten wir uns an zu gehen. Wir schüttelten Ricard die Hand, holten die Pferde und machten uns, so dachte ich jedenfalls, auf den Weg zurück zum Château. Doch als wir das Dorf hinter uns hatten, verließ Benjamin plötzlich den Weg und trieb sein widerstrebendes Pferd zwischen die Bäume.

»Master, was ist mit Euch?« rief ich.

Benjamin winkte mich heran, und ich folgte ihm in die Dunkelheit des Waldes. Ich hatte das Gefühl, eine riesige, grüne Kathedrale zu betreten: Die Bäume standen wie Säulen aneinandergereiht, und ihr üppiges Blätterdach breitete sich aus, um die Hitze der Sommersonne zurückzuhalten. Als wir ein schmales Tal erreichten, dessen Stille nur durch das Gluckern eines Baches durchbrochen wurde, der sich darin entlangschlängelte, stieg Benjamin ab und lud die schweren Satteltaschen ab, die er seinem Pferd aufgebürdet hatte.

»Um Gottes willen!« flüsterte ich. »Was ist in Euch gefahren, Master?« Ich wagte nicht, meine Stimme zu heben, um die Stille zu stören.

Benjamin streckte sich und blickte umher.

»Ich habe diesen Platz entdeckt, Roger, als du in Paris warst«, erklärte er. »Er ist gut abgeschirmt, liegt neben der Straße, und es gibt hier Wasser zum Trinken.«

»Und was sollen wir hier?«

»Hier werden wir bis Einbruch der Dunkelheit bleiben,

Roger. Dann kehren wie zu Abbé Gerards Grab zurück. Der Sarg ist bestimmt nicht tief eingegraben. Wir werden ihn ausgraben und nachsehen, was das Grab an Geheimnissen birgt.«

»Master, Ihr seid nicht ganz bei Trost!« kreischte ich. »Wir sind hier in Frankreich. Vaubans Männer sind überall, und Grabräuberei wird hier wahrscheinlich genauso hart bestraft wie in England. Mit dem Tode durch Erhängen!«

»Still, Roger, man wird uns nicht sehen.«

»Und mit was sollen wir graben?« rief ich. »Mit unseren Händen und Zähnen?«

Benjamin trat mit dem Fuß gegen eine der Satteltaschen.

»Hier drinnen befinden sich einige kleine Spaten und Hacken. Das wird genügen.«

So war er nun einmal, mein Meister: Wenn er sich etwas in den Kopf gesetzt hatte und sein langes Gesicht einen entschlossenen Ausdruck annahm und seine weichen Augen hart wurden, dann war er nicht mehr von seinem Vorhaben abzubringen. Wir würden also in diesem gottverdammten Wald warten und uns dann daran machen, Abbé Gerard, diesen armen Teufel, auszugraben, ganz gleich, was wir dabei finden würden. Er hatte etwas zu essen mitgebracht, Brot und Obst, und wir tranken Wasser aus dem Bach, während wir darauf warteten, daß die Sonne unterging. Die Stunden schleppten sich dahin. Benjamin hielt mir einen Vortrag über die verschiedenen Bäume und Pflanzen, die uns umgaben, bis ich schließlich einnickte.

Als ich wieder erwachte, begann die Sonne schon zu verschwinden, und Benjamin starrte in das gurgelnde und gluckernde Wasser des Baches und murmelte etwas von Männern, die auf dem Wasser gehen können.

Wir verstummten beide, als die Dunkelheit sich herabgesenkt und der Wald sich dadurch vollkommen verändert hatte. Die Stille wurde nun bedrückend; wir vernahmen nur noch das Rascheln von Tieren im Unterholz, den Schrei jagender Eulen und das unheimliche Kreischen der Fledermäuse, die zwischen den Bäumen umherstrichen. Der Vollmond, der zwischen weißen Wolkenfetzen hervorschaute, tauchte alles in ein gespenstisches Licht. Ich verfluchte im stillen all die hochgestellten Herrschaften, die mich dazu gebracht hatten, in diesem verdammten Gehölz wie ein Tier auf der Lauer zu liegen und mich auf das Aufbrechen eines Sarges vorzubereiten.

»Es ist falsch«, sagte ich zaghaft.

»Nein«, erwiderte Benjamin. »Alle Sünde, mein lieber Roger, wurzelt im Willen. Ich hege für Abbé Gerard höchsten Respekt und Ehrerbietung, doch der König möchte sein Buch zurückerhalten.«

»Warum?« stieß ich hervor. »Warum zum Teufel muß der fette Schweinehund das Buch zurückhaben?«

»Wenn ich es finde, werde ich es dir sagen, Roger«, versprach mir Benjamin. »Komm, es ist Zeit.«

Wir banden unsere Pferde fest und legten ihnen auch Fußfesseln an, dann nahmen wir die Spaten und Hacken aus den Taschen und krochen zurück zur Straße. Mit jedem Schritt wuchs meine Angst, denn die Zweige knackten laut unter unseren Stiefeln, und die Vögel der Nacht kreischten schauderhaft, weil wir sie aufscheuchten. Wir fanden den Weg zurück zur Kirche, kletterten über die Mauer und erstarrten, als wir das Heulen eines Hundes hörten. Wir blickten prüfend zum Haus des Priesters. Dort brannte kein Licht mehr, daher machten wir uns auf zum Friedhof. Wir huschten an der Kirche entlang und zuckten immer wieder zusammen, wenn Vögel, die unter dem Dachvorsprung nisteten, geräuschvoll aufflatterten. Wir hielten inne, als eine große Eule im Tiefflug herangesegelt kam, um ihr quietschendes Opfer im hohen Gras zu packen. Schließlich gelangten wir zum Grabstein des Abbés, und ich begann, wie ein wahnsinnig gewordener Maulwurf zu graben.

»Je schneller wir diese grauenhafte Arbeit hinter uns bringen«, sagte ich, »desto eher komme ich wieder in mein warmes Bett.«

Hin und wieder entzündete Benjamin ein Stück Zunder, um sich zu vergewissern, daß es planmäßig voranging. Dann stieß meine Schaufel auf den Deckel des Sarges. Ich faßte noch einmal nach und vernahm das ersehnte dumpfe Geräusch, das entsteht, wenn Metall auf Holz trifft.

»Wir brauchen ihn nicht herauszuheben«, flüsterte Benjamin.

Also gruben wir weiter und schaufelten zu beiden Seiten des langen, rechteckigen Sarges die Erde fort. Dann beugten Benjamin und ich uns hinunter und begannen, die hölzernen Klammern zu lösen, die gespenstisch kreischten, als wollten sie dagegen protestieren, daß ihre ewige Ruhe gestört wurde. Ich fluchte insgeheim. Das Geräusch war so durchdringend, daß ich sicher war, man würde es bis nach Maubisson hören können. Doch schneller, als ich gedacht hatte, gelang es uns, alle Verschlüsse zu öffnen.

»Dann wollen wir einmal sehen«, sagte Benjamin. »Ich frage mich, ob . . .«

»Was ist denn los?« wollte ich wissen.

»Nichts«, murmelte Benjamin. »Heb den Deckel hoch!«

Er ließ sich leicht abheben, und Benjamin fand seine Vermutungen bestätigt. Wir waren nicht die ersten, die den Sarg geöffnet hatten. Trotz der sommerlichen Hitze war das Erdreich locker geblieben, und die Verschlüsse hatte man leicht entfernen können. Der zerfallene Körper lag zusammengekrümmt im Sarg. Hals und Kopf, an denen noch Reste verdorrten Fleisches hingen, waren zur Seite gedreht, während die faulende weiße Gaze, in welche man die Leiche eingewickelt hatte, abgenommen und am Fußende des Sarges zusammengeknüllt worden war.

»Vauban«, flüsterte Benjamin. »Der Schweinehund ist vor uns da gewesen.« Er stocherte in dem Sarg umher, wobei er leise aufschrie, als seine Finger mit verfaulendem Fleisch in Berührung kamen. Er klopfte auf den Boden und an die Seitenwände. »Nichts«, stellte er fest. »Doch laß uns dem Abbé wenigstens noch einen letzten Dienst erweisen.«

Ich protestierte, doch Benjamin bestand darauf, das Skelett in eine würdigere Position zu legen und ein Totengebet aufzusagen.

Herr im Himmel, was hätte ich fluchen können! Da standen wir hier mitten in der Nacht auf einem französischen Friedhof und hatten die Überreste eines toten Priesters ausgegraben, nur um seine Leiche etwas komfortabler zu betten und ein Gebet für seine arme Seele zu sprechen. Aber so war er nun einmal, mein Meister.

Um ehrlich zu sein: Wäre es mir nur irgend möglich gewesen, dann hätte ich das Grab so belassen, wie es war, und wäre wie ein Wiesel zurück nach Maubisson gerannt. Doch ich half ihm natürlich. Wir verschlossen den Sarg, schaufelten die Erde wieder darüber und ebneten den Boden sorgfältig, obwohl natürlich jeder, der einen Funken Verstand im Kopf hatte, erkennen mußte, daß das Grab geöffnet worden war. Dann verließen wir den Friedhof, um unsere Pferde im Wald zu holen.

O Gott, wie erleichtert war ich, sie zu sehen! Wir legten die Spaten und Hacken zurück in die Satteltaschen, stiegen auf und schickten uns an, den Wald zu verlassen.

Da hörten wir, wie hinter uns Zweige knackten. Ich erstarrte zu einer Statue.

»Monsieur Daunbey! Monsieur Shallot!« Die Stimme drang aus der Dunkelheit zu uns. »Welch eine Zeitvergeudung. Ihr werdet dieses Buch niemals finden!«

Kapitel 10

Ich trat meinem Pferd in die Seiten, so daß es wild davongaloppierte, und Benjamin blieb nichts anderes übrig, als mir zu folgen. Ich kann Euch sagen, wenn dies ein Rennen gegen die schnellsten Pferde aus König Heinrichs Stall gewesen wäre, dann hätte ich mit eineinhalb Längen Vorsprung gewonnen! Ich begann mein Pferd erst zu zügeln, als wir über die hölzerne Zugbrücke des Châteaus polterten und ich den Wachen zuschrie, uns durchzulassen. Natürlich verursachte unsere dramatische Ankunft einigen Wirbel, doch Benjamin glättete die Wogen, indem er mit Dacourt und dem Hauptmann der Wache sprach. Dann zog er mich hinauf in unsere Kammer.

»Wer war das?« flüsterte ich heiser.

Ich ließ mich auf mein Bett fallen und wischte mir den Schweiß von Stirn und Hals. Benjamin drückte mir ein Glas funkelnden Weines in die zitternde Hand.

»Vauban, nehme ich an«, antwortete er. »Doch ich hatte keine Zeit, mich davon zu überzeugen. Ich vermute, er hat uns schon beobachtet, seit wir am Nachmittag von hier aufgebrochen sind.« Er setzte sich auf die Kante des wackeligen Tisches. »Ich bin es leid, Roger«, fuhr er fort. »Ich bin es wirklich leid, Monsieur Vauban ständig zu neuem Amüsement zu verhelfen.«

»Fragen wir doch Millet aus«, schlug ich vor. »Laßt uns den Bastard in einen Kerker stecken und ihn mit ein paar glühenden Eisen traktieren.«

Benjamin schüttelte den Kopf. »Was würde uns das nützen, Roger? Würde man mich foltern, dann würde ich auch gestehen, Raphael zu sein und Falconer, Waldegrave und Throgmorton umgebracht zu haben. Ich würde einfach alles gestehen, was von mir verlangt wird, nur um den Schmerzen zu entgehen.« Er grinste mich an. »Nein, Roger, wir werden all diese Rätsel, davon bin ich überzeugt, nur durch drei Dinge aufklären können: durch Beobachtung, Deduktion und Beweis.«

»Und durch Glück!« ergänzte ich.

»Ja, das auch, Roger«, erwiderte er matt, legte seinen Umhang ab und zog sich die Stiefel aus. »Durch Glück oder Zufall.« Er lächelte schelmisch. »Und natürlich, wenn unsere Gegner Fehler machen.«

Die folgenden beiden Tage verbrachten wir damit, alle möglichen Verdächtigen durchzugehen, doch wir kamen zu keinem Ergebnis. Die Clintons? Weshalb sollten sie Verrat üben? Außerdem waren Falconer und Abbé Gerard umgekommen, als die beiden in England waren. Dacourt? Auch hier war keinerlei Motiv ersichtlich, dasselbe galt für Peckle. Millet blieb als einziger Verdächtiger übrig. Was den Verbleib von Abbé Gerards berühmtem Buche betraf, so waren wir wie glücklose Spieler, die ständig die falschen Karten zogen, doch wir waren zuversichtlich, mußten es einfach sein, daß es uns gelingen würde, den Ring von König Franz an uns zu bringen.

Die Bediensteten in Maubisson waren nun eifrig mit den Vorbereitungen für den Besuch des französischen Königs beschäftigt: Räume wurden saubergemacht, Wandteppiche gereinigt, frische Tischtücher aufgelegt. Die Diener wurden ausgeschickt, um Vorräte an Mehl, Fleisch, Zucker und Salz sowie Fässer mit Wein einzukaufen. In den Küchen des Châteaus drängten sich schwitzende Küchenhelfer, die all das Wild ausnahmen, präparierten und kochten, das die Jäger hereinbrachten. Und natürlich erschien auch Broussac auf dem Château. Ich hätte mich beinahe totgelacht. Er war frisch gewaschen, sauber rasiert und in die einfache Kluft eines Schreibers gewandet – der war vermutlich von irgendeinem Halunken ausgeraubt worden, der den Fehler gemacht hatte, in derselben Schänke wie er zu trinken. Seine Begleiterin trug einen Umhang mit Kapuze. Sie zeigte sich erst, nachdem Benjamin und ich sie hinauf in unsere Kammer gebracht hatten. Nun, ich kann Euch sagen, wenn Broussac ein Ferkel war (genauer gesagt war er ein ausgewachsenes Mastschwein), dann war seine Begleiterin die Schönheit in Person. Sie war klein und zierlich wie eine Miniaturausgabe der Venus. Sie hatte silbernes Haar, oder goldenes? Ich habe es vergessen. Doch ich kann mich erinnern, daß es im Licht der Kerzen in unserer Kammer glänzte und schimmerte. Ihre Figur war makellos, und sie hatte violette Augen, oder graue? Herr im Himmel, mein Gedächtnis läßt mich im Stich, ihr Mund jedenfalls schien wie geschaffen zum Küssen. Sie hatte eine Haut wie Alabaster, ihre Wangen waren dezent gerötet, und wenn sie lächelte, wirkte sie so verführerisch wie der Teufel höchstpersönlich.

»Messieurs«, hob Broussac großspurig an, »darf ich Euch Mademoiselle . . .« Er begann zu stottern, ». . . Beatrice, ja, Beatrice de Cordelière vorstellen?«

»Ist das ihr wirklicher Name?« fragte ich.

»Nein«, antwortete das Mädchen in perfektem Englisch, und ihre wunderschönen Augen trafen sich mit den meinen. Schon auf den ersten Blick wußte ich, daß ich es mit einer verwandten Seele zu tun hatte, mit einem Shallot in Rockschößen.

»Mein Name geht nur mich etwas an«, antwortete sie ruhig. »Und falls Ihr etwas von mir zu erfahren wünscht, fragt mich frei heraus. Ich bin hier auf Bitten von Monsieur Broussac und weil man mich gut bezahlt. Aber wenn mir das nicht gefällt, was ich hier sehe oder höre, dann werde ich schon in weniger als einer Stunde wieder verschwunden sein.«

Benjamin ergriff eine Hand des Mädchens, führte sie an seine Lippen und küßte sie sanft. »Mademoiselle«, sagte er, »wir leben schon so lange ohne eine derartig reizende weibliche Gesellschaft, daß unsere Manieren etwas zu wünschen übrig lassen.« Der Charmeur warf mir einen Blick zu. »Ich möchte Euch erklären«, fuhr er fort, »weshalb wir Euch hierher eingeladen haben. Doch zunächst zu Euch, Monsieur Broussac«, sagte Benjamin, und in seiner Hand tauchte unvermutet ein Beutel mit Silbermünzen auf, der ebenso schnell in Broussacs Ärmel verschwand, »wir möchten Euch keineswegs länger hier aufhalten als nötig. Ihr seid ein vielbeschäftigter Mann, und Roger wird Euch zu den Toren des Châteaus geleiten.«

Broussac verstand den Wink und grinste verschlagen das Mädchen an. Wir ließen die Schöne mit Benjamin allein, während ich den ungeschlachten Kerl eilig zum Tor begleitete.

»Wo hast du diese Frau aufgetrieben?« fragte ich flüsternd.

Broussac kratzte sich an seiner fleischigen Nase. »Stellt keine Fragen, Master Shallot, und Ihr bekommt keine Lügen als Antwort.«

Und dann stampfte der alte Schurke ohne einen Händedruck und ohne sich noch einmal umzusehen über die Zugbrücke davon. Ich flitzte wie ein Windhund zurück in unsere Kammer und hielt nur draußen vor der Türe ein wenig inne, um meinen Atem zu beruhigen und meine übliche heitere und gelassene Miene aufzusetzen. In der Kammer saßen Benjamin und Beatrice auf der Kante seines Bettes und plauderten auf Lateinisch miteinander, als würden sie sich schon seit Jahren kennen.

»Ah, Roger.«

»Ah, Benjamin«, antwortete ich und setzte mich auf die

Kante meines Bettes, fest entschlossen, mich nicht von der Stelle zu rühren.

»Ich habe Beatrice gerade erzählt, weshalb wir ihre Hilfe benötigen, und sie hat sich unter drei Bedingungen bereit erklärt, uns zu unterstützen. Erstens möchte sie alle Kleider und allen Schmuck behalten, mit dem sie hier ausstaffiert wird. Zweitens will sie die eine Hälfte ihrer Bezahlung, bevor sie mit dem König zusammentrifft, und die zweite Hälfte danach.«

»Und drittens?« stieß ich hervor, während ich das Gesicht des kleinen Biests betrachtete.

Sie hatte das Gesicht eines Engels und die Augen eines Steuereintreibers.

»Drittens«, fuhr Benjamin gleichgültig fort und versuchte, ein Lachen zu unterdrücken, »drittens hat Miss Beatrice erklärt, daß wir beide ansehnliche junge Männer sind, mit denen sie gerne die nächsten Tage zu verbringen gewillt ist, daß sie jedoch in der Nacht ihre Ruhe haben möchte!«

Ich starrte sprachlos dieses junge Mädchen an, das aussah wie eine unbedarfte Sechzehnjährige, aber gerissen war wie ein Kaufmann.

»Deswegen braucht sie sich nicht zu sorgen«, murmelte ich. »Und falls sie sich doch meiner Kammer nähern sollte«, fügte ich grob hinzu, »dann werde ich ihr mit dem Riemen schon den richtigen Weg weisen.«

Beatrice beugte sich nach vorne und schaute mich mit ihren klaren, unschuldsvollen Augen an.

»O ja, bitte!« sagte sie leise. »Ihr seid ein wahrhaftiger Mann!«

Dann lehnte sie sich wieder zurück und brach in schallendes Gelächter aus.

Benjamin schloß sich an, und auch ich fand die Situation bald ziemlich komisch. Sie hatte mich nicht beleidigen wollen. Sie war hierher gekommen, um einen Auftrag zu erledigen, und wegen nichts anderem. Ich respektierte ihre Ehrlichkeit und wich dabei von meiner zweiten goldenen Regel ab: Beurteile niemals ein Buch nach seinem Einband.

(Mein Kaplan rutscht auf seinem Stuhl umher, wobei sein kleiner Hintern vergnügt auf und nieder hüpft. »Wollt Ihr vielleicht sagen, daß Ihr niemals versucht habt, sie zu verführen?« bringt er kichernd hervor. Wenn er sich nicht vorsieht, werde ich meinen Riemen auf *seinen* Arsch niedersausen lassen. Ihr dürft mir glauben, wenn ich am Ende dieser Geschichte angelangt bin, wird er gelernt haben, seine Worte besser im Zaum zu halten, und er wird es sich zweimal überlegen, bevor er den Gelüsten des Fleisches nachgibt und mit der jungen Mabel auf dem Heuboden verschwindet.)

Nun, Benjamin, Beatrice und ich wurden schnell gute Freunde. Natürlich sorgte ihr Erscheinen im Château für Verwirrung und löste unzählige Fragen aus. Die Männer tuschelten, und Lady Francesca beäugte sie mißtrauisch, eine mögliche Rivalin witternd, die ihr womöglich den Rang ablaufen könnte. Das gefiel mir, und ich verbrachte einen Großteil meiner Zeit damit, unserer Lady Beatrice alle nur erdenklichen Komplimente zu machen. Benjamin hingegen konzentrierte sich auf seine Pläne. Am Tage vor der Ankunft des Königs begab sich Benjamin mit Beatrice nach Paris zu Les Halles, um Kleider, Unterröcke, Hemden, einen spitzenbesetzten Schleier, Parfüm und Schmuck einzukaufen (bei letzterem werde es sich nur um Imitate handeln, versicherte er mir). Ich blieb wohl oder übel im Château zurück, wo Dacourt und Clinton mich dazu zwangen, bei den Vorbereitungen für das Fest zu helfen. Benjamin und Beatrice kehrten spät am Abend wieder zurück, und das junge Biest zog sich dann gleich in seine Kammer zurück, die Dacourt für sie hatte freimachen lassen. Ich war versucht, ihr zu folgen und ihr die wahre Natur meiner Empfindungen für sie zu zeigen, doch Benjamin hatte mir dergleichen strikt verboten.

»Roger«, schärfte er mir ein. »Beatrice ist hier, um eine bestimmte Aufgabe zu erfüllen, und wegen nichts anderem. Sie soll König Franz Gesellschaft leisten und von ihm verführt werden als Mademoiselle Beatrice de Cordelière, Tochter eines ortsansässigen Kaufmanns. Sie soll den König umgarnen, seine Zuneigung gewinnen und ihm dann den Ring entwenden.«

»Wie will sie das anstellen?« fragte ich. »Will sie den Langnasigen einfach darum bitten, ihn ihr zu überreichen?«

»Nein, ich werde ihr eine Imitation mitgeben, eine exakte Nachbildung des Ringes, den Franz trägt. Ich glaube jedenfalls, daß dieser Ring genauso aussieht. Wie auch immer, die Nachbildung hat genügend Ähnlichkeit mit dem Ring des Königs, daß sie Verwirrung stiften und es dem Mädchen ermöglichen wird, den Ring zu stehlen.« Benjamin zuckte mit den Schultern. »Und wenn der französische König den Diebstahl entdeckt, werden wir sagen, Mademoiselle Beatrice sei verschwunden, und wir seien Sendboten von König Heinrich von England und könnten nicht für die Ehrlichkeit französischer Staatsbürger garantieren.«

Wahrlich ein brillanter Plan! Mein Meister hatte all seinen Einfallsreichtum und sein Geschick eingesetzt, um ihn auszutüfteln, und die Aussichten, daß wir damit Erfolg haben würden, standen günstig. Die Vorhut der Reisegesellschaft von König Franz traf am Morgen des Feiertages von Johannes dem Täufer auf dem Schloß ein. Als erste kamen Reiter, Trompeter und Herolde, die das blaue, silberne und goldene Banner von Valois und die

Oriflamme, das persönliche Wappen des Königs, mit sich führten. Dahinter folgten die vielfarbigen Wimpel der übrigen Adeligen seines Gefolges. Die Bannerträger rumpelten über die Zugbrücke, gefolgt von Kammerdienern, Verwaltern und Bediensteten des königlichen Haushalts. Diese inspizierten die Gemächer, die für Franz und sein Gefolge vorgesehen waren, und unterzogen die Küchen, den Keller und die Gänge einer genauen Untersuchung, um sicherzugehen, daß alles in Ordnung war. Sie luden ihre Fässer und Truhen ab, händigten uns Tücher aus, die wir an die Wand hängen sollten, und erklärten uns, daß der König in Frankreich auf Teppichen, nicht auf Binsenmatten schreite. Überdrüssig ihrer ständigen Forderungen, überließen wir diese Höflinge ihrem geschäftigen Treiben, doch Dacourt war schlau genug, vor seiner Kanzlei, der Bibliothek und anderen Schreibräumen bewaffnete Wachen zu postieren.

»Wir müssen verhindern, daß irgendein Spion darin herumschnüffelt«, erklärte er lachend.

»Das wäre nicht nötig«, erwiderte Peckle trocken und strich sich sein dunkles Haar mit tintenbefleckten Fingern zurück. »Die Franzosen scheinen unsere Geheimnisse schon zu kennen, bevor wir sie erfahren.«

Seine Worte brachten die Unterhaltung zum Verstummen. Wir waren alle so intensiv mit den Vorbereitungen für das Fest beschäftigt gewesen, daß wir gar nicht mehr an den Tod von Waldegrave und Throgmorton gedacht hatten. Ich musterte Peckle genauer. Er hielt sich immer von den anderen fern, verbrachte seine freie Zeit in seiner Schreibstube und gesellte sich nur zu den Mahlzeiten oder für einen kurzen Spaziergang im Garten zu uns. War vielleicht er der Spion? Der eifrige Schreiber, der Geheimnisse weitergab? Ich blickte zu Millet. In seinem gelangweilten, blassen Gesicht war keine Gefühlsregung zu erkennen. Benjamin und ich hatten unseren Verdacht für uns behalten, denn mein Meister war der Überzeugung, daß eine Konfrontation zum jetzigen Zeitpunkt keinen Sinn haben würde. Doch was war mit Millets Herrn und Meister? Dem forschen, derben alten Soldaten? Oder mit Clinton, dem Mann mit den vollendeten Umgangsformen und einer rätselhaften französischen Gemahlin? Oder mit dem allgegenwärtigen und stets gutgelaunten Venner, der wie ein Pferd aß, aber kaum etwas trank und immer darauf bestand, seinen Wein mit Wasser zu verdünnen?

Ich kam nicht dazu, meine Spekulationen über die Identität des Mörders weiter fortzusetzen, denn es ertönte eine Trompetenfanfare, und ein Höfling platzte in die sonnenbeschienene Halle und rief, der Troß des Königs sei in Sicht. Wir gingen hinaus, um die Ankunft des Königs (oder des Langnasigen, wie er auch genannt wurde) zu beobachten. Er wurde begleitet von Hellebardieren, Bogenschützen und Angehörigen der *Garde écossais,* welche federgeschmückte Helme und leichte Rüstungen trugen. Ich ließ mich nicht sehen. Ich erblickte das lange Gesicht des Königs unter einer scharlachroten Haube und neben ihm die schweren Augenbrauen und das ernste Gesicht von Monsieur Vauban, der erstaunlicherweise in ein schlichtes graues Gewand gekleidet war. Die seltsame Stimme, die uns in der Nacht im Wald gerufen hatte, kam mir wieder ins Gedächtnis, und trotz des warmen Sonnenscheins fröstelte es mich.

Es folgten die üblichen tödlich langweiligen Ansprachen. Dann schwärmten die französischen Gäste aus, um ihre Gemächer zu beziehen, die in einem der Flügel des Châteaus für sie vorbereitet waren, während ich, den Anweisungen meines Meisters folgend, ein scharfes Auge auf die Angehörigen der Botschaft hatte, um festzustellen, ob sich irgend jemand verdächtig verhielt. Doch meine Mühe war vergeblich. Dacourt und die Clintons widmeten sich dem französischen König, Peckle begab sich brummelnd zurück in seine Schreibstube, während Millet und Venner, da ihre jeweiligen Herren ihre Dienste momentan nicht benötigten, auf einem der Korridore mit einem lärmenden Wurfringspiel begannen. Die Situation entbehrte nicht einer gewissen Komik, denn das Schloß war nun überfüllt mit Franzosen, die, sofern kein blaues Blut in ihren Adern floß, sich auf eigene Faust nach einer Unterkunft umsehen mußten. Venner und Millet wurden bei ihrem Spiel immer wieder von schimpfenden Franzosen gestört, die über die Gänge trampelten, bis sie es schließlich aufgaben und sich so wie ich in den relativ ruhigen Garten flüchteten.

Kurz vor Sonnenuntergang senkte sich eine seltsame Stille über das Château, denn nun bereiteten sich alle auf das Festbankett vor. Dacourt hatte es an nichts fehlen lassen. Der alte Saal erstrahlte in neuem Glanz, der Fußboden war poliert und die Wände mit neuen Vorhängen ausgestattet worden. Über den alten Tischen, die auf Holzböcken standen, lagen weiße Tücher, und der Raum wurde von Tausenden kleinen, weißen Wachskerzen erhellt. Als ich diese Kerzen genauer betrachtete, mußte ich grinsen, denn sie sahen genauso aus wie jene, die die Luciferi benutzten, doch dann kam mir wieder Agnes in den Sinn, und all meine Fröhlichkeit verflog. Benjamin und ich warteten am Eingang des Saales auf Beatrice. Kurz bevor der französische König eintraf, kam sie dahergetrippelt, und sie sah absolut hinreißend aus in ihrem schlichten Kostüm aus rosarotem Damast, das am Hals und an Ärmeln mit Spitzen verziert war, während ein feiner Gaze-Schleier ihr schimmerndes Haar bedeckte. An ihren Fingern glänzten zahlreiche Ringe, und etwas, das aussah wie ein Anstecker aus Amethyst, betörte das Auge und lenkte die Aufmerksamkeit auf ihre weichen, reifen Brüste.

Oh, sie war schon ein verruchtes kleines Biest, wie sie uns da unter ihren gesenkten Augenlidern hervor kokett anblickte und die Unschuld vom Lande spielte. Ihre langen Wimpern flatterten lebhaft. Ich bemerkte auch, daß ihre elfenbeinfarbenen Wangen leicht gerötet waren. Ein Trompetenstoß erklang, und wir machten Platz, um König Franz und seinem Hofstaat den Weg in den Saal freizumachen. Der König trug einen golddurchwirkten Rock und ebensolche Beinkleider. Seine Höflinge waren nicht weniger exotisch gekleidet; sie hatten Jacketts aus purpurroten Satin oder offene Wamse aus rotem Samt an, die mit silbernen Kettchen verziert waren. Andere hatten sich pelzbesetzte Umhänge über die Schultern geworfen und trugen mit Fasanenfedern geschmückte Hüte, die verwegen auf ihren Köpfen saßen. Es gab keine Damen unter ihnen. (Später erfuhr ich, daß König Franz, wenn er auf Reisen ging, seinen Harem stets zu Hause ließ und sich mit den Frauen vergnügte, die ihm gerade unter die Augen kamen.)

Die französischen Gäste marschierten zum Tisch der Gastgeber, wo Clinton und Dacourt sie erwarteten. Vauban war natürlich auch dabei. Er hatte sein Haar eingeölt und parfümiert und trug ein mit einem Zobelfell besetztes Gewand aus schwarzem Samt, dessen Knöpfe anscheinend aus Perlmutt waren. Ein Mann, der von seinem König hochgeschätzt wurde, dachte ich mir. Und das war auch kein Wunder, denn die Luciferi hatten im Land erfolgreich alle oppositionellen Regungen niedergeschlagen und sich als äußerst geschickt im Aufspüren der Geheimnisse fremder Mächte erwiesen. Nachdem der französische König und sein Gefolge an dem hufeisenförmigen Tisch auf dem Podium Platz genommen hatten, setzten auch wir gewöhnlichen Sterblichen uns. Benjamin hatte dafür gesorgt, daß Beatrice einen Platz bekam, an dem unweigerlich das Auge des Königs auf sie fallen mußte. Ich beugte mich zu Benjamin hinüber und zischte: »Master, wissen die anderen denn, weshalb Beatrice hier ist?«

Benjamin schüttelte den Kopf. »Nein, ich habe ihnen gesagt, sie habe es mir sehr angetan«, flüsterte er heiser. »Und du kennst doch die Engländer, Roger. Sie sterben lieber vor Neugierde, anstatt eine Frage zu stellen!«

Ich betrachtete prüfend Vaubans Gesicht und fragte mich, ob er vielleicht Verdacht geschöpft haben könnte. Der Schweinehund blickte freundlich lächelnd zu uns herab und hob seine Hand, als wolle er alte Freunde oder treue Kameraden begrüßen. Noch einmal traten die Herolde auf, wurden Titel ausgerufen, ertönten Trompeten, und dann begann das festliche Bankett. Rind, Regenpfeifer, Fasan, Wachtel, Hecht, Karpfen, Berge von Gemüse und große Schweineköpfe wurden aufgefahren, alles auf riesigen Tafeln und Tabletts serviert, und dazu floß der Wein in Strömen. Ich trank tüchtig, wahrscheinlich um meine Angst zu unterdrücken, doch Benjamins Plan funktionierte großartig. Als das Fest zu Ende war, wurden die Tische abgeräumt, und es kam der übliche Mummenschanz von Georg und dem Drachen und Robin aus dem dunklen Walde zur Aufführung. Danach spielten die Musikanten auf, und bald tanzten die Festgäste wild und ausgelassen im Saal. König Franz biß natürlich an; er fiel über Beatrice her wie ein Habicht über ein hilfloses Täubchen. Er schien hingerissen zu sein von ihr, und wir brauchten nur zu beobachten, wie alles seinen Lauf nahm und der Langnasige uns auf den Leim ging.

Schließlich schleifte mich Benjamin in unsere Kammer;

er schien genauso viel getrunken zu haben wie ich. Wir setzten uns beide auf den Boden und sangen ein zweistimmiges Madrigal, bis uns der Schlaf übermannte. Früh am nächsten Morgen weckte mich das Klopfen eines Dieners an der Türe.

»Master Shallot! Master Shallot!«

Ich warf mir einen Umhang über und machte die Türe auf.

»Was gibt es denn, Mann?«

»Die junge Lady Beatrice. Sie hat das Schloß verlassen. Sie hat mich gebeten, Euch dies zu geben.«

Er überreichte mir ein verschlossenes Lederbeutelchen.

»Es sind keine Münzen darin«, fuhr der unverschämte Bursche fort. »Nur ein Ring.«

Eine jähe Freude durchfuhr mich, ich öffnete den Beutel, und obwohl der Wein noch meinen Geist umfangen hielt, rannte ich die Treppen hinunter und über den Hof, wo mir ein Wachmann die Nachricht des Dieners bestätigte.

»Allein?« fragte ich. »Das ist doch verdammt gefährlich!«

Der Mann lächelte mich müde an. »Das habe ich ihr auch gesagt«, erwiderte er. »Doch sie hat gemeint, andere Männer würden sie erwarten.«

Ich eilte wieder hinauf in unsere Kammer, um Benjamin aufzuwecken.

»Master!« zischte ich. »Master, wir haben den Ring!«

Benjamin öffnete schlaftrunken die Augen und streckte eine Hand aus.

»Zeig ihn mir.«

Er machte den Beutel auf, warf einen Blick hinein und ließ sich mit einen lauten Stöhnen wieder auf das Bett zurückfallen. »Dieses dumme Weib!« rief er. »Sie hat uns die Nachbildung zurückgegeben!«

»Das kann doch nicht sein! Sie ist weg! Ihr habt ihr doch die zweite Hälfte des Geldes noch nicht bezahlt?«

Benjamin setzte sich auf und schüttelte den Kopf. »Doch, ich habe ihr das Geld gegeben. Sie hat es gestern abend vor dem Bankett verlangt, sie sagte, sie würde sonst nicht mehr weitermachen.« Er schüttelte den Kopf. »Also habe ich sie bezahlt.«

»Und jetzt ist diese kleine Schlampe verschwunden!« jammerte ich. »Sie hat uns an der Nase herumgeführt wie zwei Volltrottel.«

Wir wuschen uns, zogen uns an und gingen hinunter in den Hof, wo der König von Frankreich, der nun etwas müder aussah als am vorangegangenen Abend, sich zum Aufbruch rüstete. Seine Hofschranzen schwirrten um ihn herum, und Vauban, angetan mit einer Mönchskluft, kam zu uns herübergeschlendert.

»Guten Tag, Messieurs.«

Der Bastard schien so frisch zu sein wie der Frühlingsmorgen.

»Im Namen meines Herrn möchte ich Euch danken für die angenehme Gesellschaft, die Mistress Beatrice ihm geleistet hat.« Er blickte verstohlen über seine Schulter zum König. »Ich habe gehört, sie ist eine wahre Meisterin ihres Faches.« Er rückte näher und schüttelte den Kopf, während sein Gesicht einen ernsten Ausdruck annahm. Erneut versuchte ich mich zu erinnern, wo ich ihn schon einmal gesehen hatte.

»Doch Ihr solltet Euch vor ihr in acht nehmen«, fuhr er fast flüsternd fort. »Sie ist nicht das, was sie zu sein vorgibt. Einer meiner Männer hat sie als Mitglied der gefürchteten Luciferi erkannt, die oft auch mit einem Schurken namens Broussac zusammenarbeiten. Ihr kennt ihn doch, Shallot?«

Ich hätte ihm meine Faust in sein schelmisch grinsendes

Gesicht rammen können, als mir klar wurde, in welch gigantische Falle wir getappt waren. Der Schuft drehte sich um und murmelte dabei: »Es ist wahrlich ein Jammer. Man kann heute niemandem mehr trauen.«

Er stolzierte zurück zu seinem Herrn und Gebieter, der seine unbehandschuhte Hand hob und den verdammten Ring im Sonnenlicht erblitzen ließ. Wir standen sprachlos da und sahen zu, wie der Troß sich auf dem Schloßplatz in Bewegung setzte. Dacourt, Clinton und Peckle kamen zu uns herüber, um Benjamin für das gelungene Fest zu gratulieren. Mein Meister warf ihnen nur einen finsteren Blick zu, packte mich am Arm und zog mich davon.

»Schluß jetzt mit diesem Katz-und-Maus-Spiel!« knurrte er.

Wir verfolgen die französische Kavalkade mit den Augen, als sie über die Zugbrücke rumpelte und dann in einer Staubwolke verschwand.

»Man hat uns gehörig hereingelegt!« sagte Benjamin bitter. »Vauban hat die ganze Zeit mit uns gespielt. Broussac muß auch ein Mitglied der Luciferi sein. Vielleicht ist er ihr Spion bei den Maillotinern und steckt auch hinter dem Angriff auf das Château. Dasselbe gilt für Mistress Beatrice.«

»Dann sind wir jetzt also genau wieder da, wo wir am Anfang waren, Master?«

Benjamin drehte sich um und zwinkerte. »Nicht ganz, Roger. Der Wein letzte Nacht hat meinem Gedächtnis auf die Sprünge geholfen.« Er richtete seinen Blick in die Ferne. »Laß uns doch einmal zu Abbé Gerard zurückgehen.«

»Muß das sein?« brummte ich. »Weshalb denn?«

»Der Abbé interessierte sich für die neuen Lehren. Er war ein Freund von König Heinrich VIII. von England, der ihm ein Buch schenkte. Der Abbé sagte, er wolle dieses Buch ins Paradies mitnehmen. Nun, da er unerwartet verstorben ist, konnte er es nicht verbrennen, denn er hatte es an einem Orte versteckt, wo niemand es finden konnte. Wir dachten, es sei mit ihm begraben worden«, sagte er und grinste mich verlegen an, »doch wir konnten es nicht bei ihm finden. Nun, letzte Nacht kam mir der Chorboden der Kirche in den Sinn, und zwar aus zweierlei Gründen.« Er nahm seine Finger zur Hilfe, um die einzelnen Punkte aufzuzählen. »Erstens: Ein umgangssprachlicher Ausdruck für die Galerie lautet ›Paradies‹. Und zweitens: Hast du den Holzschnitt an der Chorschranke gesehen?«

»Nein, dafür war es viel zu dunkel«, brummte ich.

»Darauf sind Adam und Eva im Garten Eden dargestellt.«

»Mit anderen Worten, im Paradies!« rief ich aus.

Benjamin drehte sich zu mir und klopfte mir auf die Schulter. »Also, mein geliebter Freund, dann wollen wir uns aufmachen zu der Kirche. Vauban und sein königlicher Herr werden sich halb totlachen auf ihrer Reise nach Paris, und sie werden denken, wir seien vom Wein immer noch so benebelt, daß wir keinen klaren Gedanken fassen können.«

Schon zwei Stunden später standen wir Curé Ricard in seiner bescheiden eingerichteten Küche gegenüber. Benjamin zeigte ihm zwei Goldmünzen, die aus unserem zusammenschmelzenden Geldvorrat stammten, mit dem der Kardinal uns ausgestattet hatte. Die Augen des Priesters weiteten sich vor Aufregung.

»Diese Münzen gehören Euch«, hob Benjamin an, »unter folgenden Voraussetzungen: Ihr erlaubt uns, die Kirche zu betreten, das zu tun, was wir für nötig erachten und, nachdem wir gegangen sind, alle Schäden wieder zu beheben, die wir möglicherweise angerichtet haben. Ich versichere Euch, es wird nicht schlimm sein. Und schließlich, wenn Euch Euer Leben lieb ist, erzählt niemandem, was geschehen ist.«

Natürlich zeigte sich der Kurator einverstanden; er hätte uns auch die Kirche und sein Haus verkauft für das Geld, das wir ihm boten. Benjamin nahm die Schlüssel, und wir eilten zur Kirche, öffneten die Türe, verschlossen sie wieder hinter uns und hasteten die hölzerne Wendeltreppe hinauf. Die Chorschranke war eigentlich eine Balustrade mit einer Eichenvertäfelung an beiden Seiten. Benjamin hatte Dolch und Brecheisen mitgebracht, und nach kaum einer Stunde sorgfältigen Stemmens und Drückens gelang es ihm, die Verkleidung der Schranke auf einer Seite zu lockern. Hinter dem Holzschnitt von Adam und Eva im Paradies, eingekeilt zwischen zwei Latten, lag ein kleines, ledergebundenes Buch. Benjamin griff es sich, stopfte es unter seinem Wams und verschloß die Verkleidung notdürftig wieder. Dann holten wir unsere Pferde und galoppierten zum Château zurück, als wäre uns der Teufel auf den Fersen.

Die Bewohner des Schlosses waren noch damit beschäftigt, sich von den Anstrengungen des vorangegangenen Abends zu erholen. Erst nachdem wir die Türe unserer Kammer aufgeschlossen hatten, zog Benjamin das Buch unter seinen Wams hervor und untersuchte es eingehend. Dann klappte er es wieder zu und ließ es in seinen Schoß sinken.

»Ich habe dir versprochen, Roger, wenn wir dieses Buch finden, dir zu sagen, weshalb es so wichtig ist und welche geheimen Anweisungen mein Onkel mir in Hampton Court gegeben hat. Dies«, sagte er und holte tief Atem, »ist das Werk *Über die Keuschheit* des heiligen Augustinus. Es ist mit Randbemerkungen unseres Königs versehen, und eine davon ist höchst bedeutsam.« Benjamin schlug das Buch auf und deutete auf eine Stelle, an der die Hand des Königs an den Rand gekritzelt hatte: ›*Quando Katerina devenit uxor mea, virgo intacta est.*‹

»Als Königin Katharina meine Gemahlin wurde«, übersetzte ich, »war sie noch jungfräulich.« Ich schüttelte den Kopf. »Ja, und?«

Benjamin schaute auf das Buch hinunter. »Mein Onkel hat mich davon unterrichtet, daß unser königlicher Herr beabsichtigt, sich von seiner Gemahlin von Aragon scheiden zu lassen.«

Ich blickte verdutzt drein, während ich mir das traurige, bleiche Gesicht von Heinrichs spanischer Gattin ins Gedächtnis rief.

»Aus welchen Gründen?« fragte ich stockend.

Benjamin verzog das Gesicht. »Du wirst dich erinnern, Roger, daß Katherina sich zuvor, im Dezember 1501, mit Heinrichs älterem Bruder Arthur verlobte und ihn auch heiratete. Fünf Monate später starb dieser im Palast von Ludlow. Arthur war schon immer kränklich gewesen, und unser königlicher Herr wurde daraufhin Thronprätendent. Nun, der alte König Heinrich VII. wollte weder die Allianz mit Spanien noch Katharinas beträchtliche Mitgift aufs Spiel zu setzen.«

(Übrigens, ich wußte, daß Benjamin die Wahrheit sprach. Der alte König war ein eigensinniger, knauseriger Geizkragen gewesen, der jeden Penny zählte und oft Rechnungen schuldig blieb. Ich habe die Bücher seines Hofhaushalts in der Dokumentenkammer im Tower gesehen. Er pflegte jede einzelne Seite nachzuprüfen und abzuzeichnen. Er konnte bis zum letzten Viertelpenny angeben, wie groß das Vermögen des königlichen Schatzmannes war und auf welche Höhe sich die Verbindlichkeiten beliefen. Ich kann Euch versichern, daß dies die einzige Phase in der Geschichte unseres Königreiches war, in der mehr Geld hereinkam, als ausgegeben wurde. Die große Elizabeth erzählt mir jedesmal, wenn sie mich besucht, mit gedämpfter Stimme, daß sie immer wieder kleine Kästchen mit Gold findet, die ihr geiziger Großvater in geheimen Fächern oder Nischen in den Palästen des Landes versteckt hat.

Nun, in unserer staubigen Kammer in Maubisson begann die Saat dieser Gier schon zu keimen. Wir rührten an eine schwärende Wunde, die den entsetzlichen Tod von Hunderten von Menschen zur Folge haben, die nördlichen Grafschaften zur Rebellion aufstacheln und die grausame Unterdrückung aller Klöster und Abteien in England nach sich ziehen sollte. Der alte Thomas Morus sollte aus seinem Haus in Chelsea, von wo aus er mit seinem zahmen Fuchs und seinem Frettchen immer Spaziergänge an der Themse entlang unternahm, vertrieben und auf den Henkersblock geschleift werden. Ich hatte eine Vorahnung von all diesen schrecklichen Ereignissen, und ein Schauder durchlief mich, wenn ich mich an Doktor Agrippas Worte erinnerte, Heinrich könne der ›Maulwurf‹ aus Merlins Prophezeihung werden, der Große Dunkle, der sein Königreich in ein Meer aus Blut tauchen würde.)

»Wie kann er sich von Katharina scheiden lassen?« stieß ich hervor. »Sie hat ihm doch Kinder geschenkt!«

»Ja, doch nur die kleine Maria hat überlebt«, erwiderte Benjamin. »Unser König verlangt nach einem männlichen Erben, doch alle Söhne Katharinas sind nach wenigen Wochen gestorben.«

(Oh, auch das ist korrekt. Einmal, als Attentäter aus Venedig mich durch die Straßen Londons verfolgten, versteckte ich mich in der Krypta der Abtei von Westminster. Ich kroch durch eine verfallene Mauer und gelangte in eine dunkle, geheimnisvolle Grabkammer, in der mehrere kleine Särge auf Holztischen aufgereiht waren. Später erfuhr ich, daß es sich dabei um die kurz nach der Geburt verstorbenen Kinder von Katharina von Aragon gehandelt hatte. Gott lasse sie in Frieden ruhen. Es waren mindestens sechs Särge, die ich gezählt habe.)

»Nun«, fuhr Benjamin fort, »Heinrich ist überzeugt, der Tod seiner Söhne sei die Strafe Gottes dafür, daß er die Witwe seines Bruders geheiratet hat, was im Widerspruch zur Bibel steht. Dort heißt es im Buche Leviticus, Kapitel 20, Vers 21: ›Du sollst nicht ehelichen die Witwe deines Bruders.‹«

(Der große Mörder zitierte gerne diesen Vers. Diejenigen unter Euch, die sich dafür interessieren, seien darauf verwiesen, daß es in demselben Buche einen weiteren Vers gibt, der genau das Gegenteil besagt. Dies bestätigte einmal mehr die alte Redensart, daß sogar der Teufel es versteht, aus der Bibel zu zitieren. Ich hoffe, mein Kaplan nimmt sich dies zu Herzen. Auch er liebt es, seine Predigten mit Bibelzitaten auszuschmücken.)

»Ja, aber Katharina war doch noch Jungfrau, als sie Heinrich heiratete?«

»Natürlich«, erwiderte Benjamin. »Arthur war ein kränklicher Knabe, der unter Ausfluß der Gedärme litt und gelben Schleim ausspuckte. An dem Morgen nach seiner Hochzeitsnacht verlangte er nach einem Glas Wein und sagte, es sei harte Arbeit, die ganze Nacht in Spanien zu verbringen, doch das war nur Angeberei. Er war unfähig, den Geschlechtsverkehr zu vollziehen. Katharina hat immer behauptet, noch jungfräulich gewesen zu sein, und ihr zweiter Gemahl«, sagte Benjamin und schwenkte das Buch in seiner Hand hin und her, »hat dies hier auch bestätigt. Und nun . . .«

»Nun«, setzte ich fort, »hat unser königlicher Lügner seine Meinung geändert. Er möchte die Scheidung einreichen, und er möchte deshalb natürlich auch das Buch zurückhaben.«

Benjamin schnitt eine Grimasse. »Genau. Dies ist der einzige Beweis dafür, daß Heinrich wußte, daß seine Frau noch jungfräulich war. Wenn dieses Buch vernichtet ist, kann er guten Gewissens in Rom die Annullierung der Ehe beantragen.«

»Und was ist mit Spanien?«

»Katharinas Eltern sind tot, und Heinrich möchte die Allianz mit Spanien aufkündigen.«

»Was sagt der Kardinal dazu?«

Benjamin blickte auf den Boden. »Er ist gegen die Scheidung.«

Ich musterte meinen Meister aufmerksam. »Weshalb?« fragte ich. »Wolsey kann das doch vollkommen gleichgültig sein.«

Benjamin räusperte sich. »Mein Onkel war immer schon der Überzeugung, er werde eines Tages wegen einer Frau seine Macht und seinen Einfluß auf den König verlieren. Er hat mir die alte Prophezeiung zitiert: ›Wenn die Kuh auf dem Bullen reitet, dann, Priester, rette deinen Kopf.‹ Doch er muß sich fügen.«

»Gibt es da noch jemanden?«

»Was meinst du damit?«

»Hat unser königlicher Bulle seine Kuh schon gefunden?«

»Nein, bis jetzt nicht.«

Benjamin sprach die Wahrheit. Heinrich hatte eine ganze Schar von Mätressen: Bessie Blount, Maria Boleyn und die Mädchen am Hofe, aus denen er immer wieder einige aussuchte. Doch als man am Ende schließlich die verfaulende Leiche des feisten Heinrichs in einen besonderen, bleiverstärkten Sarg legte (sein Körper war aufgeplatzt, und man mußte ihn mit Gewalt hineinzwängen), hatte er drei seiner sechs Frauen ermordet, und er hatte sich gerade angeschickt, auch seine letzte Gemahlin umzubringen, als der Schnitter ihn holte. Damals in unserer muffigen Kammer im Château de Maubisson, vor so vielen Jahren, kamen die ersten Szenen dieses schauerlichen Dramas zur Aufführung.

Benjamin nahm das Buch und versteckte es unter dem hölzernen Lavarium.

»Nun wissen wir also, weshalb der König dieses Buch zurückbekommen will. Und die Franzosen würden es natürlich liebend gerne behalten. Sie ahnen, was unser König beabsichtigt, und kannst du dir vorstellen, daß Heinrich es wagen würde, die Aufhebung seiner Ehe zu beantragen, wenn seine Gegner einen derart unumstößlichen Beweis vorlegen könnten: eine eigenhändige Notiz von ihm, die besagt, daß Katharina eine ›*virgo intacta*‹ war?«

Plötzlich klopfte es laut an der Türe, und wir sprangen beide hoch.

»Kommt herein! Kommt herein!« rief ich.

Ich rechnete damit, daß Dacourt oder irgendein Bediensteter hereintreten würde, doch es war Doktor Agrippa, der in seinen üblichen schwarzen Umhang gehüllt war und freundlich lächelte wie ein gutmütiger Mönch.

»Guten Morgen, Gentlemen, ich komme von Calais, und ich finde hier das Château nahezu ausgestorben vor.«

Er legte seinen Umhang ab und setzte sich neben mich, während er sich an unseren verblüfften Gesichtern weidete. Dann streckte er seine kurzen, dicken Beine aus, und ich bemerkte, daß seine ledernen Reitstiefel von feinem Staub überzogen waren.

»Nun«, fuhr er fort, »seid Ihr nicht erfreut, mich zu sehen?«

Natürlich waren wir keineswegs erfreut, doch das sagten wir nicht.

»Um Himmels willen!« rief er wohlgelaunt. »Wollt Ihr mir denn nicht einmal einen Becher Wein anbieten?«

Ich beeilte mich, ihm das Gewünschte zu bringen, während Benjamin, der sich von der Überraschung wieder erholt hatte, sich hinüber neigte und Agrippa die Hand schüttelte.

»Weshalb seid Ihr hier?« fragte Benjamin.

»Der Kardinal hat mich entsandt.« Agrippa nahm den randvoll gefüllten Becher entgegen und lächelte zufrieden. »Nun, welche Fortschritte habt Ihr gemacht?«

»Keine.«

»Wißt Ihr, wer Raphael ist?«

»Nein.«

»Und der Mörder von Falconer und den anderen?«

Benjamin lächelte matt. »Ja und nein.«

»Was soll das heißen?«

»Die gute Nachricht ist, daß wir sicher sind, daß Raphael der Mörder ist.«

»Und die schlechte«, setzte Agrippa fort, während das Lächeln aus seinem Gesicht verschwand, »ist, daß Ihr nicht wißt, wer Raphael ist.« Er nippte an seinem Wein. »Und der Ring?«

»In dieser Angelegenheit sind wir auch nicht weitergekommen.«

»Und das Buch des Königs? Sein Geschenk an Abbé Gerard?«

»Das haben wir auch nicht gefunden«, log Benjamin und warf mir einen warnenden Blick zu.

Agrippa rutschte unruhig hin und her. Seine Augen nahmen die Farbe von kleinen schwarzen Kieselsteinen an, und über sein wohlriechendes Parfüm aus Muskat und Amber legte sich jener heiße, beißende Geruch, der entsteht, wenn man in der Küche eine leere Pfanne zu lange auf den Flammen stehen läßt. Der gute Doktor kochte innerlich vor Wut.

»Das ist nicht sehr angenehm«, zürnte er. »Seine Eminenz, der Kardinal, ist höchst ungehalten, und irgend jemand«, sagte er, während er mich ins Auge faßte, »wird den Zorn des Königs zu spüren bekommen.« Er lächelte, wie um seine Anspannung zu überwinden. »Der Kardinal ist wirklich sehr beunruhigt«, fuhr er fort, »der König kann nicht einmal einen Furz lassen, ohne daß die Franzosen es erfahren. Wer weiß, was sich daraus noch alles ergeben kann!«

»Was zum Beispiel?« fragte Benjamin.

Agrippa zuckte mit den Schultern.

»Laßt uns offen sprechen. Wir alle kennen unseren königlichen Herrn. Er duldet keinen längeren Aufschub. Wenn er überzeugt ist, daß der Spion hier sitzt, dann wird er Soldaten von Calais hierher schicken. Alle Bewohner des Schlosses werden verhaftet, eingekerkert, des Verrats angeklagt und schließlich zusammen hingerichtet werden.«

»Aber wir könnten doch auch alle unschuldig sein!« stieß ich hervor.

»Dies zu entscheiden, wird König Heinrich gerne Gott überlassen.«

Ich blickte durch das Fenster, durch das die Sonne hereinfiel, und fröstelte. Agrippa hatte recht. Heinrich war skrupellos genug, so etwas fertigzubringen. (Ich erinnere mich in diesem Zusammenhang immer an die Anweisung, die er Thomas Cromwell gab, als ein Abt eines großen Klosters sich der Unterdrückung durch den König widersetzte. »Macht ihm einen fairen Prozeß!« hatte

Heinrich gesagt. »Und dann hängt ihn über seinem Eingangstor auf!«)

»Schließt dies auch Euch mit ein, werter Doktor?«

Agrippa grinste. »Laßt es mich so ausdrücken, Master Daunbey. Ich werde gewiß nicht heimkehren, um über diesen vollkommenen Fehlschlag zu berichten. Wenn wir mit dem Schlimmsten rechnen müssen, dann werde ich mein Pferd satteln, durch die Hintertüre hinausschlüpfen und meiner Wege ziehen.« Er hob den Kopf und richtete seine Augen nach oben. »Ja, ich könnte nach Italien gehen und dort ein Schiff nach Byzanz nehmen.«

»Byzanz ist gefallen«, bemerkte ich. »Die Türken haben es vor siebzig Jahren erobert.«

Agrippa schaute mich an, und seine Augen waren nun wieder kristallklar. »Ich weiß«, erwiderte er, »ich war dabei.«

Ich starrte ihn fassungslos an.

»Ich war dabei«, wiederholte er, »als die Türken ein offenstehendes Tor entdeckten und dadurch in die Stadt eindrangen. Ich stand neben Konstantin Paläologus, dem letzten oströmischen Herrscher. Er ertrank in seinem eigenen Blute und dem der Angreifer.«

(Übrigens, ich glaubte Agrippa nur die Hälfte. Erst vor zwei Jahren sah ich ihn in London, wie er mir von einem Fenster aus zuwinkte, doch als ich ein zweites Mal hinschaute, war er verschwunden.)

»Leider haben wir nur noch wenig Zeit«, murmelte Agrippa. »Der König hat seinem Hauptmann in Calais geheime, versiegelte Briefe übersandt. Es bleibt uns nur noch ein Monat, um all diese mysteriösen Vorgänge aufzuklären.«

»Aber Dacourt und Clinton sind doch Freunde von ihm«, stammelte Benjamin. »Der König würde ihnen doch nichts antun? Dacourt hat mit ihm in der Schlacht von Spurs gekämpft, und Clinton und seine erste Gemahlin haben Heinrich oft in ihrem Haus in Hampstead bewirtet.«

»König Heinrich VIII. hat nur einen einzigen Freund«, antwortete Agrippa, »und dieser heißt Heinrich VIII. Vergeßt das niemals, Master Daunbey.« Er erhob sich. »Solltet Ihr dies vergessen, wie es viele andere getan haben, dann werdet Ihr dafür mit Eurem Leben bezahlen. Ich will Euch nun Euren Planungen überlassen, Gentlemen. Gibt es irgend etwas, womit ich Euch helfen kann?« Er ließ seine Worte im Raum stehen, griff nach seinem Überwurf und ging.

»Ist Clinton wirklich ein Freund des Königs?« fragte ich.

»Natürlich. Mein Onkel hat es dir doch gesagt.«

»Und seine erste Frau?«

»Sir Robert hat sie glühend und innig geliebt. Sie starb an einem Tumor, einem bösartigen Abszeß, vor einigen Jahren. Unser Problem«, fuhr Benjamin gleichgültig fort, »besteht nun darin: Was unternehmen wir als nächstes?«

»Wir könnten Millet auf die Probe stellen?«

»Und dabei überhaupt nichts herausfinden.« Benjamin leckte sich über die Lippen. »Es gibt noch einen anderen Faden«, sagte er.

»Welchen?«

»Lady Francesca. Als wir auf unserem Weg nach Paris das Kloster besuchten, konnten wir feststellen, daß die Schwestern Sir Robert und ihrer ehemaligen Schülerin große Verehrung entgegenbringen.«

»Was ist daran verdächtig?«

»Nichts, außer daß sie ihr ein Geschenk übergeben haben, kurz bevor wir das Kloster verließen. Ich habe mit den Sendboten gesprochen. Diese haben nicht nur

Lady Francescas Geschenke den Nonnen überbracht, sondern auch deren Geschenke an sie weitergeleitet.«

»Ihr meint, daran ist etwas faul?«

Benjamin scharrte mit den Füßen. »Das weiß ich nicht. Ich möchte gerne mehr über sie erfahren.«

(Mein Herz rutschte mir in die Hose. Ich ahnte schon, was gleich kommen würde.)

»Würdest du hinreisen, Roger?«

»Wohin?«

»In die Heimatstadt von Lady Francesca. St. Germain-en-Laye. Es ist nur einige Meilen südlich von Paris.«

»Und was soll ich dort tun?«

»Ein wenig herumfragen und dich über sie erkundigen.« Benjamin zuckte mit den Schultern. »Wer weiß? Vielleicht ist die Frau, die wir kennen, nicht dieselbe Lady Francesca, die dort gelebt hat?«

»Das ist nicht möglich«, widersprach ich.

»Es sind schon seltsamere Dinge passiert.« Benjamin beugte sich nach vorne. »Du mußt dorthin, Roger. Im Moment ist das alles, was wir haben. Dies und das Buch.«

»Und was ist mit dem verdammten Ring?« wollte ich wissen.

Benjamin schaute mich ratlos an, und meine Verzweiflung wuchs.

Kapitel 11

Nach einem Ritt ohne Zwischenfälle erreichte ich St. Germain am späten Nachmittag des folgenden Tages. Es war ein recht weitläufiger Ort; in seinem Zentrum stand eine hochgelegene Kirche, um die sich die Häuser der wohlhabenden Bauern gruppierten. Jedes dieser Anwesen stand auf seinem eigenen Stück Land, das durch wackelige Zäune vom Nachbargrundstück abgegrenzt wurde. Die staubigen Straßen waren voll von kreischenden, halbnackten Kindern, und die Frauen sahen in ihren einheitlichen grauen Gewändern aus, als seien sie Angehörige irgendeines kirchlichen Ordens. Die meisten Männer waren zur Arbeit auf den Feldern, doch in der *Auberge*, der Schänke, einem zweistöckigen Gebäude, unter dessen Dachvorsprung ein Busch eingezwängt war, herrschte emsiges Treiben.

Ich trat ein in die übelriechende Dunkelheit des Wirtshauses. Es gab nur zwei Fenster darin, und der ganze Raum stank nach Kuhmist. Der Boden aus festgetrampelter Erde war von Abfall übersät, den drei quiekende Schweine dankenswerterweise vertilgten. Ich hatte die Erfahrung gemacht, daß geschwätzige alte Männer die beste Informationsquelle sind, und daher gab ich mich als Student aus, als Sohn einer französischen Mutter und eines englischen Vaters, der unterwegs sei zur Sorbonne in Paris, um dort seine juristischen Studien fortzusetzen. Als Fremder wurde ich zwar mit der üblichen Feindseligkeit empfangen, doch Silbermünzen erschließen einem überall auf der Welt rasch die Herzen. Es wurde etwas zu trinken bestellt, Witze und Geschichten über die ›gottverdammten Engländer‹ machten die Runde, dann wechselte ich das Thema und kam auf das große Haus zu sprechen, das ich auf meinem Weg in den Ort passiert hatte.

Mein Meister hatte mir gesagt, daß Francescas Mädchenname Sauvigne lautete, und die alten Männer beschrieben mir bereitwillig das hübsche Mädchen, das dereinst hier gelebt hatte.

»Eine große Familie«, ließ sich ein zahnloser Alter vernehmen.

»Lebt sie noch immer da?«

»Nun, die Alten sind gestorben.«

»Und Francesca?«

»Nein, sie hat man in eine Klosterschule in der Nähe von Paris gesteckt.«

»Und wer ist jetzt der Seigneur des Hauses?«

»Nun ja, da kein männlicher Nachkomme vorhanden war, ist der Titel an einen entfernten Cousin gefallen.«

»Nicht an Francesca?«

Der alte Mann schüttelte den Kopf. »Sie hätte den Titel niemals erben können.« Er drehte sich um und spuckte aus. »Ihr wißt ja, wie es bei den Hochwohlgeborenen zugeht. Ihre Söhne ziehen entweder in den Krieg oder gehen an den Hof, und die Mädchen heiraten oder kommen in ein Kloster. Francesca allerdings war wirklich ein hübsches Ding.«

»Wie meint Ihr das?«

Der alte Mann beschrieb mir Lady Francesca in allen Einzelheiten, und ich fühlte die Enttäuschung in mir emporsteigen, als Benjamins Theorie so brutal widerlegt wurde: Bei der Frau, von welcher der Alte sprach, konnte es sich um niemand anderen als um die Gemahlin von Sir Robert Clinton handeln.

»Seltsam, daß sie nicht früher geheiratet hat«, bemerkte ich. »Ich meine, wenn sie eine solch schöne Frau ist.«

»Oh, sie war durchaus schon verheiratet!«

»Nein, war sie nicht«, widersprach ihm ein anderer. »Sie war mit einem jungen Soldaten verlobt, dem Seigneur de Gahers.«

»Und was ist dann passiert?«

»Nun, de Gahers ist mit der Armee des Königs nach Italien gezogen und hat sich in der Schlacht um Neapel wacker geschlagen.«

»Und dort ist er gefallen?«

»O nein. Er ist zurückgekehrt, überhäuft mit Auszeichnungen. Aber nach einem Jahr starb er dann an Auszehrung. Lady Francesca hat es das Herz gebrochen. Sie hat alle neuen Heiratsangebote ausgeschlagen. Sie muß damals ungefähr sechzehn Lenze gezählt haben, und dann haben ihre Eltern sie in die Klosterschule gesteckt.«

Der Alte drehte sich um und spuckte einen ganzen Kübel voll gelben Saftes einem der Schweine mitten zwischen die Ohren. Das Tier quiekte verärgert auf und lief davon. (Und da besitzen die Franzosen die Unverfrorenheit, uns Engländer schmutzig zu nennen!) Nun, mehr konnte ich hier nicht in Erfahrung bringen. Ich hatte schon genug Geld ausgegeben, und die alten Männer wurden allmählich mißtrauisch. Ich übernachtete in einem kleinen Wäldchen in der Nähe der Ortschaft und kehrte am nächsten Tage nach Maubisson zurück.

Das Château hatte sich mittlerweile vom Besuch des französischen Königs wieder erholt. Peckle hockte im Hof, dicke Bündel von Papieren in den Händen, Millet und Dacourt, von denen ersterer so ausdruckslos wie immer dreinblickte, saßen in der Großen Halle beisammen, während Clinton und Agrippa in eine angeregte Unterhaltung vertieft waren. Ich fragte mich, ob der werte Doktor auch die anderen davor gewarnt hatte, daß bald der Zorn des Königs über uns hereinbrechen würde.

Mein Meister saß in unserer Kammer grübelnd über einigen Stückchen Pergament, auf denen er verschiedene Namen aufgeschrieben hatte, und versuchte, aus den Ereignissen schlau zu werden.

»Hast du etwas herausbekommen, Roger?«

Ich erzählte ihm, was ich erfahren hatte. Er seufzte erschöpft auf, warf seinen Gänsekiel auf den Tisch, legte sich auf das Bett und starrte an die Decke.

»Hast du irgend etwas Ungewöhnliches bemerkt?« fragte er. »Als du zum Château zurückgekommen bist?«

»Nein, warum?«

Benjamin stützte sich auf seine Ellbogen und begann, sein Haar mit den Fingern zu kraulen, eine seiner Angewohnheiten, wenn er tief in Gedanken war.

»Vauban hat seine Männer abgezogen«, sagte er. »Ein sicheres Anzeichen dafür, daß der Mistkerl überzeugt ist, daß wir am Ende sind.« Benjamin ließ sich wieder auf das Bett zurücksinken und starrte wortlos an die Decke, während ich meine Satteltaschen leerte und mich ebenfalls hinlegte, um mich auszuruhen.

»Du sagst, Lady Francesca sei mit Seigneur de Gahers verlobt gewesen?«

»Ja.«

Benjamin stand auf. »Bleib hier, Roger. Ich muß mit den beiden Sendboten sprechen. Vielleicht wollen sie sich ein paar zusätzliche Silberstücke verdienen.«

Ich dachte, er würde gleich wieder zurückkommen, doch als er länger ausblieb, suchte ich mir etwas zu lesen. Was Benjamin geschrieben hatte, konnte ich nicht entziffern, denn er hatte Chiffren verwendet, die nur ihm bekannt waren. Ich entsann mich des Buches von Abbé Gerard, holte es aus seinem Versteck hervor, verriegelte die Türe und blätterte langsam die Seiten durch, wobei mich die Anmerkungen des Königs mehr interessierten als alles andere. Ich lachte still in mich hinein. Falls König Heinrich wirklich beabsichtigte, sich von Katharina von Aragon scheiden zu lassen, würde dieses Buches ihn als Lügner entlarven. Ich gab mich keinen Illusionen hin, was geschehen würde, wenn König Heinrich dieses Buch habhaft werden würde. Das Buch würde in Flammen aufgehen, und Heinrich würde frei sein, alle nur erdenklichen Lügen in die Welt zu setzen. Ich nahm mir die losen Seiten am Ende des Buches vor, die Abbé Gerard, wie es üblich ist, für eigene Notizen verwendet hatte. Der Priester hatte hier geschrieben: ›Gedenkgottesdienste für die Seelen der jüngst Verstorbenen.‹ Dann folgte, wie zu erwarten war, eine Liste von Namen, unter denen sich auch Verwandte von Angehörigen der Botschaft befanden. Viele Namen sagten mir nichts, einige freilich waren mir wohlbekannt: da war eine Schwester von Millet, dann John Dacourts Gemahlin, Catherine Stout, und auch der Name von Clare Harpale, Sir Robert Clintons erster Ehefrau, tauchte auf. Benjamins Rückkehr beendete meine Lektüre. Als ich die Türe entriegelt hatte, nahm er mir das Buch aus den Händen.

»Was habt Ihr gemacht, Master?«

»Oh, dies und das.«

Er legte sich auf das Bett und blätterte in dem Buch, während ich meinen eigenen Gedanken nachhing.

Die folgenden Tage schleppten sich träge dahin. Benjamin sagte, er warte auf Neuigkeiten, und widmete sich weiter seinen geheimen Aufzeichnungen, doch ich sah an seiner Aufgeregtheit, daß er kaum Fortschritte machte. Die Anwesenheit von Doktor Agrippa dämpfte seine Stimmung zusätzlich, wie auch die Stimmung der anderen. Dacourt wurde sichtlich nervös, Peckle vergrub sich in seine Arbeit, und Millet zeigte, daß er zu jenen törichten jungen Männern gehörte, die glauben, Musik sei die

Lösung für alle Probleme. Sogar Sir Robert Clinton machte einen beunruhigten Eindruck, als sei ihm klar geworden, daß seine Freundschaft mit Heinrich ihn vor dem königlichen Zorn durchaus nicht bewahren würde. Um die allgemeine Stimmungslage etwas zu heben, heuerte Dacourt eine Truppe von Akrobaten an, die üblichen Mimen und Clowns, welche die hohen Lords mitsamt ihren Damen in deren Sälen und Lauben unterhielten. Diese Schwachköpfe allerdings stürzten uns nur noch tiefer in Depressionen, ihr Gelächter und ihre Ausgelassenheit klangen unwirklich in der verdüsterten Atmosphäre des Schlosses.

Doch ist es nicht seltsam, daß Kleinigkeiten manchmal die gravierendsten Folgen nach sich ziehen können? Ich erinnere mich an diesen Vers aus der Kindheit:

Auf der Suche nach einem Nagel
ging der Schuh verloren.
Auf der Suche nach einem Schuh
ging das Pferd verloren.
Auf der Suche nach einem Pferd
ging der Reiter verloren.
Auf der Suche nach einem Reiter
ging die Schlacht verloren.

In diesem Fall war es eine Promenadenmischung, ein intelligentes kleines Hündchen, das, unter entsprechender Anweisung, bunte Stäbchen aus einem Kübel herausziehen und einfach Wörter wie ›Knochen‹ oder ›Fleisch‹ nachbellen konnte. Manchmal brachte er sie durcheinander, was allgemeine Erheiterung hervorrief, und ich fühlte mich an Falconers eingehende Beschäftigung mit den Namen Raphael erinnert. Eine Idee ging mir durch den Kopf, doch ich verdrängte sie, bis ich wieder alleine mit meinem Meister war. Als ich ihm von meinem Einfall erzählte, ließ er sich auf seinen Stuhl fallen, als wäre er soeben von einer Streitaxt getroffen worden.

»Ich kann es nicht glauben! Nein!« brachte er schließlich hervor. »Das ist einfach nicht möglich!«

Er stand auf und begann, im Raume auf und ab zu marschieren.

»Was ist denn, Master?«

»Sei still. Laß mich nachdenken!«

Er marschierte weiter auf und ab. Dann setzte er sich an sein Schreibpult und begann wie wild, jedes verfügbare Stück Pergament vollzukritzeln. Er war immer noch am Schreiben, als ich in einen unruhigen Schlaf hinüberglitt.

Am nächsten Morgen schüttelte mich Benjamin wach, und ich sah, daß seine Augen rot gerändert waren.

»Paß auf, Roger«, sagte er, während er mich aus dem Bett zerrte. »Zieh dich an, geh hinunter und frühstücke mit den anderen. Verwickele sie in ein Gespräch und frage John Dacourt, ob seine verstorbene Ehefrau Catherine Stout geheißen habe, doch achte immer auf Millet und stelle ihm die Frage, ob er eine Schwester namens Gabriel gehabt habe, die erst kürzlich verstorben sei.«

»Was soll das Ganze?« fragte ich.

»Oh«, stieß Benjamin hervor. »Sein Name lautet Michael, wie der Name eines Erzengels, seine Schwester hieß Gabriel, ebenfalls ein Erzengel, und Raphael ist der dritte.«

»Aber . . .«

»Pssst!« Benjamin legte einen Finger auf die Lippen. »Bitte, Roger, tu das einfach. Doch sorge dafür, daß alle anwesend sind.«

Ich ging in die Große Halle hinunter, setzte mich und unterhielt mich ein wenig mit den anderen, bis schließlich alle Angehörigen der Botschaft eingetroffen waren. Dann brachte ich das Gespräch auf Abbé Gerard.

»Als ich sein Haus aufsuchte«, log ich, »habe ich die Liste der Messen gesehen, die für die Verstorbenen gelesen werden sollten. Sir John, Eure verstorbene Gemahlin hieß doch Catherine Stout?«

Die Augen des alten Dacourt begannen feucht zu glänzen.

»Ja, ja«, murmelte er und steckte seine Nase in den Becher mit verdünntem Wein. »Sie starb vor fünf Jahren. Der alte Abbé und sie waren sehr befreundet.«

»Und Ihr, Michael? Ich habe gelesen, auch Ihr habt für eine Messe zu Ehren Euer Schwester Gabriel bezahlt?«

Millet blickte selbstbewußt drein.

»Ja, sie ist vor acht Monaten gestorben, als die Schwitzkrankheit London heimsuchte.«

»Michael und Gabriel«, sagte ich lächelnd. »Die Namen von Erzengeln.«

Oh, ich kann Euch sagen, es war, als hätte ich eine Schlinge um den Hals dieses jungen Mannes gelegt. Er zuckte überrascht zusammen. Dacourt warf mir einen scharfen Blick zu, Clinton wirkte aufgeregt, und Peckles Augen verengten sich. Ich fühlte, wie eine Wolke des Verdachts sich zusammenzog.

»Mein Vater hat sich das ausgedacht!« platzte Millet heraus, als könne er die Stille und die unausgesprochenen Anschuldigungen nicht länger ertragen. Er lachte. »Wir können doch nicht verantwortlich gemacht werden für das, was unsere Eltern tun, oder, Shallot?«

Ich nahm die versteckte Beleidigung hin und lenkte das Gespräch auf ein anderes Thema. Doch die Rechnung meines Meisters war aufgegangen, sein Pfeil hatte akkurat ins Schwarze getroffen. Ich verließ den Saal und kehrte zu Benjamin zurück, um ihm zu berichten, wie die

Unterhaltung verlaufen war. Benjamin wurde gerade mit dem Rasieren fertig, wusch sich die Hände in der Zinnschüssel auf dem Lavarium und grinste, während er sich abtrocknete.

»Bald, mein lieber Roger, wird ein neues Spiel beginnen. Oder, wie wir in Ipswich sagen: Wir haben den Baum geschüttelt, jetzt laß uns sehen, welche Früchte herunterfallen.«

Das erste, was sich veränderte, war die Behandlung von Millet. Die übrigen Botschaftsangehörigen schnitten ihn, als sei er ein Aussätziger. Dacourt teilte ihm von nun an nur noch eher niedere Arbeiten zu, und wenn er damit fertig war, zog sich der Dandy in seine Kammer zurück, wo er den größten Teil seiner freien Zeit verbrachte. Das eigentliche Spiel begann dann zwei Tage später, als Dacourt Benjamin und mich in sein Gemach zitierte. Der alte Haudegen musterte uns anklagend.

»Man könnte den Eindruck haben«, begann er, »Ihr hättet am französischen Hof mächtige Freunde gewonnen.«

»Wir haben keine Freunde am französischen Hof«, erwiderte Benjamin ruhig.

»Nun, Sir, es scheint aber so.« Dacourt wedelte mit einem kleinen Stück weißem Pergaments umher, das ein purpurfarbenes Siegel trug. »Ein Schreiben Seiner Allerchristlichsten Majestät versehen mit seinem persönlichen Siegel, in dem Ihr eingeladen werdet, ihn in seinem Palast beim Tour de Nesle in Paris aufzusuchen, um über einen gewissen Ring zu diskutieren.« Dacourt blickte auf das Pergament. »Dies wurde natürlich nicht vom König persönlich geschrieben, sondern von seiner Kreatur Vauban.«

Benjamin nahm ihm das Stück Pergament aus der Hand und studierte es sorgfältig, wobei ich ihm über die

Schulter schaute. Dacourt hatte uns nicht die gesamte Botschaft mitgeteilt. König Franz hatte geschrieben, er wolle über die Angelegenheit mit dem Ring diskutieren, jedoch auch ›über weitere Angelegenheiten, welche damit zusammenhängen und die Rückgabe dieses Ringes an den Bruder Seiner Allerchristlichsten Majestät, König Heinrich von England, beschleunigen könnten.‹

»Was soll das bedeuten?« fragte ich.

Benjamin gab Dacourt das Pergament zurück. »Ich schlage vor, Sir John, Ihr behaltet diese Angelegenheit für Euch. Und achtet während unserer Abwesenheit sorgfältig darauf, was sich in Maubisson ereignet.«

Wir ließen den Botschafter offenen Mundes stehen, und Benjamin scheuchte mich über die Korridore zurück in unsere Kammer.

»Pack unsere Sachen!« rief er. »Wir brechen sofort nach Paris auf. Und wir werden uns gut bewaffnen. Roger, ich bitte dich, iß und trink nichts, berühre nichts und halte dich nahe bei mir, bis wir aus dem Château draußen sind.« Er legte einen seiner knochigen Finger auf die Lippen. »Vertraue mir, Roger, und sei besonders vorsichtig, denn wir werden es mit einem äußerst rücksichtslosen und heimtückischen Gegner zu tun bekommen.«

»Weshalb müssen wir dann abreisen?« fragte ich.

»Mein lieber Roger, uns bleibt keine andere Wahl. Wenn wir hier bleiben, schweben wir ständig in großer Gefahr. Dessen mußt du dir bewußt sein. Und wie könnten wir jemals unserem königlichen Herrn unter die Augen treten, wenn hier beim englischen Botschafter in Paris ein Schreiben existiert, in dem König Franz anbietet, über König Heinrichs Ring zu verhandeln, und wir darauf nicht eingehen?«

Benjamin nahm unsere Satteltaschen von dem Haken in der Wand.

»Ein schlauer Plan«, murmelte er. »Wir kontrollieren das Spiel noch nicht, Roger, deshalb müssen wir nach der Melodie tanzen, die gespielt wird.« Er begann damit, Kleidungsstücke in eine der Satteltaschen zu stopfen.

»Glaubt Ihr, König Franz möchte tatsächlich verhandeln?«

Benjamin verzog das Gesicht. »Das weiß der Himmel. Vielleicht, vielleicht auch nicht. Franz ist wie unser eigener Herr, nämlich doppelzüngig. Auf der einen Seite nennt er Heinrich seinen Bruder. Andererseits hat mir mein Onkel erzählt, daß der französische König sogar einen Astrologen darüber befragt hat, wie er Heinrich am besten töten könne. Franz hat auch schon Attentäter nach England entsandt, Männer, die sehr sorgfältig gearbeitet haben und geschickt vorgegangen sind, um Heinrich zu ermorden, doch sie wurden gefaßt und allesamt gehängt.« Benjamin warf die Satteltasche auf das Bett. »Es kann sich um einen Trick handeln oder um den Versuch von König Franz, seinen Meisterspion Raphael zu retten.« Er deutete ein Lächeln an. »Bewaffne dich gut, Roger, und denk daran, wenn man mit dem Teufel diniert, muß man immer den größten Löffel nehmen!«

Wir erreichten Paris, kurz bevor die Stadttore geschlossen wurden. Durch die Straßen, in denen es nun nach einem heftigen Sommergewitter noch mehr stank als sonst, bahnten wir uns unseren Weg zu einer komfortablen Schänke in der Nähe des Quartier Latin. Schweigend nahmen wir dort unser Mahl ein; Benjamin war völlig in sich gekehrt und murmelte gelegentlich etwas vor sich hin, als sei ich gar nicht vorhanden.

Am nächsten Morgen, als die Kirchenglocken den neuen Tag einläuteten, fanden wir uns vor dem prunkvollen Tor des königlichen Palastes am Tour de Nesle auf dem rechten Ufer der Seine ein. Es war ein eigenartiges

Gebäude, halb Festung, halb Palast, seine Türme ragten hoch auf in den Himmel, üppige Gärten umgaben es, und die gesamte Anlage wurde von hohen, mit Zinnen besetzten Ziegelmauern umschlossen. (Ein verrufener Ort, hatte Benjamin mir erzählt, denn hier hatten sich vor zweihundert Jahren die drei Schwiegertöchter von Phillip IV. heimlich mit ihren Geliebten getroffen. Es ist nicht leicht für eine adelige Dame, ihrem Gemahl Hörner aufzusetzen, diesen jungen Grazien jedoch gelang es, alle drei Söhne Phillips durch Techtelmechtel mit jungen Rittern am Hofe zu betrügen. Aber Phillip kam ihnen schließlich auf die Schliche. Die Mädchen ließ er einmauern und verhungern, während die jungen Ritter in dem Hof, den wir gerade überquerten, von Pferden mitten entzwei gerissen wurden.)

An diese Geschichte mußte ich denken, während uns ein hochnäsiger Kammerdiener im Palast über seidendrapierte Korridore zu einem kleinen Audienzraum führte, in dem uns natürlich Master Lucifer höchstpersönlich, nämlich Vauban, erwartete. Er hatte sich wieder in seine übliche protzige Kluft geworfen; spitzenverzierte Halskrause und Manschetten, hochhackige Stiefel, ein kurzes Gewand, das knapp unterhalb des Knies endete, und natürlich die verdammten Glöckchen an den Stiefeln, die bei jeder seiner Bewegungen klingelten. Sein Haar war eingeölt. Ich war mir sicher, daß sein Gesicht gepudert war, und er roch nach Parfüm. Aber der Schweinehund konnte richtig charmant sein. Er erhob sich hinter seinem Tisch und schüttelte uns die Hände.

»Monsieur Daunbey, Monsieur Shallot, ich bin wirklich entzückt. Kommt, folgt mir!«

Er geleitete uns durch eine weitere Türe, und ich dachte schon, wir würden dem König vorgestellt werden. Doch statt dessen brachte er uns in eine kleine Kammer, deren

Wände und Decke blau gestrichen und mit silbernen Halbmonden und Sternen geschmückt waren. Auf dem kleinen Podium längs der Wand war für uns ein opulentes Bankett aufgebaut worden. Ein Gedeck mit kaltem Fleisch, Hühnerbrust, Lammbraten, Gelees, Quittenkuchen sowie ein Krug kühlen Weißweins. Vauban verbeugte sich geziert und machte einladende Gesten wie ein Teufel, der uns in Versuchung zu führen gedachte.

»Kommt, Messieurs, seid unsere Gäste.«

Wir vernahmen ein Geräusch. Ich schnellte herum und erstarrte vor Schreck: In der Ecke des Raumes saß der große, schwarze Mameluke. Er hockte ruhig auf seinem Stuhl, und vor ihm, angebunden an goldene Kettchen, die er um eine seiner muskulösen Hände geschlungen hatte, kauerten seine zwei verdammten Katzen, die uns aus kühlen Bernsteinaugen schläfrig musterten.

»Was will der hier?« fragte ich flüsternd.

»Ich habe ihn nicht gleich gesehen«, gab Benjamin murmelnd zurück.

»Oh, er sitzt immer hier«, antwortete Vauban. »Er sitzt hier ständig in irgendeiner Ecke. Manchmal kommen Leute herein und beginnen dann vor Schreck zu schreien, wenn sie ihn erblicken. Doch er ist ziemlich harmlos. Wo ich bin, da ist auch Akim!« Vauban deutete auf unsere Schwertgürtel. »Messieurs, wenn ich Euch bitten dürfte, diese Gürtel abzulegen. In der Gegenwart des Königs ist es niemandem erlaubt, Waffen zu tragen.«

»Wo ist denn Seine Allerchristlichste Majestät?« fragte Benjamin barsch.

Vauban zuckte die Schultern. »Geduldet Euch noch eine kurze Weile. Eure Gürtel, bitte!«

Uns blieb keine andere Wahl, als sie abzulegen. Vauban nahm sie so elegant wie ein ausgebildeter Diener an sich und legte sie behutsam auf eine Truhe. Rückblickend betrachtet, muß ich sagen, dies war das seltsamste Bankett, an dem ich jemals teilgenommen habe. Wir aßen und tranken nur das, was auch Vauban aß und trank. Der Erzengel der Luciferi bediente uns außerordentlich zuvorkommend, und während der ganzen Zeit beobachteten uns der Mameluke mit dem brutalen Gesicht und seine zwei Raubtiere, ohne mit einer Wimper zu zucken. Vauban war die Höflichkeit in Person.

»Möchte Monsieur vielleicht dieses Gericht probieren? Master Roger, noch etwas Wein?«

Und dabei sprang er von einem banalen Thema zum nächsten.

Benjamin blieb gelassen trotz der Schweißperlen, die sich auf seiner Stirn bildeten, und trotz des angstvollen Flackerns in seinen Augen. Ich selbst hatte fürchterliche Angst. Wir befanden uns hier sozusagen in der Höhle des Löwen, mitten unter unseren Feinden, schutzlos ihrer Boshaftigkeit ausgeliefert, und wir wurden unterhalten von einem Manne, der seine Grausamkeit und Rücksichtslosigkeit hinter der Fassade höfischen Anstandes geschickt zu verbergen wußte. Der Nachmittag verstrich, ohne daß es Anzeichen für ein Erscheinen des Königs gegeben hätte, doch einmal, als ich, wahrscheinlich aus Furcht, meinen Blick zu dem Portrait, das an der Wand hing, wandern ließ, war es mir, als würde sich das Auge darin bewegen. Als ich wieder hinschaute, sah ich nur noch den glasigen Blick irgendeines schon vor langer Zeit verblichenen Höflings, der hier in einem Ölgemälde verewigt worden war.

»Monsieur Vauban«, unterbrach Benjamin schließlich das nichtssagende Geschwätz des Erzengels, »man hat uns hierher eingeladen, um über den Ring zu diskutieren. Der Tag verstreicht.«

»Ah ja, der Ring.« Vauban lächelte. »Ihr habt die Geschichte, die sich um ihn rankt, auch schon gehört?«

Und ohne eine Antwort abzuwarten, begann er lang und ausführlich von der Rivalität zwischen den beiden Königen zu erzählen und was der Ring dabei für eine Rolle spielte. Schließlich wurde sogar er der Zeitverschwendung müde.

»Kommt«, lud er uns ein, »laßt uns in den Garten gehen.«

Er führte uns einen dunklen Gang entlang, und ich bemerkte, daß die Dämmerung schon hereingebrochen war. Hinter uns folgten, wie drei Boten des Todes, der Mameluke und seine großen Leoparden, die an ihren Ketten zerrten.

Die Gärten hinter dem Tour de Nesle waren kühl und dufteten unter dem rötlich entflammten Himmel. Vauban führte uns über enge, gewundene Wege und vorbei an Blumenbeeten in einen kleinen Obstgarten. Zuerst dachte ich, die Tuchfetzen, die von den Bäumen herabhingen, seien zur Dekoration angebracht worden, doch als ich genauer hinschaute, erstarrte ich vor Schreck. An vielen der Bäume in diesem kleinen Obstgarten, die recht nahe beieinander standen, baumelten Leichen, deren Gesichter unter schwarzen Lederkapuzen verborgen waren. Vauban beachtete sie überhaupt nicht und fuhr unbekümmert mit seinem Geschwätz fort, doch Benjamin blieb stehen und schaute sich in diesem Wald der Verdammten um.

»Was ist das?« flüsterte er.

Vauban blickte überrascht auf und musterte die Bäume wie ein stolzer Obstgärtner seine Früchte.

»Oh, das«, erklärte er, »das sind die Ergebnisse meiner harten Arbeit. Das waren Mitglieder des Hofstaats Seiner Allerchristlichsten Majestät, welche glaubten, sie könnten den König bestehlen oder aus dem Verkauf von

Geheimnissen an Agenten fremder Mächte Gewinn schlagen.« Er betrachtete die Beine eines der Gehängten und tippte sie leicht an, so daß die Überreste hin und her schwangen und der Ast, an dem sie hingen, ächzte und knirschte. »Das ist Reynard«, fuhr Vauban fort. »Er war Gehilfe in der Kanzlei, und er dachte, er könne sich etwas dadurch dazuverdienen, daß er das, was er wußte, venezianischen Spionen erzählte.« Vauban trat zurück, als erwarte er unseren Beifall.

Ich blickte zur Seite und hielt mir mit den Fingern die Nase zu, denn in den süßen Geruch der Äpfel mischte sich der Gestank der Fäulnis.

»Der Marschall des königlichen Hofes hängt sie immer hier auf«, sagte Vauban. »Jedermann, der des Hochverrats schuldig ist, endet hier in meinem Obstgarten.«

Wir gingen weiter, während der Mameluke und seine Raubkatzen uns folgten. Als wir an das Ende der Treppe gelangten, erblickten wir unter uns einen kunstvoll verschlungenen Irrgarten, der ungefähr eine Meile breit war.

»Gefällt Euch dieser Garten?« fragte Vauban. »Die Hecken sind aus Buchsbaum und Liguster. Er wurde ursprünglich von Ludwig XI. angelegt, den Ihr Engländer Spinnenkönig nennt. Kennt Ihr die Geschichte des Irrgartens?«

Benjamin schüttelte wortlos den Kopf.

»Ludwig wollte zu einem Kreuzzug in das Heilige Land aufbrechen.« Vauban breitete seine Hände aus. »Doch Ihr wißt ja, ein hohes Amt bringt stets Verpflichtungen mit sich. Er konnte sein Gelübde nicht erfüllen, so ließ er statt dessen diesen Irrgarten anlegen und kroch jeden Freitag auf den Knien in das Zentrum des Gartens, um dort seine Andacht zu verrichten. Kommt, ich will es Euch zeigen, danach werden wir den König aufsuchen.«

Wir folgten ihm hinunter und betrachteten die engen

Durchgänge des Labyrinths. Zu beiden Seiten waren die Buchsbaumhecken ungefähr drei Yards hoch. Die Wege waren eng, etwa einen halben Yard breit, daher mußten wir Vauban im Gänsemarsch folgen. Meine Angst steigerte sich, als ich hörte, daß der Mameluke und seine zwei Katzen, die ungeduldig an den Ketten zogen, uns ebenfalls folgten. Während er unablässig redete, führte uns Vauban um eine Biegung nach der anderen, bis ich jede Orientierung verlor. Über uns begann sich der Himmel zu verdunkeln, als die Sonne unterging. Benjamin schaute sich um und warf mir einen ängstlichen Blick zu. Ich teilte seine Besorgnis. Wir waren nun der Heimtücke Vaubans hilflos ausgeliefert.

Schließlich gelangten wir zum Zentrum des Labyrinths. Es war ein kleiner kreisförmiger Platz, der Boden war mit Kieselsteinen bestreut, und in der Mitte standen ein schlichtes Holzkreuz und zwei steinerne Bänke. Vauban setzte sich auf eine von ihnen und wischte sich mit der seidenen Manschette seines Ärmels den Schweiß von der Stirn. Dann blickte er hoch und atmete heftig auf.

»Ich komme sehr gerne hierher«, sagte er. »Nur ich allein weiß, wie man herein- und wieder hinauskommt.«

Benjamin saß neben ihm, während ich meinen Blick umherschweifen ließ. Der Mameluke und die Katzen waren nicht mehr zu sehen.

»Aber Ihr beabsichtigt doch nicht, uns hier alleine zurückzulassen, Monsieur Vauban, nehme ich an?«

Der Franzose lächelte, und ich sah, daß sich seine Hand dorthin bewegte, wo sein Dolch steckte.

»Mein königlicher Herr hätte es lieber gesehen, wenn ich Euch sofort getötet hätte«, antwortete er, und sein Gesicht wurde ernst. »Doch Ihr seid wie ich, Master Daunbey. Wir arbeiten im Schatten der Großen. Bei uns kommt es auf Glück und Zufall an.« Er erhob sich und ging zum Eingang des Platzes. »Es ist alles ein Spiel.« Er verbeugte sich leicht. *»Bonne chance, Messieurs!«*

Und bevor wir Widerspruch erheben oder sonst etwas sagen konnten, war er auf dem dunklen Weg verschwunden. Ich lief ihm nach, konnte ihn aber nicht mehr entdecken. Ich hörte nur noch sein leises Gelächter und das Klingeln seiner elenden Fußglöckchen.

»Komm zurück, Roger«, rief Benjamin.

»Man hat uns in eine Falle gelockt!« jammerte ich.

»Ja, Roger, wir sind in eine Falle gelockt worden. Doch wenn wir ihr entrinnen, dann werden wir wissen, wer der Mörder ist, wenngleich mir immer noch nicht völlig klar ist, wie einige der Morde bewerkstelligt wurden.« Er schielte in den dunkel werdenden Himmel hinauf. »Wir wurden hierher eingeladen, weil Raphael unsere kleine Scharade in Maubisson durchschaut hat. Vauban hat uns zum Sterben hierher geführt. Vielleicht setzt er schon das Schreiben an unseren königlichen Herrn auf, in dem er behauptet, wir hätten den Palast wohlbehalten verlassen, und er könne nicht für das verantwortlich gemacht werden, was wir danach getan hätten. Wir sollen also hier ums Leben kommen, aber wie?«

Mich schüttelte es vor Angst, denn dieser Gedanke war mir noch gar nicht gekommen. Wie konnten wir im Zentrum eines Labyrinths in Gefahr sein? Vauban konnte natürlich versuchen, uns lächerlich zu machen, und wir würden vielleicht gezwungen sein, die ganze Nacht in diesem Irrgarten zu verbringen bei dem vergeblichen Versuch, den Ausgang zu finden, doch das konnte noch nicht alles sein. Der unheimliche Ruf eines Fasans aus dem Park drang an mein Ohr, und dann streifte mich eine Brise des Abendwindes, die den Geruch des Obstgartens und seiner verfaulenden menschlichen Früchte hereinwehte. Der gute Shallot war nahe daran, alle Hoffnung fahren zu lassen. Benjamin spielte indes mit der Spitze seines Stiefels.

»Master, was sollen wir nur tun?«

Da knackte ein Zweig. Benjamin sprang flink auf und drängte mich in einen der Wege. Er ignorierte meine Proteste und schob mich einfach weiter die sich windenden und ineinander verschlingenden Wege des Irrgartens entlang. Er benutzte die untergehende Sonne als Wegweiser und versuchte, soviel Abstand wie möglich zwischen uns und dem Zentrum des Labyrinths zu gewinnen. Schließlich hielten wir atemlos inne, und Benjamin legte mir die Hand auf den Mund.

»Ist da noch jemand in diesen Irrgarten gekommen?« flüsterte er. Benjamin sah die Angst in meinen Augen und lächelte schwach. »Ja, richtig, der Mameluke«, fuhr er flüsternd fort. »Er und seine verdammten Katzen. Roger, wir werden gejagt!«

»Aber wie soll das gehen?« zischte ich. »Sie brauchen doch unseren Geruch.«

»Wo ist denn dein Schwertgürtel, Roger? Sie haben unseren Geruch, und auch alle unsere Waffen.«

Wir blieben stehen, angestrengt in die Dunkelheit lauschend. Dann hörten wir ein leises Schnappen, dem zunächst ein seidenweicher Ton und danach das tiefe Schnurren einer der Katzen folgte.

Nun, ich bin gejagt worden von hungrigen Wölfen im eingeschneiten Paris und vor Moskau, von Bluthunden in den Katakomben von Rom und von venezianischen Attentätern in den alten römischen Abwasserkanälen von London. Doch keine dieser Verfolgungsjagden war schlimmer und makabrer als jene, die sich an diesem milden Sommerabend in einem dunkelgrünen Irrgarten unter dem nächtlichen Himmel von Paris zutrug. Hin und wieder wehte uns der Abendwind fröhliche Stimmen zu, dann vernahmen wir wieder das Geräusch gepolsterter Schuhe, die über Zweige und Kieselsteine dahinschlichen, das Auftreten weicher Pfoten und das tiefkehlige Schnurren der jagenden Leoparden. Und wir konnten nicht weglaufen. Denn wir wußten nicht, wohin. Es gab keinen Ort, wo wir sicher gewesen wären. Und genau das hatte Vauban beabsichtigt. Er hatte damit gerechnet, daß wir laufen würden bis zum Umfallen, um dann für den Mameluken und die Leoparden ein leichtes Opfer zu werden. Der Schweiß lief uns in Strömen herunter. Mein Herz hämmerte zum Zerbersten, und meine Angst steigerte sich um ein weiteres, als ich bemerkte, daß wir Pfade benutzten, die wir schon einmal entlang gekommen waren. Diese grünen Buchsbaumhecken erschienen mir dicker und bedrohlicher als Gefängnismauern. Ich vermute, die Tatsache, daß ich dabei war, trieb meinen Meister voran und steigerte seinen Mut, denn als ich einmal einen Blick in sein schweißnasses Gesicht warf, sah ich, daß seine normalerweise so sanften Gesichtszüge nun grotesk und wild verzerrt waren.

Wir hielten kurz inne, um Atem zu holen, und eilten dann weiter. Als wir um eine Ecke bogen, sahen wir einen der Leoparden vor uns, auf allen vieren kauernd, mit glühenden Augen, zurückgelegten Ohren und einem hin- und herpeitschenden Schwanz. Einige Sekunden saß er so da, während sich die Muskeln auf seinem golden schimmernden Rücken anspannten, dann stand er auf, und aus dem Schnurren wurde ein Fauchen. Benjamin packte mich an der Schulter, und wir begannen zu laufen. Nach kurzer Zeit erreichten wir eine Weggabelung des Labyrinths. Benjamin streifte seinen Umhang ab und warf ihn auf den Boden.

»Laß den deinen auch hier!« keuchte er. »Das wird das Tier ablenken.«

Wir rannten weiter, das Blut hämmerte mir in den Ohren, mein Herz raste, und der Atem ging nur noch in keuchenden Stößen, bis wir schließlich keuchend und würgend stehenbleiben mußten.

»Laß mich nachdenken«, flüsterte Benjamin. »Wir haben *doch* eine Waffe!« Er fuhr mit einer schweißgebadeten Hand in seinen Stiefel und zog ein langes, dünnes italienisches Stilett hervor.

»Und was noch?« fragte ich.

Benjamin schüttelte den Kopf. »Das ist alles, was uns geblieben ist, Roger. Das und unser Verstand.« Er blickte hinauf zur oberen Kante der Hecke. »Komm, hoch mit dir!«

»Master, die Leoparden werden uns da hinauf folgen!«

»Nein, das werden sie nicht tun. Die Hecke kann unser Gewicht tragen, denn die Zweige sind miteinander verschlungen. Bewege dich, als wärest du auf einem zugefrorenen See.«

Benjamin gab mir eine Steighilfe, und prustend und keuchend schwang ich mich auf die Hecke und legte mich mit dem Gesicht nach unten hin. Die scharfen Zweige, die gerade erst zugeschnitten waren, stachen mir in den Bauch, den Unterleib, die Beine und die Brust. Ich mußte mein Gesicht mit den Händen schützen, als ich mich Stück für Stück zur Kante voranschob. Dann streckte ich meine Hand aus und zog Benjamin – weiß der Himmel, wie mir das gelang – zu mir herauf, so daß er hinter mir zu liegen kam. Ein paar Sekunden lang blieben wir so liegen und schnappten nach Luft. Ich war zu verängstigt, um mich zu bewegen, doch Benjamin richtete sich leicht auf und versuchte, den Irrgarten zu überblicken.

»Wir haben Glück, Roger. Diese Hecke ist etwas höher als die anderen. Wenn wir uns weiter nach vorne kämpfen und dabei immer die untergehende Sonne im Auge behalten, dann könnten wir bis zum Ende des Irrgartens in der Nähe der Außenmauer des Palastes kommen.« Er blickte umher und kicherte. »Und noch eine gute Nachricht«, sagte er und legte sich wieder auf den Bauch, »der Mameluke ist zwar immer noch hinter uns her, aber von den Leoparden ist nichts mehr zu sehen.«

Kapitel 12

Wir erfuhren bald, wo sie geblieben waren. Die Tiere waren verwirrt worden, weil sie keine Geruchsfährte mehr aufnehmen hatten können, dann aber erspähte uns einer der Leoparden oben auf der Hecke und sprang uns wild fauchend an. Doch die Buchsbaumhecke war zu hoch und der Weg zu schmal, als daß die Katze einen Anlauf nehmen und hinaufspringen hätte können. Sie konnte sich nur ein ums andere Mal gegen die scharfzweigige Hecke werfen. Schließlich gab das Tier auf, lief aber neben uns her, die Ohren flach angelegt, fauchend und furchterregend knurrend. Benjamin, der sein Messer fester umklammerte, trieb mich voran.

»Zieh dein Wams aus, Roger!« keuchte er.

Keuchend und zappelnd, von den Zweigen der Hecke zerstochen, zerrte ich mein Wams herunter und warf es zu Boden, wo der Leopard sofort stehenblieb, darüber herfiel und es in viele Teile zerfetzte. Ungefähr eine Stunde lang bewegten wir uns oben auf der Hecke kriechend in Richtung Mauer. Wenn einer der Leoparden uns einholte, warfen Benjamin oder ich ein Kleidungsstück hinunter, um ihn zu beschäftigen. Das hielt uns zwar die Leoparden vom Leib, machte uns aber gegen die spitzen Buchsbaumzweige der Hecke um so verwundbarer. Meine Hände, die Brust und der Bauch waren von Stichen und Kratzern übersät, während Benjamin einen häßlichen Schnitt knapp unterhalb seines rechten Auges hatte.

»Gott sei Dank!« murmelte er.

»Wofür?«

»Gott sei Dank hat der Mameluke die Leoparden von der Leine gelassen und jagt uns nicht mit ihnen gemeinsam.«

Schließlich erreichten wir das Ende des Irrgartens und ließen uns völlig erschöpft auf den Boden fallen, eher zwei schweißgebadeten, blutigen Fleischklumpen als menschlichen Wesen ähnelnd.

»Komm, Roger!« flüsterte Benjamin. »Die Mauer!«

Doch kaum hatten wir zu laufen begonnen, da trat der Mameluke wie ein tödlicher Schatten aus einem der Wege des Irrgartens. Sein großes, zweigriffiges Krummschwert hatte er über seine Schulter gelegt. Er kam auf Zehenspitzen wie ein Tänzer auf uns zu. Benjamin stieß mich weiter, ging auf ein Knie nieder und schleuderte das Stilett mit aller Kraft dem Mameluken entgegen. Ich drehte mich um, wobei ich beinahe gestolpert wäre, und sah, daß das Stilett den Mameluken knapp unterhalb des Halses getroffen hatte und tief in seine linke Schulter eingedrungen war. Das war zwar kein tödlicher Treffer, doch der Berserker ging zu Boden, riß die Augen und den Mund auf, und das Krummschwert entglitt seinen Händen. Benjamin rannte zu ihm hin, griff sich das Schwert, und bevor der Mameluke, der mit seinen Schmerzen zu kämpfen hatte, reagieren konnte, trennte ihm Benjamin den Kopf mit einem scharfen Hieb von den Schultern.

Ich hörte den dumpfen Ton, mit dem der Kopf wie ein Ball auf dem Boden aufschlug, und wendete mich ab, denn sofort schoß eine mehrere Yards hohe Fontäne aus Blut bogenförmig in die Luft. Dann war Benjamin schon wieder an meiner Seite und fluchte, weil ich nicht weitergelaufen war. Endlich erreichten wir die Mauer. Das Mauerwerk war locker, und die Steine bohrten sich in meine Hände, als wir uns daran hocharbeiteten. Überraschenderweise waren keine Wachen zu sehen. Vauban mußte vollstes Vertrauen in seinen Mameluken und dessen Leoparden gesetzt haben. Ich warf einen letzten Blick zurück in diesen grauenerfüllten Irrgarten, und kurz bevor ich von der Mauer hinuntersprang, sah ich, wie einer der Leoparden aus dem Labyrinth herauskam und sich wie ein Gespenst an die schauerliche kopflose Leiche heranzupirschen begann.

(Ah, es tut mir leid, mein Kaplan unterbricht mich ein weiteres Mal. Er kann es nicht glauben, daß wir oben auf einer Buchsbaumhecke entlang gekrochen sind. Wäre ich jünger, dann würde ich es ihm auf der Stelle beweisen, und wenn er seine Zunge nicht im Zaum hält, dann werde ich ihn dazu zwingen, selbst vor aller Welt zu demonstrieren, daß dies möglich ist. Sitzt Ihr aus diesem Grunde immer im Zentrum eines Irrgartens? will er wissen. Nun, ich denke, das dürfte ein Grund dafür sein. An jenem fürchterlichen Sommertag habe ich eines gelernt: Wenn man wirklich sicher und geschützt sein will, muß man sich im Zentrum eines Labyrinths aufhalten. Der Feind mag zwar in den Irrgarten eindringen, doch er wird nicht wieder lebend hinausfinden. All die großen Schurken der Weltgeschichte haben sich im Zentrum eines Labyrinths aufgehalten, sei es nun ein Garten oder ein Palast gewesen. Katharina von Medici, die Schlangenkönigin, ließ ihren Palast in Chambard in ein Labyrinth mit Irrgängen, verborgenen Tunnels und Korridoren mit beweglichen Böden verwandeln, in denen sich Falltüren befanden, durch welche ihre unglücklichen Opfer verschwanden.)

Nun, genug von all dem. Benjamin und ich waren wundgescheuert, bluteten, und unsere Nerven waren angespannt wie die Saiten einer Lyra, doch wir hatten einen Vorteil, der sich am besten durch dieses alte irische Stoßgebet ausdrücken läßt: ›O Herr, verleite meine Gegner zu Arroganz und Übermut.‹ Vauban war arrogant; er war davon überzeugt gewesen, wir würden in diesem Irrgarten umkommen, und am nächsten Morgen wollte man unsere blutigen, geschundenen Leichen in mit Steinen gefüllte Säcke einnähen und in der Seine versenken. Deshalb waren im Schloß auch keine Wachen postiert gewesen, keine Zeugen, die man mit englischem Silbergeld hätte kaufen können. Ich kann mir lebhaft vorstellen, wie Vauban zufrieden und selbstgefällig grinsend nach Maubisson geritten wäre, um das tiefempfundene Beileid Seiner Allerchristlichsten Majestät über das plötzliche und mysteriöse Ableben der beiden englischen Sendboten zum Ausdruck zu bringen.

Als wir uns nach Maubisson aufmachten, besaßen wir kaum mehr noch als die Haut auf unserem Leibe. Wir hatten unsere Waffen und unsere Pferde verloren, und einer von Benjamins sowie beide Stiefel von mir waren Vaubans blutrünstigen Katzen anheimgefallen. Wir gaben uns als Bettler aus, was uns nicht schwerfiel, und schlüpften, kurz bevor das Tor geschlossen wurde, durch die Porte St. Denis aus der Stadt. Wir fanden einen Karren, der uns mitnahm, und am späten Vormittag des folgenden Tages kamen wir in Maubisson an. Ein alarmierter Wachposten ließ Dacourt rufen. Dieser kam schnaubend und polternd herunter, doch Benjamin war seltsam zugeknöpft und weigerte sich, ihm zu erklären, weshalb wir so mitgenommen aussahen. Dacourt brummelte etwas von Venner, doch Benjamin unterbrach ihn brüsk.

»Sir John«, krächzte er. »Ich möchte Doktor Agrippa sehen, und zwar sofort!«

Es lag etwas in der Stimme meines Meisters, was den alten Soldaten dazu brachte, seinem Wunsche eilfertig Folge zu leisten, und kaum waren wir in unserer Kammer angekommen, trat auch schon Agrippa herein. Er war wie immer ganz in Schwarz gekleidet, doch sein joviales Lächeln wurde durch seine harten, rätselhaften Augen

Lügen gestraft. Benjamin unterbrach seine blumige Begrüßungsrede.

»Doktor Agrippa, Ihr tragt Ermächtigungsschreiben vom König und von meinem Onkel bei Euch. Lügt nicht«, warnte ihn Benjamin, »ich kenne meinen Onkel, und ich kenne Euch. Ihr verfügt über Blanko-Ermächtigungsschreiben, die Euch Macht über Leben und Tod sowie Autorität über alle Untertanen des Königs verleihen. Also, ich möchte, daß das Château abgeriegelt wird, daß alle Tore und Ausgänge geschlossen und Bogenschützen auf der Brüstung postiert werden. Niemand kommt ohne Eure Erlaubnis herein oder hinaus. Sind die Boten schon zurückgekehrt?«

Agrippa nickte, und seine Augen verengten sich.

»Die müssen auch hierbleiben, doch schickt einen vertrauenswürdigen Mann mit einer geheimen Botschaft nach Calais. Laßt dem Kommandeur der Garnison mitteilen, er solle bewaffnete Reiter einsatzbereit halten.«

»Ich habe Euch auch etwas zu sagen«, erwiderte Agrippa.

»Nicht jetzt, Doktor, bitte. Wenn Ihr tut, worum ich Euch bitte, dann werden wir Raphael zu fassen bekommen.«

Agrippa zuckte mit den Schultern und trollte sich.

Benjamin wartete, bis das Geräusch seiner Schritte verklungen war. »Komm Roger, wir müssen diese Boten aufsuchen. Mach ausfinding, wo sie stecken. Sag ihnen, sie sollen hierher kommen und alles mitbringen, was man ihnen im Kloster mitgegeben hat.«

Ich fand die beiden Männer auf einer kleinen Koppel in der Nähe der Stallungen, wo sie sich sonnten. Sie waren nicht sonderlich erbaut, ihre Rast zu unterbrechen, doch als ich meine Geldbörse klimpern ließ, erhoben sie sich auf der Stelle, verschwanden und kamen bald mit einem verschlossenen Leinsäckchen wieder zurück. Ich brachte die beiden in unsere Kammer zu meinem Meister, der die Türe der Kammer hinter ihnen verschloß und dem überraschten Sendboten das Säckchen beinahe aus den Händen riß.

»Weshalb die Eile, Master?« murrte der Mann.

Benjamin nickte mir zu. Ich holte zwei Silbermünzen heraus und gab sie den Männern.

»Ihr habt dies im Kloster ausgehändigt bekommen?«

»Ja, für Lady Clinton.«

»Doch Ihr habt niemandem davon erzählt?« fragte Benjamin ihn barsch.

»Nein, Master, wir hielten es versteckt. Niemand weiß, wo wir gewesen sind und was wir mitgebracht haben.«

Benjamin lächelte. »Gut! Dann wollen wir es dabei bewenden lassen. Habt Ihr verstanden? Also dann! Ihr könnt gehen.«

Sobald die beiden die Kammer verlassen hatten, öffnete Benjamin den Beutel und holte ein kleine Päckchen heraus. Er riß das dicke gelbe Pergament herunter, in das es eingewickelt war, und dann starrten wir beide ungläubig auf das kleine, rotgoldene Steppkissen, das zum Vorschein kam. Mein Meister hob es hoch und wog es sorgfältig in der Hand.

»Ein Messer, Roger.«

Ich reichte es ihm vom Tisch, er schlitzte das Kissen auf und jauchzte vor Freude, als er auf ein kleines Fläschchen stieß, das darin verborgen war.

»Was ist das, Master?«

Benjamin hielt es gegen das Licht. »Oh, ich glaube, ich weiß, was es ist«, murmelte er. »Doch stellen wir das vorerst zurück, Roger.« Er versteckte das Fläschchen unter der Matratze. »Alles der Reihe nach, Roger. Reinigen wir uns erst einmal von dem Gestank von Vaubans Leoparden und diesem verfluchten Irrgarten.«

Diener wurden beauftragt, Eimer mit heißem Wasser zu bringen, und dann wuschen wir uns ausgiebig. Benjamin goß billigen Wein über die Schnitte und Abschürfungen an meinen Händen, Armen und Beinen, bis ich das Gefühl hatte, von Kopf bis Fuß mit kleinen Nadeln gespickt zu sein. Dann aßen wir etwas und schliefen ungefähr eine Stunde. Ich träumte gerade von der liebreizenden Lady Francesca, als Benjamin mich wachrüttelte. Doktor Agrippa saß, wie stets wohlwollend lächelnd, am Fußende des Bettes. Benjamin hatte ihm offensichtlich erzählt, was sich am Tour de Nesle zugetragen hatte. Agrippa beglückwünschte uns zu unserer gelungenen Flucht und überbrachte uns dann die Neuigkeit, die er uns zuvor schon hatte mitteilen wollen.

»Venner ist tot.«

»Venner!« entfuhr es meinem Meister. »Wann ist das geschehen?«

»Gestern abend.«

»Wie ist er umgekommen?«

»Durch Gift. Sir Robert und Lady Francesca nehmen offenbar stets, bevor sie sich zur Ruhe begeben, ein Glas Weißwein zu sich. Venner trank auch von diesem Wein; der Krug war in ihrer Kammer stehen geblieben, und jemand hatte genügend weißes Arsen hineingefüllt, um damit das ganze Château auszurotten. Venner muß daraus getrunken haben. Er kam nicht zum Abendmahl herunter. Die Diener fanden ihn mausetot in seiner Kammer.« Agrippa verzog das Gesicht. »Millet ist festgesetzt worden, unter dem Verdacht, das Verbrechen begangen zu haben.«

»Weshalb Millet?« fragte ich.

»Man fand ein Fläschchen mit weißem Arsen in seinem Raum.«

»Das könnte auch jemand anderer dort hinterlegt haben.«

»Daran dachte ich zunächst auch, doch dann hat man noch weitere Gegenstände in einem Geheimfach in einer seiner Truhen gefunden: eine chiffrierte Botschaft für den französischen Hof, eine kleine weiße Wachskerze, das Symbol der Luciferi, und mehr Gold, als Millet jemals in seinem Leben verdienen kann.«

»Wo ist er jetzt?« wollte mein Meister wissen.

»Im Verlies.«

»Und was besagte die chiffrierte Botschaft?«

»Daß er Euch, mir und Sir Robert Clinton nicht traue und daß wir kurz davor seien, ihn zu entlarven.«

»Und deshalb«, stieß ich hervor, »hat er wahrscheinlich auch Clintons Wein vergiftet.«

»Offenbar, doch Millet rechnete nicht damit, daß Venner davon einen Schluck nehmen würde.«

Ein lautes Klopfen an der Türe unterbrach uns, und Sir John Dacourt trat herein.

»Es ist alles ausgeführt, was Ihr angeordnet habt«, bellte er verärgert und blickte den unscheinbaren Mann vom Hofe an, der hier seine Befugnisse an sich gerissen hatte.

Benjamin schenkte ihm ein gespieltes Lächeln. »Sir John, ich danke Euch. Behaltet Millet gut im Auge. Heute abend werde ich Beweise vorlegen, die zeigen, daß er sowohl der Verräter als auch der Mörder ist. Er wird vielleicht versuchen, sich das Leben zu nehmen. Sorgt dafür, daß er nichts anderes als Wasser und Brot erhält und dieses vorgekostet wird, bevor man es ihm überreicht.« Er machte eine Pause. »Richtet Sir Robert Clinton und Lady Francesca unser tiefes Bedauern über Master Venners Tod aus, und sagt ihnen auch, sie sollen vorsichtig sein. Behaltet auch die anderen gut im Auge, denn ich werde beweisen, daß Millet einen Komplizen hatte.«

Dacourts Gesicht wurde kreidebleich. Er stammelte ein paar Worte und verließ dann unsere Kammer, wesentlich leiser, als er sie betreten hatte. Agrippa blickte Benjamin neugierig an.

»Hinter der Maske von Raphael verbergen sich also zwei Gesichter?«

»Ja. Doch, werter Doktor, würde es Euch etwas ausmachen, uns nun alleinzulassen?«

Agrippa lächelte, blinzelte mir zu und verließ den Raum.

Den Rest des Tages verbrachte Benjamin damit, über den Papieren und Aufzeichnungen auf seinem Schreibpult zu brüten, wobei er gelegentlich mit sich selbst redete oder mir unvermittelt irgendwelche Fragen stellte. Er verhielt sich wie ein Anwalt, der einen Schriftsatz verfaßt, seine Argumente prüft und ordnet und sich Beweise zurechtlegt, die seine Ausführungen untermauern. Am späten Nachmittag legten wir uns hin, um noch etwas zu schlafen, bis ein Diener uns durch sein Klopfen weckte und uns mitteilte, das Abendessen sei aufgetragen. Wir fanden die übrigen Botschaftsangehörigen in gespannter Erwartung vor, doch auf das Drängen von Benjamin und Doktor Agrippa hin wurde während des Essens nicht über Raphael oder Millet gesprochen.

Bald war das Mahl beendet, und Benjamin bat darum, den Tisch abzuräumen und die Türen des Saales durch Wachen zu sichern. Ein niedergeschlagen wirkender Dacourt leistete seinem Wunsch Folge, und als wir dann in diesem dunklen, von Kerzenlicht schwach erhellten Saal um den runden Tisch herum saßen, mutete es fast an wie eine Zusammenkunft der Sternkammer, des Gerichtshofes der Krone. Benjamin, der beim Abendmahl nur wenig gegessen und getrunken hatte, stellte Dacourts

Stuhl in die Mitte und holte eine kleine Rolle Pergament aus seinem Umhang. Er atmete tief durch.

»Wir sind hier versammelt«, hob er an, »um die Identität des blutbefleckten Verräters Raphael zu lüften, der verantwortlich ist für den Tod von Giles Falconer, Abbé Gerard, Richard Waldegrave, Thomas Throgmorton und Ambrose Venner.«

Benjamin machte eine Pause, und ich blickte mich in der Runde um. Lady Francesca trug ein dunkelblaues, hochgeschlossenes Samtkleid, und ihr dichter weißer Schleier, der auf ihre Schultern fiel, wurde durch eine kleine goldene Spange in ihrem Haar an seinem Platz gehalten. Sie wirkte abgespannt, war blaß und hatte tiefe Schatten unter den Augen. Sir Robert neben ihr war wie ein Priester in ein dunkles Jackett gekleidet, das oben mit einem schmalen weißen Spitzenkragen versehen war. Sein Gesicht wirkte kalt, unbewegt und unerforschlich. Sir John Dacourt sah aus wie ein geprügelter Mann; daß sein Sekretär ein Verräter sein sollte, hatte ihn tief getroffen. Peckle war müde und nervös, seine knochigen, mit blaugrünen Tintenflecken besprenkelten Finger waren ständig in Bewegung. Agrippa saß ruhig an seinem Platz und beobachtete uns wie ein schwarzer Schatten. Neben ihm saß mein Meister, dessen langes Gesicht hart und weiß wie Marmor war – doch dies war auch einer jener seltenen Momente, in denen ich meinen Meister vor Wut kochen sah. Sein Blick war genauso grausam und kalt wie der eines Scharfrichters von Westminster.

»Wir haben doch den Mörder schon, Master Daunbey«, ließ sich plötzlich Lady Francesca vernehmen. »Ich dachte, Ihr wäret auch der Überzeugung, daß Master Millet uns umzubringen versuchte, so wie er jene Unglücklichen umgebracht hat, von denen Ihr gesprochen habt.«

Benjamin verzog das Gesicht. »Ah ja, Master Millet. Sir John, laßt ihn von Euren Wachen heraufbringen.«

Wir saßen schweigend um den Tisch. Dacourt ging zur Türe und gab dem Hauptmann der Wache flüsternd seine Anweisung. Einige Minuten später wurde der junge Sekretär hereingeschleppt. Er hatte nun nichts Dandyhaftes mehr an sich. Sein Haar war zerzaust und schmutzig, sein Gesicht unrasiert, und unter seinen dunklen Augen konnte man große Blutergüsse erkennen. Sein teures Hemd starrte vor Staub, und seine Beinkleider sahen aus, als hätte er sie seit Wochen nicht mehr gewechselt. Seine Hände waren gefesselt, und als die Wachen seine Arme losließen, sank er stöhnend zu Boden. Benjamin saß an seinem Platz und verfolgte mit, wie dieser armselige junge Mann immerfort seine Unschuld beteuerte. Plötzlich stand Benjamin auf, zog seinen Dolch, ging in die Knie und durchtrennte mit einem Schnitt die Fesseln des Gefangenen.

»Was tut Ihr denn da?« rief Dacourt.

Der junge Mann kauerte auf dem Boden und starrte mit tränennassen Augen zu uns herauf. Benjamin klopfte Millet auf die Schulter und kehrte zu seinem Stuhl zurück.

»Ich befreie Michael Millet von seinen Fesseln«, erklärte er ruhig, »denn er hat sich allenfalls des Vergehens schuldig gemacht, junge Männer jungen Frauen vorzuziehen, und er hat das Pech, mit einem der unzähligen Spione von Monsieur Vauban befreundet zu sein.« Benjamin nahm einen Schluck aus seinem Becher. Meine Muskeln spannten sich an, denn nun sollte das große Drama beginnen. »Michael Millet ist nicht der Mörder«, fuhr Benjamin fort. »Er ist auch nicht Raphael, oder, Sir John?«

Dacourt schüttelte den Kopf.

»Woher wißt Ihr das, Sir John?«

»Ich weiß es nicht!«

Benjamin schaute Peckle an. »Wißt Ihr es, Walter? Glaubt Ihr, das Millet ein Mörder und ein Spion ist?«

»Das kann ich nicht sagen!« lautete die gekrächzte Erwiderung.

»Lady Francesca?«

Sie starrte nur mit leerem Blick zurück.

»Und was denkt Ihr, Sir Robert? Ihr wißt doch, daß Millet nicht Raphael ist, habe ich recht?«

»Weshalb sollte ich das wissen?«

»Weil *Ihr* Raphael seid, Sir Robert!«

Diese in ruhigem Ton vorgebrachte Anschuldigung zog sofort erschrockene Aufschreie und Aufruhr nach sich. Clinton sprang auf, und seine Hand fuhr zu seinem Dolch, doch Agrippa hieb mit der Faust auf den Tisch.

»Setzt Euch, Sir Robert, und auch die anderen bleiben sitzen. Jeder, der diesen Raum ohne meine Erlaubnis verläßt, sei er der Neffe des Kardinals oder der Freund des Königs, wird auf der Stelle getötet.«

»Wie könnt Ihr das behaupten?« Die Augen Sir Roberts blitzten vor Zorn. »Ich war doch überhaupt nicht in Frankreich, als Abbé Gerard und Falconer ums Leben kamen.« Er zwinkerte. »Und auch wenn ich der Spion wäre, weshalb hätte ich Abbé Gerard und Falconer umbringen sollen? Sie waren meine Freunde.«

»Und auch der König war Euer Freund!« gab Benjamin zurück.

»Laßt uns die Angelegenheit sorgfältig untersuchen«, mischte sich Agrippa ein. »Master Daunbey, bitte?«

Mein Meister beugte sich nach vorne. »Ich möchte zunächst beschreiben, was sich ereignet hat«, begann er. »Erst danach werde ich die Gründe erklären. Vor achtzehn Monaten«, fuhr er fort, »tauchte am englischen Hof ein Spion namens Raphael auf. Master Falconer brachte durch einen seiner vertrauenswürdigsten Spione in Erfahrung, daß dieser sich Raphael nannte. Dies geschah in der Karwoche, als Ihr, Sir Robert, Euch hier in Maubisson aufhieltet.« Er winkte ab. »Erspart mir Euren Einwand, Ihr hättet mit Falconer zusammengearbeitet. Natürlich hat er Euch von dem Spion erzählt. Schließlich seid Ihr ein Freund des Königs und Leiter der Kanzlei, die sich mit den Beziehungen zu Frankreich befaßt. Ihr habt diese Information an Eure Auftraggeber in Frankreich weitergeleitet, und Vauban hat die Ermordung von Falconers Agenten organisiert.

Nun schöpfte Falconer sofort Verdacht und konzentrierte sich auf den Namen Raphael. Bevor Ihr zurück nach England aufbracht, habt Ihr bemerkt, daß sich seine Einstellung Euch gegenüber verändert hatte, und Ihr habt Euch eine besonders raffinierte Methode ausgedacht, diesen gefährlichen Mann verschwinden zu lassen. Erinnert Euch, es war in der Karwoche: Falconer befolgte wie jedermann das Fastengebot und enthielt sich des Fleisches und des Weines. Doch als die Fastenzeit vorüber war, wollte er feiern. Er wollte seinen liturgischen Becher, den Osterkelch benutzen, und Ihr habt diesen mit einem besonderen Gift eingerieben.«

Benjamin ergriff seinen Becher und schwenkte den Bodensatz darin umher. »Es muß sich um ein besonderes Gift gehandelt haben, doch für Euch mit Euren Kenntnissen in Chemie und Alchemie war es gleichwohl recht einfach zu bewerkstelligen. Ich vermute, es handelt sich um den Saft des Mutterkorns, den die Pflanzenkundigen *Claviceps purpurea* nennen. Nun, auch das Mutterkorn und die Mandragora wirken letztlich tödlich, doch nur ziemlich langsam. Sie rufen zunächst beim Opfer Halluzinationen hervor. Das Opfer fühlt sich froh und glücklich und glaubt, alles erreichen zu können, was es sich wünscht.« Benjamin blickte zu Dacourt hinüber. »Der Wein, den Ihr gemeinsam mit Falconer getrunken habt, war nicht vergiftet, wohl aber der Kelch von Falconer. Nachdem Ihr gegangen wart, begann das Gift bei Falconer zu wirken. Er interessierte sich für Vögel, liebte es, sie im Fluge zu beobachten. Da es ein milder Frühlingsabend war, entschloß er sich, auf den Turm zu steigen.« Benjamin zuckte mit den Achseln. »Ist er gefallen, oder hat er versucht, selbst zu fliegen? Wie auch immer, mit dem Kelch, den er umklammert hielt, stürzte er in den Tod.« Mein Meister lächelte. »Dazu benötigt man keine allzu große Vorstellungsgabe. Jedermann, der schon einmal zuviel Wein getrunken hat, weiß, wie einem der Geist Streiche spielen kann.«

»Unsinn!« Clinton, dessen Gesicht nun weiß wie ein Laken war, sprang auf und warf wilde Blicke um sich. »Was ist denn das für ein Unsinn? Auch wenn ich dies alles getan hätte, wie hätte ich sicher sein können, daß Falconer zu Tode stürzen würde?«

»Das war unverhofftes Glück«, erwiderte Benjamin. »Wäre er nicht auf den Turm gegangen und heruntergestürzt, sondern in seiner Kammer geblieben, dann wäre die halluzinierende Wirkung des Giftes allmählich verflogen, er wäre in ein Koma gefallen und im Schlaf gestorben, ohne daß eine Spur des Giftes sichtbar geworden wäre. Man hätte seinen Tod mit irgendeiner natürlichen Ursache erklärt. Schließlich war der Wein ja nicht vergiftet, und wer hätte schon daran gedacht, den Kelch zu untersuchen?« Benjamin starrte eine Weile hinunter auf den Tisch. »Ja, Ihr seid außerordentlich schlau vorgegangen, Sir Robert. O bitte, setzt Euch. Ich bin noch nicht zu Ende.«

Clinton fiel zurück auf seinen Stuhl. Ich behielt Lady

Francesca im Auge. Sie saß mit gesenktem Kopf neben ihrem Gemahl, während sie unablässig ihre Hände zusammen- und wieder auseinanderfaltete.

»Wirklich sehr schlau«, sagte Benjamin mit leiser Stimme, »jemanden zu vergiften, indem man sich seiner Phantasien bedient. Und es war ausgesprochen feinsinnig von Euch, dies in die Wege zu leiten, während Ihr viele Meilen vom Ort des Geschehens entfernt wart.«

»Und was war mit Abbé Gerard?« rief Dacourt, der sich wieder gefangen hatte.

Benjamin streckte eine Hand hoch. »Auch der Tod von Abbé Gerard war sehr einfach zu arrangieren. Es war immer noch Fastenzeit, und auch der Abbé hielt sich natürlich an die Fastengebote. Er erhielt Geschenke, darunter auch einen Krug Wein, den Sir Robert ihm geschickt hatte, bevor er mit Lady Clinton nach London aufgebrochen war. Nun, der gute Abbé brach den Krug nach dem Ostersonntag an, nachdem die Fastenzeit vorbei war. Es war nur ein kleiner Krug, aus dem sich zwei bis drei Becher Wein ergaben. Unter dem Einfluß des Giftes, desselben Giftes, das auch Falconer zugeführt worden war, verfiel der Abbé auf sein Steckenpferd, die Beschäftigung mit den Wundern Christi, insbesondere mit dem Wunder, daß Jesus über das Wasser gewandelt sei.« Benjamin blickte Clinton an. »Als Freund des Abbés hattet Ihr davon natürlich Kenntnis, nicht, Sir Robert?« Benjamin wartete die Antwort nicht ab. »Der bedauernswerte, in seinen Halluzinationen befangene Abbé ging also zu seinem Karpfenteich hinaus und versuchte, über das Wasser zu gehen. Er war ein alter Mann, und durch den Schock des kalten Wassers in Verbindung mit der Wirkung des Giftes, das er zu sich genommen hatte, ist er wahrscheinlich nach wenigen Minuten gestorben. Wahrscheinlich hat er um sein Leben gekämpft, doch er war zu schwach und ist schließlich ertrunken. Niemand vermutete hinter seinem Tod einen Mord, also wurde der Leichnam fortgeschafft und dann auf dem Friedhof beerdigt. Der Becher, aus dem er getrunken hatte und der mit ihm ins Wasser gefallen war, wurde herausgefischt und gereinigt, und der Krug wanderte zum Abfall. Nachdem der Abbé tot war, machten sich Vauban und die Luciferi daran, das Buch zu suchen.« Benjamin legte eine Pause ein und lächelte in sich hinein. »Doch der alte Priester war sehr klug. Er wußte, was das Buch wert war, daher versteckte er es an einem sicheren Ort.« Benjamin schaute Clinton ins Gesicht. »O ja, Sir Robert. Ich habe das Buch in sicherer Verwahrung.«

Ihr müßt wissen, ich bin schon vielen Mördern, Männern wie Frauen, gegenübergestanden, die das Blut anderer vergossen hatten. Sie besitzen alle die Unverfrorenheit von Kain, der Gott herausforderte und behauptete, er wisse nicht, wo sein Bruder sei. Dennoch gibt es immer wieder einen Punkt, an dem diese Überheblichkeit plötzlich in sich zusammenfällt, wenn die Mörder erkennen, daß sie die Kontrolle über das Spiel verloren haben. Soweit war es nun bei Clinton. Er starrte Benjamin an, mit halb offenem Munde, wie ein schwächlicher, vergreister alter Mann, den seine Geisteskräfte im Stich gelassen haben.

»Ich habe das Buch gefunden«, wiederholte Benjamin. »Und ich habe gelesen, was darin geschrieben steht. Der Nachname Eurer ersten Gemahlin lautete Harpale, und wenn man mit den Buchstaben dieses Namens spielt, wie es Falconer getan hat, dann bildet sich das Wort Raphael.« Benjamin lächelte kalt. »Ich bin sicher«, fuhr er fort, »daß eine genaue Untersuchung der Papiere und Briefe, die Ihr an Eure Ehefrau gesandt habt, erbringen wird, daß Ihr ein derartiges Anagramm als Kosenamen für sie verwendet habt.« Er hustete und nahm einen Schluck Wein. »Ist das nicht so, Roger?«

»Ja, ja«, bestätigte ich, während ich immer noch Clinton beobachtete. »Nachdem Falconer herausgefunden hatte, daß der Spion den Namen Raphael verwendete, habt Ihr Euch entschlossen, Abbé Gerard zum Schweigen zu bringen. Ihr wußtet von diesem Buch. Ich vermute, er hat es Euch gezeigt, und Ihr habt den Namen Harpale hinten eingetragen gesehen. Wer weiß? Vielleicht hat er sich auch daran erinnert, daß Ihr Eure erste Ehefrau Raphael genannt habt.«

Nun begann Lady Francesca verhaltene Schreie auszustoßen, während ihr ganzer Körper von heftigem Schluchzen erschüttert wurde.

»Natürlich mußten auch noch andere zum Schweigen gebracht werden«, fuhr ich erbarmungslos fort. »Der Trunkenbold Waldegrave, der von Falconer mehr erfahren haben konnte, als Ihr vermutetet. Auch sein Tod war nicht schwierig zu bewerkstelligen. Eines Nachts, als er volltrunken in seiner Kammer lag, seid Ihr zu ihm hinüber gegangen und habt seine Gewänder mit Schweineblut eingerieben. Der benebelte Priester hat sich nicht gewehrt. Vielleicht war er auch durch ein starkes Schlafmittel besinnungslos gemacht worden. Nachdem seine Kleider blutgetränkt waren, habt Ihr ihn zu Vulkans Stall gebracht, die Türe geöffnet, ihn hineingeworfen und den Stall wieder von draußen verriegelt. Das wilde und zum Töten abgerichtete Kampfpferd, das durch diese plötzliche Störung und den Geruch von Blut aufgestachelt wurde, hat dann den armen Waldegrave zu Tode getrampelt.«

»Und Throgmorton?« fragte Dacourt.

»Gleich«, antwortete ich und warf einen Blick auf Millet, der immer noch auf dem Boden kauerte wie ein

Betrunkener, der sich nicht mehr aufrichten kann. »Ich glaube, Sir John, Ihr solltet Sir Robert den Dolch abnehmen und Master Millet auf die Beine helfen. Vielleicht könnte ihn etwas Wein wieder zu Kräften bringen?«

Dacourt leistete der Aufforderung eilfertig Folge. Clinton ließ sich widerstandslos den Dolch abnehmen. Er starrte in sich versunken den Saal entlang, während der alte Soldat den immer noch wimmernden Millet zu einem leeren Stuhl führte.

»Throgmorton«, fuhr ich fort, »war ein Wichtigtuer. Ein guter Arzt, aber immer hinter den jungen Mädchen und Frauen her, die ihm unter die Augen kamen, sogar hinter Lady Francesca.«

Clintons Gemahlin riß jäh ihren Kopf hoch. Ihr Gesicht war von Angst und Tränen gezeichnet, ihre Haut war weiß und teigig geworden, und ihre Augen waren rot gerändert. Ich blickte zu Benjamin, denn wir hatten vereinbart, gewisse Dinge nicht in dieser Runde bekanntzugeben. »In Fontainebleau«, setzte ich meinen Vortrag fort, »sah Throgmorton etwas Seltsames in der Kammer von Lady Francesca, und als der Wichtigtuer, der er war, wollte er dies sogleich der ganzen Welt kundtun. Auf unserer Rückreise nach Maubisson bat Sir Robert Throgmorton, sich das Bein seines Pferdes anzusehen, während Venner und er den Wein und das Essen herrichteten.«

»Aber wir haben doch alle denselben Wein getrunken!« rief Peckle.

»Das ist richtig«, erwiderte Benjamin. »Könnt Ihr Euch noch entsinnen, wie zuvorkommend Sir Robert die Becher gefüllt und ausgeteilt hat? Nun«, fuhr Benjamin fort und ergriff seinen Kelch am Rand. »Sir Robert hat jeden Kelch ungefähr so angefaßt. Wenn Ihr seine rechte Hand betrachtet, werdet Ihr die schweren Ringe sehen, die er daran trägt. Ich vermute, einer von diesen Ringen besitzt einen winzigen Schnappverschluß, der sich mit dem Daumen zurückschlagen läßt und dann eine kleine Vertiefung freigibt, in der man Gift verstecken kann. Auf diese Weise hat er das Gift in Throgmortons Becher gebracht. Ein paar Körnchen eines tödlichen Giftes, und Throgmorton starb einige Stunden darauf.«

Benjamin erhob sich und ging um den Tisch. Er zog seinen Dolch hervor und ritzte damit leicht den Nacken von Sir Robert.

»Sir Robert, Eure rechte Hand, bitte!«

Unterstützt durch Dacourt, ergriff Benjamin die Hand von Clinton, der sich nicht sträubte, und drückte sie mit der Handfläche nach oben auf den Tisch. Die drei silbernen Ringe an Clintons Fingern blinkten im Kerzenlicht. Benjamin berührte den Ring an seinem Mittelfinger und bat Dacourt, die Kerze näher heranzuschieben.

»Ihr seht, Sir John, hier ist ein kleiner Schnappverschluß! Wenn man ihn zurückschlägt – da!«

Clinton wand sich und versuchte, seine Hand zurückzuziehen, doch Dacourt hielt sein Handgelenk umklammert und zerrte ihm den Ring vom Finger. Er ließ ihn herumgehen, damit alle ihn in Augenschein nehmen konnten. Es war eine raffiniert ausgetüftelte hohle Metallkonstruktion, und wenn man den Verschluß mit dem Daumen oder der anderen Hand zurückschnappen ließ, konnte man eine kleine Prise eines tödlichen Pulvers herausrieseln lassen. Clinton hatte wahrscheinlich das Gift dem Wein beigemischt, kurz bevor er Throgmorton den Becher gereicht hatte.

»Natürlich!« rief Dacourt aus. »Deswegen hat er Throgmorton gebeten, nach seinem Pferd zu sehen. Clinton wollte sichergehen, daß wir anderen schon alle unseren Wein hatten, bevor er Throgmorton bediente!«

Clinton, aschfahl im Gesicht, starrte um sich.

»Das ist Unsinn!« murmelte er. »Vollkommener Unsinn!«

Doch die Stimme versagte ihm, und er kauerte sich wie ein geprügelter Hund auf seinen Stuhl. Lady Francesca schluchzte, doch dann veränderte sich Clintons Verhalten plötzlich. Er blickte zur Seite und grinste, als würde er sich im stillen über irgendeinen Witz amüsieren.

»Was ist mit Venner?« krächzte Millet. Er deutete mit der Hand auf Clinton. »Dieser Schweinehund wollte mir seinen Tod anhängen!«

»Oh, dies war der stümperhafteste von Sir Roberts Morden«, bemerkte ich. »Ihr werdet Euch erinnern, daß ich, kurz bevor wir zum Tour de Nesle aufbrachen, hier in der Halle die Namen von Sir John Dacourts Gemahlin und von Millets toter Schwester erwähnt habe. Clinton argwöhnte, wir könnten auch den Nachnamen seiner ersten Frau und möglicherweise auch etwas über Raphael herausgefunden haben, deshalb startete er einen Angriff, mit dem er gleich zwei Ziele auf einmal zu erreichen gedachte: Clinton sandte eine geheime Botschaft an Vauban, der uns daraufhin zum Tour de Nesle bestellte, um dort unseren Tod zu arrangieren, und er sorgte dafür, daß Millet als der große Verräter hingestellt werden konnte. Das war nicht schwierig. Millets nächtliche Ausflüge nach Paris, sein Umgang mit Dandys vom französischen Hof, die wunderliche Tatsache, daß sowohl er als auch seine Schwester nach Erzengeln benannt wurden . . .« Ich verzog mein Gesicht. »Auch der Rest war einfach. Es wurden gewisse Gegenstände in Millets Truhe plaziert. Venner wurde ein giftiger Trank verabreicht, und auch der Wein von Sir Robert und Lady Francesca war vergiftet. Doch Venner hatte nicht davon getrunken. Er war schon vorher vergiftet worden, und seine Leiche hatte man in Clintons Kammer geschafft.«

»Wie wollt Ihr das wissen?« unterbrach ihn Dacourt. »Daß Venner nicht von diesem Wein getrunken hat?«

»Weil der arme Kerl immer nur mit Wasser verdünnten Wein getrunken hat. Doch daran hatte Sir Robert nicht gedacht. Er hoffte, wir würden in dem Irrgarten am Tour de Nesle in Stücke zerrissen werden, Millet würde man die Schuld zuschieben können, und er würde sich weiterhin als der aufrechte englische Gesandte geben können, der nur knapp dem Tode entronnen war.«

Agrippa, der sich während unseres gesamten Vortrags kaum bewegt hatte, legte den Knauf seines Dolches auf den Tisch.

»Nun«, sagte er zu den still gewordenen Anwesenden, »kommen wir zu der Frage, weshalb dies alles geschehen ist.« Er erhob sich. »Doch dies ist nicht für jedermanns Ohr bestimmt. Sir John, Master Peckle, Master Millet, ich muß Euch ersuchen, Euch zurückzuziehen.«

»Das will ich nicht!« schnauzte ihn Dacourt an.

»Sir John, wenn Ihr meiner Aufforderung nicht Folge leistet«, erwiderte Agrippa ruhig, »dann werdet Ihr dieses Château nicht lebend verlassen. Ich bitte Euch zu gehen, um Eurer eigenen Sicherheit willen!«

Der alte Haudegen seufzte tief, zuckte schließlich mit den Schultern und stampfte langsam aus der Halle. Peckle und Millet folgten ihm. Agrippa vergewisserte sich, daß die Türe hinter ihnen geschlossen wurde.

»Nun, Sir Robert«, begann er, »werden wir Euch erklären, weshalb Ihr ein Spion, ein Verräter und ein Mörder seid, und auch, warum Ihr vor ein paar Minuten gelächelt habt. Master Daunbey?«

Benjamin setzte sich Clinton gegenüber, wie ein Priester, der sich bereit macht, jemandem die Beichte abzunehmen.

»Ich werde Euch eine Geschichte erzählen, Sir Robert«,

begann er »über einen jungen Höfling, Soldaten, Gelehrten und Freund des Königs. Dieser Höfling verehrte seinen königlichen Herrn und diente ihm ergeben. Er wurde mit den unterschiedlichsten Aufträgen in die Welt hinausgeschickt, und wenn er wieder heimkehrte, wurden er und seine wunderschöne Gemahlin oft an den Hof des Königs eingeladen. Unser junger Diplomat wußte jedoch nicht, daß sein königlicher Herr auf jede hübsche Frau, die ihm unterkam, ein Auge warf, nicht aus tiefempfundener Freundschaft, sondern aus reiner körperlicher Lust, die gestillt werden sollte. Der König verführte also die Frau seines Freundes, behandelte sie wie eine Gespielin, wie irgendeine beliebige Kurtisane aus der Stadt, und eines Tages fand der junge Höfling es heraus. All die Loyalität, all die Freundschaft war dahin. Aus seiner Verbitterung wuchsen tiefer Haß und ein heftiges Verlangen nach Rache.«

Da schlug Clinton plötzlich seine Hände vor das Gesicht. Als er sie wieder herunternahm, glaubte ich in seinem verzweifelten Blick auch eine Spur des Bedauerns zu erkennen. Es stand kein Haß in diesen Augen, nur eine stumme, unheimliche Trostlosigkeit.

»Unser Diplomat«, setzte Benjamin fort, »schmiedete einen teuflischen Racheplan. Er brachte seine Frau zurück in ihr Elternhaus, behandelte sie stets höflich und zuvorkommend, doch insgeheim vergiftete er sie langsam, bis sie schließlich eines qualvollen Todes starb, nicht aufgrund irgendeines bösartigen Abszesses oder eines Tumors, sondern aufgrund des Giftes, das er ihr in kleinen Dosen über die Mahlzeiten zugeführt hatte. Nachdem sie gestorben war, oder vielleicht auch schon vorher, ging er zu den französischen Feinden seines Königs und bot ihnen an, ihnen jedwedes Staatsgeheimnis zu verraten, dessen er kundig werden würde. Er sagte, er wird den Tarnnamen Raphael wählen, einen Namen, der sich aus den Buchstaben des Mädchennamens seiner Frau ergab und den er auch früher für sie benutzt habe, denn Raphael sei ein Engel von großer Schönheit.« Benjamin folgte Sir Roberts Blick, der in die dunkle Ecke des Saales starrte, als würde er die Seelen seiner Opfer dort schattengleich umhergeistern sehen.

»Nun, Sir Robert, den meisten Männern wäre dies genug der Rache gewesen, doch bei diesem Diplomaten handelte es sich um einen gelehrten Mann, der sich auch in der Medizin und bei den verschiedenen Krankheiten auskannte. Während er im Dienste seiner französischen Herren tätig war, lernte dieser Mann eine junge Adelige in einem Kloster kennen. Augenscheinlich hatte man sie in diese Klosterschule gebracht, damit sie dort ihre Erziehung vervollständige, doch auch sie hatte ein schreckliches Geheimnis zu verbergen. Sie war die einzige Tochter betagter Eltern, und es war ihr das Mißgeschick widerfahren, sich in einen jungen französischen Adeligen zu verlieben, der in Italien kämpfte. Wie viele andere kehrte er zurück, ohne zu wissen, daß er sich mit einer unheilbaren Geschlechtskrankheit, der Syphilis, infiziert hatte. Hunderte von zurückgekehrten Soldaten starben an dieser Krankheit, doch zuvor steckten sie noch ihre Ehefrauen und Geliebten an. Der junge französische Edelmann siechte dahin und starb, und auch seine Verlobte zeigte Anzeichen der Erkrankung, deshalb wurde sie in das Kloster geschickt, nicht nur, um ihre Bildung zu erweitern, sondern hauptsächlich, damit die Nonnen sie pflegen und versuchen konnten, die Krankheit aufzuhalten.« Benjamin machte eine Pause. »Sir Robert?«

Clinton drehte sich um, und in seinen Augen stand der Blick eines Mannes, dem der Tod bevorsteht.

»Sir Robert, Ihr seid jener Diplomat, Heinrich von

England ist der König und Lady Francesca das junge Mädchen aus dem Kloster.«

»Ja, es ist wahr!« platzte Lady Francesca heraus. »Es ist wahr! Als mein Verlobter aus Italien zurückkehrte, war er verrückt nach mir.« Sie blickte auf, in ihren Augen standen Tränen, doch ihre Lippen waren vor Wut verzerrt. »Er starb, doch ich hatte mich ebenfalls mit der Krankheit angesteckt. Sir Robert war sehr gütig. Er entschied sich, die Krankheit zu ignorieren, und heiratete mich, sagte aber, daß wir nicht wie Mann und Frau miteinander leben könnten.« Sie zerknüllte den Stoff ihres Kleides zwischen ihren Fingern. »Zunächst besänftigte meine Verehelichung mit Sir Robert meinen Schmerz über die Ungerechtigkeit der Welt, doch nur für eine Weile.« Sie wischte sich über die Augen. »Ihr habt völlig recht, Master Daunbey, mit dem, was Ihr über Sir Roberts Rache gesagt habt. Er brachte mich an den Hof und stellte mich dem König vor, der mit mir herumturtelte. Ich fühlte mich geschmeichelt.« Sie verzog den Mund. »Ich gab mich ihm hin. Warum auch nicht? Gaston war schließlich nur wegen des Ehrgeizes und der Machtgelüste von Königen gestorben.« Sie holte tief Luft. »Ich argwöhnte, Sir Robert würde das alles nicht ernst meinen, was er über seine Rache gesagt hatte, denn er duldete die Tändelei seines königlichen Herrn mit mir.« Sie ließ sich auf ihren Stuhl zurückfallen und begann, hysterisch zu lachen. »Nun hat König Heinrich von England dieselbe Krankheit, die ich auch habe. Möge der feiste Schweinehund daran verrecken!«

Ich verfolgte ungläubig staunend die Verwandlung dieser hübschen Frau mit dem weißen, ausgezehrten Gesicht und den Augen, die von Haß und Wut erfüllt waren. Es wurde mir bewußt, welch fürchterliche Dinge wir uns gegenseitig antun. Ich bin wahrlich ein übler Bursche, ein

Schurke bis auf die Knochen, doch ich glaube, selbst dem Satan muß es zuweilen die Tränen in die Augen treiben angesichts der Grausamkeiten, welche die Menschen einander zufügen. Natürlich war es Lady Francesca gewesen, die ich mit Heinrich in Hampton Court im Bett beim Liebesspiel gesehen hatte. Die Beine der Frau waren mir weiß erschienen, während Lady Francescas Beine einen leicht goldenen Schimmer hatten. Ich lächelte über meine Einfältigkeit. Sie hatte damals ihre weißen Strümpfe getragen, und Heinrich hatte sich nicht als Gentleman erwiesen. (Anne Boleyn erzählte mir einmal, er habe ihr nie Zeit gelassen, sich richtig auszuziehen!)

»Woher wußtet Ihr es?« fragte sie und deutete auf ihren Ehemann. »Hat er es Euch erzählt?«

Sir Robert reagierte nicht darauf, er war in sich versunken, und seine Lippen formten stumme Worte.

»Nein«, erwiderte Benjamin und drehte sich um, um einen Blick auf Agrippa zu werfen, der plötzlich eine Rolle Pergament unter dem Tisch hervorgezogen hatte. »Nein, wir haben es aus verschiedenen kleinen Informationen geschlossen, aus einigen wenigen Stückchen, die zu einem Puzzle gehörten, das wir schließlich doch noch vervollständigen konnten. Das waren zum einen die Nonnen, welche so besorgt um Euer Wohlergehen waren und sich Sir Robert gegenüber so ehrerbietig zeigten. Dann zweitens das Verhalten von König Franz. Ich habe den Eindruck, er mag Euch nicht, weiß aber von Eurer Krankheit. In seinen Augen existiert Ihr für ihn einfach nicht. Drittens hat Shallot bei Euch ein kleines Fläschchen gesehen, auf dem die Buchstaben SUL geschrieben standen. Das Fläschchen enthielt Schwefel, der in Kombination mit Quecksilber diese Krankheit verlangsamen kann. Ich bin überzeugt, auch Throgmorton hat das Fläschchen zu Gesicht bekommen, als er in Eurer Kammer herumschnüffelte. Er hat Euch mit dieser Entdeckung zugesetzt, nachdem wir Fontainebleau verlassen hatten. Ihr habt es Eurem Gemahl erzählt, und Throgmorton mußte sterben.«

Lady Francesca richtete ihren Blick auf mich, und ich erschauderte angesichts der Dunkelheit in ihren Augen.

»Lieber Roger«, murmelte sie, »ich dachte daran, Euch zu verführen, doch Ihr seid zu gewitzt. Ihr entkamt sogar dem Attentat, das die Luciferi in Fontainebleau auf Euch verübten, als sie Euch zu dem Eber hinunterstießen. Doch eines Tages, Master Shallot, werdet Ihr Euch in das eigene Fleisch schneiden.« Sie schaute wieder zu Benjamin. »Ich mochte Euch, Master Daunbey. Ihr seid höflich und einfühlsam. Ich habe Sir Robert gesagt, daß Ihr schon vermutet habt, ich sei krank.«

Benjamin blickte verlegen zur Seite.

»Ich bin in Euren Heimatort gereist«, sagte ich. »Dort bekam ich weitere Informationen über Eure Verlobung mit Gaston und Eure plötzliche Übersiedelung in das Nonnenkloster. Mein Master fand es seltsam, daß die englischen Sendboten auf ihrem Weg nach Paris so häufig in diesem Kloster Station machten. Nun, wir wußten, daß Ihr den Nonnen Geschenke gesandt habt, und fragten uns, ob Raphael diese Geschenke benutzt haben könnte, um Botschaften zu übermitteln. Natürlich war dies eine falsche Annahme. Wichtig war nicht das, was die Boten zum Kloster brachten, sondern das, was sie von dort zurückbrachten. Nämlich Medizin für Euch.«

»Deshalb wurden auch die beiden anderen Boten getötet«, unterbrach Benjamin. »Ich weiß nicht, wie und warum, Lady Francesca, doch ich vermute, sie entdeckten Euer Geheimnis. Ich bin sicher, die braven Nonnen haben die Medizin immer gut versteckt in den Geschenksendungen, die sie Euch zukommen ließen. Doch diese Sendboten waren zu neugierig und fragten wahrscheinlich zuviel herum, bevor sie das Kloster verließen. Die Nonnen, die von Monsieur Vauban genauestens instruiert waren, gaben dies weiter, und daher mußten die Boten sterben.« Benjamin legte beide Hände auf den Tisch. »Um meine Hypothese zu überprüfen, sandte ich zwei Boten zum Kloster, welche vorgaben, ein Geschenk für Euch zu überbringen. Einem von ihnen hatte ich aufgetragen, sich sehr redselig zu geben und herumzuerzählen, Ihr würdet Euch gar nicht wohl fühlen. Die guten Nonnen gingen uns auf den Leim. Sie schickten ein Geschenk zurück: ein Steppkissen. Als ich es aufschlitzte, fand ich darin ein Fläschchen mit einer Mixtur aus Quecksilber und Schwefel.«

Doktor Agrippa beugte sich aus dem Schatten nach vorne. »Sir Robert, streitet Ihr diese Anschuldigungen ab?«

Clinton saß stocksteif da und starrte auf den Boden.

»Sir Robert«, wiederholte Benjamin, »Ihr seid Raphael, Ihr seid der große Mörder. Ihr habt die englischen Staatsgeheimnisse den Franzosen verkauft. Dabei habt Ihr Euch nicht an den Dokumenten oder Briefen vergriffen. Ihr habt die Informationen an Vaubans Agenten in London weitergegeben, allerdings mit der strikten Auflage, daß die Franzosen erst dann entsprechende Reaktionen einleiten dürften, nachdem diese Sendungen in der englischen Botschaft in Paris angekommen waren. Aus diesem Grunde wurden auch die Satteltaschen und die Dokumentenmappe der getöteten Boten unversehrt übergeben. Ihr und Vauban wolltet die Engländer in dem Glauben lassen, daß der Inhalt der Dokumente erst, nachdem sie Dacourt erreicht hatten, an die Luciferi verraten wurde.«

Plötzlich bewegte sich Clinton und schüttelte sich. »Ja, Ihr habt recht«, murmelte er und blickte zu Benjamin.

»Master Daunbey, Ihr seid brillant. Das hat Vauban gesagt. Er wollte, daß Ihr und Euer Gehilfe« – er warf einen Blick auf mich – »daß Ihr beide ohne viel Federlesens getötet werden solltet.« Er berührte sanft die Hand seiner Gemahlin, doch diese entzog sich ihm, als verspüre sie Schmerzen bei der Berührung. »Sie ist unschuldig, sie ist darin verwickelt, aber unschuldig. Ich habe sie benutzt. Ich liebte Clare, doch der König hat mich hintergangen, und nun soll er in der Hölle schmoren, in die ich ihn gestoßen habe.«

Agrippa erhob sich langsam. »Sir Robert Clinton, Ihr seid nach eigenem Geständnis ein Spion, ein Verräter und ein Mörder, der gute Freunde und Untertanen des Königs umgebracht hat. Ihr seid«, fuhr er fort, »verantwortlich für den Tod des Agenten, der in den Gassen von Paris umgebracht wurde, für den Tod von Giles Falconer, des Abbé Gerard und der beiden Boten, die auf dem Weg nach Paris ums Leben kamen, für den Tod des Priesters Richard Waldegrave, des Arztes Thomas Throgmorton und von Ambrose Venner, Eurem eigenen Diener. Ihr habt Euren König verraten, indem Ihr sowohl seinen Leib als auch sein Königreich großer Gefahr ausgesetzt habt. Und Ihr seid vielleicht noch für weitere Morde und Verbrechen verantwortlich.«

»Halt!« rief ich.

Agrippa drehte sich überrascht um. »Master Shallot, seid Ihr damit nicht einverstanden?«

Ich ging um den Tisch herum, um Sir Robert in seine kalten, seelenlosen Augen blicken zu können. Das war der Augenblick, auf den ich lange gewartet hatte.

»Sir Robert, Ihr habt noch einige weitere Morde angestiftet, zum Beispiel die Ermordung von Bertrand de Macon, Kapitän eines Schiffes, das von französischen Freibeutern aufgebracht wurde. Doch vor allem«, sagte ich und packte ihn an der Schulter, bis er zurückwich, »seid Ihr der Ermordung von Monsieur und Madame Ralemberg sowie ihres Dieners und ihrer Tochter, meiner innig geliebten Agnes Ralemberg, schuldig!« Ich schaute Agrippa an. »O ja, das dürfen wir nicht vergessen, werter Doktor«, sagte ich und kehrte Clinton den Rücken zu, damit er meine Tränen nicht sehen konnte. »Es war mir immer ein Rätsel«, fuhr ich fort, »wie die Luciferi in das Haus von Monsieur Ralemberg gelangen konnten. Er war ein vorsichtiger Mann und hatte wahrscheinlich alle Türen versperrt und verriegelt, doch es muß jemand geklopft haben, jemand mit Autorität, jemand, dem er Vertrauen schenken konnte. Auf wen könnte dies besser zutreffen als auf einen Beauftragten des Königs?« Ich zeigte mit dem Finger auf Clinton. »Ihr habt die Mörder hineingelassen, Ihr elender Bastard! O ja, jetzt sitzt Ihr noch hier, und Eure feine Gemahlin heult sich die Seele aus dem Leib, doch ich werde Euch beide in Tyburn baumeln lassen! Wenn Ihr noch halb am Leben seid, wird man Euch abschneiden und Eure Leiber in dampfende Fleischstücke zerhacken!«

(Natürlich hätte ich das nicht selbst getan. Ich kann Hinrichtungen nicht ausstehen, doch in jener Nacht in Maubisson war ich dermaßen erregt, daß ich es vielleicht tatsächlich zustande gebracht hätte.)

»Es wird keine Hinrichtungen geben«, sagte Agrippa.

»Meine Gemahlin ist unschuldig«, beteuerte Clinton ein weiteres Mal.

»Sir Robert, Ihr habt die Wahl.« Agrippa stieg von dem Podium herunter und stellte sich vor ihn hin. »Vielleicht würden wir Euch nicht lebend nach Calais bringen, denn Vauban könnte etwas zu Euren Gunsten unternehmen, trotzdem besteht die Chance, daß es uns gelingen könnte. In diesem Fall würdet Ihr nach England zurückgebracht, in Westminster Hall als Verräter abgeurteilt werden und dann eines grausamen Todes sterben. Die andere Möglichkeit wäre, dies hier in Maubisson zu arrangieren, in der Zeit der Dämmerung. Oder . . .« Agrippa machte eine Pause und blickte meinen Meister an.

»Oder«, setzte Benjamin fort, »wir könnten die Angelegenheit Euch selbst überlassen.«

»Meine Frau«, sagte Clinton noch einmal, »ist vollkommen unschuldig.«

»Lady Francesca soll in ihr Kloster zurückkehren«, bestimmte Agrippa. »Doch falls sie jemals einen Fuß auf englischen Boden setzt, wird sie verhaftet, abgeurteilt und hingerichtet werden!« Agrippa starrte in die flackernde Flamme einer Kerze. »Ihr seid ein Giftmörder, Sir Robert. Ich vermute, Ihr tragt die Substanzen, die Ihr für Euer Handwerk benötigt, bei Euch. Wir werden Euch für eine Weile alleine lassen.« Er schob den Krug Wein näher zu ihm hin. »Ihr werdet noch eine kleine Erfrischung benötigen.«

Kapitel 13

Agrippa schnippte mit den Fingern, und wir alle, auch Lady Francesca, verließen den Saal. Agrippa ordnete an, die weinende Frau sofort in ihre Kammer zu bringen. Sie erhob keinen Einspruch dagegen, wehrte sich nicht und verlangte auch nicht danach, noch etwas Zeit bei ihrem Gemahl zu verbringen, und so geleiteten sie eine verschlafene Magd und zwei Soldaten zu ihrem Gemach. Dacourt und die anderen, die draußen gewartet hatten, eilten herbei, um uns zu beglückwünschen. Es war verblüffend, wie schnell sie ihre Fassung wiedergefunden hatten. Dacourt, der alte Kämpfer, stieß Verwünschungen gegen die Franzosen und deren Spion Clinton aus, Peckle war wieder ganz der eifrige Schreiber, und Millet hatte sich soweit erholt, daß er Zeit gefunden hatte, sich den Schmutz aus seinem geckenhaften Gesicht zu wischen.

»Was geschichtet nun?« bellte Dacourt.

Agrippa lächelte. »Geduld, Sir John, Geduld!«

Wir standen vor dem Eingang zur Großen Halle schweigend im Kreis herum. Die einzigen Laute, die man vernehmen konnte, waren die Rufe der Wachen draußen auf der Brüstung und das Heulen eines Hundes. Nach ungefähr einer Viertelstunde traten wir, angeführt von Agrippa, wieder in den dunklen Saal. Clinton saß immer noch auf seinem Stuhl hinter dem großen Tisch auf dem Podium. Zuerst dachte ich, es habe sich überhaupt nichts verändert, doch als wir näher herantraten, sah ich, daß seine Augen glasig und leer waren. Seine Lippen waren geöffnet, das weiße Gesicht durch den Todeskampf verzerrt, und der Becher, der irgendein tödliches Gift enthalten hatte, rollte auf dem Tisch umher.

»Das tragische Ende eines tragischen Lebens«, stellte Benjamin fest.

»So sterben eben Verräter«, dröhnte Dacourt.

Agrippa sagte »Amen« und erteilte die Anweisung, Clintons Leichnam, seine Kammer und seine Habe genauestens zu durchsuchen und Lady Francesca bei Morgenanbruch zu ihrem Kloster zurückzubringen. Dann trat Agrippa zwischen Benjamin und mich und legte uns seine Arme um die Schultern.

»Master Benjamin, Master Shallot, ich möchte Euch danken, und auch Seine Eminenz der Kardinal und Seine Majestät der König werden Euch ihren Dank aussprechen.«

Er hielt inne und lächelte uns beide an. »Händigt mir das Buch von Abbé Gerard aus, und die Angelegenheit ist erledigt.«

Benjamin gab Agrippa, was er verlangt hatte, doch Wolseys geheimnisumwobener Helfer hatte kaum die Türe hinter sich geschlossen, da sagte Benjamin: »Für uns ist die Angelegenheit noch nicht erledigt, Roger.«

»Ihr meint den Ring?«

Er verzog das Gesicht. »Nein, unser ehrenwerter König muß sich damit abfinden, daß er gespielt und verloren hat. Er wird diesen Ring niemals zurückerhalten. Ich meine Vauban.«

»Was ist mit ihm, Master?«

Benjamin bemerkte meinen ängstlichen Blick und klopfte mir auf die Schulter. »Clinton mag die Mörder in das Haus der Ralembergs eingelassen haben, doch Vauban hat die Morde ausgeführt. Ich werde diesen elenden Bastard töten!«

Ich starrte in das Gesicht meines Meisters. Niemals später habe ich gesehen, daß sich solch ein gutmütiges Gesicht dermaßen verändern konnte. Obwohl es ihm gelungen war, Clintons Verrat aufzudecken, kochte die Wut immer noch in ihm.

»Weshalb, Master?« fragte ich.

»Weil er Agnes getötet hat.«

»Aber sie war doch meine Verlobte.«

»Ja, richtig, und du bist mein Freund.« Benjamin wendete sich ab, um sein Gesicht vor mir zu verbergen. »Ich bin durch dieselbe Hölle gegangen wie du, Roger, nur ist in meinem Fall Johannas Geist gestorben, nicht ihr Körper. Ich habe den Mann getötet, der dafür verantwortlich war, und ich werde dies auch in deinem Falle tun!«

»Nein, ich werde es selbst tun, Master«, log ich halbherzig und hoffte, er würde nicht hören, wie mir der Schreck in die Gedärme fuhr.

Benjamin drehte sich wieder um, und obwohl er mir zuzwinkerte, sah ich die Tränen in seinen Augen. »Roger, Roger, sei nicht töricht. Vauban versteht mit dem Degen umzugehen. Er würde dich schon in der ersten Minute töten.«

»Oh, vielen Dank«, erwiderte ich sarkastisch. »Und wie wollt Ihr es anstellen? So wie Clinton es getan hätte, mit Gift in einem Becher oder einem Dolch in der Dunkelheit?«

Benjamin setzte sich auf die Bettkante. »Nein«, antwortete er gleichmütig. »Heute ist Mittwoch, und morgen ist das Fest der Heiligen Peter und Paul. Wie in England werden sich auch die hiesigen königlichen Beamten an die Feiertagsruhe halten. Am französischen Hof werden keine Geschäfte abgewickelt werden. Vauban wird sich bei seiner Familie in der Rue des Moines aufhalten.« Benjamin lächelte schwach. »Und schließlich, Roger, hat er uns doch eingeladen, ihn einmal zu besuchen.«

Mein Meister war nicht mehr von seinem Vorhaben abzubringen. Am nächsten Morgen besorgte er sich aus der Lagerkammer des Châteaus ein neues Degengehenk, einen neuen Degen, einen Handgelenkschutz sowie einen Dolch, und auf meinen Wunsch hin stattete er auch mich damit aus.

»Du mußt nicht mitkommen, Roger«, sagte er.

»Ich würde Euch bis ans Ende der Welt folgen, Master«, log ich und hoffte, das spärliche Frühstück, das ich zu mir genommen hatte, würde in meinem Magen bleiben.

Beim ersten Licht des Tages verließen wir Maubisson. Im Château war es seltsam ruhig und still, als wüßten die Bediensteten bereits, welch ein schreckliches Drama sich am vorhergehenden Abend in der Großen Halle abgespielt hatte.

Auf dem Hof machten Knechte einige Pferde fertig, also würde Lady Francesca erst nach uns aufbrechen. Ich habe von ihr nie wieder etwas gehört oder gesehen.

Wir gelangten nach Paris. Wegen des Feiertages war es in der Stadt ungewöhnlich ruhig; die großen Prozessionen würden erst am Nachmittag stattfinden. Wir ritten durch nahezu ausgestorbene Seitenstraßen und kleine Gassen, bis wir auf dem rechten Ufer der Seine das Viertel der Wohlhabenden erreichten, in dem auch die Rue des Moines lag. Die Stadt war noch am Erwachen: Wasserträger und Milchverkäufer liefen durch die Straßen und versuchten, Kunden anzulocken. Männer des städtischen Wachregiments führten Nachtschwärmer und andere Missetäter zum Gefängnis von Chatelet. Schließlich entdeckten wir die schmale, versteckte Straße. Auf beiden Seiten dieser Straße wurden die imposanten Häuser durch hohe Ziegelmauern und Eisengitter vor der Bevölkerung abgeschirmt.

Ein verschlafen dreinblickender Obstverkäufer zeigte uns den Weg zu Vaubans Haus. Bis auf einige Bäume, die über die Mauer lugten, und Flügelfenstern, die unter einem rotgedeckten Dach hervorschauten, konnten wir nichts sehen. Offensichtlich war man in diesem Hause noch nicht wach, deshalb zogen wir uns in eine kleine nahegelegene *Auberge* zurück, tranken verdünnten Wein und lauschten den allmählich lauter werdenden Geräuschen der Straße. Benjamin blieb ruhig. Jedesmal, wenn ich mit ihm diskutieren wollte, schüttelte er nur den Kopf.

»Wir müssen Vauban töten«, wiederholte er. »Wenn wir es nicht tun, wird er uns beiden den Tod bringen. Er muß sterben. Die Gerechtigkeit verlangt es!«

Nach einer Stunde verließen wir die Schänke und kehrten in die Rue des Moines zurück. Wir zogen uns die Kapuzen tief ins Gesicht, während wir die Straße entlanggingen. Das große Tor zu Vaubans Haus war nun offen, und Benjamin fluchte leise, als er ein Mitglied der *Garde écossais* hinter dem Tore stehen sah.

»Wie viele von ihnen, glaubt Ihr, werden noch hier sein?« fragte ich.

Wir überquerten die Straße, wobei wir so taten, als suchten wir nach dem richtigen Weg, und gingen an dem offenen Tor vorbei. Benjamin warf einen Blick in den dahinterliegenden Hof.

»Ich glaube, er ist der einzige«, murmelte er. »Du gehst weiter, Roger, und kommst erst dann zurück, wenn ich dir ein Zeichen gebe.«

Ich protestierte, doch er schob mich beiseite und trat durch das Tor. Ich blieb stehen und wartete. Von drinnen hörte ich das Klimpern von Münzen, die auf die Kieselsteine fielen, dann einen Schlag, und nach einigen Minuten erschien Benjamin wieder und winkte mich hinein.

»Der älteste Trick«, flüsterte er. »Er funktioniert immer.« Er zeigte zu dem dichten Buschwerk an der Mauer, unter dem nun der bewußtlose Wachmann gefesselt und geknebelt lag.

»Oh, wollt Ihr damit sagen«, murmelte ich, »daß Ihr ein paar Münzen fallen gelassen habt und er sich gebückt hat, um sie aufzuheben?«

»Noch schlimmer.« Benjamin grinste. »Ich habe sogar seinen eigenen Knüppel benutzt, um ihn bewußtlos zu schlagen!«

Wir gingen über den Kiesweg. Vor dem Haus lag ein Garten. Benjamin blieb stehen, und wir lauschten auf das Geräusch von Stimmen.

»Was ist mit den Dienern?« flüsterte ich.

»Es werden nur wenige von ihnen hier sein«, antwortete Benjamin. »Erinnere dich, es ist Feiertag.«

Wir gingen um das Haus herum. Ein gelbhaariger Hund kam bellend herausgelaufen, verschwand jedoch wieder, als ich meinen Knüppel durch die Luft sausen ließ. Hinter dem Haus befand sich ein kleiner Lustgarten: grüner Rasen, einige Büsche, in einer Ecke niedrige Birnbäume und in der anderen ein Gartenhäuschen. Auf dem Rasen saß ein Mann in einem offenen weißen Hemd und braunen Beinkleidern, die in weiche Lederstiefel gestopft waren. Er spielte mit zwei kleinen Mädchen. Der Mann stieß einen wilden Schrei aus, woraufhin die Mädchen lachend und kreischend davonrannten. Auf einer steinernen Bank saß eine Frau, die das Spiel verfolgte und dabei in die Hände klatschte. Verblüfft beobachteten wir diese Szene. Obwohl seine übliche Aufmachung fehlte, hatten wir Vauban sogleich erkannt, doch wir konnten es kaum glauben, daß er zu dieser fröhlichen Familie gehören sollte: ein Mann, eine Frau und zwei Kinder, die auf dem Rasen umhertollen und die warme Sommersonne genießen. War dies der Anführer und Erzengel der Luciferi? Der Oberspion des französischen Königs, die Spinne, die ein dichtes Netz webte? Ich warf Benjamin einen Blick zu und sah, wie Mitleid die Wut in seinem Gesicht verdrängte.

»Was sollen wir tun, Master?« wisperte ich.

Benjamin holte tief Luft. »Wir werden das tun, weswegen wir hergekommen sind.«

Wir schlichen lautlos über das taufrische Gras und waren schon beinahe bei ihnen angekommen, als Vauban bemerkte, daß Gefahr im Anzug war. Er kauerte gerade auf allen vieren und tat so, als sei er ein Drache, da hörte er die Frau aufschreien, sah unsere Stiefel und blickte hoch. Seine goldbraune Haut war nicht geschminkt, sein Haar hing wirr herunter, und er machte einen vollkommen unschuldigen Eindruck. Erneut ging mir die Frage durch den Kopf, wo ich dieses Gesicht schon einmal gesehen hatte.

»Ich bin verwundert«, sagte er. »Ihr seid dem Irrgarten entkommen, und ich dachte eigentlich, Ihr würdet fliehen.« Er zuckte mit den Schultern. »Jedermann macht eben Fehler.«

»Und dies war Euer letzter«, erwiderte Benjamin.

»Louise!« Vauban rief seine Frau. »Louise, die Kinder!«

Seine Warnung war unnötig. Die beiden jungen Mädchen, die braune Kleidchen trugen und aussahen wie zwei Erbsen in einer Schote, liefen schnell zu ihrer Mutter, klammerten sich an ihre Rockschöße und versteckten sich hinter ihr, als wüßten sie, daß wir gekommen waren, ihr Spiel für immer zu beenden. Vauban stand langsam auf, immer noch ganz ein Dandy, und schüttelte die Grashalme von seinen Beinkleidern.

»Was wollt Ihr?« flüsterte die Frau auf französisch.

Sie war dunkel, klein, hatte ein hübsches Gesicht und eine gute Figur. Ich dachte an die schönen Hofdamen, zwischen denen Vauban täglich arbeitete, und erkannte mit einem Anflug von Neid, daß er zu Hause eine Frau hatte, die er lieben konnte.

»Was wollt Ihr?« wiederholte sie.

»Louise!« befahl Vauban. »Geh ins Haus!«

Benjamin zog seinen Degen und wich leicht zurück, als die kleinen Mädchen zu kreischen begannen, obwohl ihre Mutter sie ruhig zu halten versuchte.

»Madame«, sagte Benjamin und verbeugte sich, »mein Name ist Benjamin Daunbey, und das ist mein Gefährte und treuer Freund Roger Shallot. Ihr werdet nicht ins Haus gehen.« Er deutete zu dem kleinen Gartenhäuschen. »Ihr werdet Euch dort aufhalten. Was ist mit Euren Dienern?«

»Sie sind alle schon gegangen«, antwortete Vauban. Sein Gesicht war bleich geworden, und in seinen Augen und seinen Lippen war nun kein Spott mehr zu entdecken.

»Alle?«

»Nur die alte Köchin und ihr Mann sind noch da.«

»Ruft sie heraus!«

Vauban gehorchte, und ein betagtes, weißhaariges Ehepaar kam herausgeschlurft. Erst als die beiden bei uns angekommen waren, erkannten sie, in welcher Gefahr ihr Herr schwebte. Sie zitterten vor Angst, und ihr Entsetzen steigerte sich noch, als sie das wild entschlossene Gesicht meines Meisters und seinen blanken Degen sahen.

»Monsieur«, sagte Vaubans Frau und trat näher, wobei sie einen Arm schützend um ihre Kinder gelegt hatte, »was wollt Ihr hier?«

»Madame«, antwortete Benjamin, »wie ich schon sagte, ich bin Master Benjamin Daunbey, ein Gentleman aus Ipswich in England. Euer Gemahl ist mein Feind. Ich werde ihn töten!«

Die Frau unterdrückte ihr Schreien. »Weshalb?« stieß sie hervor. »Weshalb hier und jetzt?«

»Louise!« herrschte Vauban sie an. »Geh ins Gartenhaus. Nimm die Kinder und die Diener mit. Wenn sie mich ermorden wollen, ist es besser, du siehst es nicht.«

»Oh, ich werde Euch nicht ermorden, Vauban. Ich werde Euch zu einem Duell herausfordern.«

In Vaubans Gesicht flackerte ein Funken der Hoffnung auf, und seine Augen mit den schweren Lidern blitzten.

»Louise«, wiederholte er sanft, »bitte geh. Ich versichere dir, es wird nicht lange dauern.«

Die Frau warf noch einen angsterfüllten Blick auf Benjamin und ging dann mit den Kindern, die sich an sie angeklammert hatten, und den Bediensteten, die hinter ihr herschlurften, zum Gartenhaus. Ich folgte ihnen und schloß die Türe hinter ihnen. Die hölzernen Wände hatten Fenster, und sie konnten hinaussehen, wenn sie wollten. Als ich in den Garten zurückkehrte, beschlich mich ein leises Gefühl der Angst: Daß Vauban sichtlich erleichtert gewesen war, konnte darauf hindeuten, daß er ein sehr guter Degenfechter war und vielleicht sogar in einem Duell eine gute Figur zu machen verstand. Benjamin konnte schwer verletzt, vielleicht sogar getötet werden, und Vauban würde mich dann natürlich nicht einfach gehen lassen. Der Schweinehund beobachtete, wie ich zurückkam.

»Mein lieber Roger, ich bin sicher, Master Daunbey ist ein Gentleman. Mein Degen hängt an einem Pflock in der Küche. Wenn Ihr die Güte hättet?«

Ich ging hinein und holte sein Gehenk und seinen Dolch, bemerkte dabei jedoch auf einem hohen Regal in einem Holster auch eine dieser großen Pferdepistolen, eine plumpe Feuerwaffe. Sie war bereits geladen, daher nahm ich sie an mich – zu meinem Schutz. Vauban sah das und grinste.

»Eurem Diener scheint es an Zutrauen zu mangeln«, spöttelte er.

»Nur an Zutrauen zu Euch, Vauban!« gab ich zurück. »Das Duell soll fair verlaufen.«

Er griff nach seinem Degengehenk, zog Degen und Dolch heraus und trat zur Seite.

»Natürlich«, erwiderte er, »soll es ein Duell *à l'outrance* sein, ein Duell bis zum Tode!«

Benjamin legte seinen Umhang und seinen Rock ab, und die beiden Männer, deren weiße Hemden in der Sonne leuchteten, nahmen Aufstellung, brachten Degen und Dolch in Anschlag und prüften den Boden mit den Füßen, ob er guten Stand bot, während sie auf das Zeichen zum Beginn des Duells warteten. Sie traten aufeinander zu, die Klingen hoch in die Luft erhoben. Sie ließen die Spitzen zusammenstoßen, dann drehten sie sich zur Seite, und jeder hob die Hand mit dem Dolche. Für einige Sekunden erschienen sie wie Tänzer, die darauf warten, daß die Musik einsetzt.

»Jetzt!« rief Benjamin.

Kaum war das Kommando ertönt, ging Vauban auf einer Seite in die Knie und stieß mit seinem Degen in Richtung von Benjamins Magen. Ein gut geführter Hieb, doch Benjamin parierte ihn, und als Vauban wieder in die Höhe kam, um mit dem Dolch auf ihn loszugehen, blockierte Benjamin ihn. Vauban grinste, jeder trat wieder einige Schritte zurück, und der tödliche Tanz begann aufs neue. Die Stille im Garten wurde nur durchbrochen vom Geräusch der Stahlklingen, die gegeneinander prallten, vom leisen Stampfen der Stiefel auf dem Grasboden, von Keuchen und gemurmelten Flüchen. Vauban war ein geübter Kämpfer, und das Grinsen auf seinem Gesicht schien zu besagen, daß er sich Benjamin überlegen dünkte. Er trieb meinen Meister in die Defensive mit seinem Degen, der wie ein stählerner Blitz die Luft durchschnitt, während er darauf lauerte, daß sich seinem Dolche eine Möglichkeit bot, zuzustoßen. Vaubans Selbstvertrauen wuchs. Er begann, meinen Meister zurückzutreiben. Benjamin blieb gelassen. Sein langes schwarzes Haar wurde feucht vom Schweiß, doch sein Gesicht zeigte keine Anzeichen von Furcht oder Besorgnis.

Er gestattete es Vauban, ihn zurückzutreiben. Doch dann wendete sich das Blatt. Ich kann eigentlich nicht beschreiben, was nun geschah. Vauban hatte gerade einen Hieb geführt, und Benjamin blockierte ihn, während er mit seinem Dolch nach vorne stieß. Man hörte, wie Stahl aufeinanderkrachte, dann entglitt Vauban sein Messer und verschwand in dem hohen Gras, das um die Bäume herum wuchs. Der Franzose wich überrascht zurück. Benjamin lächelte.

»Monsieur Vauban, das hat mich ein italienischer Fechtmeister gelehrt. Ein schöner Trick, nicht?«

Das Grinsen auf Vaubans Gesicht verschwand, als er erkannte, daß er schon sein Bestes gegeben hatte. Benjamin, der vom erfahrensten Fechtmeister Italiens geschult worden war, hielt seinen Degen empor, während er seinen Dolch beiseite warf.

»Laßt uns fair kämpfen, Monsieur Vauban. Degen gegen Degen. Wir wollen diese Angelegenheit endlich zu Ende bringen. Roger«, rief er über seine Schulter, »die Ralembergs. Wie viele von ihnen haben die Luciferi umgebracht?«

»Vier«, antwortete ich. »Monsieur, Madame, ihren Diener und meine Agnes.«

»Und den Hund«, fügte Benjamin hinzu. »Erinnert Ihr Euch noch daran, Vauban? An den kleinen Hund, der mitten in dem Schilf trieb?«

Vauban schüttelte den Kopf. »Gott ist mein Zeuge«, erwiderte er heiser. »Das habe ich nicht befohlen! Ralemberg, ja, aber nicht seine Frau und seine Tochter.« Er versuchte zu lächeln. »Ihr glaubt mir natürlich nicht? Ich habe meinem Herrn gesagt, er solle nicht mit Euch spielen.« Er ließ seinen Degen halb herabsinken und blickte Benjamin und mich an. »Wir sind vom selben Schlag«, murmelte er. »Wir leben im Schatten der Großen, unser Geschäft blüht im Zwielicht unserer jeweiligen Königshöfe. Ich hätte Euch töten können, Master Daunbey, und Ralemberg, aber nicht die Frauen!«

»Nun, Monsieur«, erwiderte Benjamin. »Eure Sorgen haben sich erledigt. Raphael ist tot. Bald werdet Ihr Euch zu ihm gesellen und dann in der Hölle mit dem Teufel bis in alle Ewigkeit tanzen!«

Die Überheblichkeit wich aus Vaubans Gesicht. Er blickte über die Schulter zu seiner Frau, deren Gesicht in dem Fensterrahmen des Gartenhäuschens zu sehen war. Ich bemerkte einen Anflug von Sanftheit in seinen Augen, und da plötzlich wußte ich, wo ich dieses Gesicht schon einmal gesehen hatte.

»Ralemberg!« rief ich.

Vauban drehte sich um und schaute mich an. »Wie seid Ihr darauf gekommen?« fragte er.

»Ihr habt denselben Blick wie er«, antwortete ich. »Wer seid Ihr?«

Vauban steckte seinen Degen mit der Spitze in das Gras. »Ralemberg war mein Bruder.«

»Er hat nie von Euch gesprochen. Er sprach immer nur von einem . . .«

»Wir waren drei Brüder. Alle Bretonen. Ich war der jüngste. Meine beiden älteren Brüder glaubten an die Unabhängigkeit der Bretagne, sie waren ewig Gestrige. Frankreich wird eine große Nation werden, ein Volk, ein Herz, ein Kopf!«

»Ihr habt also Euren eigenen Bruder getötet?« fragte ich anklagend.

»Ja. Er war ein Mitglied der Luciferi, er hatte den Eid abgelegt, doch meinem ältesten Bruder gelang es, ihn umzustimmen. Er kannte die Regeln des Spiels, also bekämpfte ich ihn. Ich lieferte ihn ans Messer, doch ich war nicht anwesend, als er getötet wurde. Sie sagten, es sei schnell gegangen. Erst später erfuhr ich, daß auch seine Frau und die junge Agnes dabei umgekommen waren. Doch kommt«, sagte er und zog sein Schwert wieder aus dem Gras, »laßt uns diese Angelegenheit hier zu Ende führen.«

Erneut krachten die Degen gegeneinander. Benjamin setzte all sein Können und seine Gewandtheit ein und trieb Vauban immer weiter zurück.

»Wie viele Menschen haben die Luciferi umgebracht, Roger? Ah ja, fünf, wenn man den Hund mitrechnet. Das ist für die Nummer eins!« Benjamin parierte einen Hieb, stieß selbst zu und schlitzte Vauban die rechte Schulter auf. Der Franzose keuchte, sein Gesicht war bleich und schweißnaß. Seine Frau und die Kinder schrien entsetzt auf. Wieder wurden die Klingen gekreuzt. »Für Nummer zwei!« zischte Benjamin. Wieder eine Schnittwunde. »Für Nummer drei und Nummer vier!« Auf Vaubans Armen erschienen weitere Schnittwunden, aus denen Blut heraussickerte, das seine weißen Hemdsärmel dunkelrot einfärbte.

»Master!« rief ich.

(Ich kann kein Blut sehen, weder mein eigenes noch das anderer Leute.)

Benjamin trieb Vauban immer weiter zurück.

»Und nun dies für das fünfte Opfer!«

Ich schloß die Augen, als die Degen wieder zusammenkrachten.

»O Herr«, betete ich, »laß es nicht bis zum Äußersten kommen, bitte nicht hier!«

Ich öffnete die Augen. Vauban stand immer noch aufrecht, doch sein Degen war ihm aus der Hand geschlagen worden, und die Spitze von Benjamins Waffe lag genau auf seiner Halsschlagader. Der Franzose bettelte nicht um sein Leben. Vauban war ein geschlagener Mann. Das Jammern und Heulen seiner Ehefrau hinter ihm in der Gartenlaube mischte sich mit dem Schreien der Kinder. Benjamins Augen waren halb geschlossen und sein Gesicht weiß wie Marmor, als er mich mit seiner anderen Hand zu sich winkte.

»Du hast die Wahl, Roger. Soll ich ihn töten, oder willst du es tun?«

(Benjamin setzte mich immer wieder in Erstaunen. Er war ein gelehrter und akademisch gebildeter Mensch, stets sanftmütig und freundlich. Doch in den letzten Tagen hatte ich die andere, die dunkle Seite seines Wesens kennengelernt, die nun voll zur Geltung kam. Irgend etwas in Vauban hatte die Dämonen in seiner Seele zum Leben erweckt, und ich fragte mich, wie dünn wohl der Grat sein mag, der in jedem von uns verläuft und das Gesunde von der dunklen Welt des Wahnsinns trennt. Auch mein Kaplan zeigt sich überrascht, doch er kennt meine vollständige Lebensgeschichte noch nicht, er weiß noch nicht, daß Benjamin und ich viele Jahre später einmal Degen gegen Degen, Dolch gegen Dolch um eine Frau kämpften, deren dunkle Schönheit und wilde Leidenschaft jede Freundschaft zunichte machen konnte. Doch das ist eine andere Geschichte.)

In diesem stillen Garten in Paris starrte Vauban mich an, während er darauf wartete zu sterben, und ein weiteres Mal fühlte ich mich an Ralemberg erinnert, denn durch das Duell hatte Vauban seine plakativ zur Schau gestellte Arroganz verloren.

»Nun«, wiederholte Benjamin. »Wer soll es tun, Roger?«

Da flog plötzlich die Türe des Gartenhäuschens auf, und eine von Vaubans kleinen Töchtern, deren kindliches Gesicht in Tränen aufgelöst war, kam auf mich zugelaufen. Sie schlang sich um eines meiner Beine.

»Soyez gentil, Monsieur, ne tuez pas notre papa!«

Ich beugte mich hinunter und wischte ihr die Tränen aus dem Gesicht. Noch einmal öffnete sich die Türe der Gartenlaube, und die Mutter trat mit der anderen Tochter heraus.

»S'il vous plaît, Monsieur«, wiederholte das Mädchen.

Ich blickte in ihre hellblauen Augen und fragte mich, ob sie später einmal Agnes ähneln würde. Was spielt es noch für eine Rolle? dachte ich mir. Kann man durch den Tod jemanden wieder zum Leben erwecken? Ich richtete mich auf und ging zu Benjamin hinüber. Ich schob seinen Degen beiseite und stellte mich vor ihn hin, mit dem Rücken zu Vauban.

»Laßt ihn am Leben, Master Benjamin! Was kann ein weiterer Tod noch beweisen? Und was haben wir davon?«

Benjamin schlug mit der Spitze seines Degens gegen einen seiner Stiefel. Er schaute an mir vorbei, wobei er Vauban nicht einen Moment aus den Augen ließ. »Bist du dir sicher, Roger?«

»So sicher, wie es einen Gott im Himmel gibt.«

Benjamin schob seinen Degen und seinen Dolch wieder zurück in den Gürtel, zog seinen Rock an und hob seinen Umhang auf. Vauban starrte mich ungläubig staunend an. Ich umklammerte den Griff der Pferdepistole, denn ich traute dem Bastard nicht einmal so weit, wie ich spucken konnte.

»Wir werden Euch nun verlassen.« Benjamin nickte Vauban zu und verbeugte sich vor Madame Louise. Ich grinste und hielt die Pferdepistole in die Höhe.

»Ich werde dies wie ein Geschenk behandeln, Monsieur, denn wir möchten Paris gerne lebend verlassen. Euer Wachmann liegt in tiefem Schlaf, gefesselt und geknebelt in den Büschen neben dem Eingangstor.«

Ich folgte Benjamin zur Vorderfront des Hauses, als plötzlich eine Stimme meinen Namen rief.

»Shallot!«

Ich drehte mich blitzschnell um und brachte die Pistole in Anschlag, doch Vauban stand immer noch am gleichen Fleck und hatte das kleine Mädchen bei sich, das sich an mich angeklammert hatte. Sie löste sich von ihm und kam zu mir hergelaufen. Ihr langes, schwarzes Haar flatterte im Wind. Ich ging in die Hocke, um das Mädchen zu begrüßen.

»Monsieur«, flüsterte das Kind atemlos, *»un cadeau.«*

Die Kleine öffnete ihre Hand und zeigte mir ihr Geschenk, einen schmalen blutroten Stein. Es war jene Art von Schmuckstück, die wir Erwachsene gerne als billigen Tand abtun, die für ein Kind jedoch oft wertvoller sind als das Leben selbst. Ich schüttelte den Kopf und schloß behutsam wieder ihre Finger darüber.

»Danke«, sagte ich und lächelte. »Doch das ist nicht nötig. *Comment vous appellez-vous?«*

»Je m'appelle, Marie.«

Ich stand auf. »Dann, *au revoir, Marie.«*

»Au revoir, Monsieur.«

Ich schaute nicht zurück. Benjamin und ich holten unsere Pferde, ließen Paris hinter uns und donnerten über die Landstraße in Richtung Maubisson. Wir hielten erst inne, als wir sicher waren, daß uns niemand folgte. Benjamin beugte sich hinunter und wischte den weißen Schaum vom Hals seines Pferdes.

»Ich hätte ihn doch töten sollen, Roger«, verkündete er tonlos.

Ich neigte mich hinüber und stieß ihn leicht an.

»Und wenn ich ›ja‹ gesagt hätte, hättet Ihr es getan?«

Benjamin blickte mich an, und in sein Gesicht trat ein jungenhaftes Grinsen.

»Ich weiß es nicht.« Seine Augen wurden zu schmalen Schlitzen. »Du bist wirklich seltsam, Roger. Jeder andere Mann hätte Vauban umgebracht für das, was er getan hat, und wäre dann auf seiner Leiche herumgetanzt.«

»Vielleicht«, grollte ich. »Vauban meinte, wir wären vom selben Schlag, doch da kann er sich irren. Er an unserer Stelle hätte getötet. Wir nicht.«

Benjamin ließ sein Pferd in einen leichten Galopp fallen.

»Komm, Roger!« rief er. »Wir sind hier fertig. Sehen wir zu, daß wir nach Maubisson kommen, und dann mit schnellen Pferden auf nach Calais!«

»Und was ist mit diesem verdammten Ring?« ächzte ich.

Benjamin schnitt eine Grimasse. »Der König wird das vergessen und vergeben. Raphael ist tot, die Morde sind gerächt. Laß uns darum beten, daß er sich damit zufriedengibt.«

Ich dachte an die verschlagenen Augen des Großen Mörders und betete zu Gott, daß mein Meister recht haben möge.

Zwei Tage später verließen wir Maubisson, begleitet von Doktor Agrippa, der aufgrund unseres Erfolges in Hochstimmung war und darauf brannte, Wolsey und dem König die guten Nachrichten zu überbringen. Daß es uns nicht gelungen war, den Ring zu beschaffen, nahm er genauso gelassen hin wie Benjamin.

»Seine Majestät wird mit dem zufrieden sein, was wir erreicht haben«, meinte er. »Es gibt auch noch andere Gelegenheiten.«

Sowohl er als auch Benjamin waren bester Laune und

ignorierten meine düsteren Vorahnungen. Mein Meister redete von seiner Schule in Ipswich und fragte Agrippa, ob er denn einen guten Tutor für die Klassik wisse. Schier unaufhörlich schwätzend und schnatternd ritten die beiden vorneweg, während ich ihnen folgte und mir immer wieder schmerzlich ins Gedächtnis rief, daß der König mich persönlich für die Rückgabe des Ringes verantwortlich gemacht hatte. Nun, wir rechneten nicht damit, daß wir auf unserer Reise Schwierigkeiten bekommen würden. Agrippa führte Ermächtigungsschreiben und Dokumente mit sich, die uns sicheres Geleit garantierten. Wir waren gut bewaffnet, und Dacourt hatte uns informiert, daß uns am Ortsrand von Calais Reiter in Empfang nehmen würden.

Wir hatten noch ungefähr eine Stunde bis dahin und passierten gerade ein Waldgebiet, als plötzlich ein Trupp Berittener aus dem Gehölz hervorbrach, uns den Weg verstellte und uns umzingelte. Mir fuhr der Schreck in die Glieder, denn sie alle trugen Helme und Kettenhemden, und auf ihren Rüstungen prangte das persönliche Wappen des französischen Königs neben dem aufgerichteten roten Löwen von Schottland. Die *Garde écossais.* Sie führten kleine geladene Armbrüste mit sich, die sie drohend auf uns richteten. Agrippa trieb sein Pferd vorwärts und warf zornige Blicke um sich. Meine Angst steigerte sich noch, als ich sah, wie aufgeregt er war.

»Was soll das bedeuten?« schrie er, während er sich in die Steigbügel seines Pferdes stellte. »Wir sind persönliche Sendboten Seiner Majestät König Heinrichs von England, und Ihr habt kein Recht, uns aufzuhalten!«

Der Ring der Berittenen öffnete sich; und Vauban kam gemächlich auf uns zugeritten. Er hatte offenbar den Habitus des Gecken und Dandys abgelegt. Sein Haar war zurückgekämmt und wurde von einer goldenen Schleife gehalten. Seine Miene war ernst und streng, und er musterte uns eine Weile mit seinen lauernden Augen. Er war wie zum Kampfe gekleidet, mit einem gepanzerten Hemd und einem konischen Stahlhelm, den er nun in seinen mit Ritterhandschuhen bewehrten Händen hielt.

»Wenn Ihr Sendboten seid, dann zeigt mir Eure Beglaubigungsschreiben«, verlangte er.

Agrippa reichte sie ihm. Vauban las sie aufmerksam durch. Mir warf er während der ganzen Zeit keinen einzigen Blick zu.

»Ihr habt recht, Doktor Agrippa. Ihr seid ein Gesandter des englischen Königs, doch einer von Euren Begleitern ist ein Dieb!«

»Was ist das für ein Unsinn?« fuhr ihn Benjamin an. Er beugte sich auf seinem Pferd nach vorne und faßte Vauban ins Auge. »Ich hätte Euch doch töten sollen!«

Vauban grinste und zuckte mit den Achseln. »Ich bin nicht aus diesem Grunde hier, Monsieur. Einer von Euch ist ein Dieb. Aus meinem Hause wurde eine Pferdepistole entwendet!«

Ich schluckte nervös und versuchte sogleich, das große lederne Pistolenhalfter, das an meinem Sattelgurt schwang, mit der Hand zu verdecken. Vauban sah, wohin sich meine Hand bewegte, und sein Lächeln wurde breiter. Er kam herüber, berührte das Halfter leicht und streckte die Hand aus.

»Ihr seid der Dieb, Monsieur. Ich fordere mein Eigentum zurück!« Er klopfte auf meine Satteltaschen. »Und auch hier möchte ich gerne einen Blick hineinwerfen.«

Ungeachtet der Proteste von Agrippa und Benjamin packten drei von Vaubans Männern, von einem Ohr zum anderen grinsend, das Lederhalfter und entleerten meine beiden Satteltaschen auf die staubige Straße. Vauban kniete sich nieder und begann darin herumzuwühlen.

»Nichts weiter zu finden«, murmelte er. Er hob die Satteltaschen auf und grinste mich an. »Hier habt Ihr Euer Eigentum zurück.«

»Ihr habt die Taschen entleert!« rief Agrippa.

Vauban zuckte mit den Schultern, trat an mich heran und stieß mich mit einer erstaunlichen Gewandtheit aus dem Sattel. Ich landete unsanft auf dem Boden, und daß die Soldaten sich an dieser Demütigung eines englischen Gesandten unverhohlen ergötzten, steigerte meine Erbitterung um ein weiteres. Benjamins Hand fuhr zu seinem Dolch, doch da klickte eine der Armbrüste, und ein Bolzen, der Benjamin nur um Haaresbreite verfehlte, zischte durch die Luft.

»Laßt es sein, Master«, rief ich. »Ich werde tun, was er verlangt.«

Vauban äffte mich gekonnt nach, und das Gelächter der Soldaten steigerte sich. Hastig packte ich meine Satteltaschen wieder ein und stieg auf mein Pferd. Vauban trat vor mich hin, schüttelte den Kopf und schnalzte mit der Zunge.

»Welch eine Ungehörigkeit«, sagte er mit gedämpfter Stimme. Er gab mit der Hand ein Zeichen. »Laßt den Dieb passieren.«

Seine Männer verschwanden wieder im Wald, und wir setzten unseren Weg fort, während uns Vaubans Lachen noch in den Ohren klang. Nach einer Stunde trafen wir vor den Toren von Calais auf Lanzenreiter in der königlichen Livree, welche uns in die befestigte Stadt hinein geleiteten. Benjamin war immer noch wütend über Vaubans Verhalten, während Agrippa verkündete, daß nach unserer Rückkehr nach England auch die französischen Gesandten dort einer derart erniedrigenden Behandlung unterzogen werden würden. Mir war dies alles völlig gleichgültig. Ich wollte nur so schnell wie möglich dieses verdammte Land hinter mich lassen. Ja, ich gestehe es offen, Vaubans Undankbarkeit hatte mich erschreckt und tief verletzt.

Unsere Überfahrt nach Dover gestaltete sich ziemlich ungemütlich, denn wir wurden von einem dieser heftigen Sommergüsse, die über dem Kanal des öfteren auftreten, bis auf die Knochen durchnäßt. Erschöpft stolperten wir in Dover von Bord, froh darüber, wieder festen Boden unter den Füßen zu haben. Wir beschlossen, nicht sogleich nach London weiterzureisen, sondern einen Tag in Dover zu bleiben, wo wir in einer kleinen Schänke am Hafen Quartier nahmen, um unsere Kleider zu trocknen und unsere rebellierenden Mägen mit dem zu besänftigen, was Agrippa ›gutes englisches Essen‹ nannte.

Ich erinnere mich daran, wie ich in die Dachkammer hinaufstolperte, die man uns zugewiesen hatte. Ich zog meine gesamte Kleidung aus und leerte den Inhalt meiner Satteltaschen auf das große Bett, um irgend etwas zum Anziehen zu suchen, das nicht vollkommen durchnäßt war. Da fiel mir ein kleines braunes Lederbeutelchen in die Augen, das zuunterst in einer der Satteltaschen lag. Ich nahm es heraus, löste die Kordel, mit der es zugeschnürt war, und entleerte es in meine Hand. Zwei Dinge kamen zum Vorschein: der kleine, rote und polierte Stein, den Vaubans Tochter mir hatte schenken wollen, und ein Ring, den ich zuletzt an der Hand Seiner Allerchristlichsten Majestät, Franz I. von Frankreich gesehen hatte. Ich trat an das Fenster, und der Ring begann weiß und gleißend zu funkeln. Da wußte ich, weshalb Vauban in dem Wäldchen vor Calais diesen Mummenschanz veranstaltet hatte.

Selbstverständlich zeigten sich sowohl mein Meister wie auch Doktor Agrippa hocherfreut. Als wir den König in dessen Palast in Greenwich aufsuchten, schlang der Große Mörder seine Arme um mich, nannte mich seinen Bruder, kniff mich in die Wangen und verkündete, ich sei der tollste Bursche im gesamten Königreich. Ich wurde gelobt, gefeiert und belohnt, wurde umarmt, geküßt und mit Geschenken überhäuft, doch schon damals begann der gute Shallot zu begreifen, daß das Wohlwollen und die Gunst von hochgestellten Herrschaften vergänglich und oft nur von äußerst kurzer Dauer sind. Ich sah, wie der König das Buch, das Benjamin in Abbé Gerards Kirche entdeckt hatte, verbrannte, und beobachtete, wie die Flammen das Pergament verschlangen. Abbé Gerard war Euer Freund, dachte ich, und er wurde wegen dieses Buches getötet. Clinton war ebenfalls Euer Freund, und Ihr habt ihn zu seinen Taten und letztlich zu seinem Selbstmord getrieben. Katharina, Eure Gemahlin, eine spanische Prinzessin, ist Eure Freundin, Geliebte und Ehefrau. Nun beabsichtigt Ihr, sie beiseite zu schieben wie irgendeine gemeine Dirne oder eine Kurtisane. Wolsey in seinen purpurnen Seidengewändern lachte, wann immer der König auch lachte, und schenkte mir wie auch seinem ›geliebten Neffen‹ wohlgefällige Blicke, doch ich hatte bald genug von den Herrschaften.

(Oh, übrigens hat niemand dem Schweinehund etwas von der Krankheit Lady Francescas gesagt. Wir waren zu der Überzeugung gekommen, es gebe gewisse Dinge, die Bluff King Hal selber herausfinden müsse. Wir erzählten ihm einfach, Clinton sei vom Gold, das die Franzosen ihm geboten hätten, verführt worden, und ließen es dabei bewenden.) Benjamin und ich reisten weiter nach London. Ich besuchte die Gräber der Familie Ralemberg, die unter einer Zypresse im Friedhof der Greyfriars-Kirche lagen. Ich legte eine rote Rose auf das Grab von Agnes, sprach ein Gebet, vergoß ein paar bittere Tränen und gesellte mich dann wieder zu meinem Meister, der in einer nahegelegenen Schänke wartete. Wir löschten unseren Durst und machten uns dann auf nach Norden, nach Ipswich.

Epilog

Nun, das war meine Geschichte. Mein alter Freund Will Shakespeare hat neulich eines seiner Stücke hier in meiner Großen Halle aufgeführt. Ich glaube, es hieß *Das Wintermärchen.* Eine fein gesponnene Parabel über Eifersüchteleien und Intrigen. Der König in diesem Stück erinnerte mich an den Großen Mörder, wogegen eine andere Figur, nämlich der Spitzbube Autolycus, unzweifelhaft mir nachempfunden war: ›ein Geschichtenerzähler, ein Aufschnapper von unbedeutenden Kleinigkeiten‹. Mein Kaplan kichert; er denkt wohl, ein anderes Zitat von Will Shakespeare sei mir angemessener: ›ein Mann voll des Gelärmes und der Raserei, die dennoch nichts bedeuten.‹ Ach zum Teufel, er hat doch keine Ahnung! Wolsey ist nicht mehr, der Große Mörder ist dahingegangen, sie alle sind nur noch Schatten, Staub der Vergangenheit. Doch zu ihren Lebzeiten beherrschten sie die Bühne und bestimmten, was gespielt wurde. Wolsey drehte den Spieß um gegenüber den Franzosen, während der König seine Ehefrau Katharina mit einem Netz von Lügen zu überziehen begann. Doch Lady Francesca hatte ihre Spuren hinterlassen: die Syphilis schlummerte in Heinrichs feistem Leibe noch jahrelang, bis sie aufzulodern begann wie die Flammen der Hölle, das offene Geschwür an seinem Bein sich schwarz färbte und die königliche Bestie immer weiter in den Wahnsinn trieb.

Ja, sie sind alle abgetreten von der Bühne des Lebens, sogar Benjamin. Und was ist mit mir? Ich bin ein alter Mann, der in seinem Irrgarten sitzt, Geschichten erzählt und sich an Sherry und Rotwein berauscht. Dennoch, wenn ich meine Augen schließe und mit der einen Hand die dunklen, verblichenen Blüten einer Rose fasse und mit der anderen den kleinen, roten Stein eines jungen Mädchens ... ja, dann träume ich. Wenn ich meinen hinfälligen Leib vergesse, einfach nur dasitze und dem Lied der wilden Tauben lausche, und wenn ich meine Augen nur einen Schlitz weit öffne, dann ist die Rose in meiner Hand voll erblüht, und auf dem Rasen sehe ich Benjamin, der mich fröhlich auffordert, mich zu ihm zu gesellen. Wenn mir der Duft von Rosen in die Nase steigt, dann bin ich wieder jung, sehe mich im Frühling meines Lebens in jenem Garten in London, der erfüllt war von Blumenduft und in dem ich der anmutigen jungen Agnes begegnete. Aber wenn ich meine Augen wieder ganz aufmache, dann verblassen diese Träume, und ich weiß, daß auch von dem heißesten Feuer nicht mehr übrigbleibt als Rauch und Asche.

Mein Kaplan meint, ich sei ein Schurke und ein Gauner, dem die irdischen Genüsse deswegen so lange vergönnt würden, weil es für ihn keinen Himmel in der nächsten Welt geben werde. Woher will der kleine Scheißkerl das wissen? Ich jedenfalls vertraue auf Jesus Christus und der heiligen Jungfrau Maria, und ich hoffe darauf, daß wir nicht danach beurteilt werden, was wir sind, sondern danach, was zu sein wir uns vorgenommen hatten. O ja, ich bin ein schlimmer Sünder. Ich werde nach der dicken Margot schicken lassen und mein Gesicht in einem gut verhüllten Becher Sherry vergraben. Ja, vielleicht fahre ich damit am besten. Sherry hinunterzustürzen und nach einer Dirne zu rufen, das hilft, die Tränen zu verbergen, die einem in den Augen stehen. Und Gott weiß, wie wild ich nach Sherry bin.

Nachwort des Autors

Shallot ist weit mehr als ein bloßer ›Aufschnapper von unbedeutenden Kleinigkeiten‹, er ist zwar ein Tunichtgut, durch und durch, doch wahrscheinlich spricht er durchaus die Wahrheit. Wir wissen, daß der französische Geheimdienst in den Jahren nach 1520 in England sehr aktiv war, und es gibt auch Gerüchte, wonach es ihm gelungen sein soll, unter den engsten Beratern von Heinrich VIII. einen Spion zu plazieren. Der Große Mörder war so, wie Shallot ihn beschreibt: eitel, lüstern, heimtückisch, ein Mann, der es haßte zu verlieren. Seine Auseinandersetzungen mit Franz I. sind legendär, und es gibt auch Anhaltspunkte, die darauf hindeuten, daß jeder der beiden den anderen zu ermorden suchte. Heinrichs Vorliebe für Maskenspiele, Mummenschanz und andere Albernheiten ist ebenso weidlich dokumentiert wie auch der Zusammenprall von Humanismus und Barbarei am Hof von Franz I. Man kann Shallot nicht vorhalten, hier in irgendeiner Weise übertrieben zu haben.

Auch daß vielfach giftige oder halluzinogene Drogen verwendet wurden, insbesondere in Frankreich, ist erwiesen. Manche Historiker behaupten sogar, daß die Visionen, von denen Mönche und Einsiedler berichtet haben, durch die unabsichtliche Einnahme von Giften wie etwa dem Schimmel auf Roggenbrot ausgelöst wurden. Allerdings sind viele der giftigen Substanzen, die man zur damaligen Zeit kannte, der modernen Wissenschaft nicht mehr zugänglich. Katharina von Medici war eine anerkannte Expertin auf diesem Gebiet, und die Beschäftigung von Giftkundigen am französischen Hof führte schließlich siebzig Jahre nach der Abfassung von Shallots zweitem Buch zu einem der größten Skandale des französischen Königtums.

Geschlechtskrankheiten waren natürlich im Europa des ausgehenden Mittelalters weit verbreitet, doch als die Franzosen Anfang des sechzehnten Jahrhunderts ihre Feldzüge nach Italien unternahmen, wütete die Syphilis, die damals unheilbar war und tödlich verlief, unter den französischen Soldaten vor Neapel derart verheerend, daß Franz I. seine Truppe wieder über die Alpen zurückziehen mußte. Es ist keineswegs ausgeschlossen, daß Heinrich VIII. absichtlich mit der Syphilis angesteckt wurde, so wie Shallot es beschreibt. Eine solche List wurde im siebzehnten Jahrhundert vor allem an den Höfen von Ludwig XIV. und Karl II. häufig von erbosten Ehemännern angewendet. Nachdem Franz I. sich ebenfalls mit dieser Krankheit infiziert hatte, begann sein Körper allmählich von innen heraus zu verfaulen und stank so fürchterlich, daß, wie Shallot beschreibt, viele der Höflinge sich weigerten, an seiner Beerdigung teilzunehmen. Shallot behauptet, Franz habe sich angesteckt, nachdem er *La Belle Fertonière* verführt hatte, und er behauptet auch, daß dies mit Zustimmung ihres erzürnten Gatten geschehen sei, der sich am französischen König rächen wollte. Was Shallot schreibt, kann also durchaus den Tatsachen entsprechen, wenngleich seine Aufzeichnungen voll von mysteriösen Morden, heimtückischen Anschlägen und undurchschaubaren Intrigen sind. Ich habe schon einen Blick in sein nächstes Journal geworfen, und ich frage mich ernstlich, ob man dieses Buch einer unvorbereiteten Öffentlichkeit präsentieren sollte, so grauenerregend sind die Enthüllungen darin.

ENDE

Band 13 470

Michael Clynes

Im Zeichen der weißen Rose

Deutsche Erstveröffentlichung

Sir Roger Shallot, Abenteurer und Bonvivant, liegt nun, in seinem neunzigsten Jahr, mit der molligen Margot im Bett, läßt sich von ihr und vom Claret-Wein wärmen und erinnert sich an sein bewegtes Leben.

In seiner Jugend, als er sich noch des schnellsten Geistes und der schnellsten Beine der ganzen Christenheit rühmen durfte, geriet er in schlechte Gesellschaft. Erst die Freundschaft mit dem naiven Neffen des mächtigen Kardinals Wolsey rettet ihn – nur um ihn in noch tödlichere Gefahren zu stürzen. Denn gemeinsam sollen sie eine unheimliche Mordserie aufklären, der die Hofleute Margarets zum Opfer fallen, der Schwester Heinrichs des VIII. Will gar eine Geheimgesellschaft die Tudor-Monarchie stürzen? Und wer läßt die weiße Rose bei den Mordopfern zurück? Derselbe, der nun auch Shallot eine solche Rose schickt?

BASTEI LÜBBE

Sie erhalten diesen Band im Buchhandel, bei Ihrem Zeitschriftenhändler sowie im Bahnhofsbuchhandel.

Science Fiction · Fantasy
Jubiläums-Edition
Roboter-Visionen
Nr. 21201/DM 10.00
Charity
Die beste Frau der Space Force
Nr. 21203/DM 10.00
Könige der Nebelinsel
Nr. 21202/DM 12.00
Die Farben des Alls
Nr. 21207/DM 6.00
Planeten-Träume
Nr. 21209/DM 8.00
Gefährtin des Lichts
Nr. 21208/DM 15.00

Die Kinder von Troja
Nr. 21204/DM 5,00
Traum-welten
Nr. 21205/DM 10.00
Die Zauberin von Alamut
Nr. 21206/DM 10.00
Himmels-Stürmer
Nr. 21210/DM 10.00
Die Marionetten-Spieler
Nr. 21211/DM 8.00
Der Thron im Diamant
Nr. 21212/DM 10.00

Band 13 509

Thomas Gifford

Die Assassini

Der Vatikan-Thriller

Der Mord an der jungen Ordensschwester Valentine läßt ihren Bruder Ben, einen Anwalt und früheren Jesuiten, nicht ruhen. Sein einziger Hinweis ist ein verblaßtes Foto aus dem Paris des Jahres 1943. Auf der Suche nach den vier Männern, die auf diesem Foto abgebildet sind – und dem fünften, der es aufgenommen hat –, stößt er auf eine Reihe ungeklärter Todesfälle. Interne Kirchenangelegenheiten, bedeutet man Ben, die ihn gefälligst nichts anzugehen hätten.

Alle Spuren führen nach Rom, zu den geheimen vatikanischen Archiven und weit in die Vergangenheit: Irgendwann in der Renaissance, so heißt es, unter den berüchtigten Borgia-Päpsten, gab es eine geheime Mördertruppe, *Assassini* genannt, die dann zum Einsatz kam, wenn alle anderen Mittel versagten. Hat irgend jemand diese Truppe wieder zum Leben erweckt? Hat der Vatikan Interessen, die er notfalls sogar mit Mord schützt?

BASTEI LÜBBE

Sie erhalten diesen Band im Buchhandel, bei Ihrem Zeitschriftenhändler sowie im Bahnhofsbuchhandel.

Band 13 499

Campbell Armstrong

Mazurka

Deutsche Erstveröffentlichung

Frank Pagan, Scotland Yards unbequemster Ermittler, in ungewohnter Rolle: Er muß den Bodyguard für den russischen Politiker Romanenko spielen, der in Edinburgh Zwischenstation macht. Pagan kann seine Mission nicht erfüllen. Hilflos muß er mitansehen, wie Romanenko vor seinen Augen erschossen wird. Es ist die Tat eines Wahnsinnigen, der sein furchtbares Geheimnis mit in den Tod nimmt.

Ein Estland preisendes Gedicht, das Romanenko bei sich trug, bringt Pagan bald auf eine heiße Spur: Der Anschlag hängt mit den Aufständen in den baltischen Ländern zusammen. Aber Scotland Yard pfeift seinen Heißsporn zurück, und als Frank Pagan, unterstützt von einer jungen Estin, seine Recherchen weitertreibt, weht ihm aus Ost und West ein eisiger Wind entgegen.

BASTEI LÜBBE

Sie erhalten diesen Band im Buchhandel, bei Ihrem Zeitschriftenhändler sowie im Bahnhofsbuchhandel.

Band 13 511

Norma Jean Almodovar

Cop und Callgirl

Deutsche Erstveröffentlichung

Während ihrer zehn Jahre bei der Polizei in Los Angeles hat Norma Jean Almodovar alles gesehen: Zuhälter und Einbrecher, Drogendealer und Vergewaltiger – und einige der schlimmsten trugen das Abzeichen der Polizei. Angesichts der Heuchelei und Korruption um sie herum beschließt Norma Jean, endlich ein ›ehrliches‹ Leben zu beginnen – und sie vertauscht ihre blaue Uniform mit der Spitzenwäsche eines exklusiven Callgirls.
Ihre Geschichte enthält die faszinierenden, aufregenden und manchmal urkomischen Erlebnisse mit reichen, mächtigen, oftmals berühmten Klienten, darunter Politiker, Hollywood-Stars und arabische Scheiche.
Ihr Gewerbe führte sie nach Beverly Hills, Malibu, Bel Air – und vor Gericht. Als die Polizei erfuhr, daß sie an einem Buch schrieb, das nicht nur ihre Erlebnisse als Callgirl, sondern auch ihre Erfahrungen bei der Polizei von L.A. enthüllen sollte, wurde sie wegen Kuppelei verhaftet. Aber wenn die Behörden glaubten, das Gefängnis würde sie zum Schweigen bringen, irrten sie . . .

BASTEI LÜBBE

Sie erhalten diesen Band im Buchhandel, bei Ihrem Zeitschriftenhändler sowie im Bahnhofsbuchhandel.